ERIN MCCARTHY

True

Weil du mich zum Träumen bringst

ERIN McCARTHY

True

Weil du mich zum Träumen bringst

Roman

Ins Deutsche übertragen
von Babette Schröder

LYX
EGMONT

Die Originalausgabe erschien 2014 unter dem Titel
Shatter bei Berkley Books,
published by the Penguin Group (USA) LLC,
New York, NY, USA.

Deutschsprachige Erstausgabe August 2015 bei LYX
verlegt durch EGMONT Verlagsgesellschaften mbH,
Gertrudenstraße 30–36, 50667 Köln

1. Auflage
Redaktion: Christiane Wirtz
Satz: Greiner & Reichel, Köln
Printed in Germany (670421)
ISBN 978-3-8025-9774-9

www.egmont-lyx.de

1

Ich hasste es, allein zu wohnen. Dafür war ich einfach nicht gemacht. Es war nicht etwa so, dass ich die Anerkennung von jemand anders brauchte, um glücklich zu sein – nein, in diesem erbärmlichen Sinne meine ich das nicht. Ich war einfach supersozial und fand es schön, stets Menschen um mich herum zu haben. Ich wollte mich unterhalten und lachen. Ich bin die Älteste von vier Geschwistern. Bei uns zu Hause ist es immer turbulent zugegangen, und das fand ich schön, gemütlich, es bedeutete Glück für mich. Einige Menschen, wie meine Freundin Rory, brauchen Zeit für sich, sie verlieren sich in ihren Gedanken und tragen ein ganzes Universum in sich, das sie mit niemandem teilen.

So war ich nicht. Meist strömten meine Gedanken in einem fort aus meinem Mund, denn ich tauschte mich gern mit meinen Freunden aus.

Doch ich hatte aus unserer WG in ein blödes kleines Appartement umziehen müssen, in dem es dunkel und viel zu still war. Den Grund bezeichnete ich für mich als RUN (Robin und Nathan und ihren One-Night-Stand). Wenn ich einen Freund hätte, der mit mir auf dem Schlafsofa kuscheln würde, käme ich vielleicht besser damit klar, allein zu wohnen. Doch ich hatte keinen Freund, weil mein Ex, Nathan, sich nicht nur schäbig, sondern auch noch dumm verhalten hatte. Er hatte mit meiner Freundin Robin geschlafen, während wir noch zusammen waren. Ja. Das hat er wirklich gebracht. Und sie ebenfalls. Auch wenn sie ziemlich betrunken gewesen war und sich an nichts erinnern konnte, fiel es mir ziemlich schwer, ihr zu vergeben, und Nathan konnte ich es überhaupt nicht verzeihen.

Es war schwer, in einer Welt Single zu sein, die voller perfekter Paare war. Salz und Pfeffer. Erdnussbutter und Marmelade. Chili und Hotdogs. Ganz zu schweigen von Paaren wie Rory und Tyler. Jessica und Riley. Sogar Robin – die, betrunken hin oder her, immerhin meine Beziehung zerstört hatte –, sogar Robin hatte nun Phoenix. Wie unfair war das denn bitte schön? *Sie* wohnte rundum glücklich mit ihrem Freund zusammen, während *ich* allein war und zum ersten Mal in meinem ganzen Leben unglücklich.

Traurig zu sein passte nicht zu mir. Ich war kein Trauerkloß. Normalerweise war ich optimistisch und energiegeladen. Im Grunde ein Cheerleader fürs Leben, stets gut gelaunt. Ich glaubte an das Gute im Menschen. Zwar besaß ich nicht unbedingt den höchsten IQ, doch das war mir egal, ich mochte so ziemlich jeden und bemühte mich sehr darum, immer nett zu sein. Man musste schon so etwas Schreckliches wie ein Mörder sein, um meinen Hass heraufzubeschwören. Oder man betrog mich mit meiner besten Freundin. Aber selbst danach hatte ich Nathan nicht gehasst. Ich war verletzt. Verletzt auf eine Art, die für mich merkwürdig war, weil sie nicht verging. Es fühlte sich anders an, als wenn man am Ende eines traurigen Films weinte, und ähnelte auch nicht diesem kurzen Stich, den man verspürte, wenn man die Geschichte eines Internet-Mobbing-Opfers las.

Dieser Schmerz kam in riesigen, kalten Wellen über mich und setzte sich in meiner Brust fest. Er blieb, er war jeden Tag da und gab mir das Gefühl, jemand anders zu sein, jemand, den ich nicht kannte, jemand mit bösen Gedanken und jemand, der spontan in Tränen ausbrach. Ich vergaß, meine Hausaufgaben zu machen, vergaß mein Handy im Appartement und wohin ich gehen wollte.

Das war ein völlig neues Gefühl für mich, und ich wusste nicht, wie ich es wieder loswerden konnte. Ich konnte die Traurigkeit nicht daran hindern, immer wieder wie ein Kastenteufel aus seiner Schachtel hervorzuspringen.

Mit den Händen tief in den Taschen vergraben stapfte ich über die Straße zum Café, um dort meinen neuen Chemienachhilfelehrer zu treffen. Sofort wehte mir der kalte Wind die Haare ins Gesicht, wo sie an meinem Lipgloss hängen blieben. Oh Mann. Weil ich mich irgendwie nicht konzentrieren konnte, lief ich Gefahr, in Chemie durchzufallen. Nächste Woche war die letzte Prüfung, und wenn ich mir das Arbeitsblatt ansah, tanzten die Formeln vor meinen Augen Samba. Rory, die sich aufs Medizinstudium vorbereitete, hatte versucht, mir beim Lernen zu helfen. Am Ende war ich in Tränen ausgebrochen, und sie war völlig entsetzt gewesen.

Ich war mir nicht sicher, ob ich nicht auch bei meinem Nachhilfelehrer anfangen würde zu heulen, doch das Risiko musste ich eingehen. Allein in diesem dunklen Appartement hielt ich es keine Minute länger aus. Die Beleuchtung war deprimierend, und da es momentan auch noch so früh dunkel wurde, kam es mir vor, als säßen überall in den dunklen Ecken Glücksdiebe. Kleine Kerle, die mir beim Fernsehen oder während ich schlief mein Selbstvertrauen und meine Zuversicht klauten. Das war ein merkwürdiger Gedanke, aber ich hatte zurzeit eine Menge merkwürdiger Gedanken, und sie waren mir alle völlig fremd. Es war, als würde man plötzlich feststellen, dass man auf Hindi dachte, ohne zu wissen, warum, und ohne die Sprache zu beherrschen.

Als ich die Tür zum Café aufstieß, umfing mich wohlige Wärme, und ich schüttelte die Kälte ab. Meine Haare klebten noch immer an meiner Lippe, doch anstatt sie zu entfernen, kaute ich ein bisschen darauf herum. Es fühlte sich gut an, so als wäre ich wieder sechs Jahre alt und es wäre völlig okay, an meinen Haaren zu knabbern.

Ich sah mich nach einem Nerd um. Ich hatte den Nachhilfelehrer noch nie zuvor getroffen. Er war ein Masterstudent, und mein Professor hatte mir seine E-Mail-Adresse mit den Worten gegeben, niemand könne Studenten im Grundstudium die Prinzipien der Chemie besser erklären. Laut Professor Kadisch und laut seiner E-Mail-Adresse hieß der Typ Darwin. Das konnte nicht sein richtiger Name sein – oder vielleicht doch? Jedenfalls musste jemand, der so hieß – egal ob Spitzname oder nicht –, ein Nerd sein. In meinen Augen war das perfekt, denn nur ein Nerd konnte mich davor bewahren, durch den Kurs zu fallen und ihn nächstes Semester wiederholen zu müssen.

Es war nicht sehr voll im Café, ich entdeckte jedoch keine offensichtlichen Kandidaten für Darwin. Außer drei Mädchen, die zusammen lernten, waren noch zwei Paare da. Wie schon gesagt, Paare waren einfach *überall*. Jeden Tag stolperte man unweigerlich über einhundert perfekte Paare, die meinten, sich zu lieben. Einige von ihnen liebten sich vermutlich tatsächlich, wobei ich bei Paar Nummer eins meine Zweifel hatte. Sie sahen gelangweilt aus. Und Paar Nummer zwei? Liebe. Willkommen, Eifersucht, meine neue beste Freundin.

Ich verbannte diese Gedanken in den hintersten Winkel meines Kopfes, wo sich eine Schachtel mit der Aufschrift »Dinge, die mich runterziehen« befand, und suchte weiter nach meinem genialen Nachhilfelehrer. Warum waren diese Gedanken eigentlich nicht auf Hindi? Oh Mann, das war echt unfair.

Zwei Typen waren allein da. Einer trug eine Hipster-Brille und hatte einen tätowierten Arm, er wippte mit dem Kopf zur Musik aus seinem iPhone. Nein.

Der andere sah etwas zu jung aus für einen Masterstudenten, aber er hatte Akne und lockige Haare bis auf die Schultern. Er blickte aufmerksam auf seinen Computerbildschirm, und um ihn herum lag jede Menge Papier. Das war eindeutig mein Mann. Um zu verhindern, dass ich in dem Kurs durchfiel, musste er ein wahrer Superheld sein, doch er hatte sich den Job ja schließlich ausgesucht. Bei ihm würde ich ganz sicher nicht in Tränen ausbrechen. Nichts an ihm wirkte mitfühlend oder freundlich.

Lächelnd ging ich auf ihn zu. »Bist du Darwin? Ich bin Kylie. Danke, dass du mir beim Lernen helfen willst.«

Mit leerem Blick sah er zu mir auf. »Was?«

»Ich bin Kylie. Professor Kadisch hat mir deine E-Mail-Adresse gegeben … Wir haben uns hier verabredet.« Als sich seine Miene noch immer nicht veränderte, merkte ich, dass ich den Falschen angesprochen hatte. »Bist du Darwin?«

»Nein, ich bin Christian.«

»Oh.« Ich lächelte entschuldigend und rückte den Rucksack auf meinen Schultern zurecht. »Tut mir leid, dass ich dich gestört habe.«

»Kein Problem.« Als er schluckte, hüpfte sein Adamsapfel, und er verzog verächtlich die Lippen, um mir zu signalisieren, dass es in Wahrheit ein Riesenproblem war. Die Unterbrechung nervte ihn ziemlich.

Ich kam mir dumm vor, machte auf dem Absatz kehrt und ging zu einem leeren Tisch. Darwin schien ein paar Minuten zu spät zu kommen. Ich würde auf dem Handy meine E-Mails durchsehen, ob er mir abgesagt hatte.

»Kylie?«

Ich drehte mich um. Der andere Typ hatte die Ohrstöpsel herausgezogen und lächelte mich an.

»Ja.«

»Ich bin Darwin.« Er stand auf, kam auf mich zu und reichte mir die Hand. »Freut mich, dich kennenzulernen.«

Das war Darwin? Wirklich? Aha. Ich hätte nicht so vorschnell urteilen sollen. Ich fand es schrecklich, wenn Leute mich für eine dumme Blondine hielten. Aber echt, der Typ war süß. Um seine Augen bildeten sich Fältchen, wenn er lächelte, er trug einen kleinen Kinnbart, und die langen Wimpern hinter seinen Brillengläsern ließen mich neidisch werden. Er war um die eins achtzig groß, schlaksig, aber nicht dürr, und trotz Jeans und T-Shirt wirkte er durch und durch männlich, nicht jungenhaft.

»Freut mich auch.« Ich nahm seine Hand und schüttelte sie vorsichtig. Sein Griff war fest, aber nicht *zu* fest. Seine Handfläche war nicht feucht. »Danke, dass du mir helfen willst. Ich … quäle mich ein wenig.« Das war untertrieben.

»Setz dich, und wir sehen uns an, wo du bist.« Er zog einen Stuhl für mich hervor und ließ sich wieder auf seinem Platz nieder, sein Tablet-Computer lehnte an seiner Tasche, sodass er den Bildschirm sehen konnte.

Ich setzte mich, sein freundliches Lächeln war entwaffnend. Ein strenger Lehrer wäre mir wahrscheinlich lieber gewesen. Ich war mir nicht sicher, ob ich seine Freundlichkeit ertragen konnte, ohne sie mit Nathans gemeinem Verhalten zu vergleichen. Das tat ich ständig. Jedes Mal, wenn jemand nur ein bisschen nett zu mir war, fragte ich mich sofort, warum Nathan mich absichtlich so heftig verletzt hatte. Daraufhin fühlte ich mich immer schrecklich, als würde etwas mit mir nicht stimmen und Nathan hätte nach einer Weile erkannt, dass ich seinen Respekt nicht verdiente. Ich wollte nicht daran denken, aber ich konnte nicht anders. Es passierte ohne Vorwarnung.

Während ich meinen Laptop herausholte und meine Unterlagen aufrief, betrachtete ich Darwin.

Seine Haare waren nicht militärisch kurz geschnitten, aber auch nicht lang, gerade so, dass sie mithilfe eines Stylingprodukts lässig wirkten. Mit Haarpflege kannte ich mich aus. Wahrscheinlich knetete er sich nach dem Duschen einfach eine erbsengroße Portion Styling-Paste in die Haare. Männer, die sich um ihre Haare kümmerten, stiegen sofort in meiner Achtung. Wenn sie allerdings mehr Zeit mit ihrem Styling verbrachten als ich, hatten wir ein Problem. Männliche Pflegepraktiken waren nur in einem sehr begrenzten Rahmen akzeptabel. Es gab nur einen schmalen Bereich zwischen sehr geschniegelten Typen und Naturburschen, in dem ich Männer attraktiv fand.

Natürlich fand ich Darwin nicht attraktiv. Ich fand niemanden attraktiv. Schließlich war ich heftig verliebt gewesen, bis mein Herz den Schakalen zum Fraß vorgeworfen worden war. Nach so einer Erfahrung fand man nicht einfach jemand anders attraktiv.

»Was denkst du, ist das Hauptproblem?«, fragte Darwin und rückte etwas näher, sodass er mit auf meinen Bildschirm sehen konnte.

»Ich falle in Chemie durch.«

Er lachte. »Na, das weiß ich. Aber wann haben die Probleme angefangen?«

»Als der Kurs angefangen hat.«

Er presste die Lippen zusammen und schob seine Brille auf der Nase nach oben. »Okay, lass uns einfach das Arbeitsbuch zusammen durchgehen und sehen, was dir schwerfällt.«

»Okay«, sagte ich zweifelnd. Im Café war es warm, und ich streifte meine Jacke ab.

Er streckte die Hand aus und half mir aus dem linken Ärmel. »Danke.«

»Gern.« Er legte den Ärmel über meinen Stuhl. »Also, warum lassen sich isolierte Atome nicht messen?«

Äh. Ich dachte darüber nach, hatte aber keine Ahnung. Nicht annähernd. Ich konnte mich noch nicht einmal daran erinnern, dass wir überhaupt Atome durchgenommen hatten. Doch da es sich um einen Chemiekurs handelte, mussten wir sie wohl irgendwann besprochen haben. »Weil sie allein sind und niemand das Maßband halten kann?«

Er grinste mich an. »Nein, weil wir nicht genau bestimmen können, wo sich die Elektronen um den Atomkern befinden.«

»Richtig.« Herrje, ich war verloren.

»Aber wir können die Größe eines Atoms schätzen. Wir gehen davon aus, dass der Radius eines Atoms die Hälfte des Abstands zum Nachbaratom in einem Festkörper beträgt. Das ist am besten für Elemente wie Metalle, weil Metalle Atomkristalle bilden. Die Ergebnisse dieser Messungen nennt man metallische Radien.«

Ich versuchte, nicht in Panik zu geraten. »Äh … muss ich mir nur die Definition merken? Werde ich in der Prüfung nur gebeten, ›metallische Radien‹ zu definieren?«

»Ja, und vielleicht gibt es noch eine Aufgabe, in der du die Größe eines Atoms schätzen sollst.« Er riss ein Blatt Papier ab und schrieb eine Formel auf. Er war Linkshänder und bewegte den Stift kraftvoll und selbstbewusst. »Siehst du? So.«

Ja. Nein. Ich nahm an, wenn ich zumindest die Definition kannte und mit Formeln um mich warf, würde ich vielleicht ein D bekommen. Mehr brauchte ich nicht, um zu bestehen. »Aha«, antwortete ich unbestimmt.

»Der metallische Radius wird *größer*, wenn wir im Periodensystem nach unten gehen, weil sich die Valenzelektronen in größeren Umlaufbahnen befinden.«

Meine Lippe zitterte, und ich blinzelte heftig. Ich hatte Angst, dass ich mich bis auf die Knochen blamieren und anfangen würde zu weinen. Er könnte genauso gut Klingonisch sprechen. Wahrscheinlich würde ich Klingonisch sogar noch besser verstehen. In der Mittelstufe hatte ich eine *Star Trek*-Phase gehabt.

Als ich nichts sagte, sah er mich beunruhigt an. »Was ist los?«

»Ich glaube, es ist schwierig, ein ganzes Semester Chemie an einem Abend aufzuholen«, sagte ich leise.

»Nur gut, dass du den besten Lehrer hast.« Er zwinkerte mir zu. »Man nennt mich nicht ohne Grund Darwin.«

»Ist das dein richtiger Name?«

»Nein. Ich heiße Jonathon.«

»Das ist ein schöner Name.«

»Danke. Den Spitznamen Darwin hat man mir auf der Highschool gegeben, als ich den staatlichen Physikwettbewerb gewonnen habe. Und er hat sich durchgesetzt.«

Aus irgendeinem Grund fühlte ich mich dadurch besser. »Ich habe auf der Highschool Volleyball gespielt. Mein Spitzname war Bagger.«

Er lachte. »Wirklich? Und wie fandest du das?«

»Ich fand es furchtbar. Wer möchte schon Bagger gerufen werden? Ich dachte, ich hätte einen dicken Hintern.«

Darwin, oder Jonathon, sah mich verwirrt an. »Ist Baggern nicht …?« Er benutzte seine Handgelenke, um mir zu demonstrieren, wie er damit einen Ball schlug.

»Beim Volleyball, ja. Aber außerhalb des Spielfelds gibt es auch noch andere Bedeutungen.« Es war ein spöttischer Spitzname, den man je nach Kontext anders interpretieren konnte, aber das würde ich ihm nicht auf die Nase binden.

Er blickte hinter mir auf den Stuhl. »Ich finde deinen Hintern okay.«

Das hatte ich nun davon, dass ich meinen Po erwähnt hatte. Mein Nachhilfelehrer machte mir ein lahmes Kompliment, damit ich ruhig war und wir zu den Atomen zurückkommen konnten. »Danke. Soll ich dich Darwin oder Jonathon nennen?«

»Wie du willst. Ich höre auf beides.«

»Ich teste beides aus und entscheide mich dann«, erwiderte ich und stand auf. »Ich hole mir einen Latte, Darwin, kann ich dir etwas mitbringen?«

Er lächelte. »Gern. Ich nehme einen Kaffee. Schwarz. Costa Rica Blend. Danke, Kylie.«

Ich kramte im Rucksack nach meinem Portemonnaie. Er wollte mir fünf Dollar geben, doch ich schüttelte den Kopf. »Das geht auf mich, weil du mir hilfst. Das ist das Mindeste, was ich tun kann.« Vor allem angesichts der Tatsache, dass ich ein absolut hoffnungsloser Fall war.

Er nickte. »Danke. Und hey, wir teilen den Stoff einfach in die Hauptthemen auf und behandeln eins nach dem anderen. Das wird schon. Du schaffst das mit links.«

Seufzend dachte ich, dass ich früher auch so optimistisch war. Als die Erde jünger war und ich noch nicht von dem Kerl betrogen worden war, dem ich mein Herz geschenkt hatte und einen Schlüssel zu meiner Wohnung.

2

Zwei Stunden später schwirrte mir der Kopf, aber zumindest hatte ich einen Schlachtplan, wie ich weiterlernen konnte. Darwin/Jonathon hatte mir gezeigt, dass sich die Prüfung in Grundstoffe, Gemische, Verbindungen, Gase und Messungen aufteilte. Er unterteilte diese in weitere Kategorien, sprach mit mir jede Definition durch und gab mir Beispiele für Formeln, die ich vielleicht sogar verstand, wenn ich mich anstrengte und wirklich intensiv nachdachte.

Mir blieben noch drei Tage bis zur Prüfung. Wenn ich bis dahin in jedem wachen Moment immer wieder die Notizen durchlas, konnte ich vielleicht bestehen. Vielleicht.

Doch ich war ein bisschen überdreht. Während Darwin/Jonathon auf der Toilette war, ging ich einige Lernseiten im Internet durch und stieß auf diverse Chemiewitze. Ich konnte nicht anders. Ich kopierte einen und schickte ihm den Witz per E-Mail.

Als er zurückkam, blickte er auf sein Handy. »Hast du mir etwa gerade eine E-Mail geschickt, während ich auf der Toilette war?«

Er war wirklich süß. Das war einfach nicht richtig. Seine Jeans saßen, wie sie sitzen sollten, und ich fand es interessant, dass er im November nur ein T-Shirt brauchte. Auf seinem Unterarm trug er eine komplexe Tätowierung aus Ziffern und Diagrammen.

Ich nickte. »Ja, habe ich, Jonathon.« Ich testete noch immer seine beiden Vornamen.

Mit einem heiseren Lachen setzte er sich zurück auf seinen Stuhl und las die Nachricht. »Echt, Kylie?«

Ich stützte den Kopf auf der Hand ab und lächelte, ich fühlte mich wohl mit ihm. Er roch gut. Nach Kaffee und sauberer Haut.

»Sagt ein Atom zum anderen: Verdammt, ich glaube, ich habe ein Elektron verloren. Sagt das andere: Sei doch nicht immer so negativ.« Er las ihn mir vor, obwohl ich ihn kannte, schließlich hatte ich ihn ja geschickt. »Darauf antwortet das andere: Aber ich bin doch positiv.«

Ich musste lachen, ich konnte nicht anders. Der Witz war albern, und sogar ich verstand ihn.

Man musste Jonathon zugutehalten, dass er mit mir lachte. »Siehst du? Chemie macht *Spaß*.«

»Oh ja. Zum Totlachen. Hey, wie gratuliert man einem Chemiker zur Hochzeit?«, fragte ich und war froh, meinem Kopf einen Moment Ruhe gönnen zu dürfen. Ich hatte etwas Sorge, dass er schon vor Überhitzung qualmte.

»Wir wünschen dieser Verbindung eine lange Lebensdauer bei höchster Aktivität.«

Unmöglich. Den kannte er schon. »Verdammt! Woher wusstest du das?«

Er tippte sich an die Schläfe. »Köpfchen.«

»Tja, *Darwin*.« Ich spürte seinem Spitznamen auf meiner Zunge nach. Ich war mir immer noch nicht sicher, welcher Name besser zu ihm passte. »Ich glaube, ich sollte dich in dein normales, geregeltes Leben entlassen. Danke für deine Hilfe.«

»Gern.« Er packte rasch seine Sachen zusammen. »Du bestehst die Prüfung schon, du darfst nur nicht in Panik geraten.«

Er hatte leicht reden. »Was ist das da alles in deiner Tätowierung?« Ich streckte die Hand aus und strich mit dem Finger über das Zahlenlabyrinth auf seinem Arm.

Die Berührung schien ihn zu irritieren, und ich merkte, dass sie wahrscheinlich etwas unangemessen war. Doch in meiner Familie war es ganz normal, sich anzufassen, sodass ich nicht darüber nachdachte. Ich umarmte meine Freunde. Wenn ich mit Leuten sprach, legte ich ihnen die Hand auf den Arm, oder ich drückte ihr Knie. Wenn ich jemanden mochte – und es passierte mir selten, dass ich jemanden wirklich überhaupt nicht mochte –, fasste ich ihn an. Mein Ich vor dem RUN-Zwischenfall hätte darüber keine Sekunde nachgedacht, aber jetzt hatte ich plötzlich das Gefühl, ich müsste mich entschuldigen oder so. Damit er nicht dachte, ich wollte ihn anmachen.

Doch er deutete nur auf seinen Arm. »Das Periodensystem der Elemente, die Avogadro-Konstante, die Strukturformel für Propangas.«

Dann konnte ich nicht mehr folgen. »Aber denken die Professoren nicht, du würdest betrügen, wenn du das Zeug auf dem Arm stehen hast?«

Er lächelte mich etwas herablassend an. Ich glaube nicht, dass er das mit Absicht tat, aber seine Antwort machte mir deutlich, wie dumm meine Frage gewesen war. »Wenn du Reaktionskinetik und Nuklearchemie studierst, musst du bei den Grundlagen der Chemie nicht betrügen.«

»Na klar.« Meine Wangen glühten. Meistens war ich absolut glücklich damit, wie ich war. Doch manchmal gab es Momente wie diesen, in denen ich gern nicht die dumme Blondine gewesen wäre. Nur ausnahmsweise wollte ich einmal ernst genommen werden. Alle fanden mich niedlich, meinten aber, mein IQ läge nur unbedeutend über dem einer Geisteskranken. »Logisch.«

»Dazwischen stehen Daten von Menschen und Ereignissen, die mir wichtig sind. Mein Geburtstag. Der Geburtstag meiner Mutter. Das erste Mal, dass ich …« Er blickte auf und grinste mich an. »Na ja, du kannst es dir denken.«

Genie hin oder her, er war dennoch wie jeder andere Junge. Er musste angeben. »Willst du mir ernsthaft erzählen, dass du dir das Datum eintätowiert hast, an dem du deine Jungfräulichkeit verloren hast?«

»Das habe ich nicht gesagt.«

Doch er zwinkerte mir zu, und ich fand, dass er zunehmend attraktiver wurde, je länger ich mit ihm zusammensaß.

»Eigentlich müsste es total chaotisch aussehen, aber der Künstler hat gute Arbeit geleistet. Es ist ziemlich cool.«

»Danke.« Er schob seinen Stuhl zurück. »Bist du bereit zum Aufbruch?«

»Klar.« Ich stand auf und nahm meinen Mantel vom Stuhl.

»Hast du irgendwelche Tattoos?«, fragte er.

»Nein. Ich habe ein Piercing.«

»Im Bauchnabel?«

»Nein.« Sollte er das interpretieren, wie er wollte.

Seine Brauen schossen nach oben. »Willst du mir erzählen, dass du ein Intim-Piercing hast?«

Ich lachte. »Ein Intim-Piercing? Das habe ich nicht gesagt«, wiederholte ich seine Worte und zwinkerte ihm zu.

»Oh mein Gott.« Er stand auf und nahm seine Kuriertasche. »Du bist gefährlich.«

Ich wünschte, ich wäre es. »Um gefährlich zu sein, muss man entweder böse oder superschlau sein. Ich bin weder das eine noch das andere.«

»Das sind nicht die einzigen Möglichkeiten, eine Bedrohung darzustellen.«

Plötzlich hatte ich Angst, was er sagen könnte. Um mich abzulenken, blickte ich deshalb auf mein Telefon und bereute es sogleich. Ich hatte eine SMS von Nathan.

Ich liebe dich.

Mein Lächeln erstarb, ich steckte das Telefon in die Tasche. Das wollte ich nicht sehen. Ständig schickte er mir solche Nachrichten, entschuldigte sich und flehte mich an, wieder mit ihm zusammen zu sein. Aber wie sollte ich jemandem vertrauen, der nicht nur mit meiner Freundin geschlafen hatte, sondern anschließend auch noch monatelang versucht hatte, es zu wiederholen?

Er liebte mich nicht. Sonst hätte er mich nicht so behandelt.

Entschlossen lächelte ich und blickte Darwin/Jonathon an. »Danke noch mal, Jonathon. Schönen Abend.« Ich ging los und wollte einen Augenblick für mich sein.

»Ich komme mit dir nach draußen«, meinte er locker und holte mich ein.

Verdammt.

»Alles in Ordnung?«, fragte er, während er mir die Tür aufhielt.

Als mir die kühle Luft ins Gesicht wehte, zuckte ich zusammen. »Ja. Ich bin gestresst, aber ich gebe mein Bestes für die Prüfung. Wenn ich durchfalle, habe ich es zumindest versucht.«

»Ich spreche nicht von der Prüfung.«

Verwirrt sah ich ihn an. Wir standen auf dem Bürgersteig, und ich wusste nicht, in welche Richtung er musste. »Was meinst du?«

»Die Nachricht auf deinem Handy scheint dich aufgewühlt zu haben.«

Augenblicklich kamen mir die Tränen, weil man mir das so offensichtlich ansah.

»Nein, alles okay.« Ich deutete nach links. »Ich muss da entlang. Schönen Abend.«

»Gehst du zu Fuß?« Er runzelte die Stirn.

»Es ist nur ein Block.«

»Es ist dunkel. Ich begleite dich.«

»Nein, nein, ist schon in Ordnung.« Ich ging los. Ich hatte es eilig, von ihm fortzukommen. Er war zu nett, und ich fühlte mich verletzlich. Wie ein Loser. Ich konnte keinen Freund halten und war unfähig, die Grundlagen der Chemie zu begreifen – die Dinge, die er als Chemie für Dummköpfe betrachtete.

Doch er lief unbeirrt neben mir her. »Du bist im Grundstudium, stimmt's?«, fragte er locker, als würde ich nicht mit den Tränen kämpfen.

Ich nickte.

»Was ist dein Hauptfach?«

»Pädagogik. Ich will Grundschullehrerin werden.« Ich lächelte ihn schwach an. »Dazu brauche ich keine Chemie.«

»Ich wette, du kannst gut mit Kindern umgehen.«

»Ich liebe Kinder.«

Schweigend liefen wir weiter, die Absätze meiner Stiefel hallten besonders laut durch die Dunkelheit, und die Straße, auf der sich normalerweise jede Menge Studenten tummelten, war jetzt menschenleer. Es war ein bisschen unheimlich um diese Uhrzeit, ich kannte ein Mädchen, das hier überfallen worden war. Ich würde mir vor Angst in die Hose machen, wenn mir so etwas passierte, und wenn ich nicht so schlecht drauf wäre, wäre ich Darwin/Jonathon von Herzen dankbar, dass er mich begleitete. Doch ich wollte einfach nur nach Hause.

Allerdings wurde mir dann klar, dass mich zu Hause ein dunkles, stilles Zimmer erwartete, und die Tränen, die ich bis dahin erfolgreich zurückgehalten hatte, brachen sich zusammen mit einem unfreiwilligen Schluchzer Bahn.

Als wir mein Haus erreichten, lief ich zur Tür und grub in meiner Tasche nach dem Schlüssel.

»Kylie.« Darwin/Jonathon fasste meinen Arm. »Hey, sieh mich an.«

Ich schüttelte den Kopf.

»Willst du darüber reden?«

Ich schüttelte heftiger den Kopf.

Doch weil ich meine Gefühle nie verdrängen konnte, sondern meine Gedanken immer einfach aussprach wie ein Kleinkind, das auf dem Rücksitz im Auto jeden Baum, jede Kuh und jedes Haus kommentiert, platzte es aus mir heraus: »Mein Freund hat mich mit meiner besten Freundin betrogen.«

»*Was*?« Er klang schockiert. »Ist das ein Witz?«

Ich war ein wenig erleichtert, dass er so heftig reagierte. »Das habe ich auch gedacht.«

»Ich hoffe, er ist jetzt dein Exfreund.«

»Ja. Sie waren betrunken. Natürlich ist das total schlimm, aber vielleicht hätte ich ihm das noch verzeihen können. Ich habe jedoch die Nachrichten gelesen, die er ihr noch monatelang danach geschickt hat, weil er es unbedingt wiederholen wollte. Noch nie habe ihm jemand so gut einen geblasen und dass sie …« Ich schüttelte den Kopf. »Egal. Es war jedenfalls offensichtlich, dass es ihm kein bisschen leidgetan hat.«

»Wow. Das ist heftig. Er klingt wie ein absolutes Arschloch. Das tut mir leid.«

Ich atmete tief durch und ließ die Schultern sinken. Einen Augenblick lang wusste ich nicht, was ich sagen sollte. Aus seiner Sicht hatte er richtig reagiert, aber jedes Mal, wenn jemand sein Mitgefühl äußerte, fühlte ich mich nur noch schlechter. Denn obwohl mich alle aufrichtig bedauerten, waren sie auch ein bisschen froh, dass es ihnen nicht selbst passiert war. »Danke.«

Endlich fand ich den Schlüssel. Meine Hand zitterte ein wenig, als ich versuchte, die Haustür aufzuschließen.

Darwin/Jonathon legte beruhigend seine Hand auf meine. Für einen Moment stand ich einfach nur da und atmete gleichmäßig ein und aus, um mich zu fassen. Er wartete, dann half er mir, den Schlüssel nach rechts zu drehen.

Er stand dicht hinter mir, ich sah zu ihm auf und stieß mit der Hüfte die Tür auf. »Danke«, flüsterte ich.

»Er ist ein Arschloch«, wiederholte er in ernstem Ton und mit aufrichtiger Miene.

»Willst du noch mit reinkommen?«, fragte ich, weil ich wirklich nicht allein sein wollte. Meine Gedanken wirbelten durcheinander, meine Ängste ließen mich nicht los. Die Gefahr, in Chemie durchzufallen, der Umzug aus meiner alten Wohnung, meine Eifersucht auf die Beziehungen meiner Freundinnen … all das trieb mich um. Ich wollte keine Stille.

Einen Augenblick schloss er die Augen, und ich kam mir albern vor. Er war fünfundzwanzig, ein Masterstudent, der im Labor forschte und wahrscheinlich eine Intelligenzbestie als Freundin hatte, die zum Spaß Physik studierte. Warum sollte er den Rest des Abends mit einer Studentin verbringen, die Biochemie nicht von ihrem Po-Loch unterscheiden konnte und ständig anfing zu heulen?

»Tut mir leid, ich weiß nicht, warum ich das gesagt habe. Du hast sicher was Besseres vor, als dich von meinem jämmerlichen Liebesleben langweilen zu lassen.« Ich hatte nicht oft in meinem Leben Scham empfunden, aber in den letzten drei Monaten war sie zu einem vertrauten Gefühl geworden – und ich hasste dieses Gefühl.

Ich trat in den Hausflur, wollte die Tür hinter mir schließen und Darwin gehen lassen. Doch er folgte mir. »Ich würde gern reinkommen.«

Oh Gott, er hatte Mitleid mit mir. Die Scham wuchs, aber zugleich wollte ich noch immer nicht allein sein, daher schickte ich ihn nicht fort, wie ich es hätte tun sollen. Ich stieg die Treppe in den zweiten Stock hinauf, und als ich auf der dritten Stufe etwas stolperte, legte er mir die Hand auf den unteren Rücken.

Darwin war eindeutig ein netter Kerl. Das Gehalt, das ihm die Universität als Nachhilfelehrer bezahlte, war mit Sicherheit nicht ausreichend. Wie viele Stunden die Woche verbrachte er wohl damit, weinende Studentinnen aus dem Grundstudium auf ihre Prüfungen vorzubereiten? Wahrscheinlich fiel die Hälfte aller Erstsemester in Chemie durch. Doch er war verdammt süß, und er war hier, obwohl er ganz offensichtlich unzählige andere interessante Dinge tun könnte.

»Hast du eine Mitbewohnerin?«, fragte er.

»Nein, es ist nur ein Studio. Ich bin erst im September hergezogen, nachdem das Semester schon angefangen hatte. Deshalb musste ich nehmen, was ich kriegen konnte. Aber nach dem, was passiert war, konnte ich nicht mehr mit Robin in der gleichen Wohnung leben. Das hier war die beste Lösung.« Ich schloss auf und öffnete die Tür. Ich schaltete das Licht ein, und erneut deprimierte mich der triste Anblick. »Die Beleuchtung ist furchtbar.«

Er schlenderte in das kleine Zimmer und beugte sich über meine zwei Lampen. »Du hast nur fünfundzwanzig Watt hier drin. Du könntest hellere Birnen kaufen.«

»Ach.« Natürlich konnte ich das. Doch das war mir noch nicht in den Sinn gekommen. Ich war zu sehr damit beschäftigt gewesen, mich selbst zu bemitleiden, um logisch zu denken. »Ja, das könnte ich wohl.«

Er ließ sich aufs Bett fallen, das mir zugleich als Sofa diente, weil ich weder genügend Möbel noch genügend Platz hatte.

»Es dauert eine Weile, bis man sich an einem neuen Ort eingelebt hat.«

»Ich will nicht hier sein, deshalb fällt es mir wahrscheinlich etwas schwer, es zu mögen.« Ich stellte meinen Rucksack auf dem Boden ab, setzte mich neben ihn und schlug die Beine unter. »Hast du einen Mitbewohner?«

»Ja. Mein Freund Devon. Ehrlich gesagt würde ich lieber allein wohnen, aber das kann ich mir nicht leisten.«

»Und ich würde lieber mit anderen zusammenwohnen. Ich bin eher der gesellige Typ.« Das Handy in meiner Hosentasche vibrierte.

Ich wollte nicht nachsehen, ich hatte keine Lust. Es konnte nichts Wichtiges sein. Vielleicht Jessica oder Rory oder meine Mutter. Wie unter Zwang zog ich das Telefon dennoch heraus, sah nach – und bereute es augenblicklich. Als ich die Nachricht von Nathan las, zog sich mein Magen zusammen.

Das wäre nicht passiert, wenn du diesen Sommer hiergeblieben wärst. Ich hatte dich darum gebeten. Dann wären wir noch immer glücklich zusammen.

Ich verzog die Lippen. Dann war es also meine Schuld, dass er mit meiner Freundin geschlafen hatte? Weil ich ein paar Wochen nicht da gewesen war?

»Warum blockierst du ihn nicht?«, fragte Darwin.

»Ich weiß nicht. Vielleicht hoffe und warte ich noch immer auf eine bessere Entschuldigung.«

»Ich glaube nicht, dass es eine bessere Entschuldigung für das gibt, was er getan hat, und ich bezweifle, dass er dir je einen guten Grund liefern kann, warum er mit deiner besten Freundin geschlafen hat.«

Ich nickte. »Du hast recht. Ich weiß, dass es nicht meine Schuld ist, aber ich denke trotzdem ständig darüber nach, ob ich etwas anders hätte machen sollen.«

Er hielt abwehrend die Hand hoch. »Halt. Du hättest das nicht verhindern können. Wenn ein Typ entschlossen ist, diese Grenze zu überschreiten, kannst du noch so perfekt sein, es wäre ganz egal. Tu dir das nicht an.«

Erneut kamen mir die Tränen. Ich nickte, meine Lippen bebten.

»Es ist nicht deine Schuld. Er ist egoistisch, dumm, unmoralisch und ein Arschloch.«

»Na ja, ich weiß nicht, ob er dumm ist.« Dem Rest konnte ich zustimmen, aber aus irgendeinem lächerlichen Grund verspürte ich das Bedürfnis, Nathan zu verteidigen, wenn auch nur ein bisschen.

»Er hat sich erwischen lassen, oder? Das zeugt von seiner Dummheit. Außerdem ist jeder Typ ein Idiot, der seine Zeit damit verschwendet, eine andere anzumachen, wenn er dich hat.«

Ich lächelte. »Danke. Auch wenn du das nur so sagst.«

Doch er schüttelte den Kopf und zog seine Jacke aus. »Ich sage das nicht nur so. Du bist hübsch, Kylie, und mehr als das, du bist liebenswert.«

Ich dachte gerne von mir, dass ich ein netter Mensch war. »Ich versuche, einfach anständig zu sein. Aber das hat sich anscheinend nicht ausgezahlt.«

»Lass nicht zu, dass dich dieser Idiot verändert. Lass dich nicht von ihm kaputt machen. Du bist attraktiv, so wie du bist.«

Ich war verwirrt und wusste nicht, was ich sagen sollte. Mir war klar, dass er einfach nur nett sein wollte. Es nervte mich, dass es mir überhaupt wichtig war, was irgendjemand dachte, aber so war ich im Moment nun mal. Ich sehnte mich auf eine Art nach Bestätigung wie vermutlich seit der Mittelstufe nicht mehr. »Du findest mich attraktiv?«

Es war absolut peinlich, das zu fragen, und ich ärgerte mich, dass es mir herausgerutscht war.

Darwin nickte jedoch. »Ich finde dich sehr attraktiv. Ich muss zugeben, ich finde dich so attraktiv, dass ich bei der Nachhilfe die ganze Zeit ziemlich abgelenkt war.«

Mir lief ein Schauer über den Rücken. »Das stimmt nicht.« Er hatte überhaupt nicht ausgesehen, als würde er mich mit Blicken ausziehen. Doch vielleicht waren Nerds schlau genug, das zu verbergen, anders als die Dumpfbacken, mit denen ich es normalerweise zu tun hatte.

»Oh doch.« Er lehnte sich an die Wand, die Hände auf den Knien und schloss leicht die Augen. »Ich kann dir sagen, dass du zwei Halsketten trägst – eine mit einem Kreuz, eine mit einem Herz, in dessen Mitte ein Rubin sitzt. Du hast ein geflochtenes Armband an, und wenn ich raten müsste, würde ich sagen, du trägst Körbchengröße 75C. Du hast einen ganz kleinen Leberfleck am Hals, du bist verrückt nach Lipgloss, du wickelst immer eine Haarsträhne um deinen linken Finger, nie um deinen rechten, und du bist von Natur aus blond.«

Oh mein Gott. Ich wurde rot, und diesmal nicht nur, weil ich mich schämte, sondern vor allem, weil ich plötzlich völlig überraschend erregt war. »Woher weißt du, dass ich von Natur aus blond bin?«

»Du hast keinen andersfarbigen Ansatz, und deine Brauen haben denselben Farbton wie deine Haare.«

Waren alle intelligenten Menschen so aufmerksame Beobachter? Rory war auch so. Obwohl Rory noch nie meine Körbchengröße geraten hatte. Ich war sprachlos.

»Ist dir das jetzt unheimlich?«, fragte er. »Ich habe dir das alles nur gesagt, um dir zu beweisen, dass ich dich attraktiv finde.«

»Es ist nicht unheimlich. Ich finde es schmeichelhaft.« Und es war sehr nett von ihm, dass er mein angeschlagenes Ego streichelte.

»Gut. Ich will, dass du daran denkst, wann immer du meinst, du könntest etwas dazu beigetragen haben, dass dieses Arschloch dich betrogen hat. Es war sein Problem, nicht deins.«

Ich hatte das Gefühl, ich müsste ihm etwas für die Therapiestunde bezahlen. »Danke, Darwin. Ich finde dich auch attraktiv.«

Er lächelte und hob den Mundwinkel auf eine Art und Weise, die meine Aufmerksamkeit auf seinen Mund lenkte. Wie sich seine Lippen anfühlten? Irgendwie wollte ich unbedingt von ihm geküsst werden, nur um es herauszufinden.

»Jetzt schmeichelst du mir.«

»Nein.« Ich schüttelte den Kopf und beugte mich unwillkürlich näher zu ihm. »Als ich mich neben dich gesetzt habe, ist mir als Erstes aufgefallen, dass du gut riechst.«

Er blähte ein wenig die Nasenflügel. »Dass ich gut rieche?«

»Ja. Du riechst männlich.«

»Das ist die Evolution«, erklärte er. »Ein Weibchen reagiert instinktiv auf den Geruch eines Männchens. Es fühlt sich unbewusst von dem Exemplar angezogen, von dem es meint, dass es das Überleben ihrer Nachkommen sichern kann.«

Aha. »Ich glaube, es hatte mehr damit zu tun, dass du nicht nach Schweiß oder Rasierwasser riechst.«

»Es ist dennoch die Chemie der Anziehung.«

Er war ebenfalls näher gerückt, und ich bemerkte seine Erektion. Die war eben noch nicht da gewesen, aber jetzt. Der Anblick der deutlich gewölbten Jeans löste bei mir ein Kribbeln an Stellen aus, von denen ich schon dachte, sie würden überhaupt nicht mehr existieren. Seit dem RUN-Vorfall war ich kein einziges Mal sexuell erregt gewesen, doch jetzt war da dieses warme Gefühl zwischen meinen Schenkeln und breitete sich in meinem ganzen Körper aus. Meine Nippel wurden fest unter meinem BH, meinem 75C-BH.

»Kannst du mir das einfach zeigen, anstatt es mir zu erklären?«, fragte ich und war überrascht, mich flirten zu hören. Ich hatte gedacht, mein Talent zum Flirten hätte sich für längere Zeit in Urlaub verabschiedet, doch nun kehrte es zurück. »Ich lerne besser in der Praxis.«

»Mit Anschauungsmaterial?«

Ich nickte und biss mir auf die Lippe.

»Komm her.« Er streckte die Hand nach mir aus.

Ich trat zwischen seine Beine und atmete seinen Geruch ein, betrachtete seine schmalen Lippen und die dunklen Augen hinter seinen Brillengläsern. Er wischte mit dem Daumen die Tränen fort, die nasse Spuren in meinem Gesicht hinterlassen hatten.

Dann küsste er mich.

3

Es war ein fantastischer Kuss. Er begann vorsichtig und langsam und wurde dann immer leidenschaftlicher, bis ich mich kurz von ihm lösen musste, um Luft zu holen. Einen Herzschlag lang blickte ich ihn einfach nur an. Meine Lippen schwebten über seinen, doch da sich das Licht in seinen Brillengläsern spiegelte, konnte ich den Ausdruck in seinen Augen nicht erkennen. Er ließ mir nicht genügend Zeit, etwas zu sagen oder weiter nachzudenken, sondern legte seine Hand auf meinen Hinterkopf und näherte sich erneut meinen Lippen. Aus irgendeinem Grund bedeutete es mir viel, dass er mich nicht an sich zog, sondern dass er zu mir kam. Dies war kein gedankenloser Kuss mit einer viel zu lässigen »Hey, Süße, komm zu Daddy«-Attitüde.

Ich fühlte mich, als würde ich mit geschlossenen Augen auf einem Schwimmreifen einen Fluss hinuntertreiben, das Gesicht ganz entspannt der Sonne zugewandt, als wäre es warm und gleichzeitig angenehm kühl und ich ließe die Finger hinter sich durchs dunkle Wasser gleiten.

Jede Empfindung nahm ich ganz bewusst wahr, jeder Augenblick zählte, und die Zeit wurde in all ihrem perfekten Glanz auf einer mentalen Filmrolle gebannt. Sie glitt langsam und leicht dahin, verrann jedoch schneller, als man es sich vorstellen konnte.

So küsste Jonathon. Er liebkoste mit der Zunge das Innere meines Mundes, streichelte mit den Fingern meinen Hinterkopf und bildete dabei mit Armen und Beinen einen Kokon der Geborgenheit um mich. Er küsste mich, als wollte er nirgends anders sein und nichts anderes tun, dabei fasste er nicht meine Hand, um mit ihr über seinen Schritt zu streichen oder sie dagegenzupressen.

Er schien mich ewig küssen zu können. Mein Atem ging schneller, und mein Körper wurde zunehmend erregt, sinnlich, scharf. Als er sich kurz von mir löste und mich anlächelte, sah ich, dass seine Brillengläser beschlagen waren. Ich lachte leise.

»Was?«

»Deine Brille ist beschlagen.«

Ich hätte erwartet, dass er lächelte oder mit mir lachte, aber seine Miene blieb ernst, voller Verlangen.

»Das liegt daran, dass du verdammt scharf bist«, sagte er mit tiefer Stimme, dann zog er meine Unterlippe in seinen Mund und saugte an ihr.

»Oh«, murmelte ich, legte die Hände um seinen Nacken und sank an seine Brust. Ich reagierte unwillkürlich darauf, dass er an meiner Lippe saugte, auf das Ziehen in meinem Körper. Als er sich hinunterbeugte und mit der Nase über meinen Nacken strich, zuckte ich leicht zusammen und war erstaunt, dass mich eine so leichte Berührung derart erregte. Ich grub meine Fingerspitzen in seine Schultern, und er legte mich sanft aufs Bett.

»Darf ich dir den Pullover ausziehen?«

Dass er fragte, anstatt einfach an meinen Kleidern zu zerren, überraschte mich. Ich nickte stumm. Irgendetwas an ihm machte mich sprachlos, und es fühlte sich seltsam und verwirrend an, aber erotisch. Ich musste nicht immer weiterplappern, um seine Aufmerksamkeit zu erregen, und er gab mir nicht das Gefühl, einen Pornostar haben zu wollen, wie es bei Nathan immer der Fall gewesen war. Das hier war langsam und entspannt, und als Darwin mir vorsichtig den Pullover über den Kopf streifte und darauf achtete, dass er dabei nicht versehentlich an meinen Haaren zog, fühlte ich mich nicht gedrängt, mich in Pose zu werfen. Stattdessen streckte ich einen Finger aus und schob seine Brille nach oben, die auf seiner Nase nach unten gerutscht war, und es fühlte sich ganz natürlich an.

»Danke«, murmelte er.

Erneut küsste er mich leidenschaftlich und sinnlich. Ich strich mit dem Bein über seine Wade und sehnte mich danach, meine Hüften gegen seine zu pressen.

Seine Hand lag schwer auf meinem Hüftknochen, während seine Zunge über meine Unterlippe und meinen Hals strich. Ich erschauderte. »Oh Gott.« Seine Finger auf meiner Hüfte zuckten ein wenig.

Mir war der BH-Träger von der Schulter gerutscht, und er streifte ihn meinen Arm hinunter. Dasselbe wiederholte er auf der anderen Seite, und während er durch meinen BH hindurch meine Brüste erforschte, strich er weiterhin mit seinen Lippen über meine Haut – meinen Hals, mein Dekolleté, meinen Mund, sodass ich nie wusste, was er als Nächstes tun würde. Ich stöhnte und rieb sehnsüchtig meine Hüften an ihm. Seit August hatte ich keinen Sex mehr gehabt, und seit der zehnten Klasse hatte ich nicht mehr so lange mit jemandem herumgeknutscht.

Er hielt kurz inne, um sein T-Shirt auszuziehen. Seine Brust war deutlich muskulöser, als ich es bei einem Typen erwartet hätte, der seine ganze Zeit mit Messbechern verbrachte, oder womit auch immer man in Chemielaboren arbeitete. Ich strich mit den Fingern über seine Brust, wollte ihn spüren. Seine Haut war warm, und an jeder Stelle, die ich berührte, überlief ihn eine Gänsehaut. Aus irgendeinem Grund gefiel mir das.

Als ich am Knopf seiner Jeans anlangte, öffnete ich ihn. Daraufhin lehnte er sich zurück und sah mich an.

»Ich habe mich gefragt, ob wir so weit gehen wollen«, sagte er. »Ist das ein Ja?«

Für einen Moment war ich ein bisschen verwirrt. Er hatte nicht wirklich damit gerechnet, dass wir Sex haben würden? Das war schwer zu glauben. Aber es bestärkte mich in meiner Entscheidung. Eigentlich hatte ich mich entschieden, ohne wirklich darüber nachgedacht zu haben, nun hielt ich kurz inne und überlegte noch einmal, um mir hundertprozentig sicher zu sein. Wollte ich Sex mit Darwin haben? Herrgott, ja. Mein Körper stand in Flammen, und er schien sein Bestes geben zu wollen. Obwohl mir jeder Typ bislang versprochen hatte, ich würde nicht enttäuscht sein, bin ich es dennoch meist gewesen. Doch Jonathon hatte sich bereits so viel Mühe mit dem Vorspiel gegeben, dass ich mir in diesem Fall sicher war, es würde anders sein.

Ich nickte und biss mir auf die Lippe. »Das ist ein Ja.«

Er sagte nichts, er öffnete einfach den Verschluss meines BHs und zog ihn mir aus. Dabei warf er einen Blick auf das Schild.

»Was machst du?«

»75C. Mensch, ich bin gut.«

Ich lachte. »Oder pervers.«

»Eigentlich nicht. Aber du bringst meine perverse Seite zum Vorschein. Ich hab ja gesagt, du bist gefährlich.«

»Ich kann nichts dafür, dass du auf meine Brüste starrst.«

Er senkte den Mund zu meiner Brust.

»Oder dass du das machst.« Oh Gott, das fühlte sich gut an. Er ließ sich Zeit und saugte langsam an meinem Nippel, wobei er mit der Hand meine Brust hielt. Ich spürte deutlich seine Erektion an meinem Bein. Die Lust gab mir das Gefühl, in meiner Jeans gefangen zu sein. Ich wollte nackt sein, und ich wollte, dass er nackt war. Ich riss seinen Reißverschluss hinunter und schob meine Hand in seine Hose.

Als ich seinen Penis berührte, hielt er inne und stöhnte.

Doch noch immer hatte er es nicht eilig. Er streifte nicht seine Hose zu den Knien hinunter, um mich fünf Minuten lang zu nehmen und dabei in regelmäßigen Abständen auf meinen Hintern zu schlagen.

Überhaupt nicht. Er ließ von meinen Brüsten ab, strich mit der Zunge meinen Bauch hinunter und tauchte sie in meinen Nabel. Seine Hände folgten seiner Zunge überallhin. Als er federleicht über die nasse Spur strich, die sie auf meiner Haut hinterlassen hatte, schnappte ich nach Luft und umfasste sein Glied fester.

»Darwin«, murmelte ich. Noch immer testete ich beide Namen und konnte nicht herausfinden, welcher besser zu ihm passte. Normalerweise fühlen sich Spitznamen persönlicher an, aber das schien bei ihm nicht der Fall zu sein.

»Ja?«

»Ich weiß nicht.« Ich umfasste mit der freien Hand seinen Hinterkopf, strich mit den Fingern durch seine Haare und drängte seinen Mund zurück zu meinem Nippel. »Keine Ahnung, warum ich das gesagt habe.« Ich wusste es tatsächlich nicht.

»Vielleicht wolltest du mich um etwas bitten?«, schlug er vor und grinste mich schief an.

Es müsste verboten sein, dass ein derart intelligenter Typ auch noch so verdammt scharf war. Er hielt alle Trümpfe in der Hand. »Du hast recht. Ich wollte dich bitten, mir die Hose auszuziehen.«

Er blähte die Nasenflügel. »Mit Vergnügen.« Er glitt meinen Bauch hinunter, öffnete den Knopf und zog den Reißverschluss nach unten. Doch als er die Jeans abstreifen wollte, tat sich nicht viel. »Ich bin wirklich froh, wenn diese verdammten Röhrenjeans wieder aus der Mode sind.«

Aus irgendeinem Grund fand ich das superlustig und kicherte.

»Was?«, fragte er und lächelte mich an. »Das stimmt. Die sind total nervig.«

Darauf hatte ich keine Antwort. Ich wusste nicht, warum ich eigentlich lachte. Vielleicht weil ich mich seit ewigen Zeiten zum ersten Mal wieder … sexy fühlte. Begehrenswert. Auch wenn es in diesem Moment und nur in diesem Moment war.

Anstatt etwas zu erwidern, fasste ich den Bund meiner Jeans und schob sie zusammen mit meinem Slip über die Schenkel nach unten. »So. Den Rest kannst du erledigen.«

Es war sehr befriedigend, wie sich seine Augen verdunkelten und dass er »Oh mein Gott« murmelte, als er meinen Körper betrachtete. »Du hast nicht gelogen, was das Piercing angeht.«

»Nein.« Das war nicht meine Idee gewesen. Ich hatte es auf Nathans Drängen hin getan, der zu viel Sex im Internet gesehen hatte. Er hatte darauf bestanden, dass es superscharf für ihn wäre und das Vorspiel für mich intensiver machen würde. Allerdings hatte es bei uns nie ein Vorspiel gegeben. Er hatte lediglich hin und wieder mit den Fingern gegen den Ring geschnippt und daran gezogen, um meine Aufmerksamkeit auf sich zu lenken. Ich hatte den Ring eigentlich schon entfernen wollen, hatte es aber irgendwie immer wieder vergessen. Ich war daran gewöhnt, und wenn ich erregt war, verstärkte er das Kribbeln.

Eine Sekunde lang schwebte seine Hand über mir, dann umfasste er mich sanft. Sein Blick suchte meinen. »Du rasierst dich.«

Da es keine Frage war, antwortete ich nicht. Ich rasierte mich seit dem ersten Jahr auf der Highschool, wegen Bikinis und wegen Volleyball und später wegen der Jungs. Mir gefiel es.

Er schüttelte leicht den Kopf, und ich überlegte etwas irritiert, was das zu bedeuten hatte, doch bevor ich ihn fragen konnte, küsste er mich und ließ zugleich einen Finger in mich hineingleiten. Die Worte lösten sich in nichts auf. Ich war bereits feucht. Jonathon besaß lange Finger, und er wusste genau, wie er mich streicheln musste. Er war kein Zwanzigjähriger, der seine Finger in mich hineinrammte, als würde er ein Erdnussbutterglas auskratzen. Seine Berührung war sanft und forschend, und als er merkte, dass er mich erregte, verfiel er in einen regelmäßigen Rhythmus, den ich wahrscheinlich nur selbst toppen konnte, und ich hatte jahrelange Übung. Während er mich mit den Fingern von innen liebkoste, reizte er mit dem Daumen meine Klitoris, klappte den Ring vor und zurück und erregte mich zusätzlich.

Ich wandte den Kopf ab, zu viele Gefühle stürmten auf mich ein. Ich brauchte Luft, ich brauchte eine Pause. Doch das gab ihm Gelegenheit, erneut mit der Zunge meinen Nippel zu liebkosen. Immer wieder strich er mit der Zunge darüber, ebenso wie er mit dem Daumen meine Klitoris reizte. Er erregte mich so lange, bis ich mich auf dem Bett wand und verzweifelt seine Arme packte. Ich versuchte zappelnd, mich komplett von meiner Hose zu befreien, damit ich die Beine richtig spreizen konnte.

Er verstand, was ich wollte, löste sich von meiner Brust, beugte sich hinunter, zog kräftig an meiner Jeans und befreite meine Beine, ohne dass er dabei die Finger aus mir löste.

»Danke«, flüsterte ich keuchend und ließ die Schenkel auseinanderfallen.

»Ich bin derjenige, der sich bedanken muss.« Er rieb sich das Kinn und betrachtete mich von Kopf bis Fuß. »Du bist echt die schärfste Frau, die ich je gesehen habe. Ich möchte jeden Millimeter von dir lecken.«

Davon würde ich ihn nicht abhalten. Er war ohnehin schon auf halbem Weg, sein Ziel zu erreichen. Ich fasste sein Handgelenk und zog seine Finger aus mir heraus. Meine Hand zitterte genau wie vorhin, als ich versucht hatte, die Haustür zu öffnen. Ich stand kurz vor einem Orgasmus, und er hatte noch nicht einmal seine Jeans ausgezogen.

»Keine Finger?«, fragte er.

Ich schüttelte den Kopf und fragte mich erneut, wohin meine Stimme entschwunden war. Es verschlug mir nie die Sprache. Nie. Doch es gab nichts zu sagen, ich wollte nur fühlen.

»Zunge?«, fragte er.

Das würde mich vermutlich umbringen, doch allein der Gedanke, was er anstellen konnte, wenn er mich dort leckte, brachte mich dazu, heftig zu nicken.

Er hob einen Mundwinkel. »Lass mich erst meine Hose ausziehen. Ich fühle mich etwas overdressed.«

»Wie ein Eskimo in den Everglades«, erwiderte ich.

Er lachte. »Du bist echt witzig, Kylie.« Dann setzte er sich auf, zog Jeans und Unterhose aus und befreite seine Erektion.

Mein Mund fühlte sich heiß, mein Speichel zäh an. Meine Halsketten klebten an meiner feuchten Haut, und als seine Haare über meinen Bauch strichen, erschauderte ich. Dann berührte er mich sanft mit der Zungenspitze, direkt unter dem Bauchnabel. Er zog eine gerade Linie nach unten, spielte mit dem Ring meines Piercings und setzte seinen Weg bis zur Endstation fort, dann kam er erneut nach oben und fing noch einmal von vorn an. Diesmal verharrte er länger, spielte mit meinem Piercing, nahm es zwischen die Zähne und zog sanft daran. Ich bekam feuchte Hände und schwere Lider, mein Atem ging stoßweise.

Er massierte mich mit beiden Daumen, während seine Zunge, die mit meiner Klitoris gespielt hatte, tief in mich hineinglitt, dann wieder heraus.

»Dein Liebesknopf mit dem Klunker gefällt mir«, murmelte er.

»Und mir gefällt, dass es dir gefällt.« Auch wenn er ihm so einen albernen Namen gab. Von einem Wissenschaftler hätte ich eine anatomisch korrektere Bezeichnung erwartet.

Doch das war völlig unwichtig, als er tat, was er tat, und zwar so lange, dass ich fast zu atmen und eindeutig zu denken vergaß.

»Oh Gott«, schrie ich, biss mir auf die Unterlippe und versuchte, einen Orgasmus zurückzuhalten.

Doch er fasste meine Schenkel und drang tiefer mit der Zunge in mich ein. »Komm für mich, Kylie.«

Selbst für eine Million Dollar hätte ich mich nicht beherrschen können. Eine riesige Lustwelle spülte über mich hinweg und entlockte mir laute Lustbekundungen. Es war episch, es dauerte so lange, dass ich die Augen verdrehte.

Dann war es vorbei, und bevor ich überhaupt einen klaren Gedanken fassen oder blinzeln oder schlucken konnte, war er zwischen meinen Schenkeln und stützte sich rechts und links von meinen Schultern auf den Armen ab.

»Verhütung?«, fragte er.

»Ja«, antwortete ich mit heiserer Stimme.

Doch dann spürte ich die Spitze seines Penis in mir und schob ihn zurück. »Nein, ich meinte, ja, wir müssen verhüten, nicht, *dass* ich verhüte.«

»Oh, tut mir leid.« Er zuckte zurück. »Tut mir leid.«

Ich rollte mich auf die Seite und griff nach meiner Tasche.

Um keine Zeit zu verlieren, kippte ich den gesamten Inhalt auf den Nachttisch. Als Letztes fielen drei Kondome heraus, die ganz unten vergraben gewesen waren, wo ich sie monatelang nicht beachtet hatte. Ich warf sie Darwin zu. »Hier.«

Als ich mich zurück aufs Bett fallen ließ und erneut die Beine spreizte, streifte er schnell ein Kondom über und nahm wieder seine Position ein. Erneut war seine Brille auf die Nasenspitze gerutscht, doch das schien er gar nicht zu bemerken. Einen kurzen Moment zögerte er, schwebte über mir und sah mich an. Ich unterdrückte den Drang, meine Hüften zu heben, und wartete stattdessen auf ihn.

Seine Kiefermuskeln arbeiteten. »Du bist wunderschön.« Er beugte sich über mich und atmete an meinem Hals tief ein. Seine Lippen kitzelten mich, als er sagte: »Und ich mag es, wie du riechst.«

Dann küsste er mich und drang dabei in mich ein. Es war mehr, als ich erwartet hatte, körperlich und überhaupt. Seine ganze Vorarbeit hatte mich superempfindlich und sehr feucht gemacht. Das übliche Ziehen war gar nicht zu spüren, ebenso wenig wie dieses Gefühl groben Eindringens. Es war einfach nur … passend. Als würde er dort ganz tief in mich hineingehören, und nachdem er fünf Minuten leicht hinein- und hinausgeglitten war, war ich bereits wieder auf dem Weg zu einem neuen Orgasmus.

»Das ist es«, drängte er mich. »Ja, genau.«

Kurz war ich verwirrt, doch dann begriff ich, dass er wollte, dass ich noch einmal kam. Meine Erregung erregte ihn. Er krallte die Finger in die Decke und stieß fester und schneller zu. Auf seiner Stirn bildete sich ein Schweißfilm, und er bewegte sich, als würde er bald kommen. Ich zog meine Muskeln um ihn zusammen und genoss sein anerkennendes Stöhnen.

Der zweite Höhepunkt traf mich heftig, wie ein Rennwagen, der gegen eine Wand krachte. Ich raunte seinen Namen. »Jonathon.«

Und in diesem Moment war mir klar, dass ich ihn nie mehr Darwin nennen konnte.

Er war Jonathon.

Jonathon stieß ein letztes Mal zu, dann kam auch er. Er biss die Zähne zusammen.

Mindestens eine Minute lang verharrten wir so, unser schwerer Atem war das einzige Geräusch in dem halbdunklen Zimmer. Dann fasste Jonathon meine Hüften und rollte mich herum, sodass ich auf ihm lag, während er seufzend auf den Rücken sank. Ich spürte ihn noch immer in mir, legte den Kopf an seine Brust und schluckte heftig.

»Du bist ein wirklich guter Lehrer«, sagte ich.

Er lachte überrascht auf. Seine Hand glitt über meinen Po. »Gott. Professor Kadisch würde mich umbringen. Nachdem er mich gefeuert hätte.«

»Tja, ich werde einen Teufel tun und es ihm erzählen.« Jonathon hatte mir geholfen, das Chemiechaos in meinem Kopf zu entwirren, und mich zweimal zum Höhepunkt gebracht. Ich konnte mich nicht beschweren. Gähnend strich ich mit den Fingern über seine Brust.

Er tastete mit der Hand auf dem Bett nach seinen Jeans, die an die Wand gequetscht waren. Er grub in der Tasche und holte sein Handy heraus. »Ich sollte besser gehen. Es ist schon nach zwölf.«

Himmel. Wir waren um Viertel vor zehn aus dem Café weggegangen. Ich konnte mich nicht erinnern, wann ich das letzte Mal zwei Stunden lang Sex gehabt hatte. Okay, eigentlich noch nie. Kein Wunder, dass es so gut gewesen war. »Wow. Ich habe gar nicht gemerkt, dass es schon so spät ist.«

Ich rutschte von ihm herunter, und wir seufzten beide auf. Als er das Kondom abzog, fragte er: »Gibt es hier ein Bad?«

Ich deutete auf die Tür gegenüber vom Bett und nickte.

Als er aufstand, um das Kondom in die Toilette zu werfen, sah ich zu, wie er nackt durchs Zimmer ging. Ich gähnte erneut, rollte mich auf die Seite und faltete die Hände unter dem Kopf. Ich sollte mich wahrscheinlich anziehen, aber das erschien mir zu anstrengend. Ich fühlte mich einfach wohl in meinem nackten Körper.

Nachdem Jonathon abgezogen hatte, kam er zurück und sah mich voller Verlangen an. »Mann, ich wünschte, wir würden nicht mitten in den Abschlussprüfungen stecken. Anstatt zu lernen, würde ich viel lieber noch einmal von vorn anfangen.«

Ich wollte ihm schon vorschlagen, dass wir es ja nach den Abschlussprüfungen noch einmal wiederholen könnten, überlegte es mir dann jedoch anders. Das würde ich jetzt nicht sagen. Ich fühlte mich gerade so rundum wohl. Als er sich über mich beugte, um seine Jeans zu nehmen, gab Jonathon mir einen Kuss. Besser, ich beließ es dabei.

Eine Minute später war er angezogen und nahm seine Tasche. »Melde dich, wenn du noch Hilfe beim Lernen brauchst.«

»Mach ich. Danke.«

Er schob die Brille auf der Nase nach oben, und einen Moment lang dachte ich, er würde noch etwas sagen. Doch er lächelte mir nur sanft zu, drehte sich um und ging, wobei er die Tür festhielt, sodass sie leise ins Schloss fiel.

Seufzend rollte ich mich auf den Rücken und schob mit dem Fuß die Jeans vom Bett. Meine Vagina war angenehm wund, und ich fühlte mich so entspannt wie nicht mehr seit … nun ja, seit dem Vorfall. Als ich meine Tasche ausgeschüttet hatte, war mein Handy auf den Nachttisch gefallen. Es vibrierte und zeigte, dass ich eine SMS erhalten hatte, doch ich geriet nicht im Geringsten in Versuchung, sie zu lesen. Ich war rundum zufrieden und wollte dieses Gefühl nicht zerstören.

Nachdem ich unter die Decke geschlüpft war, schlief ich sofort ein.

Seit vier Monaten hatte ich nicht mehr so gut geschlafen wie in dieser Nacht.

4

Nachdem ich Kylies Appartement verlassen hatte, blieb ich einen Augenblick im Flur stehen. Ich schüttelte den Kopf. Was zum Teufel …? Sex mit einer Studentin, der ich Nachhilfe gab? Das war mir zum ersten Mal passiert – und zum letzten Mal.

Ich rannte die Treppe hinunter, stieß die Haustür auf und genoss die kühle Luft auf meiner Haut. Mir war heiß vom Sex, von der Anstrengung, von der Erregung, von dem Anblick ihres hinreißenden, geschmeidigen nackten Körpers, der sich auf dem Bett gerekelt hatte – wie geschaffen für die Sünde. Sie hatte zufrieden ausgesehen, und ihr Lächeln hatte wissend und zugleich irgendwie unschuldig gewirkt. Sie war eine vollkommene Dichotomie.

Mist. Mist. Mist.

Verdammt, ich war fünfundzwanzig und hatte meinen Körper im Griff. Normalerweise zumindest.

Schnell ging ich zurück zum Café und öffnete meinen Wagen, der dort auf dem Parkplatz stand. Ich warf die Tasche auf den Beifahrersitz und stieg ein. Mein Penis pochte. Einen Augenblick saß ich unbeweglich da, gelähmt von der Erinnerung an den Moment, als ich zum ersten Mal ihre glatt rasierte Haut und das Piercing gesehen hatte. Keine zehn Pferde hätten mich in dem Moment von ihr wegreißen können.

Doch es lag nicht nur an ihrem Körper, es lag an ihr. Sie bestand aus lauter Widersprüchen. Sie kleidete sich in enge Jeans und zeigte Dekolleté, ihre Haut war für November unnatürlich gebräunt, und sie war eindeutig gern nackt. Doch sie weinte wegen ihres idiotischen Freundes, anstatt wütend zu sein, und als ich mit ihr die ionischen Verbindungen durchgegangen war, hatte sie mich schüchtern und besorgt angesehen und sich auf die Unterlippe gebissen. Sie hatte nichts Draufgängerisches oder Freches an sich. Diese Kombination machte mich überaus neugierig.

Doch nichts von alledem erklärte, warum ich mit ihr im Bett gelandet war, anstatt nach Hause zu gehen und für meine Prüfung zu lernen.

Zum Glück war es eine kurze Fahrt bis zu meiner Wohnung.

Leider war Devon noch wach, er saß am Küchentisch und brütete über seinen Büchern. »Bist du verrückt?«, begrüßte er mich, als ich hereinschlich. Vermutlich roch ich nach Sex.

Ich hatte Kylies Geschmack noch auf der Zunge und wollte, dass er eine Weile blieb, allerdings nicht, während ich in der Küche mit Devon sprach. Seine Worte machten mir ein schlechtes Gewissen.

»Warum?«, fragte ich abwehrend.

»Warum gehst du aus, wenn du am Montag deine erste Prüfung hast? Spektroskopie, wenn mein fotografisches Gedächtnis sich recht erinnert.«

Ich brummte nur etwas Unverständliches.

Schließlich blickte er auf, er wirkte verärgert. »Und warum zum Teufel hast du mir keine SMS geschrieben, ob ich mitkommen will? Nur weil ich Inder bin, heißt das nicht, dass ich die ganze Zeit bloß lernen will. Das nehme ich dir übel.«

Ich ignorierte den unsinnigen Teil seiner Bemerkung, seufzte und entschied mich, ihm die Wahrheit zu erzählen. »Ich war kein Bier trinken. Ich war mit dem neuen Mädchen zusammen, dem ich Nachhilfe in Chemie gebe.«

»Bis Mitternacht? Ist sie ein solcher Dummkopf?«

Kurz fragte ich mich, ob das stimmte, fühlte mich jedoch sofort wie ein Riesenarschloch, so etwas überhaupt zu denken. Kylie war nicht dumm, sie besaß nur kein Gefühl für Naturwissenschaften. Ich war mir nicht sicher, ob sie die Prüfung trotz unseres Intensivkurses bestehen würde. Die Begriffe schienen in ihrem Kopf durcheinanderzuwirbeln und sich nicht festzusetzen. Vielleicht war sie von ihrem privaten Drama abgelenkt, aber das war es nicht allein. Es war einfach nicht ihr Ding.

»Wir haben nicht die ganze Zeit gelernt.«

»Was heißt das?«

»Ich habe mit ihr geschlafen.« Ich ging zum Kühlschrank, denn ich brauchte dringend einen Schluck Wasser. Meine Zunge fühlte sich zu groß für meinen Mund an. Ich entdeckte ein Zwölferpack Bier, fand das noch verlockender und nahm mir eine Dose.

»Du hast *was*? Ich wiederhole: Bist du verrückt?«

»Wahrscheinlich.« Ich hielt die kühle Dose an meine Stirn. Das Bild von Kylie, die sich unter mir wand, stieg erneut vor meinem inneren Auge auf, und ich hatte sofort wieder einen Ständer. Einen Moment verharrte ich vor dem Kühlschrank, dann schloss ich die Tür und drehte mich zu meinem besten Freund um.

Er machte ein so albernes Gesicht, dass ich beinahe lachen musste. Beinahe.

»War sie scharf?«

»Natürlich war sie scharf! Ich schlafe doch nicht mit einem Mädchen, das ich erst drei Stunden zuvor kennengelernt habe, wenn sie wie mein Onkel Mike aussieht.«

»Guter Punkt. Ich gebe zu, dass das eine dumme Frage war. Aber wie genau ist es dazu gekommen? Hey, das ist Molarität, ups, und jetzt ist mein Schwanz in dir.«

Jetzt musste ich doch lachen. »Hör auf.«

Devon nahm seine Kopfhörer ab und warf sie auf den Tisch. »Nein, ernsthaft, ich will eine Antwort. So etwas passiert mir nie. Ich will wissen, was ich falsch mache.«

»Na ja.« Wie sollte ich erklären, was passiert war? »Sie hat Probleme in Chemie.«

»So weit waren wir schon.« Er wedelte mit der Hand. »Weiter.«

»Ich versuche, es dir zu erklären, Arschloch.« Ich öffnete die Bierdose und trank einen Schluck. Die kühle Flüssigkeit fühlte sich gut in meinem trockenen Mund an. »Sie hat sich wirklich Mühe gegeben, und sie war süß und lustig. Sie hat diese unglaublich idiotischen Chemiewitze rausgesucht, und es war … niedlich.« Die Frauen, mit denen ich mich normalerweise traf, waren ernst, so wie ich. Kylie hatte mich zum Lachen gebracht.

»Und dann?« Devon wirkte ziemlich ungeduldig, er war nicht zufrieden mit meinem Erzähltempo.

»Dann hat sie wegen ihrem Exfreund angefangen zu weinen, also habe ich sie nach Hause begleitet. Und das war's.«

»Das war's? Das kann nicht sein. Verdammt, verrate mir, wie du ein weinendes Mädchen zum Höhepunkt bringst. Das geht nicht so einfach.«

»Sie war aufgelöst, weil ihr Ex sie betrogen hat. Sie fühlte sich unattraktiv, und ich habe sie getröstet.« Als ich das sagte, merkte ich, wie absurd es sich anhörte, obwohl es sich in dem Moment nicht so angefühlt hatte.

Devon hob die Brauen. »Ach, es tut mir so leid, dass dein Freund mit jemand anders gevögelt hat. Wenn du mir einen bläst, wirst du dich gleich besser fühlen.« Er nahm ein zusammengeknülltes Notizpapier und warf es nach mir. »Gott, ich hasse dich. Das würde bei mir niemals funktionieren. Ich würde mir ein blaues Auge und einen Tritt in die Eier einfangen.«

Die Papierkugel verfehlte mich. »So habe ich das nicht gesagt, du Trottel.«

»Wort für Wort, was hast du gesagt?«

»Das weiß ich nicht mehr.« Das war eine Lüge. Ich konnte mich an jedes Wort erinnern, jeden Kuss, jede Berührung. Aber ein paar Dinge gingen Devon nichts an. Wie dieses Piercing. Ich trank noch einen großen Schluck Bier.

»Wirst du sie wiedersehen?«

Ich zögerte. Doch dann sagte ich: »Nein.«

Kylie hatte keine Anstalten gemacht, mir ihre Nummer zu geben, und sie hatte nicht gesagt, dass wir uns wiedersehen sollten. Als ich ihr angeboten hatte, ihr weiter beim Lernen zu helfen, hatte sie unverbindlich reagiert. Meine spezielle Art des, äh, Lernens konnte sie vor ihrer Prüfung nicht wirklich gebrauchen. Plötzlich kam ich mir wie ein Idiot vor. Ich hätte nie mit zu ihr gehen dürfen.

Doch andererseits hätte ich dann nicht diesen unglaublichen Sex gehabt.

Ich packte die Bierdose fester.

»Warum nicht, zum Teufel? Wir können uns Dinge ausdenken, die sie zum Weinen bringen, damit du sie noch einmal trösten kannst.«

Ich beugte mich vor, hob die Papierkugel auf und warf sie mit Kraft zu ihm zurück.

Grinsend fing er sie auf. »War es wenigstens gut?«

»Ja«, erwiderte ich knapp. »Ich gehe unter die Dusche.«

»Gott sei Dank. Ich rieche es von hier, du dreckige Hure. Darwins Theorie der Bumsfähigkeit. Kann es kaum abwarten, die Formel dafür zu sehen.«

Ja. Es wäre wirklich schön, irgendwann allein zu wohnen.

Ich lag zusammengerollt auf Jessicas Sofa, froh, nicht allein zu sein. Rory, Jess und ich hatten unsere Lernsachen ausgebreitet. Robin, die keine klassischen Prüfungen hatte, weil sie Kunst studierte, war mit ihrem Freund Phoenix unterwegs. Ich war froh, dass sie nicht da war, und hatte deshalb ein schlechtes Gewissen. Gern hätte ich Elfenstaub verteilt und alle unguten Gefühle ihr gegenüber vertrieben, doch das fiel mir schwer. Natürlich, sie war betrunken gewesen und konnte sich noch nicht einmal mehr daran erinnern, mit Nathan geschlafen zu haben, dennoch hatte sie es getan. Ich bin unzählige Male betrunken gewesen und habe nie mit dem Freund einer Freundin geschlafen.

Deshalb war es angenehmer, wenn Robin nicht da war. Wie in alten Zeiten. Als Rory, Jess und ich zu dritt im Wohnheim gehaust hatten. Tyler und Riley und ihre beiden jüngeren Brüder waren im Kino. Ich kuschelte mich unter eine Decke und kaute auf meinem Stift herum, während ich noch einmal die Chemienotizen durchging, die Jonathon für mich aufgeschrieben hatte. Rory lag auf dem Fußboden und stützte das Kinn auf den Fäusten ab. Neben ihr stand ein Riesenbecher Kaffee.

Sie lernte, und ich sollte sie nicht stören. Da ich jedoch wusste, dass sie sich häufig im Chemielabor aufhielt, fragte ich dennoch: »Hey, Rory, kennst du einen Typen, der seinen Master in Chemie macht und Darwin heißt?«

Sie blickte kurz zu mir herüber, dann wandte sie sich sogleich wieder ihrem Buch zu. »Klar«, murmelte sie. »Der ist ein Genie in Kinetik.«

Meinetwegen. »Ist der nicht total süß?«

Jetzt drehte sie den Kopf und sah mich interessiert an. »Kann sein. Ja. Er ist attraktiv. Woher kennst du Darwin?«

Ich wedelte mit meinen Notizen. »Er ist der Nachhilfelehrer, mit dem ich mich Donnerstagabend getroffen habe. Er hat mir beim Lernen geholfen.«

»Wie kommt man denn an einen süßen Nachhilfelehrer?«, fragte Jessica, die es sich in Yogahosen im Sessel auf der anderen Seite des Couchtischs bequem gemacht hatte. »Als ich noch an der UC war, habe ich einmal in Statistik um Hilfe gebeten und ein Mädchen mit einem Damenbart bekommen. Ich meine, hallo, es gibt Wachsstreifen für zu Hause. Die kann man doch benutzen.«

»Nicht jeder teilt deine Vorstellung von Ästhetik«, erklärte Rory. »Vielleicht darf sie ihren Körper aus religiösen Gründen nicht verändern.«

Jessica winkte ab. »Na gut.« Sie hatte sich im Oktober an der Kosmetikschule eingeschrieben, und während wir für unsere Collegeprüfungen lernten, bereitete sie sich ebenfalls auf ihre ersten Prüfungen vor. Offensichtlich mussten sogar Stylisten die Muskeln im Kopf kennen. Ich freute mich schon darauf, wenn sie Massagetechniken üben musste.

»Ich habe jedenfalls keinen attraktiven Lehrer bekommen, Kylie aber offenbar schon.« Jessica musterte mich. »Du bist total verknallt in ihn.«

»Nein, bin ich nicht!«, protestierte ich, weil es nicht stimmte. Nicht wirklich. Ich rechnete nicht damit, ihn je wiederzusehen. An jenem Abend hatte er mir genau das gegeben, was ich gebraucht hatte, ob ihm das bewusst gewesen war oder nicht. »Ich hatte Sex mit ihm, aber ich bin nicht verknallt in ihn.«

Jessica kreischte. Rory rutschte der Kopf von der Hand.

Ich grinste. Tja, es war lustig, diese kleine Bombe platzen zu lassen.

Rory sah vollkommen entrüstet aus. »Du hattest Sex mit Darwin Kadisch? Ist das dein Ernst?«

Moment. »Er heißt mit Nachnamen Kadisch? Aber so heißt mein Lehrer.«

»Er ist der Sohn von Professor Kadisch.«

»Wirklich?« Ups. »Das wusste ich gar nicht.« Das konnte nicht gut sein. »Ist das schlimm?«

»Nur wenn es einer von euch dem Professor erzählt«, meinte Jessica. »Darwin wird das ziemlich sicher nicht tun, es sei denn, er und sein Vater haben ein äußerst intimes Verhältnis. Und du wirst es ihm wohl auch kaum erzählen.«

»Nein. Ganz bestimmt nicht.« Ich kaute auf meiner Lippe. »Er hat gesagt, er würde nichts sagen. Vielmehr meinte er, Professor Kadisch würde ihn umbringen. Dabei hat er aber nicht erwähnt, dass er sein Vater ist. Komisch.«

»Sein Vater leitet das Chemieprogramm für Studierende im Grundstudium«, erklärte Rory. »Er wollte wahrscheinlich professionell erscheinen.«

Jessica schnaubte. »Na klar. Deshalb haben Kylie und er nackt Twister gespielt – weil er total professionell ist.«

Rory verzog das Gesicht. »Du hast recht. Ich glaube, die eigentliche Frage lautet: War es gut?«

»Rory, das ist eine hervorragende Frage. War es gut?«

Beide starrten mich erwartungsvoll an. Ich ließ sie einen Augenblick zappeln.

»Oh ja.« Dann konnte ich nicht anders. Ich warf mich auf den Rücken und strampelte mit den Füßen in der Luft. »Herrgott, es war sooo gut. Allein bei dem Gedanken daran wird mir ganz heiß.« Tatsächlich. Meine Wangen glühten, und meine Vagina ebenso. Es war drei Tage her, und ich versuchte, die Erfahrung beiseitezuschieben und ernsthaft zu lernen, aber immer wenn ich am wenigsten damit rechnete, schlich sich Jonathon in meinen Kopf.

Jessica lachte. »Na, das ist gut. War er groß oder so etwas?«

»Nein. Ich meine, vielleicht etwas größer als der Durchschnitt. Es lag mehr daran, dass er sich so viel Zeit gelassen hat. Wir haben es zwei Stunden getan, und die meiste Zeit ging es um mich.« Ich kuschelte mich in die Decke und seufzte. »Das habe ich wirklich gebraucht.«

»So aufgeregt habe ich dich nicht mehr gesehen, seit Voldemort dich gevögelt hat«, meinte Jessica. »Das ist toll.«

Ich hatte meinen Freundinnen verboten, Nathans Namen in meiner Gegenwart zu benutzen, so wurde er zu Der-den-wir-nicht-erwähnen-sollen und dann zu Voldemort. Das war okay für mich.

»Verdirb mir nicht mein Post-Sex-Glück, indem du diesen Schwachkopf erwähnst«, erwiderte ich.

»Tut mir leid. Ich freu mich einfach nur, dass du so fröhlich bist.«

»War es perverser Sex?«, wollte Rory wissen und sah ziemlich neugierig aus.

»Rory!« Manchmal sagte sie Sachen, die überhaupt nicht zu ihr passten. »Was meinst du mit ›pervers‹? Und: nein. Wie auch immer du ›pervers‹ definierst, das war es nicht.«

Sie zuckte die Schultern, auf denen ihr kastanienbrauner Zopf lag. »Ich weiß nicht. Ich habe mir irgendwie vorgestellt, dass er versuchen würde, sich den Gesetzen der Schwerkraft zu widersetzen.«

Ich hatte einen Schluck Orangenlimo getrunken, und als ich ihre Worte hörte, verschluckte ich mich, und die Limo schoss mir aus Mund und Nase. »Oh mein Gott!« Ich lachte und hustete gleichzeitig, meine Freundinnen brachen ebenfalls vor Lachen zusammen. Überall auf meinen Papieren und dem Couchtisch war orangefarbene Limo, und sie lief an meinem Kapuzenpullover hinunter. »Du machst mich fertig.« Ich wischte mir über die Nase.

Rory setzte sich noch immer lachend auf. »Gott, der Boden ist so hart. Ich glaube, ich habe mir die Ellbogen geprellt.«

»Besser als der stinkende Teppich, der hier lag, bevor Riley und ich ihn herausgerissen haben.«

»Stimmt.«

Ich ließ sie eine Weile über Teppiche reden und träumte von Jonathon. Wer hätte gedacht, dass Nerd-Sex so scharf sein konnte?

Als ich mich auf die Seite drehte und erneut nach meinem Getränk griff, merkte ich, dass sie aufgehört hatten zu reden und mich angrinsten. »Was ist?«

»Du siehst total verträumt aus.« Jessica lächelte vergnügt. »Wann triffst du ihn wieder?«

»Oh, ich treffe ihn nicht wieder.«

»Was? Du hast ihn gehen lassen, ohne ihn nach seiner Nummer zu fragen? Mensch, das war ein Fehler.«

»Ich habe seine E-Mail-Adresse und könnte Kontakt zu ihm aufnehmen. Und klar, ich hätte etwas zu ihm sagen können, bevor er gegangen ist, aber ich wollte es irgendwie nicht kaputt machen.« Ich strich mit dem Finger über die Formeln, die er in mein Notizbuch geschrieben hatte. »Ich will nicht herausfinden, dass er in Wahrheit ein Riesenarschloch ist. Es war nett, und ich habe mich zum ersten Mal seit langer Zeit sexy gefühlt. Dabei will ich es belassen.«

Rory nickte, doch Jessica schien skeptisch. »Aber wenn es gut war, willst du es dann nicht wiederholen? Nicht jeder Typ ist bereit, sich zwei Stunden um einen zu kümmern. Glaube mir, ich habe da einige Recherchen angestellt.«

Ich versuchte, es zu erklären. »Aber was ist, wenn es nur dieser Moment war? Einer jener seltenen Augenblicke, in denen Zeitpunkt, Ort und Hormonpegel – oder was auch immer – genau zusammenpassen? Wenn wir es noch einmal tun, könnte es schrecklich werden. Und dann wäre es nicht nur schrecklich, sondern würde auch das erste Mal im Nachhinein schlechtmachen. Weißt du, was ich meine?«

»Ja. Ich glaube, schon.«

»Ich möchte die Erinnerung einfach in einen Karton mit der Aufschrift ›Fantastischer Sex mit einem netten Typen‹ packen und sie sicher dort verwahren. Momentan ist er der Einzige in dem Karton, sodass er genügend Bewegungsfreiheit hat.«

Rory lachte. »Das verstehe ich.«

»War er beschnitten?«, erkundigte sich Jessica. »Ich wollte schon immer einmal wissen, wie es mit einem nicht beschnittenen Typen ist.«

Sie sagte das, als müsste man ein Tierbändiger sein, um mit einem nicht beschnittenen Penis umzugehen: vorsichtig einkreisen, die Hände ausstrecken, bloß nicht erschrecken.

»Natürlich ist er das«, erklärte Rory. »Er ist Jude.«

»Er ist Jude?«, fragte ich verdutzt. Ich musste zugeben, dass ich keinen Gedanken an seinen ethnischen oder religiösen Hintergrund verschwendet hatte.

»Na, vermutlich. Professor Kadisch ist Jude, und sein Nachname ist deutsch-jüdisch.«

»Du machst mir Angst«, meinte Jessica zu Rory. »Woher weißt du diesen ganzen Quatsch?«

»Was? Das gehört zur Allgemeinbildung.«

»Nicht in meiner Welt.« Dann blickte sie zu mir. »Er war also beschnitten.«

Ich nickte. »Eindeutig.« Ich war ihm zwar nicht so nahe gekommen – na ja, jedenfalls nicht mit den Augen –, aber ich hatte ihn gestreichelt.

Die Eingangstür ging auf, und Jessica flüsterte: »Schhh!«, als wären wir zwölf und die Mutter von einer von uns käme nach Hause.

Daher schauten wir alle ziemlich ertappt aus der Wäsche, als Riley, Tyler, Jayden und Easton ins Wohnzimmer traten und einen Schwung kalte Luft mit hereinbrachten. Sie unterhielten sich, doch als Riley die Stiefel auszog, hielt er plötzlich inne.

»Was ist los? Warum seht ihr alle so aus, als hätten wir euch bei etwas erwischt?«

Rory biss sich auf die Lippe und schüttelte den Kopf. Jessica tat, als würde sie in ihrem Buch lesen. »Keine Ahnung, wovon du redest, Schatz. Wie war der Film?«

Er hob die Brauen. »Gut.« Dann wandte er sich an seinen Bruder. »Ty, findest du nicht auch, dass sie aussehen, als hätten sie über etwas äußerst Peinliches gesprochen?«

Tyler hatte ebenfalls seine Stiefel ausgezogen, trat auf Socken ins Zimmer und ließ sich neben Rory auf dem Boden nieder. »Ganz deiner Meinung.« Er küsste seine Freundin und massierte ihr die Schultern, ganz offensichtlich wollte er ihr Honig um den Bart schmieren. »Komm schon, Rory, sei ehrlich. Habt ihr über uns geredet?«

»Nein«, behauptete sie, und es klang ehrlich, schließlich entsprach es der Wahrheit. »Ach, mach weiter. Das tut gut. Ich bin total verspannt vom Lernen.«

Er zog eine Grimasse, fuhr jedoch fort.

Jayden, sein jüngerer Bruder, der das Downsyndrom hatte und immer für einen Lacher gut war, hing seinen Mantel an den Haken, den Jessica neben der Eingangstür angebracht hatte. »Mann, bin ich froh, dass ich nicht lernen muss.«

»Ich auch«, stimmte Riley ihm zu, ging zu Jessica und quetschte sich neben sie in den Sessel, um sie zu küssen.

»Au, geh runter«, sagte sie. »Du zerquetschst mein Schienbein.«

Um sie zu ärgern, legte Riley sich quer auf sie und knutschte mit obszönen Geräuschen ihren Hals ab.

»Hör auf.« Lachend versuchte Jessica, ihn von sich runterzuschieben. Dabei neigte sie den Kopf, sodass er nur noch besser an sie herankam.

Noch vor zwei Wochen hätte ich den Anblick meiner Freundinnen mit ihren Freunden nicht ertragen und das Zimmer verlassen. Jetzt machte es mir nichts aus. Als Easton, der erst elf war, zu mir aufs Sofa sprang, um sich unter der Decke zu wärmen, zog ich die Füße an. Im nächsten Moment lag er vor mir und kuschelte sich in meinen Arm. Seine Brüder fanden es komisch, dass Easton Rory und mich mochte. Ich nicht. Rory arbeitete ehrenamtlich im Tierheim, und ich liebte Kinder. Auf der Highschool hatte ich jeden Sommer als Betreuerin im Ferienlager gearbeitet. Es schien mir ganz natürlich, dass ein Kind, das von seiner Mutter vernachlässigt worden war und jetzt keine mehr hatte, sich nach etwas Zuneigung sehnte. Tyler und Riley bemühten sich sehr, die Lücke zu füllen, doch sie drückten ihre Liebe eher durch Schulterklopfen aus oder indem sie ihm durch die Haare wuschelten.

Easton sagte: »Darf ich einen Schluck von deiner Limo haben?«

»Klar.«

Doch wenn es um Easton ging, hatte Tyler Ohren wie ein Luchs. Sein Kopf tauchte hinter dem Couchtisch auf. »Nein, das ist zu …«

»Zu was?«, fragte Easton, der bereits nach der Dose griff.

»Was zum Teufel macht ihr zwei da zusammen unter der Decke?«, fragte Tyler. »Nein. Oh, oh. *Verdammt*, nein.«

Riley blickte von Jessicas Brüsten auf und seufzte. »Oh mein Gott.«

Ich fühlte mich angegriffen. »Was? Er sitzt nur neben mir. Er vermisst seine Mutter.«

»Unsere Mutter hat ihn nie umarmt, und du bist keine vierzig Jahre alte Frau.«

»Na und?«, fragte ich aufgebracht. »Er sieht in mir so etwas wie seine Babysitterin. Oder, Easton?«

Easton nickte.

»Eine Babysitterin, die er gern vögeln würde, wenn er wüsste, wie«, bemerkte Riley schnaubend.

»Oh!«, keuchte ich. »Du bist widerlich!« Ich hielt Easton die Ohren zu. »So etwas solltest du vor ihm nicht sagen. Er ist doch nur ein unschuldiges Kind.«

Tylers Brauen schnellten derart in die Höhe, dass sie fast unter seinen Haaren verschwanden. »Sosehr ich wünschte, dass das der Fall wäre, er hat deutlich Schlimmeres gesehen und gehört als das, was Riley eben gesagt hat. Ist er unschuldig, wenn es um Mädchen geht? Theoretisch natürlich schon. Da hast du recht, er ist erst elf. Aber was das Leben angeht? Tut mir leid, dir das sagen zu müssen, aber in dem Fall ist er alles andere als unschuldig, Kylie. Er ist gerade ziemlich versessen auf Brüste, und ich glaube, er nutzt dein Mitgefühl aus.«

»Das stimmt«, bestätigte Jessica.

»Ach.« Sie musste es wissen, sie wohnte hier, auch wenn es mir schwerfiel, in einem Elfjährigen etwas anderes als ein Kind zu sehen. »Tut mir leid. Das war mir nicht klar.« Ich ließ Eastons Ohren los und schob die Decke zwischen uns, sodass sich unsere Körper nicht berührten. »Besser?«

Tyler lachte. »Äh. Noch nicht wirklich, aber danke.« Er küsste Rory auf den Kopf. »Wollen wir uns auf den Weg machen?«

»Ja. Ich muss allerdings die ganze Nacht lernen.«

»Ich mache dir Kaffee, bevor ich schlafen gehe«, sagte er. »Kylie, sollen wir dich mitnehmen und nach Hause fahren?«

»Ja, danke.« Die Vorstellung, in mein blödes Appartement zurückzukehren, stimmte mich nicht gerade fröhlich.

Ich seufzte und wünschte, die Dinge hätten sich anders entwickelt. Tyler war bei Rory eingezogen und Phoenix bei Robin. Jetzt war es also ein Pärchenhaus anstatt ein Vier-Mädchen-Haushalt, wie ich es mir vorgestellt hatte. So hatten wir es letztes Jahr zumindest geplant. Jessica wohnte bei Riley in dem Haus, das er von seiner Mutter geerbt hatte – oder das sie ihm aufgehalst hatte, wie er es ausdrückte.

Auf der Fahrt saß ich auf der Rückbank und überprüfte mein Handy, während Rory und Tyler darüber sprachen, dass sie noch einkaufen mussten. Langweilig.

Ich hatte eine E-Mail von Jonathon und öffnete sie. Dort stand nur: »Viel Glück morgen. Du schaffst das. ~ D«

Das verursachte mir ein leichtes Kribbeln zwischen den Beinen.

Ich schrieb zurück. »Danke. ☺«

Mehr gab es nicht zu sagen.

Dann entdeckte ich eine neue SMS von Nathan. Ich löschte sie, ohne sie überhaupt zu lesen. Und ich befolgte Jonathons Rat und blockierte ihn endlich.

Das fühlte sich fast so gut an wie Sex mit Jonathon.

Ich erinnerte mich an das Gefühl seiner Zunge.

Nein. Sex war *deutlich* besser.

5

In der Prüfung erhielt ich ein C–. Okay, ich war zwar keine Marie Curie, aber ich hatte bestanden. Insgesamt schloss ich den Kurs mit D+ ab, und das genügte.

Nachdem ich am darauffolgenden Donnerstag meine Note erhalten und meine letzten Sachen in den Koffer für die Winterferien geworfen hatte, mailte ich Jonathon: *C–!* Und nachdem ich meinen Namen geschrieben hatte, fügte ich hinzu: *Und das ist gut, falls du dich das fragen solltest.* ☺

Eine Stunde später antwortete er: *Gute Arbeit! Du hast es dir verdient.*

Obwohl Jessica in derselben Stadt aufgewachsen war wie ich, fuhr sie in den Ferien nicht nach Hause. Ihre Mutter sprach nicht mehr mit ihr, weil sie irgendwie nicht wollte, dass Jessica Sex hatte – vor allem keinen Sex mit Riley, den sie für einen Gangster hielt. Natürlich war das völlig absurd, weil Riley schwer schuftete und Jess *vergötterte*. Aber ich kannte ihre Mutter lange genug, um nicht überrascht zu sein. Ihre Mutter war eine Verrückte, der ihr Image wichtiger war als ihre Kinder.

Zum Glück war meine Mom ganz anders. Sie war toll, und wir standen uns sehr nah. Ich war froh, in den Ferien bei ihr zu sein und meine jüngere Schwester und meine zwei kleinen Brüder zu sehen. Außerdem war das Essen zu Hause auch immer toll. Ich freute mich auf jede Menge Weihnachtskekse und auf Eintopf mit grünen Bohnen.

Doch als Weihnachten endlich da war, schlugen mir die

Gerüche, die im Haus umherwaberten, auf den Magen. Ich fühlte mich schon seit ein paar Wochen nicht wohl. Die Zimmer schienen mir alle überhitzt zu sein, und irgendwann steckte ich den Kopf aus der Hintertür, um etwas frische Luft zu schnappen.

»Was machst du?«, fragte mein Bruder Matt. Er war seit dem Sommer gewachsen und überragte mich jetzt, obwohl er erst fünfzehn war.

»Hier drin ist es höllisch heiß«, antwortete ich und atmete in kurzen, schnellen Zügen. »Mir ist übel.«

»Wenn du das Gefühl hast, dass du eine Grippe bekommst, halte dich bloß von mir fern. Mom und Dad erlauben mir zum ersten Mal, an Silvester wegzugehen. Das will ich auf keinen Fall verpassen.«

»Ich habe keine Grippe.« Langsam machte ich mir Sorgen, was mit mir los war, aber ein Virus war es nicht.

Als es zum Abendessen den Grüne-Bohnen-Eintopf meiner Großmutter gab, sahen die Bohnen aus wie Würmer, die sich über nasses Gras schlängelten. Mir stieg die Galle hoch. Ich atmete konzentriert durch die Nase, trank winzige Schlucke Wasser und aß nur Kartoffelpüree. Zum Glück schien es niemandem aufzufallen, weil alle Pläne für einen großen Familienurlaub im nächsten Sommer schmiedeten, einen Drei-Generationen-Urlaub sozusagen.

Ich rechnete mit meinen Fingern unter dem Tisch nach. Die Reise, über die sie sprachen, lag sieben Monate nach Weihnachten. Mein Großvater bot mir Wein an, denn in ein paar Wochen wurde ich ohnehin einundzwanzig, doch ich winkte ab. Schon aus der Ferne konnte ich den säuerlichen Geruch nicht ertragen.

Wann hatte ich mit Jonathon geschlafen? In der letzten Novemberwoche. Vor vier Wochen. Ich überlegte, wann ich zum letzten Mal meine Periode gehabt hatte. Seither eindeutig nicht.

Es muss davor gewesen sein, irgendwann vor Thanksgiving, denn ich wusste noch, dass ich mit Robin den Zumba-Kurs besucht hatte. Es war losgegangen, als ich kurz vor dem Kurs noch einmal auf die Toilette gegangen war. Ich hatte keine Tampons bei mir gehabt, deshalb hatte Robin mir einen von ihren gegeben, die natürlich und chemiefrei waren. Zu der ganzen Geschichte, dass sie auf Alkohol verzichtete, gehörte auch, dass alles bei ihr nun ökologisch wertvoll sein musste. Und obwohl ich das theoretisch verstand und unterstützte, fand ich ihren Hippietampon ohne Applikator nervig. Dann war ich beim Zumba auch noch ausgelaufen, weil die Kombination aus Salsa und Aerobic zu viel war für einen Ökotampon.

Wann war das gewesen?

Mindestens eine Woche vor Thanksgiving. An Thanksgiving hatte Rorys Vater uns zum Abendessen eingeladen, und ich war froh gewesen, dass ich meine Periode hinter mir hatte. Ich fand es total unangenehm, benutzte Tampons in einem fremden Badezimmer entsorgen zu müssen.

Unter dem Tisch prüfte ich den Kalender auf meinem Handy. Das war mehr als fünf Wochen her. Fast sechs. Ich war eindeutig spät dran, was bei mir normalerweise nicht vorkam. Vielmehr kam es *nie* vor. Dann rechnete ich von dem ungefähren Datum, an dem ich meine Regel bekommen hatte, vorwärts bis zu dem Donnerstag vor der Prüfung, als ich mit Jonathon zusammen gewesen war. Vierzehn Tage.

Ach du Schreck.

Da musste ich mich übergeben. Abrupt schob ich den Stuhl zurück, das Telefon fiel zu Boden. Ich ignorierte es, achtete auch nicht auf die überraschten Aufschreie meiner Familie und rannte zum Bad, wo ich das Kartoffelpüree in die Toilette erbrach. Oh Gott. Eine Katastrophe. Das war eine vollkommene Katastrophe.

Meine Mutter klopfte an die Badezimmertür und kam herein, als ich gerade abspülte und mit zitternden Fingern nach dem Toilettenpapier griff. Meine Augen tränten, und mir tropfte Speichel aus dem Mund. Sie nahm mir das Papier ab und wischte mir über Mund und Wangen. »Geht's?«

Ich schüttelte den Kopf und geriet in Panik. »Nein! Mom, ich glaube, ich bin schwanger.« Ich teilte fast alles mit meiner Mutter, und wenn irgendjemand wusste, was zu tun war, dann sie. Ich war sogar froh darüber, jetzt zu Hause bei ihr und nicht am College zu sein.

Sie blinzelte noch nicht einmal. »Das habe ich mir schon fast gedacht.«

»Wirklich? Warum?«, fragte ich fassungslos.

»Du klagst jetzt schon seit drei Wochen über PMS. Niemand hat drei Wochen lang PMS, aber viele Anzeichen für eine Schwangerschaft sind dieselben wie vor der Periode: schmerzende Brüste, Krämpfe, Müdigkeit. Dann fing die Übelkeit an.«

Ich lehnte mich gegen die Wand und stützte die Hände auf die Knie. »Das ist ja schrecklich.«

»Das ist nicht optimal«, stimmte sie mir zu, doch sie strich mir übers Haar. »Aber wir wollen sichergehen, bevor wir durchdrehen, okay?«

»Zu spät. Ich drehe schon durch.«

»Gut. Ich laufe jetzt zum Laden und besorge einen Test.«

»Es ist Weihnachten«, protestierte ich. »Nichts hat geöffnet.«

»Der Mini-Markt hat immer auf. Wahrscheinlich machen die Weihnachten das beste Geschäft des Jahres.«

Ich kaute auf meiner Lippe. Ich wollte sicher sein, doch zugleich wollte ich der Wahrheit so lange wie möglich aus dem Weg gehen. »Was willst du den anderen sagen? Die sitzen doch alle noch beim Abendessen.«

»Ich sage, dass wir den Arzt angerufen haben und dir ein Grippemedikament besorgen, damit du nicht drei Wochen flachliegst.«

»Oh.« Ich zog die Knie an die Brust. »Vielleicht täusche ich mich. Vielleicht habe ich ja wirklich eine Grippe.«

»Es gibt nur einen Weg, das herauszufinden. Warum legst du dich nicht in dein Zimmer, solange ich weg bin? Und geh ja nicht pinkeln.«

Fast hätte ich mir vor Angst in die Hosen gemacht.

Stattdessen starrte ich in meinem Zimmer an die Decke und stellte mir ein Gespräch mit Jonathon vor: *Hey, erinnerst du dich noch an die Nacht, als wir gelernt haben und eins zum anderen geführt hat? Tja … das hat zu einem Baby geführt. Ist das nicht krass?*

Ja. Verrückt.

Immer wieder dachte ich an den Moment, als er mich kurz mit seinem ungeschützten Penis berührt hatte, bevor ich ihn weggeschoben hatte. Davon konnte man doch nicht ernsthaft schwanger werden. Oder doch? Ich meine, theoretisch wusste ich, dass ein Typ dazu nicht ejakulieren musste, weil auch die klare Flüssigkeit, die herauskam, wenn ein Mann erregt war, Sperma enthielt, aber trotzdem. Wie standen die Chancen?

Wahrscheinlich ziemlich hoch.

Erneut krampfte sich mein Magen zusammen, und ich konzentrierte mich darauf, durch die Nase zu atmen.

Zwanzig Minuten später kehrte meine Mutter mit einer braunen Tüte zurück und reichte sie mir. Ich bat sie, mich ins Bad zu begleiten, und verriegelte die Tür hinter uns.

»Sag mir, was ich tun soll.« Ich holte die Schachtel heraus und gab sie ihr. »Ich bin zu nervös, um die Anleitung zu lesen.«

Sie holte die Lesebrille aus der Tasche ihrer Strickjacke. Meine Mutter war schön, auch wenn sie mittlerweile ein paar Falten hatte, und ihre Figur war noch immer sportlich. Sie alterte mit Würde. Ihre Haare färbte sie inzwischen regelmäßig blond, doch sie waren noch immer dick, glänzend und lang. In diesem Augenblick empfand ich tiefe Zuneigung für sie. Ihre Lippen bewegten sich, während sie leise die Anleitung las, dann blickte sie auf und setzte die Brille ab.

»Du musst nur das Ende mit der blauen Spitze unter deinen Urinstrahl halten. Nachdem du die Kappe abgezogen hast, versteht sich. Dann wartest du zwei Minuten.«

Ich nahm ihr den Stab aus der Hand und machte es so schnell wie möglich.

»Leg ihn flach hin, nachdem du die Kappe wieder aufgesetzt hast. Hier, auf das Papier. Jetzt geh einen Moment weg, während ich die Zeit stoppe.«

Ich setzte mich auf den Badewannenrand. Mit geschlossenen Augen sang ich ein Lied von Britney Spears, um mich zu beruhigen und um mir die Zeit zu vertreiben.

»Es ist so weit. Soll ich nachsehen, oder willst du es selbst tun?«

»Ich mache das schon.« Ich wollte mich nicht wie ein totaler Feigling anstellen. Als ich mich vorbeugte, um mit etwas Abstand auf den Stick zu sehen, hielt ich die Luft an. Oh, Scheiße. »Es ist ein Pluszeichen. Bedeutet es das, was ich denke?«

»Ja. Du bist schwanger.«

Verdammter Mist.

Aus irgendeinem Grund tauchte das Gesicht meines Chemieprofessor in meinem Kopf auf. Es gab doch nichts Schöneres, als seinem Chemieprofessor zu eröffnen, dass man mit seinem Enkelkind schwanger war. Irgendwie bezweifelte ich, dass es sich positiv auf meine Note auswirken würde.

Ich lachte hysterisch auf und brach sodann in Tränen aus. Meine Mutter zog mich in ihre Arme, ich schluchzte und durchnässte ihren Pullover.

»Ist ja gut, ist ja gut«, murmelte sie und strich mir mit der Hand beruhigend über den Rücken. »Es ist niemand gestorben.«

»Wenn Dad es erfährt, bin ich tot. Der bringt mich um.« Oder vielleicht wollte ich nur, dass er mich umbrachte und mich von meinem Elend befreite.

Sie lachte. »Nein, das wird er nicht. Du bist keine sechzehn. Herrgott, in drei Wochen wirst du einundzwanzig. Ich glaube, deinem Vater ist durchaus bewusst, dass du eine Frau bist.«

Ich fühlte mich nicht wie eine Frau, vielmehr kam ich mir wie ein Idiot vor. Ein verängstigter Idiot. Ich löste mich aus ihrer Umarmung und wischte mir mit dem Ärmel über die Nase. »Was soll ich jetzt tun?«

»Das musst du wissen, Liebes. Was denkst du, wird Nathan dazu sagen?«

Ich verzog die Lippen, und mein Magen krampfte sich erneut zusammen. »Zum Glück ist Nathan nicht der Vater. Wir haben seit August keinen richtigen Kontakt mehr. Das ist ausgeschlossen.«

»Ach. Ich dachte, ihr wärt wieder zusammen. Ich weiß, wie sehr du in ihn verliebt warst.«

»Mom, er hat mit Robin geschlafen. Nein. Wir sind nicht zusammen.« Ich streckte die Hand aus und riss ein Blatt Toilettenpapier von der Rolle, mein Heulanfall schien vorbei zu sein.

»Nun ja, wer ist dann der Vater?«

»Mein Chemienachhilfelehrer.« Ich putzte mir heftig die Nase. »Eigentlich ist er ein Genie. Zumindest theoretisch. Das ist nämlich seine Schuld, ausgerechnet Mister Wissenschaft hätte es besser wissen müssen.«

Sie hob die Augenbrauen.

»Aber zumindest wird dein erstes Enkelkind kein Trottel werden. Wahrscheinlich kommt es mit Brille auf der Nase zur Welt.« Wenn ich verärgert und bitter klang, lag das daran, dass ich es war.

»Kylie, das ist ein bisschen lächerlich. Du kannst ihm unmöglich seine Intelligenz vorwerfen.«

Ich drehte schlicht und ergreifend durch. »Er trägt eine Brille. Und es *ist* seine Schuld.« Natürlich war das total unfair von mir. War ich etwa nicht dabei gewesen? War mir die Situation nicht völlig klar gewesen, bevor ich mich nackt ausgezogen hatte? Nein, ich war genauso schuld, und das machte mich wütend. Ich wusste es besser. Das war nicht mein erstes Rodeo. Ich hatte sicheren Sex – bis auf zwei Sekunden mit meinem Chemienachhilfelehrer, und schon war ich geliefert. Ruiniert. Schwanger.

»Was wirst du tun? Seid ihr zwei zusammen?«

»Nein.« Ich seufzte, meine Nase war geschwollen, mein Gesicht juckte. »Ich glaube, ich werde das Baby behalten. Ich liebe Kinder viel zu sehr, um es nicht zu bekommen. Und du hast recht, ich bin fast einundzwanzig und kein Teenager mehr.« Dann fügte ich völlig sinnlos hinzu: »Warum konnte das nicht nächstes Jahr passieren? Dann hätte ich zumindest noch in der Schwangerschaft meinen Abschluss machen können.«

»Weil es dieses Jahr passiert ist«, entgegnete meine Mutter lächelnd. Doch sie nahm meine Hand und drückte sie. »Ich bin stolz auf dich. Du wirst eine wundervolle Mutter sein, Kylie Ann. Das wusste ich schon, als du drei Jahre alt warst. Und Daddy und ich werden dir helfen, wo immer wir können.«

Ich nickte, plötzlich war meine Kehle wie zugeschnürt.

Wenn ich nur eine halb so gute Mutter werden würde wie sie, konnte ich schon zufrieden sein.

»Als ich dich bekommen habe, war ich nicht viel älter als du jetzt.«

Ich wies sie nicht darauf hin, dass sie zwar erst dreiundzwanzig gewesen war, allerdings mit meinem Vater verheiratet und bereits mit dem College fertig.

Sie drehte das Wasser auf. »Wasch dir die Hände, dann lass uns reingehen und es der Familie sagen.«

Na, großartig.

Meine Mutter verlor keine Zeit. Als wir zu den anderen zurückkehrten, tobte mein Bruder Jake gerade mit dem Hund auf dem Boden herum und meine Schwester Ainsley spielte Klavier. Doch als wir eintraten, hielten alle inne und blickten uns an.

»Ist alles in Ordnung?«, fragte mein Vater, der damit beschäftigt war, Holzscheite in den Kamin zu stapeln, um ein Feuer zu machen. Er liebte es zu zündeln.

Meine Mutter bat mich mit einem Blick um Erlaubnis, und ich nickte. Ich konnte nicht sprechen, wenn mein Leben davon abhing.

»Wir haben eine Weihnachtsüberraschung«, verkündete sie fröhlich. »Kylie bekommt ein Baby!«

Hut ab. Sie drehte es einfach um. Sie tat, als hätten alle nur auf so etwas gehofft, wie auf eine Floridareise im Januar.

Der erste Schock auf den Gesichtern der Familie wich Entsetzen, dann schließlich Akzeptanz. Es folgte die irrige Überzeugung, dass ich das schaffen und alles gut werden würde. Im Grunde durchlebten sie die gleichen Phasen, die ich selbst gerade durchgemacht hatte.

In jener Nacht konnte ich nicht schlafen. Ich starrte mit großen Augen an die Decke und versuchte mir vorzustellen, wie ich mit einem Baby in dem schrecklichen Appartement lebte, wie ich dick wurde, wie ich einen Menschen aus meiner Vagina presste.

Ich hatte immer Kinder gewollt. Vier, genau wie meine Mutter. Aber erst später. Ab sechsundzwanzig, wenn ich gute fünf Jahre unterrichtet hatte und langsam den Babyvirus bekam. Mein schlauer Ehemann hätte einen guten Job, und wir würden in einem Vorort von Cincinnati wohnen. Vielleicht in Mason, wo Backsteinhäuser im Kolonialstil auf gepflegten Grundstücken standen und die Schulen gut waren. Wir würden uns einer christlichen Freikirche anschließen, im Lehrer-Eltern-Ausschuss mitwirken und einen Golfkurs belegen. Mit unseren süßen blonden Kindern würden wir nach Riviera Maya reisen, und ich würde joggen, um meinen Körper in Form zu halten. Mit dreißig würde ich einen Marathon laufen, um zu beweisen, dass ich alles schaffen konnte: Kinder großziehen, handwerken, kochen, einrichten und mich um meine Gesundheit kümmern.

Der Ehemann in diesem Szenario blieb unscharf, aber ganz sicher hatte ich mir nie einen Nerd mit Brille, einem tätowierten Arm und einer magischen Zunge vorgestellt. In der Vision dieses perfekten Lebens mit meinem gesichtslosen Ehemann war auch nicht vorgesehen, dass jedes zweite Wochenende der Vater meines ersten Kindes vorfuhr, um es mit seinem gepackten Koffer abzuholen – oder noch schlimmer, dass sein Daddy überhaupt nichts mit ihm zu tun haben wollte.

Ich strich mir im Dunkeln über den flachen Bauch und fühlte den erwachenden Beschützerinstinkt in mir. Ob Jonathon daran teilhaben wollte oder nicht, blieb ihm überlassen. Wenn er sich dagegen entschied, konnte ich ihm das nicht verübeln. Vaterschaft und Familie waren in Jonathons Plänen vermutlich nicht vorgesehen, und ganz bestimmt nicht mit einem

One-Night-Stand, die ihren Chemiekurs mit einem D abschloss.

Ich nahm mein Handy und scrollte durch meine Weihnachts-SMS und Social-Media-Nachrichten. Aus irgendeinem albernen Grund fragte ich mich, ob ich etwas von Jonathon hören würde. Warum sollte er sich melden, nachdem ich seit vier Wochen keine Nachricht von ihm erhalten hatte und er Jude war und vielleicht noch nicht einmal Weihnachten feierte? Keine Ahnung.

Weil ich ein Idiot war, das war die einzige logische Erklärung.

Seufzend warf ich mein Telefon zur Seite und rechnete aus, in wie vielen Tagen ich zurück aufs College musste. In sechs. Sechs Tage, in denen ich mir überlegen konnte, was ich Jonathon sagen würde, abgesehen von: *Du hast mich geschwängert, du Genie.*

Das war vermutlich kein glücklicher Anfang.

Weil ich nicht widerstehen konnte, griff ich erneut zum Handy und schicke ihm eine E-Mail, ehe ich doch noch einen Rückzieher machen konnte.

Hey, können wir uns treffen, wenn ich zurück auf dem Campus bin? Ich benötige dringend bei etwas deine Hilfe.

Das war die Wahrheit.

Zugegeben, ich hatte mich über Kylies E-Mail gefreut. Natürlich war mir klar, dass sie wahrscheinlich nur einen Nachhilfelehrer für das zweite Semester suchte. Vermutlich würde sie das Aufbauseminar in Chemie belegen, um die naturwissenschaftlichen Pflichtkurse abzudecken. Meiner Meinung nach würde sie jedoch nicht bestehen, wenn sie den Stoff vom ersten Kurs so wenig im Griff hatte. Abgesehen davon wollte ich auch gar nicht ihr Lehrer sein, denn es wäre mir unmöglich, sie einmal die Woche zu treffen, ohne noch einmal wiederholen zu wollen, was wir getan hatten.

Einen Monat hatte ich sie nicht mehr gesehen, und trotzdem sehnte ich mich noch immer danach. Es überkam mich in den merkwürdigsten Momenten, wie beispielsweise, wenn ich für das Umzugsunternehmen, für das ich jeden Samstag arbeitete, Kisten schleppte. Plötzlich schoss mir das Bild durch den Kopf, wie sie mit klarem Blick unter mir lag, die Finger in meine Arme grub, ihren fantastischen Körper bog und sich für mich öffnete. Dann bekam ich einen Ständer, während ich versuchte, mit einem Kollegen ein Sofa anzuheben, und kam mir vor wie vierzehn. Oder ich saß im Labor und sah aus dem Augenwinkel einen blonden Schopf an mir vorbeigehen. Danach fragte ich mich die ganze Zeit, ob sie das womöglich gewesen war, und konnte mich überhaupt nicht mehr konzentrieren. Auf diese Weise hatte ich tatsächlich mehrere Experimente versaut, und mein Vater hatte mir diesen typischen Blick zugeworfen, den ich so hasste und der sagte, dass er nur auf mein Versagen wartete und sich ohnehin fragte, wie ich sein Sohn sein konnte.

Ich durfte mich auf keinen Fall von Kylie mit ihrem reizenden Lächeln und ihrem warmen Körper ablenken lassen. Mich regelmäßig mit ihr zu treffen kam überhaupt nicht infrage, wobei ich keine Minute glaubte, dass sie sich überhaupt mit *mir* treffen wollte. Wahrscheinlich ging sie normalerweise mit Sportlern und durchtrainierten Muskelprotzen aus, nicht mit jemandem, der sich über kinetische Reaktionen freute. In ihren Augen war ich wahrscheinlich langweilig, und das konnte ich verstehen. Vermutlich hatten wir nichts gemeinsam.

Abgesehen von tollem Sex.

Ganz offensichtlich konnte ich das nicht vergessen.

Und ich wollte sie sehen.

Ich schloss den Wagen ab und ging über den Parkplatz zum Café. Kylie hatte mich eigentlich gebeten, in ihr Appartement zu kommen, aber bei dem Gedanken war mir nicht wohl gewesen, und so hatte ich mich damit herausgeredet, dass ich nur eine Stunde Zeit hätte und gern etwas essen würde. Wenn wir zu ihr gingen, würde ich auf jeden Fall in Versuchung geraten, noch einmal mit ihr zu schlafen. Und das durfte auf keinen Fall passieren, wie ich mir wiederholt sagte.

Zweimal war ich mit einer Frau ausgegangen, die ihren Doktor in Physik machte. Ich war zwar nicht Feuer und Flamme für sie, doch sie schien ganz nett und ziemlich intelligent zu sein. Wir konnten uns gut unterhalten, und sie war auf eine unauffällige Art attraktiv, auch wenn die Kombination aus Jeanslatzhose und Converse-Chucks nicht ganz mein Fall war. Damit wirkte sie wie ein superintelligentes Kleinkind, und das fand ich nicht sehr anziehend.

Kylie war bereits im Café und saß an dem gleichen Tisch wie bei unserem ersten Treffen. Sie nippte an einem heißen Tee, der Dampf stieg vor ihrem Gesicht auf, und der Faden des Teebeutels hing seitlich aus dem Becher. Ich hatte sie nicht für eine Teetrinkerin gehalten, aber was wusste ich schon? Eigentlich kannte ich sie überhaupt nicht. Sie trug einen flauschigen rosa Schal zu einem grauen Trägertop und einer grauen Kapuzenjacke. Die Haare hatte sie auf dem Kopf zu einem Knoten gedreht, und sie war ungeschminkt. Nur etwas Lipgloss. Es sah nicht danach aus, als wollte sie mich verführen.

Und warum enttäuschte mich das?

Verdammter Idiot.

Ich ging lächelnd zum Tisch und hätte sie gern berührt. Sie umarmt, sie auf die Stirn geküsst oder so etwas. Schließlich hatten wir Sex miteinander gehabt. Fantastischen Sex. Ich hatte beinahe jeden Zentimeter von ihr berührt, und das letzte Mal, als ich sie gesehen hatte, hatte sie sich splitterfasernackt auf dem Bett gerekelt und zufrieden gegähnt. Doch jetzt saß sie an diesem Tisch, und da stand ein Teebecher, und es fühlte sich alles so seltsam an. Daher berührte ich sie nur kurz an der Schulter, als ich um den Tisch herumging und meine Tasche fallen ließ.

»Hallo«, sagte ich. »Wie waren deine Ferien?«

»Okay. Und bei dir?«

»Viel zu tun. Ich habe viel gearbeitet.« Ich zog mein Portemonnaie aus der Tasche. »Ich hole mir etwas zu essen. Kann ich dir etwas mitbringen?«

Sie schüttelte den Kopf. »Nein, danke.«

Nachdenklich ging ich zum Tresen und bestellte mir schnell ein Sandwich mit Pommes frites und einen Kaffee. Kylie sah blass aus, als hätte sie eine Grippe oder so etwas hinter sich. Und sie hatte mir nicht richtig in die Augen gesehen, sondern aufmerksam ihren Tee studiert.

Als ich mit dem Essen in der Hand zu ihr zurückkehrte, saß sie noch genauso da. »Ist alles okay?«, fragte ich und steckte mir eine Süßkartoffel-Pommes in den Mund.

Schließlich holte sie tief Luft und hob den Kopf. Ich wollte mir gerade eine zweite Pommes nehmen, hielt jedoch inne, als sich unsere Blicke trafen. Etwas an ihrem Ausdruck … wirkte unheilvoll.

»Jonathon, ich bin schwanger.«

Ich kannte die Redewendung, dass einem das Blut in den Adern gefriert, und hatte immer geglaubt, es wäre eine lustige Beschreibung für etwas, das rein physisch nicht möglich war. Jetzt verstand ich jedoch genau, was es bedeutete. Ich erstarrte augenblicklich zu Eis und biss die Zähne zusammen, meine Muskeln erstarrten, und meine Hirnsynapsen rissen.

»Du bist schwanger?«, wiederholte ich dümmlich.

Sie nickte. »Fünfte Woche.«

Oh nein, sie erzählte mir tatsächlich, was ich dachte, dass sie mir erzählte. Verdammter Mist. Mein Herz begann zu rasen, und meine Handflächen wurden feucht. Ich deutete mit dem Zeigefinger auf meine Brust. »Von mir?«, fragte ich mit heiserer Stimme.

Ungeduld zeichnete sich auf ihrem Gesicht ab. »Natürlich von dir. Würde ich sonst hier sitzen und dieses Gespräch mit dir führen? Seit August bis zu der Nacht bin ich mit keinem Typen mehr zusammen gewesen. Es besteht kein Zweifel.«

Einen Augenblick lang dachte ich, ich würde ohnmächtig werden. Mein Kopf war blutleer, mein Blick verschwamm, und ich dachte, ich würde mit dem Gesicht in meinem Thunfischsandwich landen. Ich versuchte zu atmen und umklammerte die Tischkante.

»Verdammter Mist«, murmelte ich.

Sie nickte zustimmend. »So ungefähr habe ich auch reagiert.«

Die schwarzen Punkte vor meinen Augen verflüchtigten sich, und ich trank einen Schluck Kaffee, um die Galle hinunterzuschlucken, die meine Kehle hinaufstieg. Dabei verbrannte ich mir den Gaumen.

»Was willst du tun?«, fragte ich, weil mir klar war, dass ich dabei kein Mitspracherecht hatte. Es war ihre Entscheidung, und vielleicht erzählte sie es mir nur, weil sie Geld brauchte. Wie ich selbst dazu stand, wusste ich noch gar nicht, also wartete ich ihre Antwort ab.

»Ich behalte es.« Sie stellte ihren Becher ab und warf mir einen leicht trotzigen Blick zu. »Ich liebe Kinder, und ich bin erwachsen. Es abzutreiben oder wegzugeben würde sich für mich nicht richtig anfühlen. Du kannst dich um das Kind kümmern oder nicht. Das ist deine Entscheidung, aber ich dachte, du solltest es wissen.«

Ich nickte. »Danke.« Einerseits war ich erleichtert. Die Vorstellung, dass ein völlig Fremder mein Kind adoptierte und aufzog, gefiel mir irgendwie nicht. Das war jedoch ziemlich lächerlich, weil Kylie im Grunde auch eine völlig Fremde für mich war.

Mein Kind. »Oh mein Gott, wie ist das passiert?« Ich schob meine Brille nach oben, raufte mir die Haare und rutschte unruhig auf meinem Stuhl hin und her.

Es war eine rhetorische Frage, doch Kylie schien zu meinen, dass sie eine Antwort liefern sollte.

»Es muss passiert sein, als du schon ohne Kondom angefangen hast.«

Tja, natürlich muss es in dem Moment passiert sein, aber warum klang es, als würde sie mir die Schuld dafür geben? Ich hatte das Gefühl, mich verteidigen zu müssen, und erwiderte: »Ich dachte, du hättest gesagt, du nimmst die Pille. Es war ein Missverständnis.«

»Aber du hättest ohne Kondom mit mir geschlafen. Hast du noch nie etwas von Geschlechtskrankheiten gehört?«

Sie blickte mich derart verachtend an, dass heiße Scham in mir aufstieg. Sie hatte recht. Vollkommen recht. Und ich meinte, der Intelligentere von uns beiden zu sein, dabei besaß sie eindeutig mehr Verstand, wenn es um ihre Gesundheit ging. Zudem war sie vier oder fünf Jahre jünger als ich, weshalb ich mir erst recht wie ein Arschloch vorkam. Ich hatte keine andere Entschuldigung außer der, dass ich vollkommen gebannt von ihrer nackten Sinnlichkeit gewesen war.

Weil ich keine Antwort darauf hatte, wurde ich kindisch. »Warum nimmst du eigentlich nicht die Pille? Das machen doch alle.«

»Weil ich davon Akne bekomme.«

Na, großartig. »Wir bekommen also ein Baby, weil du bei Verbindungspartys keine Pickel haben wolltest, oder was?«

Ich war zu weit gegangen, das war mir sofort klar. Wütend starrte sie mich an und blähte die Nasenflügel. Sie beugte sich vor, sodass niemand uns hören konnte, und zischte mir zu: »Erstens, bekommen nicht *wir* ein Baby, sondern ich. *Ich* bin diejenige, die es neun Monate austrägt. Ich bin diejenige, der morgens schlecht ist und die Schwangerschaftsstreifen bekommt, und ich bin diejenige, die dieses Baby zur Welt bringt und morgens um drei Uhr aufsteht, um es zu stillen. Zweitens, die Verantwortung für die Verhütung liegt bei beiden Beteiligten, von daher möchte ich das wirklich nicht hören. Die Diskussion ist sinnlos. Das Thema ist durch. Ich bin schwanger.«

Eine Sekunde starrte ich sie nur an und nickte wie ein gescholtener Schuljunge. Sie hatte recht, und sie hatte mich in meine Schranken gewiesen. Das war eine neue Seite an ihr. »Du hast recht. Es tut mir leid. Ich stehe einfach … unter Schock.«

Ihre Gesichtszüge wurden weicher. »Glaub mir, das verstehe ich. Ich hatte sechs Tage Zeit, darüber nachzudenken, und stehe noch immer unter Schock.«

Dann begann ihre Lippe zu zittern, und ihre Augen füllten sich mit Tränen.

Oh, Mist. Ich schob meinen Stuhl zurück und setzte mich neben sie. Ich legte den Arm um sie, und sie lehnte sich an meine Brust und fing mit bebenden Schultern an zu weinen.

»Ist schon gut«, sagte ich. »Schwangerschaften kommen nun mal vor.«

Trotz ihrer Tränen lachte sie. »Das klingt irgendwie dämlich.«

Die ganze Sache war ziemlich dämlich, aber das wollte ich

nicht weiter ausführen. »Wie fühlst du dich? Du siehst blass aus. Ist dir morgens übel?« Ich wusste nicht, was ich sonst sagen sollte. Was zum Teufel sagt man zu einer Frau, die man geschwängert hat? Tut mir leid, ich habe Superspermien?

Doch es schien der richtige Text zu sein, denn sie setzte sich auf und wischte sich mit einer Papierserviette die Augen. »Mir geht's gut. Ich habe mich nur einmal übergeben, als ich es herausgefunden habe, und dann noch einmal ein paar Tage später. Aber das lag vor allem daran, dass der Hund ins Haus geschissen hatte und mein Bruder es erst eine Stunde später weggemacht hat. Der Gestank hat mich einfach umgehauen, als ich durch die Tür gekommen bin. Abgesehen davon fühlt es sich meist an, als hätte ich eine Muschel verschluckt, die in meiner Kehle sitzt und rund um die Uhr versucht, wieder herauszukriechen.«

Aus Mitgefühl krampfte sich mein Magen zusammen. Das klang ja schrecklich. »Das klingt schrecklich. Oh Mann, tut mir leid.«

»Das ist nicht deine Schuld«, erwiderte sie automatisch, doch dann blickte sie mich an und grinste etwas unsicher. »Na ja, vielleicht in gewisser Weise schon.«

Ich verstand nicht, wie sie überhaupt lächeln konnte. Mir war nach einem starken Whisky zumute. »Du scheinst ziemlich gut damit zurechtzukommen. Besser als die meisten Mädchen. Ich bin beeindruckt.«

Sie zuckte die Schultern. »Ich gehöre zu den Menschen, für die das Glas immer halb voll ist. Und für dich? Ist es für dich halb leer oder halb voll?«

»Theoretisch ist das Glas immer ganz gefüllt – zur Hälfte mit Flüssigkeit, zur Hälfte mit Luft.«

Kylie sah mich ungläubig an.

»Was ist? Das stimmt.«

Sie brach in Gelächter aus. »Dagegen kann ich nichts sagen.«

Darüber musste ich lächeln. Sie war wirklich toll. Schließlich wusste sie, dass sich ihr ganzes Leben ändern würde, und trotzdem lächelte sie. Ich nahm ihre Hand in meine und drückte sie, mir fehlten die richtigen Worte.

Sie sah verwirrt aus, doch dann warf sie mir einen Blick zu, der in mir völlig unangemessene Gedanken weckte.

»Ich muss gehen«, erklärte sie. »Ich lasse dich jetzt essen. Nimm dir ein paar Tage Zeit, um über alles nachzudenken, Jonathon. Ordne deine Gefühle, und entscheide, was du tun willst, dann sag mir Bescheid. Ich werde dich in jedem Fall verstehen. Ehrlich. Du sollst dich nicht verpflichtet fühlen.«

Ich fühlte mich bereits verpflichtet. Wie auch nicht? Das Gewicht lastete wie ein Klavier auf meiner Brust. Wie zum Teufel sollte ich finanziell für ein Baby aufkommen?

»Ich wusste übrigens nicht, dass Professor Kadisch dein Vater ist. Das hätte ich nie gedacht.«

Meinen Vater zu erwähnen war das Schlimmste, was sie tun konnte, doch das wusste sie ganz offensichtlich nicht. »Wir stehen uns nicht sehr nah.«

»Oh. Tut mir leid.« Sie wirkte aufrichtig mitfühlend.

Verdammte Scheiße. »Ich werde mich darum kümmern, Kylie.« Mein eigener Vater hatte meine Mutter und mich fast zwanzig Jahre lang im Stich gelassen, und das hatte ich ihm noch immer nicht ganz verziehen. Ich durfte nicht dasselbe tun, dann könnte ich mir selbst nicht mehr in die Augen sehen. »Ich werde mein Bestes geben.«

»Danke. Das weiß ich zu schätzen. Wir können beide nur unser Bestes versuchen.« Als sie aufstand, sah ich, dass sie eine locker sitzende Jogginghose und Schneestiefel trug. Sie nahm ihren Mantel von der Stuhllehne und schlüpfte hinein. »Ich maile dir meine Mobilnummer. Es ist leichter, in Kontakt zu bleiben, wenn wir uns SMS schicken und telefonieren können.«

Ich nickte. Plötzlich kam mir ein Gedanke. Sie schien zwar nicht davon auszugehen, dass zwischen uns irgendetwas wäre, aber ich konnte ganz sicher nicht versuchen, aus dem Nichts eine Beziehung aufzubauen – zusätzlich zu dieser ganzen Babysache. »Dir ist doch klar, dass wir nur Freunde sind, mehr nicht? Ich glaube nicht, dass etwas anderes eine gute Idee wäre … und ich treffe mich auch mit jemandem. Ich mag sie und möchte sehen, was daraus wird …«

Ich verkniff mir weitere ausführliche und überflüssige Erklärungen, als ich sah, dass sie vor Wut quasi die Zähne fletschte.

»Weißt du was, Darwin? Du kannst mich mal.« Sie hing sich die Tasche quer über die Schulter. »Ich bin vielleicht nicht so schlau wie du oder wie diejenige, mit der du dich triffst, aber ich bin nicht dumm. Ich habe keine idiotischen Fantasien, dass du der Mann meiner Träume wärst, mich heiraten würdest und wir glücklich bis ans Ende unserer Tage sein werden. Während du in der Theorie lebst, lebe ich in der Realität.« Kylie machte auf dem Absatz kehrt und lief zur Tür.

»Kylie, warte.« Zerknirscht stand ich auf. Manchmal klang ich wirklich wie ein Vollidiot. Das wollte ich gar nicht sein, aber dass man kein Idiot sein wollte, war keine Entschuldigung für idiotisches Verhalten, und das hier war definitiv ein idiotisches Verhalten.

Sie rief mir über die Schulter zu: »Lass mich bloß in Ruhe!« Vielleicht zischte sie leise noch »Arschloch« vor sich hin, während sie davonstapfte.

Und ich war ein Arschloch. Als ich mich wieder setzte, starrte ich auf mein Sandwich, mein Blick verschwamm.

Warum gab es keine Formel fürs Leben?

Zahlen waren leichter zu verstehen.

Es sah aus, als müsste ich meinem Arm ein weiteres wichtiges Datum hinzufügen. Das Zeugungsdatum meines ersten Kindes. Es war der 30. November gewesen. Ein Donnerstag. Um 23:45 Uhr.

Scheiße.

6

Die kühle Januarluft fühlte sich angenehm auf meinem erhitzten Gesicht an. Als ich aus dem Café trat, wählte ich bereits Jessicas Nummer. Ich musste Dampf ablassen. Warum mussten Männer immer den Moment zerstören, wenn gerade alles okay war? Jonathon hatte meine Nachricht im Grunde ziemlich gut aufgenommen. Obwohl ich es nicht toll fand, dass er zunächst angedeutet hatte, ich sei schuld, weil ich nicht die Pille nahm. Doch dann war er fürsorglich gewesen und hatte mich getröstet, und obwohl er so ausgesehen hatte, als steckte ihm eine Gräte im Hals, hatte er ohne zu zögern zugesagt, sich um das Kind zu kümmern. Das erleichterte mich ungemein. Das Kind würde ich zwar so oder so bekommen, aber ich wollte auf jeden Fall, dass mein Kind einen Vater hatte, auch wenn es anfangs sicher ziemlich merkwürdig sein würde, ein Kind mit einem Typen aufzuziehen, den ich kaum kannte.

Doch als er mir dann erzählt hatte, er würde sich mit jemandem treffen und dass wir nur Freunde bleiben sollten, hatte mich das total wütend gemacht. Noch dazu hatte er es in diesem Ton gesagt, den man nur benutzt, wenn man meint, jemand wäre unterbelichtet oder etwas langsam im Kopf. Das fand ich extrem beleidigend. Glaubte er etwa, ich hätte mich absichtlich schwängern lassen, um mir meinen Chemienachhilfelehrer zu angeln? Das war der dümmste Plan überhaupt, von vornherein zum Scheitern verurteilt und obendrein noch erbärmlich. Ich mochte so einiges sein, aber erbärmlich war ich nicht.

»Hey, wie ist es gelaufen?«, meldete sich Jessica.

»Erinnerst du dich noch, als ich gesagt habe, dass ich Jonathon nicht wiedersehen wollte, weil ich die schöne Erinnerung nicht zerstören möchte, falls er sich als Arschloch entpuppt?«

»Oh, oh.«

»Er ist ein Arschloch.«

»Oh nein. Ist er ausgerastet? Bitte sag nicht, dass er behauptet hat, es könne nicht von ihm sein. Wenn er das gesagt hat, mache ich ihn fertig.«

Als ich die Straße hinunterlief, fand ich die kalte Luft auf einmal nicht mehr so angenehm. Ich zitterte. »Nein, das hat er nicht gesagt.« Ja, er hatte fragend auf sich gezeigt, aber das war wohl mehr dem Schock geschuldet gewesen. Nachdem ich ihm gesagt hatte, dass es seins sei und dass ich mit niemand anders zusammen gewesen sei, hatte er es nicht infrage gestellt. Er hatte nicht auf einem DNA-Test bestanden oder so etwas. »Er hat gesagt, er würde sich um das Kind kümmern und dass er sein Bestes geben würde.«

»Warum ist er dann ein Arschloch?«

»Weil er mir erzählt hat, dass er sich mit jemandem trifft.«

»Als du mit ihm Sex gehabt hast? So ein Mistkerl.«

»Nein. Hinterher.«

Es folgte eine Pause. Je länger sie sich hinzog, desto alberner kamen mir meine Worte vor.

»Das ist bestimmt unangenehm, aber ich bin mir nicht sicher, dass ihn das zum Arschloch macht. Ich meine, er wusste ja nicht, dass du schwanger bist, und du wolltest ihn schließlich nicht mehr wiedersehen.«

Warum musste sie es so darstellen, als wäre ich die Unvernünftige? »Du hättest hören müssen, *wie* er das gesagt hat. Er war … wie nennt man das, wenn jemand von oben herab mit einem spricht?«

»Herablassend?«

»Ja. Herablassend. Das war er.«

»Tut mir leid, Süße. Lass ihm einfach ein bisschen Zeit, über den Schock hinwegzukommen, bevor du ihn verurteilst. Und wenn sich herausstellt, dass er wirklich ein absolutes Arschloch ist, kümmern wir uns darum.«

Während ich auf mein Appartementhaus zuging, musste ich lächeln. »Setzt du dann einen Killer auf ihn an?«

»Nein, ich lasse ihn von Tyler und Riley in die Mangel nehmen.«

»Das darfst du nicht. Das ist illegal. Aber danke für das Angebot.« Ich wollte nicht weiter darüber nachdenken, warum mich die Vorstellung, dass Tyler Jonathon in sein hübsches Gesicht schlug, derart beunruhigte – sein hübsches Gesicht, das sich mit meinen Genen mischen würde. »Hey, weißt du, was ich gerade dachte?«, fragte ich.

»Muss ich mir Sorgen machen?«

Ich lachte. »Sei still! Nein, ich hatte gerade einen wirklich tollen Gedanken: Mein Baby wird superhübsch. Ich meine, wie sollte es nicht hübsch werden bei so attraktiven Eltern?« Als ich Jonathon gesehen hatte, war mir wieder aufgefallen, wie überwältigend sexy er auf seine streberhafte Art war.

Ich gebe zu, ich hatte meine schwachen Momente. Aber die haben wir doch alle. Doch darum ging es nicht, na ja, obwohl natürlich niemand gern denkt, dass er einen Kobold auf die Welt bringen wird. Aber nein, es fühlte sich plötzlich so real an, und es fühlte sich … okay an. Ich freute mich sogar darauf, mein Baby kennenzulernen, das niedlich sein würde, ganz einfach, weil es *meins* war. In mir wuchs ein menschliches Wesen heran, und das erfüllte mich plötzlich mit Ehrfurcht. Das halb volle Glas. So war ich.

»Ich bin mir sicher, dass es bezaubernd wird. Alles andere

ist genetisch unmöglich. Und ich kaufe dem Baby viele hübsche Kleider, wenn es ein Mädchen wird. Bei einem Jungen sollte ich das vermutlich lieber nicht tun.«

Ich wollte gerade etwas erwidern, als ich die Tür zum Gebäude öffnete und direkt in Nathan hineinlief. »Oh, Scheiße!« Mein Herz begann zu rasen. »Jessica, ich rufe dich zurück.«

»Alles okay bei dir?«

Das hing davon ab, was Nathan wollte. »Ja, alles okay, aber ich muss mich hier um eine Sache kümmern. Ich rufe dich in zwanzig Minuten zurück.«

Nachdem wir aufgelegt hatten, starrte ich Nathan an und kaute auf meiner Unterlippe. Was zum Teufel wollte er hier? Hatte er gehört, dass ich schwanger war? Woher wusste er, wo ich wohnte? Ich hatte es ihm ganz bestimmt nicht erzählt.

Vielleicht war es purer Zufall. Vielleicht kannte er jemand anders im Haus.

»Hallo«, sagte er und lächelte nervös. »Wie geht's?«

»Ganz gut.« Ich bin schwanger. »Und dir?« Ich hatte keine Ahnung, warum ich das fragte. Vermutlich war ich einfach nur höflich.

»Nicht so toll. Kann ich mit hochkommen? Ich muss unbedingt mit dir reden, Kylie. Bitte. Ich möchte mich nur einmal von Angesicht zu Angesicht bei dir entschuldigen, dann lasse ich dich für immer in Ruhe.«

Meine Brust schnürte sich zusammen, und Tränen stiegen mir in die Augen. Verdammt sollte er sein. »Warum willst du das tun? Damit *du* damit abschließen kannst? Damit *du* dich besser fühlst?« Irgendwie machte mich seine pure Selbstsucht traurig, nicht wütend. Ich hatte ihn von ganzem Herzen geliebt, aber hatte ich ihn überhaupt wirklich gekannt? Offensichtlich nicht.

»Nein, nein, natürlich nicht. Ich wollte sagen, dass es mir

leidtut. Können wir wenigstens reingehen und uns auf die Treppe setzen? Wir blockieren die Tür.«

Es war niemand da, den das störte, aber mir wurde etwas schwindelig. Die Tatsache, dass ich gerade eine Plazenta produzierte, machte mich fertig. Ich war ständig erschöpft. Ich drängte mich an ihm vorbei, schloss die Tür zum Treppenhaus auf und ließ mich mit einem Seufzer auf der untersten Stufe nieder. Plötzlich erschien mir der Weg in den zweiten Stock sehr lang.

Nathan setzte sich neben mich, die Hände auf den Knien, die Beine locker gespreizt. Ich starrte ihn an, betrachtete die vertraute Krümmung seiner Nase, sein Kinn, den Mund, der mich so oft zärtlich geküsst hatte. Was ging wirklich in seinem Kopf vor? Würde ich je die Wahrheit erfahren, und wenn, würde ich überhaupt erkennen, dass er ehrlich zu mir war? Er wandte mir den Kopf zu, um zu sprechen, und stockte, als er merkte, dass ich ihn beobachtete.

Dann überraschte er mich, indem er anfing zu weinen. Das passte überhaupt nicht zu Nathan. Er scherzte, er wurde wütend, er grinste. Nathan weinte nicht.

»Es tut mir leid«, sagte er und bedeckte seine Augen mit den Händen. »Es tut mir so leid, Kylie, Süße, du musst mir glauben. Ich wollte dir nie wehtun.«

Das traf mich – ohne dass ich es wollte. Mit zugeschnürter Kehle versuchte ich, meine Wut heraufzubeschwören und mich daran zu erinnern, wie ich all die SMS gefunden hatte, die er Robin geschickt hatte.

»Wenn du Sex mit Robin gehabt hättest, als ihr beide betrunken wart, und das wäre alles gewesen, würde ich dir glauben. Aber damit ist es nicht vorbei gewesen. Es hat dir kein bisschen leidgetan. Es tut dir nur leid, dass du aufgeflogen bist.«

Er wischte sich über die Augen und schniefte. »Ich bereue, was ich getan habe. Ich bedauere, dass ich Robin Nachrichten geschickt habe. Aber ich habe dich in den Ferien vermisst, Ky, als du zu Hause gewesen bist. Das klingt albern, aber ich habe dich so sehr vermisst, dass es mir Angst eingejagt hat.«

Das half nicht. »Das klingt lächerlich. Du kannst nichts sagen, was es wiedergutmachen würde. Du hast meiner besten Freundin geschrieben, dass sie nach Schokolade schmeckt.«

Er zuckte zusammen.

Gut. Ich wollte, dass er sich wand. »Ist dir das unangenehm?«

»Ja.« Er rutschte auf der Stufe hin und her.

»Es war auch ziemlich unangenehm, es zu lesen.«

Einen Augenblick starrte er einfach nur auf den Boden, dann wandte er sich erneut zu mir um, seine Nase zuckte. »Das habe ich verdient.«

Ich seufzte. »Was willst du?«

»Ich wollte nur, dass du weißt, dass das mit uns echt war. Alles, was ich gesagt habe, all die Gefühle. Ich habe dich geliebt. Ich liebe dich noch immer.«

Es hätte mir egal sein sollen. Es hätte mich nicht berühren dürfen.

Doch das tat es. Es brachte mich zum Weinen. Ich war ein ganzes Jahr meines Lebens mit ihm zusammen gewesen und hatte ihn geliebt. Das war nicht fair. Es war nicht fair von ihm, mich zu betrügen und dass er versucht hatte, mich weiterhin zu betrügen. Und es war nicht fair von ihm, dass er mich nicht einfach in Ruhe ließ, damit meine Wunden heilen konnten.

»Nicht weinen, Süße. Warum weinst du?«

Als er die Hand nach mir ausstreckte, sprang ich auf. »Ich kann das nicht. Geh nach Hause, Nathan. Lass mich in Ruhe. Bitte.« Ich lief die Treppe hinauf, mir war heiß und übel.

Nichts, was er sagte, konnte sein Handeln ungeschehen machen. Ich verstand nicht, warum er sich noch immer bemühte. Warum bestand er weiterhin darauf, dass er mich liebte? In meiner Welt konnte man niemanden lieben und ihm das antun, was er mir angetan hatte. Das passte nicht zusammen.

Ich hatte Angst, dass er mir folgen würde. Deshalb schloss ich, so schnell ich konnte, die Tür auf und legte den Riegel vor. Ich lehnte mich von innen dagegen und rang nach Atem, als das Handy in meiner Hand vibrierte.

Es war Nathan. Natürlich. Ganz offensichtlich reichte es ihm nicht, mich zu betrügen und mich zu demütigen. Jetzt stalkte er mich auch noch, bis ich ihn von seiner Schuld freisprach. In einem schwachen Moment vor Weihnachten hatte ich die Blockierung seiner Nummer aufgehoben, jetzt bereute ich das.

Gehst du zur Abschiedsparty?

Er meinte die Party, die Riley und Jessica für Robin und Phoenix gaben. Robin war an die Tulane University gewechselt und zog in ein paar Tagen mit Phoenix nach New Orleans. Sie machte einen ganz neuen Anfang. Ohne Altlasten. Welch ein Glück.

Mich dagegen verfolgte Nathan wie ein lästiger Kopfschmerz, und meine Gebärmutter wuchs.

Ich freute mich für sie, ehrlich. Trotz allem liebte ich Robin, und sie hatte mir immer wieder gezeigt, wie sehr sie bereute, was passiert war. Anders als Nathan. Aber ich war noch nicht so weit, dass ich zum Abschied mit einem Taschentuch winken und ihr auf ihrer Abschiedsparty alles Gute wünschen konnte, vor allem weil sie anscheinend den perfekten Mann für sich gefunden hatte. Phoenix sah Robin an, als könnte er nicht ohne sie atmen, und hatte sich ihr Gesicht auf seinen Brustkorb tätowiert. Wer machte denn so etwas?

Nein.

Wir sollten zusammen hingehen und ihnen zeigen, dass sie uns nicht auseinanderbringen können.

War das sein Ernst? Er musste den Verstand verloren haben.

Du hast uns auseinandergebracht. Niemand sonst.

Plötzlich musste ich mich übergeben. Ich ließ mein Handy und die Tasche auf den Boden fallen und rannte ins Bad.

»Hallo?«

»Hallo, Mom.« Nachdem Kylie das Café verlassen hatte, starrte ich eine Weile auf den Tisch. Meine Gedanken rasten in konzentrischen Kreisen durch meinen Kopf, ich musste mit jemandem reden. Devon war bei diesem Thema nicht der richtige Ratgeber, er fand, Fortpflanzung wäre etwas für Trottel. Daher hielt ich meine Mutter für die bessere Wahl.

Außerdem musste ich dieses Gespräch ohnehin hinter mich bringen. Wenn Kylie mir schon nicht die Eier abgerissen hatte, war es immer noch möglich, dass meine Mutter das übernahm. Und solange ich Angst haben musste, kastriert zu werden, konnte ich mich nicht konzentrieren.

»Wie geht es dir? Was gibt's Neues, Schatz?«

Mehr als sonst. »Ach, in ein paar Tagen fängt der Unterricht wieder an. Und ich, äh, habe eine neue Nachhilfeschülerin.« Und ich hatte Sex mit ihr.

Gott, das war wirklich ziemlich unangenehm. Ich war nicht der Typ, der die Details seines Privatlebens mit seiner Mutter besprach. In der Mittelstufe hatte ich die Spuren meiner Masturbation wie ein Staatsgeheimnis oder wie den Beweis für die Existenz von Aliens vor ihr versteckt. Als ich im letzten Jahr auf der Highschool meine Jungfräulichkeit verlor, hatte ich so cool getan, wie es eben möglich war, wenn man plötzlich den Schlüssel zum Nirwana entdeckte. Ich sprach mit meiner Mutter noch nicht einmal über Freundinnen, solange ich nicht die magische Dreimonatsgrenze mit einer überschritt. Also, ja, das hier war verdammt unangenehm.

»Eine Studentin aus dem Grundstudium?«

»Ja.« Ich strich mir über das Bärtchen an meinem Kinn, das ich ständig vergaß zu rasieren. »Sie hat große Schwierigkeiten in Chemie, und äh, sie ist schwanger.«

»Ach, herrje, das arme Ding. Wer auf dem College schwanger wird, hat es nicht leicht. Glaub mir, ich weiß, wovon ich rede.«

»Ich weiß. Und du hast das fantastisch hinbekommen, Mom.« Das hatte sie. Meine Mutter hatte mich allein großgezogen, mein Vater war nirgends aufzutreiben gewesen. Der einzige Beweis seiner Existenz waren die Unterhaltszahlungen gewesen, die der Staat monatlich von seinem Gehalt einbehalten hatte. Meine Mutter war in ihrem ersten Jahr auf dem College schwanger geworden. Sie hatte ihren Abschluss gemacht, als ich in den Kindergarten ging, und eine Stelle im Marketing gefunden. Erst als ich mit siebzehn einen Physikwettbewerb gewonnen hatte, war mein Vater plötzlich aufgetaucht und hatte darauf bestanden, an meiner Zeugung beteiligt gewesen zu sein.

»Gibt es wenigstens einen Vater?«, fragte sie.

Da war er. Der Moment der Wahrheit. Steh deinen Mann, Kadisch. Spuck es aus. »Der will ich versuchen zu sein.«

Totenstille. Ich hörte ein Geräusch, das wie ein Keuchen klang, und ließ den Kopf auf die Hand sinken. Ich schämte mich, weil ich so selbstsüchtig gewesen war. In jener Nacht hatte ich Kylie derart begehrt, dass ich mich wie ein Idiot benommen hatte. Ich hatte sie ausgenutzt. Dass sie mich auch begehrt hatte, spielte keine Rolle. Sie war traurig und verletzt gewesen, und anstatt ihr eine Schulter zum Ausweinen zu bieten, hatte ich sie geschwängert. Glückwunsch.

»Jonathon … du hast eine deiner Nachhilfeschülerinnen geschwängert? Oh mein Gott, wie alt ist sie?«

»Sie ist im dritten Jahr«, sagte ich, weil ich nicht genau wusste, wie alt sie war. Noch ein Beweis für mein mieses Verhalten. »Es war ein Unfall, Mom.«

»Na, das will ich hoffen, um Himmels willen.«

Ich wusste nicht, was ich sagen sollte. Einerseits konnte sie mich nicht verdammen, weil sie selbst denselben Fehler gemacht hatte und ich das Ergebnis dieses Fehlers war. Doch zugleich hatte sie sicher das Gefühl, dass die Geschichte sich wiederholte und ich Kylie genauso ausgenutzt hatte wie mein Vater sie.

»Sie ist nicht verrückt, oder? Sie will dieses Baby nicht von dir fernhalten, oder doch? Denn dann verklagen wir sie.«

Verrückt? Daran dachte sie zuerst? Musste ein Mädchen verrückt sein, um mit mir zu schlafen? »Nein, sie ist nicht verrückt, und nein, sie ist sehr vernünftig.« Die Reaktion meiner Mutter überraschte mich. »Ich dachte, nach dem, was du selbst erlebt hast, würdest du auf ihrer Seite stehen und dich nicht auf sie stürzen.«

»Wenn sie verrückt oder eine Schlampe ist, stehe ich auf deiner Seite. Du bist mein Sohn. Aber wenn sie normal ist, dann bin ich auf der Seite von euch beiden.«

Das war irgendeine komplizierte Frauenlogik. »Ich weiß nicht, was ich dazu sagen soll.«

Aber sie bombardierte mich bereits mit Fragen. »Wie weit ist sie? Weißt du, ob es ein Mädchen oder ein Junge wird? Wo lebt ihre Familie, ist die in der Nähe? War sie beim Arzt?«

Nichts von alledem konnte ich beantworten, außer wie weit sie war.

»Sie ist in der sechsten Woche.«

Und dann kam die schlimmste Frage von allen. »Bist du verliebt in sie?«

»Nein«, antwortete ich, denn es nutzte nichts, sie auf etwas anderes hoffen zu lassen, als es war. »Ich kenne sie kaum, Mom. Es ist mir peinlich, das zu sagen, aber es ist wahr. Ich bin jetzt eigentlich mit jemand anders zusammen.« Es war vielleicht etwas übertrieben zu behaupten, Lydia und ich seien zusammen, aber es schien mir wichtig, sicherzugehen, dass meine Mutter sich keine falschen Hoffnungen in Bezug auf Kylie machte.

»Wie heißt sie? Nicht das Mädchen, mit dem du zusammen bist, sondern die Mutter meines Enkelkinds?«

Musste sie das so sagen? Aber es stimmte ja. Ich konnte nichts Schlechtes über Kylie sagen. »Kylie. Sie ist blond, hübsch, und sie ist sehr liebenswert.«

»Das ist gut. Bist du sicher, dass du nicht in sie verliebt bist? Du klingst, als würdest du sie mögen.«

»Mom … nicht.« Natürlich mochte ich Kylie. Aber mochte ich sie *so*? Woher zum Teufel sollte ich das wissen? Ich kannte sie nicht richtig. Klar, ich wusste, dass ich ihr Lächeln mochte und ihr lustiges Lachen und die Art, wie ihre Unterlippe schmeckte. Zweifellos mochte ich auch das Gefühl ihres nackten Körpers, der mit meinem verschmolz. Doch darüber hinaus konnte ich nichts mit Sicherheit sagen.

Zum Glück ließ meine Mutter das Thema fallen. Leider brachte sie dann meinen Dad ins Spiel.

»Weiß es dein Vater?«

»Nein. Ich habe es erst vor einer Stunde erfahren, und ich glaube nicht, dass ich es ihm sagen werde, bevor das Semester zu Ende ist.« Ich wollte noch hinzufügen, dass ich davon ausging, dass es ihn nicht sonderlich interessieren würde, doch das wusste meine Mutter bereits aus eigener Erfahrung. »Kylie ist sogar in seinem Kurs. Ich will nicht, dass sie Schwierigkeiten bekommt. Und ich mache im Mai meinen Master und bin nicht scharf darauf, dass er mir sagt, was ich anschließend tun soll.« Ich wollte nicht hören, wie sehr ich ihn enttäuschte, weil ich nicht meinen Doktor machte. Das kam jetzt absolut nicht mehr infrage. Bislang war ich mir selbst unsicher gewesen, ob ich promovieren wollte, aber wenn ich ein Baby unterhalten musste, brauchte ich eine Stelle dringender als einen Titel.

Vielleicht verriet ich meiner Mutter dadurch zu viel über meinen Vater. Meine Beziehungen zu ihnen existierten völlig getrennt voneinander.

Es war erstaunlich, dass sich plötzlich, innerhalb von einer Stunde, meine gesamte Zukunft verändert hatte. Ich zupfte an dem zerlaufenen Käse meines Sandwichs herum und versuchte, vernünftig zu bleiben und mich nicht von meinen Gefühlen überrollen zu lassen. Ich hatte das Gefühl, gleich einen Herzinfarkt zu bekommen. »Mom … meinst du, ich schaffe das?«

Offensichtlich hörte sie den Zweifel in meiner Stimme.

»Ach, Jonathon, natürlich schaffst du das, Liebling.«

»Dad hat es nicht geschafft.«

»Auf die Gefahr hin, dass ich schlecht über deinen Vater spreche, Liebes, aber du warst mit vierzehn schon mehr Mann als er mit fünfzig. Du schaffst das. Ganz bestimmt.«

Ich holte tief Luft und wurde ruhiger. »Ich weiß nichts über Babys oder Schwangerschaften.«

»Du bist Wissenschaftler. Mach eine Recherche.«

Sie hatte recht. Drei Stunden und drei Becher Kaffee später hatte ich mein Wissen über Empfängnis aufgefrischt – nur aus Neugierde – und mich durch die ersten zwei Drittel der Schwangerschaft sowie durch die Rechte von Eltern unehelicher Kinder im Staat Ohio gearbeitet.

Ich war außerdem lächerlich lange auf Seiten mit Babynamen herumgesurft. Noch nie in meinem ganzen Leben hatte ich darüber nachgedacht, welchen Namen ich meinem künftig zu zeugenden Kind geben wollte. Es war eine beängstigende Aufgabe. Bei C gab ich auf. Es war verrückt. Allein die As und Bs boten unzählige Optionen – von klassischen über verwirrende bis hin zu abgrundtief hässlichen und natürlich schönen Namen. Das überforderte mich. Außerdem war ich mir nicht sicher, ob ich überhaupt mitreden durfte. Vielleicht gehörte der Name zu den Dingen, die Kylie allein entscheiden wollte.

Ich hatte nie viel über das Kinderkriegen nachgedacht. Es war etwas Nebulöses, das weit in der Zukunft lag, wenn ich Mitte dreißig oder älter war und gewisse Ziele in meiner Karriere erreicht hatte. Nachdem ich mich in der Berufswelt bewiesen hatte. Hatte ich überhaupt je ein Baby im Arm gehalten? Meine Mutter hatte einen Bruder, doch Onkel Mikes Kinder waren fast zwanzig. Und den beiden Schwestern meines Vaters war ich noch nie begegnet. Meine Mutter und ich hatten in einem Appartementhaus gelebt, doch sie hatte keinen besonders engen Kontakt zu den Nachbarn gepflegt. So hatte sich nie eine Gelegenheit ergeben, mit einem winzigen Menschen in Kontakt zu treten.

Es war sehr gut, dass eine Schwangerschaft so lange dauerte, denn ich würde jede Sekunde dieser neun Monate brauchen, um mich darauf vorzubereiten, was ich zu tun hatte.

Mein Handy meldete den Erhalt einer E-Mail. Sie stammte von Kylie, die mir ihre Telefonnummer schickte und schrieb: *Wenn du es noch nicht deinem Vater sagen würdest, wäre ich dir sehr dankbar. Und danke, dass du nicht schreiend davongelaufen bist.* ☺

Ich tippte eine Nachricht zurück, in der ich ihr ebenfalls meine Nummer gab. *Ich werde es ganz bestimmt nicht mei-*

nem Vater sagen. Glaub mir. Meiner Mutter habe ich es allerdings erzählt, ich hoffe, das ist okay. Mach dir keine Sorgen, meine Eltern reden nie miteinander.

Als ich den Text über meine Eltern vor dem Senden noch einmal las, war ich schockiert, weil ich ihr verkorkstes Verhältnis als etwas Positives darstellte. Das wollte ich für Kylie und mich auf keinen Fall. Ich würde alles tun, um ein freundschaftliches und vernünftiges Verhältnis zu ihr zu haben, sodass mein Kind nicht so aufwachsen musste wie ich. Ich hatte mich immer gefragt, wo zum Teufel mein Vater steckte und warum meine Mutter so wütend war.

Die Geschichte würde sich nicht wiederholen – jedenfalls nicht mehr, als sie es bereits getan hatte.

Also schickte ich eine zweite E-Mail hinterher. *Hallo, Kylie, warum war das Mol eines Sauerstoffmoleküls froh, als es die Single-Bar verließ? Weil es Avogadros Nummer hatte.*

7

Ich musste unwillkürlich über Jonathons E-Mail lachen und wusste sogar, was Avogadros Nummer war. So ungefähr zumindest, jedenfalls verstand ich den Witz. Aber vor allem verstand ich, worum er sich bemühte. Er wollte mir ein gutes Gefühl geben und die Spannung zwischen uns lösen, mich an den Abend erinnern, an dem wir uns kennengelernt hatten, und an unseren einzigen Insiderwitz.

Das war süß.

Ich lag mit schweren Lidern in meinem blöden Appartement auf dem Bett und hörte mit dem Handy leise Musik. Während ich auf den Laptop starrte und überlegte, was ich Jonathon antworten sollte, krampfte sich erneut mein Magen zusammen. Es tat mir ein bisschen leid, wie ich ihn im Café behandelt hatte. Ja, er war herablassend gewesen, aber Jessica hatte recht. Ich hatte ihn schließlich total überfallen.

Ich wollte das nicht allein durchziehen. Klar, wenn es sein musste, würde ich es schaffen, aber es war nicht mein Wunsch. Ich machte nichts gern allein. In meiner Wut hatte ich die Wahrheit gesagt: Ich war realistisch und erwartete nicht, dass er sich in mich verliebte und für immer und ewig mit mir zusammenleben wollte. Dennoch blieb ich Optimistin. Eine Romantikerin. In einem geheimen Winkel meines Herzens wollte ich herausfinden, ob je etwas zwischen uns sein könnte. Ich wünschte mir, ein Kind nicht nur mit einem Partner, sondern mit einem Geliebten, einem besten Freund zu haben.

Das war albern, das war mir klar.

Doch obwohl ich niemanden brauchte, der mich zum Arzt begleitete oder mir beim Windelnwechseln half, sehnte ich mich nach einer Schulter zum Anlehnen, nach einem männlichen Körper neben mir auf dem Sofa und im Bett. Seit dem RUN-Vorfall hatte ich das intime Zusammensein mit jemandem vermisst, und jetzt fehlte es mir sogar noch mehr. Der Abend mit Jonathon war das einzige Mal gewesen, dass ich so etwas noch einmal empfunden hatte. Ich wollte das wiedererleben, aber das kam nicht infrage. Obwohl ich ja kein zweites Mal schwanger werden konnte. Warum sollten wir also nicht wenigstens Sex haben? Es war fantastischer Sex gewesen, und wir konnten es ganz ohne schlechtes Gewissen tun, oder?

Falsch! Natürlich war das dumm. Es würde die Dinge verkomplizieren. Ernsthaft verkomplizieren. Ich würde eine Beziehung mit ihm haben wollen, und er war mit einer geheimnisvollen Frau zusammen. Mist. Die hatte ich ganz vergessen. Wer auch immer sie war, ich hasste sie. Warum bekam sie sein Herz und ich nur sein Sperma? Nathan hatte mir sein Herz geschenkt, seinen Penis aber jemand anders. War es so schwer für einen Typen, mir beides zu geben?

Ganz offensichtlich.

Mein Handy klingelte. Jessica. Mist, ich hatte vergessen, sie zurückzurufen.

»Äh, du hast gesagt, du würdest mich in zwanzig Minuten zurückrufen. Das ist ungefähr drei Stunden her.«

»Tut mir leid. Nathan ist hier aufgetaucht.«

»Was? Warum?«

»Ich weiß es nicht.« Ich hatte wirklich keine Ahnung, was er gewollt hatte, außer mich zu verletzen.

»Du hast ihm doch nicht etwa von dem Baby erzählt?«

»Natürlich nicht!« Bei dem Gedanken erschauderte ich. »Wenn es nach mir geht, muss er es nie erfahren.«

»Stimmt. Er ist ein Arsch. Aber jetzt hör mal: Ich habe mit Rory und den Jungs gesprochen, und wir finden, du solltest bei Rory und Tyler einziehen, sobald Robin und Phoenix ausgezogen sind.«

Die Vorstellung gefiel mir sofort. »Aber was soll ich mit meinem Appartement machen?«

»Vermiete es. Irgendjemand hat es dir doch auch vermietet.«

Ich seufzte und blickte auf Jonathons E-Mail, die noch immer auf meinem Bildschirm stand. »Meinst du nicht, dass die Wohnung von Rory irgendwie verflucht ist? Alle sind ungefähr fünfmal aus- und eingezogen. Außerdem: Wollen Rory und Tyler wirklich eine schwangere Mitbewohnerin haben?«

»Du kannst das Zimmer oben nehmen. Sie halten sich ohnehin die ganze Zeit unten auf. Dann bist du nicht allein, und sie können dir helfen, wenn nötig. Wir wollen nicht, dass du allein bist.«

Das wollte ich auch nicht. »Ich denke darüber nach. Das ist sehr nett von den beiden. Ich weiß das zu schätzen.«

Was ich wirklich wollte, konnte ich nicht haben.

Wenn man mich vor sechs Wochen gefragt hätte, was das wäre, hätte ich geantwortet, dass Nathan mich nie betrogen hätte.

Das war jetzt ganz anders.

Jetzt würde ich gern zum Anfang mit Jonathon zurückspulen und mich mit ihm treffen, einfach weil ich ihn mochte. Er hatte ein nettes Lächeln. Er war rücksichtsvoll. Er roch gut. Als ich ihn heute Abend zum ersten Mal seit November im Café gesehen hatte, wäre ich gern von ihm geküsst worden. Ich hatte mit der Übelkeit gekämpft, dennoch war da ein Ziehen zwischen meinen Schenkeln gewesen, und ich hatte mich danach gesehnt, seine Lippen auf meinen zu spüren.

Stattdessen hatte er nur meine Schulter berührt.

Ich musste realistisch bleiben: Wir würden nie mehr als Eltern sein, die freundlich miteinander umgingen.

Seufz. Und noch einmal seufz.

Ich brauchte zwanzig Minuten, bis ich wusste, was ich Jonathon antworten sollte.

Klingt nach einer positiven Reaktion. ;-)

Er schickte mir sofort ein *LOL* zurück.

Mein Bemühen, schlau und kokett zu wirken, strengte mich offenbar zu sehr an, denn ich schlief ein, bevor ich noch einmal antworten konnte.

Zwei Wochen später war es mir egal, ob ich je wieder etwas von Jonathon oder von irgendeinem anderen Menschen hören würde. Ich war mir ziemlich sicher, dass ich sterben würde. Es konnte nicht sein, dass ein mikroskopisch kleiner Fötus bewirkte, dass ich mich so fühlte, als hätte ich die Grippe gepaart mit Pfeifferschem Drüsenfieber und noch dazu einen Kater. Bei jeder noch so kleinen Kopfbewegung rebellierte mein Magen, und jedes Mal, wenn ich etwas aß oder trank, musste ich mich sofort übergeben. Ich zitterte und schwitzte und döste immer wieder ein. Seit drei Tagen hatte ich das Zimmer nicht mehr verlassen, und auf meiner Decke klebte getrocknetes Erbrochenes, weil ich zu kraftlos gewesen war, um rechtzeitig ins Bad zu kommen. Mein Zimmer stank. Ich stank. Meine Haare hingen fettig herunter. Mein Gesicht fühlte sich an, als könnte man daraus Erdöl gewinnen, so viel Zeug strömte aus meinen Poren.

Ich überlegte, meine Mutter anzurufen und sie zu bitten, mich abzuholen und mit nach Troy zu nehmen, doch das lag eine Stunde entfernt. Außerdem würde das wie ein Eingeständnis wirken, dass ich noch nicht erwachsen war. Und wie wollte ich dann Mutter sein? Ganz zu schweigen davon, dass ich ganz sicher nicht das Semester beenden konnte, wenn ich die Stadt verließ. Obwohl ich jetzt natürlich auch nicht zum Unterricht ging. Aber ich würde mich hoffentlich erholen und in ein oder zwei Tagen wieder an den Seminaren teilnehmen können. Hoffentlich. Vielleicht. Ich hatte meinen Studentenjob im Fitnessstudio bereits so häufig abgesagt, dass mein Chef mich aus dem Arbeitsplan gestrichen hatte, aber auch das war mir egal.

Als Jessica und Rory mir SMS schickten, log ich, es würde mir gut gehen, ich sei nur müde. Aus irgendeinem Grund erschien es mir wichtig, allein damit klarzukommen. Als ich versuchte, eine bequemere Position zu finden, stöhnte ich, weil ich durch die Bewegung wieder würgen musste.

Es half auch nicht, dass Jonathon mich mit SMS überhäufte, in denen er mir Fragen stellte, auf die ich keine Antworten wusste. Wie beispielsweise, wer meine Hebamme beziehungsweise mein Gynäkologe war. Oder ob ich eine Krankenversicherung hatte. Ich dachte, ich hätte eine, denn ich war immer über meine Eltern versichert gewesen, aber vielleicht änderte sich das durch die Schwangerschaft. Ich hatte keine Ahnung, und mir fehlte die Kraft, es herauszufinden. Er wollte auch wissen, ob ich einen Gentest machen würde, um eine Behinderung auszuschließen, ob ich Geld für ärztliche Untersuchungen brauchte und ob ich darüber nachgedacht hätte, wo ich wohnen wollte.

Ich konnte mich lediglich darauf konzentrieren, durch die Nase zu atmen.

Ich antwortete ihm nicht. Das Tippen kostete mich zu viel Kraft, und als ich versuchte, das Handy vor meine Augen zu halten, wurde mir schwindelig, und ich hatte das Gefühl, ich müsste mich erneut übergeben. Ich schlief unheimlich viel, schluckte Galle hinunter und sah auf dem Laptop alte Sitcoms auf Netflix. Schließlich schrieb Jonathon, er mache sich Sorgen, dass es mir entweder nicht gut ginge oder ich wütend auf ihn sei. Da schaffte ich es zu antworten, dass ich mich nicht gut fühlte.

Als es an der Haustür klingelte, ignorierte ich es. Mein erster Gedanke war: Nathan. Doch dann erhielt ich eine SMS von Jonathon, und die Klingel ging erneut.

Stehe unten. Mache mir Sorgen um dich. Darf ich raufkommen?

Oh, Mist. Konnte ich beschissener aussehen? Nein. Unmöglich.

Ich rang mit mir, ob ich ihn wegschicken sollte. Doch da kam eine weitere Nachricht: *Hab dir einen Smoothie mitgebracht und ein Mittel gegen Übelkeit, das dem Baby nicht schadet.*

Okay, ich konnte über die Tatsache hinwegsehen, dass ich beschissen aussah, wenn er nur ein Hundertstel von meinen Symptomen beseitigen konnte.

Danke.

Ich richtete mich mühsam auf und drückte so lange wie möglich auf den Türöffner, bis mir wieder schwindelig wurde. Dann schloss ich die Tür auf und ließ mich zurück aufs Bett fallen. Das hier war schlimmer als jeder Kater.

Eine Minute später klopfte Jonathon an die Tür, und ich versuchte »Herein« zu rufen, doch es kam nur ein jämmerliches Wimmern heraus. Er öffnete dennoch die Tür und trat ein.

»Kylie? Oh mein Gott, ist alles okay?«

Ich versuchte, den Kopf zu drehen, und sah Sternchen vor meinen Augen. Plötzlich kniete Jonathon neben meinem Bett und strich mir die Haare aus der Stirn. Er wirkte besorgt, seine Hand war kühl und sanft.

»Das tut gut«, murmelte ich.

»Was ist los? Wie lange liegst du schon im Bett?«

»Drei Tage, glaube ich.«

»Hast du etwas gegessen?«

Allein bei dem Wort krampfte sich mein Magen zusammen. Ich würgte und schlug mir die Hand vor den Mund. »Nein.«

»Hast du Wasser getrunken oder etwas anderes?«

»Ein wenig.«

»Wie wenig?« Er nahm die Wasserflasche vom Nachttisch und schüttelte sie. »Wie oft hast du die nachgefüllt?«

»Ich glaube, ich habe sie gar nicht nachgefüllt.«

»Wann bist du das letzte Mal auf der Toilette gewesen?«

Ich runzelte die Stirn. Das war mir etwas zu intim. »Ich weiß nicht genau. Heute nicht, glaube ich. Wie spät ist es überhaupt?«

»Es ist sieben.«

»Oh.« Ich schloss die Augen, erneut überkam mich überwältigende Müdigkeit. Es war wie damals, als man mir zur Entfernung meines Weisheitszahns eine Narkose gegeben hatte. Ich wollte die Augen offen halten, doch sie fielen immer wieder zu.

Er schüttelte mich ein wenig. Ich versuchte, mich zu wehren, hatte jedoch Schwierigkeiten, den Arm zu heben. Ich fühlte mich wie unter Wasser.

»Trink einen Schluck.«

Er schob mir einen Strohhalm in den Mund. Ich sog daran und schluckte. Es fühlte sich gut an. Kühl und süß. Die Flüssigkeit beruhigte meinen Hals. Doch dann erreichte sie meinen Magen, und schon hatte ich wieder ein Problem. Ich riss mir den Strohhalm aus dem Mund und erbrach rosa Smoothie gemischt mit übel riechender Galle. Beides lief mir seitlich aus dem Mund und tropfte auf die Matratze, wo es um meinen Ellbogen eine kleine Pfütze bildete. Ich war wirklich supersexy.

»Okay. Wir fahren in die Notaufnahme. Das ist nicht normal.«

»Ich bin nicht normal?«, fragte ich.

»Dir dürfte nicht so schlecht sein. Und wenn du nicht schon dehydriert bist, wirst du es bald sein.«

Er ging ins Bad und kam mit einem nassen Tuch zurück, mit dem er mir Mund und Gesicht abwischte. Ach, das tat gut. Dann wühlte er in meiner Kommode, bis er ein weites Sweatshirt fand. Er half mir, mich aufzurichten, zog mir das verschwitzte Trägertop aus und ersetzte es durch das Sweatshirt. Er schob mir meine Ugg-Boots über die Füße, dann hob er mich hoch.

»Leg deine Arme um meinen Hals«, forderte er mich auf.

Ich gehorchte und lehnte mich an seine Brust. Ich war zu erschöpft, um zu protestieren, dass er das nicht tun musste und dass ich nicht in die Notaufnahme wollte.

»Du riechst gut«, murmelte ich. Sein Geruch war der einzige in der letzten Woche, von dem ich mich nicht übergeben musste. »So sauber.«

Er lachte leise. »Die Chemie der Anziehung funktioniert sogar noch inmitten der Schwangerschaftsübelkeit. Ich habe gerade gedacht, dass du wunderschön bist.«

»Das sagst du nur so.« Ich seufzte. »Ich bin völlig fertig.«

»Ich sage nichts, was ich nicht meine. Wo ist deine Handtasche?«

»Ich weiß nicht.«

Als er sich vorbeugte, hielt ich mich an ihm fest. Er nahm etwas vom Küchentresen, dann verließen wir die Wohnung. Die kühle Luft draußen fühlte sich gut an, und obwohl ich zitterte, als er mich auf den Beifahrersitz setzte und mich anschnallte, fühlte ich mich dennoch etwas besser, einfach wacher, und mir war nicht mehr ganz so übel.

Als wir die Notaufnahme erreichten, die zwei Blocks entfernt lag, trug er mich in die Empfangshalle und beantwortete an der Anmeldung alle Fragen. Ich lehnte an seiner Schulter, und während wir warteten, lag ich auf seinem Schoß. Seine Schenkel waren warm, und sein Knie bot meiner Hand perfekten Halt. Jonathon strich mir die ganze Zeit über den Kopf und entwirrte sanft meine strähnigen Haare.

Entspannt und dankbar dafür, dass ich nicht nachdenken musste, weil er für mich dachte, schlief ich ein.

Erst als die Schwester Kylie an eine Infusion angeschlossen hatte, ließ meine Panik langsam nach. Ihr Anblick, als ich in ihr Zimmer gekommen war, hatte mich zu Tode erschreckt: ganz verschwitzt und wächsern, mit stumpfen Haaren, dunklen Rändern unter den Augen, die Haut voller roter Flecken. Im ersten Augenblick kam mir der schreckliche Gedanken, dass sie eine Fehlgeburt gehabt hatte, doch dann nahm ich den sauren Geruch an ihrer Kleidung wahr und sah, wie schlecht es ihr ging. Gott sei Dank hatte ich mich über das erste Drittel der Schwangerschaft informiert. Ich wusste, dass manche Frauen an einer recht aggressiven Form der Schwangerschaftsübelkeit litten und ärztliche Hilfe benötigten. Gut, dass ich meine Bedenken beiseitegeschoben hatte, dass ich zu weit gehen könnte, wenn ich ungebeten bei ihr aufkreuzte.

Aber ich hatte mir einfach Sorgen gemacht. Der ganze Mist war total neu für mich, und anscheinend konnte eine sich teilende Eizelle meine Aufmerksamkeit ebenso fesseln wie die Kinetik. Die letzten zwei Wochen waren die Hölle gewesen. Mir war klar gewesen, dass es Kylie nicht gut ging, und ich wusste nicht, was ich tun sollte.

Allein mit dem Wissen, dass sie Elektrolyte in sie hineinpumpten, fühlte ich mich schon besser.

»Wir machen jetzt eine Ultraschalluntersuchung«, sagte die Schwester zu Kylie. »Ist es okay, wenn Ihr Freund hierbleibt?«

Verlegen kaute ich auf meinem Fingernagel herum, mein Samenspenderstatus war mir durchaus bewusst. Es war müßig, die Sache mit dem Freund zu korrigieren, doch ich kam mir wie ein Betrüger vor. Kylie beantwortete die Frage der Schwester nicht.

»Streichen Sie dabei mit so einem Ding über meinen Bauch?«, fragte sie.

»Nein, vaginal«, erklärte die Schwester, die bereits einen Wagen mit Gerätschaften zum Bett herüberschob. »Es ist zu früh für den Bauch.«

»Was?« Kylie sah erschrocken aus. »Wie …?«

Die Schwester hielt einen Stab hoch.

Ich wusste, was sie mit vaginalem Ultraschall meinte, den Stab zu sehen war allerdings eine ganz andere Sache. Ich war mir nicht sicher, ob es angemessen war, wenn ich ihn an einer Stelle verschwinden sah, die mir selbst nicht richtig vertraut war.

»Vielleicht sollte ich gehen«, schlug ich vor und trat bereits langsam den Rückzug an.

»Nein. Geh nicht.« Kylie streckte die Hand nach meiner aus.

Tja, Mist. Wie konnte ich da Nein sagen? Ich würde einfach auf den Bildschirm und nicht auf die Schwester gucken. Ich schob meine Brille hoch, trat neben das Bett und nahm Kylies Hand. Ich massierte ihre Handfläche mit meinem Daumen.

»Fühlst du dich besser?«, fragte ich. In ihre Wangen war etwas Farbe zurückgekehrt.

»Es ist okay.«

Die Schwester hatte Kylie geholfen, ein Nachthemd anzuziehen, und breitete jetzt ein Laken über ihren Knien aus. Als der Arm der Schwester darunter verschwand, zuckte Kylie zusammen. Und ich mit ihr.

»Das ist nicht sehr angenehm«, stellte sie fest, warf mir einen beunruhigten Blick zu und drückte fest meine Hand.

»Entspannen Sie sich«, beruhigte die Schwester sie. »Blicken Sie auf den Bildschirm.«

Das tat ich. Allerdings hatte ich keine Ahnung, was ich dort sah. Vermutlich war es Kylies Gebärmutter, und das war ein verdammt beängstigender Gedanke.

»Sehen Sie das Flackern dort rechts?« Die Schwester deutete auf den Bildschirm. »Das ist der Herzschlag des Babys.«

»Nein, Scheiße, wirklich?«, stieß ich hervor. »Entschuldigen Sie. Aber … wow.«

»Wow ist richtig«, flüsterte Kylie. »Es ist so winzig und schlägt so schnell. Unglaublich.«

Es war unglaublich. Beeindruckender als eine Atomspaltung. Unser Baby im Fernsehen.

Das änderte alles. Dieser Moment verwandelte meine Angst vor der Zukunft in stille Ehrfurcht und Aufregung. Anstatt zu denken, dass die leidenschaftliche Nacht in Kylies engem und dunklem Appartement ein Fehler gewesen war, fand ich, dass es vielleicht das Beste war, was mir passieren konnte. Ich wurde Vater.

Ohne nachzudenken, beugte ich mich vor und küsste Kylie auf den Kopf. »Sieht alles okay aus?«, fragte ich die Schwester.

»Es sieht sehr gut aus. Dort bildet sich die Fruchtblase. Ich führe nur kurz ein paar Messungen durch. Geburtstermin ist voraussichtlich der dreiundzwanzigste August.«

Aus irgendeinem Grund holte ich tatsächlich mein Handy

heraus und trug das in meinen Kalender ein. Als ob ich es vergessen würde. Kylie bemerkte es nicht, sie starrte weiterhin wie gebannt auf den Bildschirm, doch die Schwester warf mir einen amüsierten Blick zu.

»Warum ist mir so schlecht?«, wollte Kylie wissen.

»Das ist bei manchen Frauen leider so. Sie haben einfach Pech. Der Arzt kommt bald, um mit Ihnen zu sprechen. Wahrscheinlich wird er Sie für ein paar Tage hierbehalten, um Sie zu stabilisieren.«

»Dann ist das nicht gefährlich für das Baby?«, fragte ich und starrte ebenfalls wieder auf das Flackern auf dem Bildschirm.

»Dem Baby geht es gut, keine Sorge.« Die Schwester lächelte mir zu. »Es war richtig, dass Sie sie hergebracht haben. Dehydrierung ist nicht gut, und sie wird sich deutlich besser fühlen, sobald wir die Übelkeit unter Kontrolle haben.«

Ich nickte. Die Schwester zog den Stab heraus, druckte das Monitorbild aus und reichte es mir. Dann räumte sie rasch die Geräte weg und sagte: »Der Arzt kommt gleich.«

Wir waren wieder allein, und ich hielt Kylie den Ausdruck hin, damit sie ihn sehen konnte. »Cool, was?«

»Es ist so winzig.« Sie berührte das Papier, dann blickte sie zu mir. »Es wirkt nicht real, oder?«

»Nein. Und irgendwie doch.« Ich lachte. »Es ist surreal, glaube ich. Aber doch so real, dass es beängstigend ist.«

»Ich habe auch Angst.« Sie seufzte. »Und ich bin müde.«

Meine Brust zog sich zusammen. Ich drückte ihre Hand. »Mach die Augen zu, Kylie. Du hast dir Schlaf verdient. Ich habe alles im Griff.«

Das stimmte, und irgendwie überraschte mich das. Wenn man mich einmal zwang, das Labor zu verlassen, konnte ich offenbar auch ganz praktische Dinge meistern.

Ob Charles Darwin Kinder hatte?

Charlie war ein guter Name.

Ups.

Am nächsten Tag fühlte ich mich etwas besser. Ich saß in meinem Krankenhausbett, während diverse Infusionen in mich hineinliefen, die verschiedene Schwestern permanent wechselten. Mein Magen hatte sich etwas beruhigt, und ich schrieb Jessica und Rory eine SMS, die darauf bestanden, mich zu besuchen. Ich bat sie, mir Trockenshampoo und Gesichtsreiniger mitzubringen. Als die Schwester mir auf die Toilette geholfen hatte, hatte ich mit einem Blick in den Spiegel festgestellt, dass ich katastrophal aussah und unbedingt eine Haarbürste brauchte. Jonathon wollte gegen vier Uhr, zwischen Unterricht und Labor, vorbeikommen, um zu sehen, wie es mir ging, und ich hatte mich so weit erholt, dass ich nicht absolut furchtbar aussehen wollte.

Meine Freundinnen kamen gegen halb vier. Jessica hatte eine große Tasche dabei. »Oh mein Gott, ich fasse es nicht. Du bist im Krankenhaus und sagst uns erst jetzt Bescheid! Als ich deine SMS gelesen habe, wäre ich fast gestorben.«

»Ich habe nicht gedacht, dass ich damit in die Notaufnahme muss«, entgegnete ich schulterzuckend. »Ich meine, ich bin schließlich schwanger, ich dachte, da muss ich durch. Aber Jonathon hat sich Sorgen gemacht, dass ich dehydriert sein könnte.«

»Jonathan erhält hundert Punkte.« Jessica ließ die Tasche aufs Fußende des Bettes fallen.

»Wie fühlst du dich?«, erkundigte sich Rory.

»Besser. Aber ich sehe schlimm aus. Ich habe seit fünf Tagen nicht geduscht, und Jonathon wird in dreißig Minuten hier sein.« Ich streckte meine Hand nach der Tasche aus. Mir blieb nicht viel Zeit.

Jessica grinste. »Du magst ihn, stimmt's?«

Ich zog eine Grimasse. »Natürlich mag ich ihn.«

»Nein, ich meine, du bist verliebt in ihn. Ich wusste es!«

Wahrscheinlich. Aber es war mir peinlich, das zuzugeben. »Bitte frag mich weiter aus, während du mir die Haare bürstest.« Ich zog das Gummiband heraus und schüttelte leicht den Kopf, doch von der Bewegung wurde mir schwindelig. Ich griff nach dem Bettgeländer. »Mist. Dieses verdammte Schwindelgefühl.«

Jessica sah mich mitfühlend an, während Rory das Trockenshampoo in meine Haare einarbeitete, dann bürstete Jessica mich. »Ich komme mir wie eine Prinzessin vor. Eine schrecklich schmuddelige und schwangere Prinzessin.«

»Du siehst nicht schrecklich aus«, widersprach Rory. »Und nur zu deiner Information: Tyler und Riley packen gerade deine Sachen, damit du zurück in unsere Wohnung ziehen kannst. Du gehst erst wieder in das Appartement, wenn du dich besser fühlst. Du hast uns einen Riesenschrecken eingejagt.«

»Ihr hättet mich wenigstens fragen können«, protestierte ich. »Ich bin nicht hilflos.«

»Nein. Aber du bist auch nicht Wonder Woman, also hör auf, so zu tun.«

Ich wusste, dass sie es gut meinten, aber ich fühlte mich irgendwie ausgeliefert. »Gut.« Natürlich blieb ich lieber bei ihnen, anstatt allein zu wohnen, aber gleichzeitig wollte ich meine eigenen Entscheidungen treffen. Ich war nicht dumm, auch wenn das alle meist zu glauben schienen. Doch wenn sie sich um mich kümmerten, konnte ich wiederum keine totale Landplage sein.

Jessica reichte mir ein Gesichtsreinigungstuch, und es war herrlich, mir das Fett von der Nase zu reiben. Meine Haare fühlten sich nach dem Shampoonieren und Bürsten tausendmal besser an, und Rory zauberte eine Zahnbürste hervor und holte ein Glas Wasser aus dem Bad.

»Nimm keine Zahnpasta, davon könnte dir wieder übel werden. Bürste nur mit Wasser.«

Nachdem ich mir Zähne und Zunge gebürstet und den Mund ausgespült hatte, fühlte ich mich schon besser. Jessica hatte sogar einen Rasierer mitgebracht, sodass ich mir schnell die Achseln rasierte und das Deo benutzte, das sie mir anschließend reichte. Zu guter Letzt trug ich noch unparfümierten Lippenbalsam auf und fühlte mich fast wieder wie ein Mensch und nicht so, als hätte man mich gerade aus dem Fluss gezogen. Ein Blick in den Taschenspiegel zeigte eine leichte Verbesserung meines Aussehens, doch ich war noch immer blass und hatte dunkle Ränder unter den Augen.

Die Toilettenartikel verschwanden wieder in der Tasche, und Rory legte einen Stapel Mode- und Klatschmagazine auf den Nachttisch. »Ich dachte, du langweilst dich vielleicht.«

»Cool, danke. Der Arzt hat gemeint, dass ich wahrscheinlich drei Tage hierbleiben muss. Ich habe keine Ahnung, was ich mit meinen Kursen machen soll. Ich werde total hinterherhinken.« Bei dem Gedanken wurde mir erneut übel.

»Hey, setz dich nicht so unter Druck. Deine Professoren werden das verstehen.« Rory holte ihr Handy hervor. »Gib mir deinen Stundenplan. Ich rede mit ihnen.«

»Wirklich? Du bist toll.« Meine Freundinnen waren die Besten.

Es klopfte an der Tür.

»Herein«, rief Jessica.

Die Tür ging auf, und Jonathons Kopf erschien. »Ist das Kylie Warners Zimmer?«

»Ja. Komm rein. Ich bin Jessica.«

Mit einem Blumenstrauß in der Hand betrat er das Zimmer.

Oh mein Gott. Er hatte mir Blumen mitgebracht. Das war scharf. Ich errötete.

»Hi«, sagte ich. »Danke, dass du gekommen bist. Das ist Jessica, das hat sie ja schon gesagt, und das ist Rory. Das ist Jonathon.«

Er nickte und lächelte meinen Freundinnen zu. »Freut mich, euch kennenzulernen.«

»Uns auch.« Jessica drehte sich um und lächelte mich frech an, wobei sie mit den Augenbrauen wackelte.

Ich ignorierte sie und erwiderte Jonathons Lächeln. Er trug Jeans und ein Flanellhemd.

Er trat ans Bett. »Du siehst toll aus. Wirklich.« Er reichte mir die Blumen. »Für dich, weil du so tapfer warst.«

»Danke.« Etwas schüchtern und unsicher nahm ich sie ihm ab. Normalerweise war ich nicht schüchtern, aber in seiner Gegenwart war ich nicht so ein Plappermaul. Es waren große fuchsiafarbene Rosen. »Die sind wunderschön.«

»Pink ist deine Lieblingsfarbe, stimmt's?«

Ich blickte ihn überrascht an. »Woher weißt du das?« Das hatte ich ihm ganz sicher nicht erzählt. »Das stimmt.«

Er zuckte grinsend die Schultern. »Gut geraten. Dein Rucksack ist pink, dein Schal und deine Schlüsselkette sind blasspink, und deine Stiefel und deine Decke sind ebenfalls pink. Das deutet auf eine leichte Vorliebe hin.«

Ich lachte. »Gut beobachtet, Sherlock.«

»War der Arzt schon hier?«

»Nein, heute noch nicht.« Ich legte die Blumen ab und versuchte, den Nachttisch zu erreichen. »Kannst du mir das Ultraschallbild geben? Ich will es den Mädels zeigen.«

»Klar.« Er nahm den Ausdruck, hielt ihn Jessica und Rory hin und deutete mit dem Zeigefinger auf das Papier. »Das ist das Herz.«

»Unmöglich«, sagte Jessica. »Das ist ja der Hammer.«

Als Jonathon seinen Rucksack auf dem Boden absetzte und sich vorbeugte, um etwas herauszuholen, grinste Rory mich an und zeigte mir ihren erhobenen Daumen. Jessica formte lautlos mit den Lippen, dass er total süß sei. Ich schüttelte grinsend den Kopf. Total unauffällig.

Jonathon richtete sich wieder auf und hielt nun seinen Tablet-Computer in der Hand. »Solange du im Krankenhaus bist, kannst du mein iPad benutzen, um Sachen für die Uni zu lesen. Du müsstest hier eine Internetverbindung haben, sodass du Zugang zu deinem E-Mail- und zu deinem Universitäts-Account hast. Das meiste Unterrichtsmaterial sollte sich auf Google Drive befinden, oder?«

Ich nickte beeindruckt, als er sein iPad auf meinen Nachttisch legte.

»Außerdem habe ich deine Professoren darüber informiert, dass du im Krankenhaus bist. Als Beweis hatte ich die Papiere von der Notaufnahme dabei. Sie geben dir alle eine Woche länger Zeit für die Aufgaben und wissen, dass du nicht zum Unterricht kommst.«

Es war, als hätte ich ein zweites Gehirn, das klüger war als meins und extrem hilfsbereit. Hätte ich mich nicht hundeelend gefühlt und wären meine Freundinnen nicht da gewesen, hätte ich ziemlich sicher auf der Stelle mit ihm geschlafen.

»Wow, danke, Jonathon. Das ist supernett.«

Er zuckte etwas verlegen die Schultern. »Na, das ist das Mindeste, was ich tun kann. Ich habe ein schlechtes Gewissen, dass ich putzmunter durch die Gegend laufe, während es dir so schlecht geht. Das ist irgendwie ungerecht.«

»Tja, von diesem Geschenk werde ich noch lange etwas haben«, neckte ich ihn. Manchmal wurde mir die ganze Situation zu ernst. Ich war eigentlich nicht so tiefsinnig.

Jonathon lachte. »Na, ich überlass dich jetzt mal wieder deinen Freundinnen. Ich wollte nur nach dir sehen und dir das iPad bringen. Wenn es okay ist für dich, komme ich morgen wieder vorbei.«

Ich nickte. »Toll. Danke.«

Dann winkte er und verschwand.

Jessica fächelte sich mit den Händen Luft zu, als wäre ihr heiß. »Was zum Teufel war das denn?«, flüsterte sie deutlich hörbar. »Mensch, ich glaube, du hast in der Baby-Vater-Lotterie gewonnen.«

»An der wollte ich aber gar nicht teilnehmen!«, protestierte ich. Das hörte sich ja schrecklich an.

»Das macht ihn eigentlich noch zu einem viel größeren Gewinn. Er ist ein absolut süßer Typ. Das ist ja widerlich.«

»Das ist er.« Da konnte ich ihr nicht widersprechen. Ich wartete weiterhin darauf, dass er sich als totaler Idiot entpuppte, doch seit ich ihm gesagt hatte, dass ich schwanger sei, und er zunächst ein paar grobe Bemerkungen gemacht hatte, war er nur noch nett und aufmerksam gewesen.

Darüber sollte ich mich freuen, stimmt's? Aber aus irgendeinem Grund machte es das Ganze nur noch schwieriger. Es kam mir wie grausame Ironie vor.

»Du bedeutest ihm eindeutig etwas«, stellte Rory fest.

Da musste ich widersprechen: »Ich bedeute ihm nichts. Er ist nur ein anständiger Mensch. Er interessiert sich für das Baby. Ich bin nur der … wie nennt man das? Der Stellvertreter.«

»Er hat dir nicht ein befruchtetes Ei implantiert. Er hatte Sex mit dir.« Meine Logik schien Jessica zu verwundern.

»Und?«

»Und in gewisser Hinsicht mag er dich ganz offensichtlich. Die meisten Typen würden davonrennen, als wären die Höllenhunde oder die Unterhaltsanwälte hinter ihnen her. Ich glaube, er will eine Beziehung mit dir.«

Da brach ich in Tränen aus.

Die beiden bekamen große Augen. »Was ist los?«, fragte Rory.

»Lasst das. Ich will mir keine Hoffnungen machen. Versteht ihr das denn nicht? Ich *darf* mir keine Hoffnungen machen. Ich muss stark und unabhängig und realistisch sein.« Die Tage, in denen ich mit meinen Freundinnen kichernd auf dem Bett im Wohnheim herumgehangen hatte, weil ich einen neuen Typen kennengelernt hatte, waren vorbei. Dafür war in meinem Leben kein Platz mehr, diesen Luxus konnte ich mir nicht leisten. Ich hatte genug damit zu tun, nicht für Jonathon zu schwärmen, da sollten sie mich nicht noch ermuntern und mir Hoffnungen machen. »Es geht hier nicht um mich«, fügte ich hinzu. »Es geht um unser Baby.«

Meine Freundinnen sahen mich an und nickten, als wüssten sie, wovon ich sprach, aber ich konnte das Unverständnis in ihren Augen lesen.

Zum ersten Mal wurde mir bewusst, dass sich eine Kluft zwischen meinen Freundinnen und mir auftun würde. Das war so sicher wie die Tatsache, dass das Baby wachsen würde. Mein Leben würde bald völlig anders sein als ihres, und ich würde Gefühle erleben – Schmerz, Verantwortung, Liebe –, die sie nur in der Theorie kannten. Ja, Jessica war mit Riley zusammen, und er hatte das Sorgerecht für Easton, aber Easton war kein Baby mehr. Außerdem lastete die Verantwortung mehr auf Riley als auf ihr. Ein Kind zur Welt zu bringen und sich um ein Neugeborenes zu kümmern war etwas völlig anderes. Und Rory konzentrierte sich ganz auf ihre Aufnahme an der medizinischen Hochschule.

Es stimmte mich traurig, und es tat mir leid, dass wir nicht mehr denselben Weg gehen würden, aber zugleich bedauerte ich es nicht. Mit Nathans Betrug habe ich etwas sehr Kostbares verloren – Glauben und Vertrauen, meine Unschuld. Ich war nicht mehr die Partymaus, die nur darauf aus war, sich zu amüsieren, und wollte es auch nicht mehr sein. Statt mich orientierungslos, verletzt und unsicher zu fühlen, hatte ich jetzt ein neues Ziel, eine Zukunft. Es gab nun einen Grund, meinen persönlichen Schmerz zu verdrängen und hart zu arbeiten, um rechtzeitig den Abschluss zu machen und eine gute Mutter zu sein.

»Wir sind nur Bekannte«, erklärte ich, »die durch einen Zufall miteinander verbunden sind. Jonathon verhält sich toll, und das ist mehr, als ich zu hoffen gewagt habe. Alles ist gut.« Ich deutete auf die Blumen. »Könnt ihr eine Vase besorgen und die ins Wasser stellen? Die sind zu schön, um sie verwelken zu lassen.« Ihr verblüfftes Schweigen sagte mehr als tausend Worte.

8

Wie eine Schlinge schnürten mir die Schuldgefühle den Hals zu, und als ich Lydia gegenübersaß, verstärkte sich dieses Gefühl noch. Ich fühlte mich schuldig, weil ich sie noch immer sehen wollte, weil ich ihr nicht von Kylie erzählt hatte und weil Kylie im Krankenhaus am Tropf hing, während ich mit einer anderen Frau Nudeln aß. Es gab keine Möglichkeit, mich nicht beschissen zu fühlen, solange ich mit Lydia nicht reinen Tisch machte.

Es war kein schönes Restaurant, nur eine auf Italienisch getrimmte Kaschemme. Doch es war angemessen dunkel, sodass die anderen Gäste es vielleicht nicht bemerkten, wenn Lydia mit einer Gabel oder Ähnlichem nach mir warf.

Als Lydia mitten in ihrem Redeschwall über ihren Doktorvater eine Pause einlegte, nutzte ich diese sofort. »Äh, ich habe eine E-Mail von einem Mädchen bekommen, mit dem ich mal was hatte.« Das war ein vorsichtiger Anfang.

Sie blinzelte. Ihr Pony war zu lang, als hätte sie vergessen, ihn zu schneiden. Oder zu bürsten. Manchmal dachte ich, Lydias Gesicht und ihr Körper würden in einem Meer aus dunklen Haaren und Jeans ertrinken. »Okay.«

»Sie ist schwanger, und das Kind ist von mir.« Das war gar nicht so schlimm gewesen. Ich gewöhnte mich an die Vorstellung, die Worte gingen mir leicht über die Lippen, vielleicht sogar mit einem Hauch von Stolz. »Ich dachte, du solltest das wissen, weil ich mich darauf einlassen will. Auf das Baby, meine ich. Nicht auf die Mutter.«

Es folgte eine Pause, dann sagte sie ohne zu zögern: »Danke, dass du mir das sagst. Ich glaube, dann sollten wir uns nicht mehr treffen.«

Ich war etwas überrascht. Sie hatte noch nicht einmal dreißig Sekunden darüber nachgedacht. »Einfach so? Warum?«

Lydia warf mir einen Blick zu. So guckten Frauen, wenn sie einen Mann für einen Idioten hielten. »Darwin, die Antwort liegt doch auf der Hand. Warum zum Teufel sollte ich mich auf einen Typen einlassen, der eine Mama im Schlepptau hat? Auf solch ein Drama habe ich, offen gestanden, keine Lust. Und ich will auch nicht hören, wenn du von deinem Baby erzählst, oder, noch schlimmer, mit dir zusammen sein, wenn du dich um das Baby kümmerst. Ich mag keine Kinder.«

Herrgott. Bei ihr hörte es sich an, als hätte ich eine Boa Constrictor adoptiert. Sie klang leicht angewidert.

Ich versuchte, es ihr zu erklären: »Ich würde von dir nicht erwarten, dass du damit irgendetwas zu tun hättest. Es ist meine Verantwortung.«

»Wir haben uns nur ein paarmal getroffen. Meine Gefühle für dich sind nicht stark genug, um das zu riskieren.«

Gut, dass meine Gefühle für sie überwiegend aus intellektueller Neugier bestanden, denn ich beschloss, dass ich Lydia nicht mochte. Überhaupt nicht. »Verstehe.«

»Außerdem finde ich es naiv zu glauben, du und die Mutter könntet einfach nur Freunde sein, ohne dass ihr euch über kurz oder lang entweder vor Gericht begegnet oder eine emotionale und/oder körperliche Beziehung miteinander eingeht.«

Fassungslos starrte ich sie an. »Danke für deine Offenheit.«

»Jetzt habe ich dich beleidigt.«

»Ein bisschen.« Es beleidigte mich, dass sie nicht glaubte, dass ich zum Wohle unseres Kindes ein respektvolles, freundschaftliches Verhältnis zu Kylie haben konnte.

»Komm schon, du weißt, dass ich recht habe. Wir sind nicht dazu gemacht, Kinder in einer lockeren, freundschaftlichen Ko-Elternschaft zu erziehen. Wir sind darauf programmiert, unsere Nachkommen entweder zu verlassen oder sie bis zum Tod zu verteidigen. Und wenn es Letzteres ist, machen Mütter im Tierreich das entweder allein oder mit einem Partner.«

Warum musste sie so wissenschaftlich daherreden? Das war absolut nervtötend.

»Allerdings befinden wir uns nicht im Tierreich, sondern im Gaslight District von Cincinnati.« Ich war nicht mehr in der Lage, den Rest meiner Nudeln herunterzuwürgen. Ich winkte dem Kellner. »Können Sie mir das einpacken?«

»Gehen wir jetzt?«, fragte Lydia.

»Ich denke schon«, antwortete ich. »Ich sehe keinen Grund zu bleiben.« Im Prinzip hatte sie mich als naiven Idioten bezeichnet. Das machte keinen Spaß.

In dem Moment gab mein Handy, das auf dem Tisch lag, ein Glockenläuten von sich. Ich kämpfte mit dem Drang, auf das Display zu blicken, und … verlor. Es war eine SMS von Kylie.

Werde heute Abend entlassen. Yeah!

Ich schrieb sofort zurück: *Das ist toll! Soll ich dich mit dem Wagen abholen?*

Nein, Rory und ihr Freund übernehmen das. Ich wohne ein paar Tage bei ihnen.

Okay, bis dann.

Hätte ich Kylie eine Bleibe anbieten sollen? Nach dem, was passiert war, sollte sie nicht allein sein. Ich hätte daran denken müssen, bevor ihre Freunde es ihr angeboten hatten. Versagt.

»Die Mama?«, erkundigte sich Lydia.

Erwischt!

»Ich habe ja gesagt, dass es unmöglich ist, unbeteiligt zu bleiben«, bemerkte sie selbstgefällig. »Dein Gesichtsausdruck ist entlarvend.«

»Promovierst du in Psychologie oder in Physik?« Jetzt war ich wirklich sauer. »Du kannst nicht in meinem Gesicht ›lesen‹.« Ja, wenn ich Anführungszeichen in die Luft malte, war ich ernsthaft wütend.

Lydia verdrehte die Augen. »Ein kleiner Tipp: Lass dich darauf ein, Darwin, und versuch es hinzukriegen. Je eher du das tust, desto eher kracht es, und du kannst dich wieder um die wirklich wichtigen Dinge kümmern – um deine Forschung.«

Wie zum Teufel war ich je auf die Idee gekommen, ich würde sie mögen? So konnte man sich täuschen. Ich warf genügend Geld auf den Tisch, um die gesamte Rechnung zu begleichen, und stand auf. »Spar dir deine Sprüche für Grußkarten auf, Lydia. Vergiss die Physik. Du bist eine geborene Romantikerin.«

»Du willst gar nicht hören, wie ich über die Liebe denke.«

»Da hast du recht. Nein, vielen Dank.«

Ich hatte mich nie als Romantiker betrachtet, doch mir gefiel die Vorstellung, dass ich nicht gerade kaltherzig war. Es gab gewisse Gefühle, die zwar wissenschaftlich erklärbar, jedoch zu intim waren, um sie in eine Formel zu pressen.

Detaillierte Analysen waren hier unangebracht und führten zu nichts.

Und romantische Gefühle gehörten in jedem Fall dazu.

Als ich auf dem obersten Treppensatz angelangt war und in Rorys Wohnung trat, war ich erschöpft und außer Atem. »Du meine Güte, ich fühle mich wie neunzig.«

»Du hast kaum etwas gegessen. Wenn du wieder anständige Nahrung zu dir nimmst, hast du auch wieder mehr Energie.«

Im Krankenhaus hatte ich mich an Wackelpudding, Eis am Stil und Cracker gehalten. Das waren die einzigen Dinge gewesen, von denen mir nicht übel wurde. Bei meinen Entlassungspapieren lag eine Liste mit gut verträglichen Lebensmitteln, aber jetzt wollte ich mich einfach nur aufs Sofa legen.

»Es ist grotesk, wie sehr eine Schwangerschaft manche Frauen fertigmacht«, meinte Tyler, als er die Tür öffnete.

Die steilen Stufen zum Wohnzimmer verhöhnten mich.

»Noch so eine blöde Treppe. Ich muss mich eine Minute ausruhen.« Ich setzte mich auf die unterste Stufe und atmete tief durch. Ich fühlte mich so viel besser als in dem Moment, als Jonathon mich in meinem Appartement gefunden hatte, aber das hieß nicht, dass ich mich großartig fühlte.

»So kenne ich dich gar nicht«, bemerkte Tyler. »Ich hätte nie gedacht, dass ich das einmal sagen würde, aber ich vermisse dein Plappermaul.«

Ich schlug nach ihm.

Er lachte. »Schon besser.«

Ich zog mich am Geländer hoch, schleppte mich die restlichen Stufen hinauf und sank aufs Sofa. »Ah, das fühlt sich gut an.«

»Kann ich dir etwas bringen?«, fragte Rory. »Du musst viel trinken.«

Ich dachte nach. »Kann ich eine Decke bekommen?«

Tyler schüttelte den Kopf. »Es ist faszinierend, wie dein Gehirn funktioniert.«

»Was?« Ich lachte. »Sie hat mich gefragt, ob ich etwas brauche.«

»Sie meinte ein Getränk.«

»Ich will nichts trinken, ich will eine Decke.«

»Ich schlage dir etwas vor. Wie wäre es, wenn ich dir eine Decke *und* etwas zu trinken besorge?«, fragte er.

»Gern.«

Er ging zurück nach unten, und Rory setzte sich vor mich auf den Couchtisch. »Brauchst du sonst noch was? Hör nicht auf Ty. Das bezieht sich natürlich nicht nur auf Getränke.«

Ich beugte mich vor und versuchte, meine Stiefel auszuziehen, die voller Schnee waren. »Die hätte ich unten ausziehen sollen. Aber ich bin so neben der Spur, dass ich nicht daran gedacht habe. Sonst ist alles gut.«

»Es ist schwer zu glauben, dass Januar ist, oder?« Rory hatte eine Strickmütze auf dem Kopf, und unter ihrem Wintermantel trug sie einen dicken cremefarbenen Pullover. »Letztes Jahr um diese Zeit war ich völlig fertig, weil Tyler und ich uns getrennt hatten.«

Ich erinnerte mich. »Es war hart, dich so leiden zu sehen.«

»So ging es uns mit dir nach der Sache mit Nathan.«

»Ich weiß. Aber zumindest ist zwischen dir und Tyler wieder alles okay.« Seufzend ließ ich mich gegen die Sofalehne sinken.

Im vorigen Jahr war ich glücklich in Nathan verliebt gewesen. Oder in die Person, die ich in Nathan zu sehen meinte. Inzwischen glaubte ich, dass ich ihn überhaupt nicht gekannt hatte. Wenn ich jetzt zurückblickte, hatte es natürlich Anzeichen gegeben, die ich nicht hatte sehen wollen. Zum Beispiel hatte er sich weiter mit Grant abgegeben, obwohl der Rory fast vergewaltigt hatte. Ganz abgesehen von Nathans Eifersucht, seiner Pornoversessenheit und all den Malen, die er mir neckisch an den Haaren gezogen hatte, allerdings das entscheidende bisschen zu fest. Für sich genommen schien nichts von alledem schlimm zu sein, und selbst zusammen genommen hätte es mich wahrscheinlich nicht weiter gestört, wenn nicht der Betrug gewesen wäre. Den konnte ich nicht ignorieren.

Nathan war kein schlechter Mensch, aber eben auch kein guter. Oder zumindest nicht gut genug für mich. Er hatte seine guten Seiten. Seinen Freunden gegenüber war er loyal, er besaß viel Humor und war leidenschaftlich.

»Vor einem Jahr waren Riley und Jessica noch nicht zusammen«, stellte ich fest und dachte an alles, was seither passiert war. »Robin kannte Phoenix noch nicht, und sie hatte noch nicht die Uni gewechselt.«

»Meine Mutter lebte noch«, warf Tyler ein, der zurück ins Zimmer gekommen war und eine Decke über mir ausbreitete.

»Danke.« Ich streckte den Arm aus und drückte seine Hand. Ich war gerührt. »Du bist ein Schatz.«

»Danke.« Er zerzauste mir die Haare. »Du bist auch nicht übel.« Er öffnete ein Gatorade und stellte es neben mich auf den Couchtisch. »Jetzt sieh zu, dass du das trinkst, Mami, oder ich versohle dir den Hintern.«

Mami.

Eine Gänsehaut überlief meinen gesamten Körper, und Tränen stiegen mir in die Augen.

»Oh, Mist. Was habe ich gesagt?«, fragte Tyler bestürzt.

Ich schüttelte den Kopf und kuschelte mich unter die Decke. »Alles okay. Wenn ihr nichts dagegen habt, schlafe ich jetzt ein bisschen.«

»Klar, kein Problem.«

Die beiden gingen nach unten in die Küche und in ihr Zimmer, doch ich konnte nicht schlafen. Ich tat etwas wirklich Merkwürdiges.

Ich schrieb eine SMS an Nathan.

Keine Ahnung, warum.

Vielleicht weil sich gerade alles so schnell veränderte.

Weil ich mich an die Zeit erinnern wollte, als die Dinge noch einfach waren und ich meinte, alle Antworten zu kennen.

Vielleicht weil ich die Selbstverständlichkeit vermisste, die man empfand, wenn man mit jemandem zusammen war. Man weiß, was man Samstagabend macht und wie jemand reagieren wird, wenn man ihn berührt oder etwas sagt. Obwohl es mit Nathan nicht perfekt gewesen war, hatte ich gewusst, wie jeder Tag aussehen und wie er mit mir umgehen würde.

Das war jetzt anders. Alles war neu und ungewiss, und ich hatte das Gefühl, auf rohen Eiern zu gehen.

Daher schrieb ich etwas absolut Erbärmliches.

Warum hast du mich betrogen?

Ich bedauerte es in der Sekunde, in der ich die Nachricht abgeschickt hatte. Doch es war zu spät, ich konnte sie nicht mehr zurücknehmen.

Erschöpft legte ich mich aufs Sofa, konnte aber immer noch nicht schlafen. Angespannt wartete ich, was Nathan antworten würde. Doch eine Stunde später nickte ich schließlich ein, auch ohne dass er sich gemeldet hatte.

Dadurch fühlte ich mich nur noch schlechter.

Am nächsten Tag bedauerte ich meine impulsive SMS sogar noch mehr.

Da ich jetzt wieder an meinem Laptop arbeiten konnte, kam Jonathon vorbei, um sein iPad abzuholen. Ich bat ihn herein. Nach allem, was er für mich getan hatte, als ich im Krankenhaus gewesen war, wollte ich es ihm nicht einfach nur auf der Türschwelle übergeben. Außerdem wollte ich gern ein bisschen Zeit mit ihm verbringen. Das gebe ich zu.

»Du siehst gut aus«, stellte er fest. »Geht es dir besser?«

»Ich bin noch immer ziemlich geschafft, aber ich fühle mich besser.« Zusammen stiegen wir die Treppe zum Wohnzimmer hinauf. »Trotzdem sehe ich völlig fertig aus, aber, na gut … Zum Glück ist Winter, und ich kann mich unter superweiten Klamotten und Mützen verstecken.« Bevor er kam, hatte ich versucht, mein Äußeres etwas vorzeigbarer zu machen, nach dem Duschen jedoch kapituliert. Ich schaffte es gerade, mich zu waschen, ohne dass ich mich gleich wieder ausruhen musste. Weil es mich zu sehr anstrengte, die Arme so lange hochzuhalten, hatte ich mir noch nicht einmal die Haare geföhnt.

»Du siehst nicht fertig aus.«

»Doch. Aber danke, das ist nett von dir.« Lächelnd machte ich es mir auf dem Sofa bequem. »Setz dich. Wie geht's dir? Es kommt mir vor, als würden wir immer nur über mich reden.«

»Mir geht's gut.« Er setzte sich neben mich und lächelte ebenfalls.

Ich zog meine Füße unter den Po und musterte ihn. »Du siehst auch müde aus. Du hast wahrscheinlich ziemlich viel um die Ohren.«

»Es geht. Ich will weiterhin alles über Schwangerschaften wissen und einen konkreten Plan für die nächsten achtzehn Monate haben. Andererseits glaube ich, dass es unmöglich ist, jede Eventualität einzuplanen, und dass ich vielleicht einfach alles eine Weile laufen lassen sollte. Mal sehen, was passiert. Doch im nächsten Moment denke ich wieder, dass das dumm ist, weil ich dann überhaupt nicht vorbereitet bin. Weißt du, was ich meine?«

»Absolut. Ich denke die ganze Zeit, dass ich wissen muss, was ich tun werde. Wo ich wohne. Womit ich Geld verdiene. Aber ich schaffe es gerade, den Tag zu überstehen, ohne mich zu übergeben oder ins Koma zu fallen, wenn ich etwas für den Unterricht lese. Doch ich hoffe, das wird bald besser.«

»Ganz bestimmt.«

Über welche Optionen dachte er wohl nach? Ich überlegte, ob ich überhaupt in Cincinnati bleiben konnte oder ob ich vorübergehend zurück zu meinen Eltern ziehen sollte. Das wollte ich nicht, aber finanziell wäre es vermutlich sinnvoll. Außerdem hätte ich kostenlose Babysitter, denen ich vertrauen konnte. »Wann bist du mit deinem Master fertig?«

»Im Mai.«

»Oh, das ist gut. Glückwunsch. Das ist eine Riesenleistung. Willst du deinen Doktor machen?«

»Das weiß ich noch nicht. Ich glaube nicht. Ich war bislang unentschlossen, aber jetzt denke ich, es wäre sinnvoller, wenn ich mir einen Job suche und ein paar Jahre arbeite. Hier gibt es eine ziemlich starke Kunststoff- und Chemieindustrie. Da ist es nicht schwer, eine Stelle zu finden. Ich könnte ganz gut verdienen, was dann wiederum dir zugutekäme. Wahrscheinlich könnte ich dir mindestens tausend im Monat geben. Würde das helfen?«

Mir fiel die Kinnlade herunter. Bis zum Dekolleté. »So viel? Ich habe noch nicht einmal mit der Hälfte gerechnet. Ich dachte, dass ich vielleicht wieder zu meinen Eltern ziehen müsste, damit ich das alles hinkriege. Die wohnen in Troy.«

»Das ist über eine Stunde entfernt.« Er sah nicht glücklich aus. »Da wäre es schwierig für mich, das Baby zu sehen.«

»Aber wenn du mich so stark unterstützt, gehe ich nicht zurück. Vielleicht kann ich sogar hier einziehen, dann können Rory und Tyler mir im Notfall helfen und beispielsweise auf das kranke Baby aufpassen, wenn ich schnell mal ein Medikament besorgen muss. Und dann kannst du sie sehen, wann immer du willst.«

Ich wusste nicht genau, warum ich »sie« sagte, aber es fühlte sich ganz natürlich an.

Er nickte. »Das wäre mir viel lieber. Okay, dann sehe ich mich also nach einer Stelle um. Ich bin zuversichtlich, dass ich etwas als Chemiker in einem Labor finde. Abgemacht.«

Ich lächelte und war überwältigt, wie vernünftig wir miteinander umgingen. Wir wollten dasselbe – das Beste für das

Baby. Und das Beste für das Baby war, wenn es beide Eltern in seinem Leben hatte. »Hast du das Gefühl, dass deine Chancen auf dem Markt ganz gut stehen?«

»Ich bin begehrt«, sagte er und zuckte neckisch mit der Schulter. »Wer sollte mich nicht haben wollen?«

Ich würde ihn jedenfalls gern nehmen, aber das durfte ich nicht sagen. Oder doch? Offenbar spiegelten sich meine Gedanken auf meinem Gesicht wider, denn sein Lächeln verblasste, und die Augen hinter seinen Brillengläsern verdunkelten sich. Ich veränderte meine Haltung und stellte die Füße zurück auf den Boden, sodass ich dichter neben ihm saß. Mein Blick glitt zu seinen Lippen. Würde er die Flucht ergreifen, wenn ich ihn küssen würde? Ich versuchte ihn mit purer Willenskraft dazu zu bringen, mich zu küssen, damit ich nicht den ersten Schritt tun musste und Gefahr lief, abgewiesen zu werden.

Zum Glück funktionierte es. Jonathon drehte sich zu mir und legte eine Hand an meinen Hinterkopf. »Willst *du* mich?«, fragte er, die Lippen dicht vor meinen. »Ich will dich, Kylie. Ich weiß, dass das eine schlechte Idee ist, aber ich kann nicht anders. Ich will dich unbedingt, ich kann dich bereits schmecken.«

»Ich will dich auch.« Ich legte meine Hände auf seine Brust und packte sein kariertes Hemd, um ihn dichter zu mir zu ziehen. »Ich glaube, das ist okay. Ein zweites Mal kann ich nicht schwanger werden.«

Er küsste mich auf den Hals, eine federleichte, erregende Berührung. Zum ersten Mal seit drei Wochen war mir nicht übel. »Wir müssen ja nicht miteinander schlafen«, meinte er. »Ich weiß, dass du dich nicht gut fühlst. Ich will dich nur berühren, dich halten.«

Was konnte schärfer sein als das?

Jonathon küsste mich zärtlich, seine Lippen verharrten in einem ebenso sanften wie leidenschaftlichen Kuss auf meinen, dann drückte er mich zurück auf den Rücken. Seine Hände glitten unter mein Sweatshirt, und er umfasste meine Brüste. »Du fühlst dich schon anders an. Deine Brüste sind voller.«

Sie waren auch empfindlicher. Als er mit dem Daumen über meinen Nippel strich, biss ich mir auf die Lippe.

»Ist das okay?«, fragte er.

Ich nickte. Mehr als okay. Es fühlte sich unglaublich an. »Oh Gott, Jonathon, mach das noch mal.«

»Ich fühle mich so schlecht, weil du krank warst. Ich will, dass du dich gut fühlst.«

»Es fühlt sich gut an. Wirklich.« Das stimmte. Er berührte mich zärtlich und geschickt, und er nahm jedes Geräusch, jede Gänsehaut, jede Reaktion an mir wahr.

Ich wollte nach unten fassen, ihm die Hose ausziehen, seinen nackten Körper erforschen. Doch obwohl ich nicht das Gefühl hatte, dass ich gleich mein dürftiges Abendessen wieder von mir geben würde, fehlte mir dennoch die Kraft, auch nur seinen Reißverschluss zu öffnen. Ich lag einfach da und ließ ihn tun, was er wollte, denn jede seiner Berührungen gab mir ein warmes und wundervolles Gefühl. Zum ersten Mal seit Anfang Dezember fühlte ich mich wohl mit meinem Körper. Jonathon hatte mir die weite Schlafanzughose heruntergezogen und befriedigte mich in einem gleichmäßigen, entschlossenen Rhythmus mit der Zunge. Anscheinend wollte er mich für die Wochen der Schwangerschaftsübelkeit entschädigen. Dagegen würde ich mich sicher nicht wehren. Ich war schließlich durch die Hölle gegangen, da hatte ich doch ein Anrecht auf ein bisschen oralen Sex.

Mit geschlossenen Augen strich ich durch seine weichen Haare, die eine gute Länge hatten, um sich daran festzuhalten.

Es dauerte keine zwei Minuten, bis ich einen langen, ausgiebigen Orgasmus genoss und laut aufschrie.

Jonathon lächelte mich selbstgefällig an, den Kopf noch immer über meiner Scham. »Wie war das?«

»Ich glaube, das habe ich gebraucht. Danke.« Mein Körper fühlte sich entspannter an, träge.

Jonathon bewegte sich nach oben und verharrte über meinem Bauch, wo er mit den Lippen über meine nackte Haut strich. Es war nicht sinnlich, aber süß.

»Hallo, Baby«, sagte er.

Mein Herz schmolz dahin. Als er sich neben mich legte und mich zärtlich küsste, empfand ich mehr für ihn, als klug war. Ich entwickelte ernsthafte Gefühle – jenseits von bloßer Schwärmerei.

Doch dann fiel mir etwas ein, und ich hielt ihn davon ab, mich erneut zu küssen. Mir war ein schrecklicher Gedanke gekommen. »Bist du nicht mit jemandem zusammen?«

Oh Gott, es konnte doch nicht sein, dass Jonathon jemanden betrog. Wenn ich gerade daran mitgewirkt hatte, ein anderes Mädchen zu verletzen, würde ich sterben oder zu einer zölibatären Männerhasserin werden.

»Nein. Sie hat gestern Schluss gemacht.«

»Oh.« Das war gut. Eine Erleichterung. Noch war ich mir allerdings nicht sicher, was ich davon halten sollte. Ich meine, zum Glück war er kein Betrüger. Doch was hieß das? War er aufgewühlt? War ich nur ein Ersatz für diese zauberhafte Frau, mit der ich nicht konkurrieren konnte?

Unten klingelte es an der Tür. Sollte ich mich wieder anziehen? Ich hörte, dass Tyler die Tür öffnete, und … oh, Scheiße, das war Nathans Stimme.

Rasch zog ich meine Hose nach oben und schob Jonathon von mir. »Das ist mein Exfreund. Ich will ihn nicht sehen.«

»Soll ich ihm sagen, dass er wieder gehen soll?«, fragte Jonathon mit gelassener Miene. Er setzte sich auf, machte jedoch keine Anstalten, seine Brille hochzuschieben oder die Hand von meinem Bein zu nehmen.

»Nein, nein, ich sehe kurz nach, was er will. Vielleicht ist er nur hier, um Tyler zu besuchen.« Das war ein entscheidender Nachteil, wenn ich mit Rory und Tyler zusammenwohnte, den ich nicht bedacht hatte.

»Mann, Kumpel, du musst fragen, bevor du einfach hier auftauchst und sie nervst.« Tyler klang gereizt.

Doch schon war Nathan die Treppe hoch, Tyler direkt hinter ihm. »Tut mir leid«, sagte Tyler. »Nathan hört nicht auf mich.«

Nathans Gesichtsausdruck, als er mich mit Jonathon sah, war herrlich. Ich wollte ihn nicht verletzen. Okay, vielleicht ein bisschen. Aber schließlich konnte es nicht halb so schlimm sein wie das, was ich empfunden hatte, als ich seine SMS-Nachrichten auf Robins Handy entdeckt hatte. Jene Nacht versank in meiner Erinnerung in einem Nebel aus Tränen, schrecklichem Betrug, Wut und Schmerz.

Nein. Ich hatte kein schlechtes Gewissen, dass er mich mit Jonathon sah, Monate, nachdem Nathan mich verletzt hatte.

»Was zum Teufel machst du hier?«, fragte Nathan und starrte mich wütend an.

»Wie meinst du das? Was machst *du* hier? Willst du Tyler besuchen?«

Er raufte sich die Haare und wirkte noch immer verwirrt. Ganz offensichtlich hatte er bemerkt, wie dicht Jonathon und ich nebeneinandersaßen. »Wer bist du?«

»Ich bin Jonathon.« Er stand auf und streckte ihm die Hand entgegen.

Ich war überrascht, doch Nathan ergriff sie. »Nathan.«

Warum schüttelten sie sich die Hände? Was sollte das? Als die beiden sich so gegenüberstanden und taxierten, wurde mir mit voller Wucht bewusst, wie sehr mein Leben außer Kontrolle geraten war. Meine Vergangenheit und meine Gegenwart blickten einander in die Augen – und achteten gar nicht auf mich, sollte ich vielleicht hinzufügen.

Schließlich blickte Nathan zu mir herüber. »Seid ihr zwei …?«

Ja, nein. Ich wusste nicht, was Jonathon und ich waren. Und ich würde das nicht mit dem Mann diskutieren, der meine beste Freundin gebeten hatte, ihm einen zu blasen.

»Kann ich dich unten sprechen?«, fragte ich Nathan und stand auf.

Tyler warf mir einen Blick zu, der sagte, dass er mit alledem nicht einverstanden war. Doch ich deutete nur mit dem Kopf auf Jonathon. Tyler sollte dafür sorgen, dass er oben blieb, während ich unten mit dem Oberidioten sprach.

In der Annahme, dass er mir folgen würde, schob ich mich an Nathan vorbei und stapfte die Treppe hinunter. Ich verschränkte die Arme vor der Brust, denn von dem Intermezzo mit Jonathon war mein BH offen. Viel lieber würde ich dort weitermachen, wo wir aufgehört hatten, als mich mit Nathan auseinanderzusetzen.

»Warum tust du so gereizt?«, fragte Nathan hinter mir. »Schließlich hast du mir eine SMS geschickt.«

Na toll. Das hatte Jonathon zweifellos gehört. »Ich habe dich nicht gebeten vorbeizukommen! Ich habe dir geschrieben, weil ich dumm bin. Ich wollte Antworten, die du mir ohnehin nicht geben kannst.«

»Das habe ich dir doch schon erklärt. Ich habe es getan, weil ich Angst hatte, dich zu verlieren.«

Als wir die Küche erreichten, drehte ich mich zu Nathan

um. »Das ist keine Antwort. Das ist die lahmste Erklärung, die ich je gehört habe. Ich bedaure, dass ich dir eine SMS geschickt habe. Ich habe mir selbst leidgetan, es wird nicht wieder vorkommen.«

»Warum? Weil du jetzt diesen Typen hast?« Er deutete mit dem Daumen die Treppe hinauf. »Ernsthaft, Kylie? Der trägt eine Brille.«

Was zum Teufel spielte das für eine Rolle? Halb Amerika war kurzsichtig. »Und? Er ist tausendmal klüger als du, und soweit ich es beurteilen kann, ist er ehrlich, was man von dir nicht behaupten kann.«

»Willst du dich mit mir streiten?«

»Nein. Ich versuche gar nichts mit dir zu tun.« Meine Wut verrauchte, und mein Magen zog sich unheilvoll zusammen. »Geh nach Hause. Es tut mir leid, dass ich dich belästigt habe. Es wird nicht wieder vorkommen.«

»Schläfst du mit ihm?«

»Bist du mein Vater? Das geht dich überhaupt nichts an!«

Ich wollte an ihm vorbeigehen, doch er streckte die Hand aus und packte meinen Arm. »Sag es mir. Dann gehe ich. Wenn es keine Hoffnung mehr für uns gibt, lasse ich dich in Ruhe.«

Das hatte er mir schon häufig versprochen und sich nie daran gehalten. Aber ich hatte ihm eine SMS geschickt und war daher genauso schuld an diesem sinnlosen Gespräch.

Mein Ärger verrauchte. Schließlich hatte ich ihn einmal geliebt. Es war schwer, bei seinem Anblick nichts zu empfinden. »Es gibt keine Hoffnung mehr. Da ist nichts mehr zu kitten.«

»Bist du dir sicher? Wir hatten eine gute Zeit. Bevor Robin sich mir an den Hals geworfen hat.«

Wow. Er übernahm immer noch keine Verantwortung für sein Verhalten. Ich hatte die Nase voll und wusste einen Weg, wie ich ihn garantiert loswurde. »Ich bin mir ganz sicher, Nathan. Ich bin schwanger. Das Kind ist von Jonathon.«

Seine Miene erstarrte. Dann schüttelte der den Kopf. »Das ist nicht dein Ernst. Das sagst du nur, um mir wehzutun.«

»Wann habe ich dir je wehgetan?«, zischte ich gereizt. »Es stimmt, ich bin schwanger. Geh jetzt nach Hause.« Ich öffnete die Tür zum Hausflur und durchbohrte ihn mit meinem Blick.

Er biss die Zähne zusammen, doch schließlich rührte er sich und ging nach draußen. »Du bist ein Miststück«, zischte er. »Das hast du mit Absicht getan, um mich zu verletzen.«

Na klar. Es war ja auch total sinnvoll, schwanger zu werden, nur um ihn zu ärgern. Ich verdrehte die Augen und schlug ihm die Tür vor der Nase zu.

Als ich noch immer stinkwütend wieder nach oben kam, warteten Tyler und Jonathon dort auf mich. Jonathon lief im Zimmer auf und ab. »Alles okay?«

»Ja. Tut mir leid, aber ich habe ihm von dem Baby erzählt. Ich weiß, das hätte ich nicht tun sollen, doch es schien mir die beste Methode zu sein, um ihn endgültig loszuwerden.«

Tyler schüttelte den Kopf. »Mann, Nathan ist in den letzten sechs Monaten völlig durchgedreht. Ich weiß gar nicht, was mit dem los ist.«

»Ist es das, was du willst?«, fragte Jonathon. »Ihn endgültig loswerden?« Er ließ den Blick über mein Gesicht gleiten, als könnte er dort etwas sehen, was mir nicht bewusst war.

»Ja. Warum?« Ich war mir nicht ganz sicher, warum er das fragte.

»Weil ich nicht will, dass du dich mir gegenüber verpflichtet fühlst, wenn du eigentlich mit ihm zusammen sein willst. Ich habe kein Recht auf dich.«

Unwillkürlich hielt ich die Luft an. Eine Sekunde lang sagte ich nichts und ließ nur meine Augen sprechen.

Bestehe auf deinem Recht, wollte ich ihm sagen. Erobere mich für König und Vaterland, verdammt noch mal. Konnte er sich nicht denken, dass es das war, was ich mir wünschte? Klar, ich wollte unabhängig und stark und klug sein und mich nicht in eine komplizierte Beziehung stürzen. Doch gleichzeitig hatte ich mich eigentlich von der ersten Minute an zu Jonathon hingezogen gefühlt. Ich wollte ihn – in meinem Bett und in meinem Herzen. Dagegen kam ich nicht an.

Natürlich konnte ich vernünftig sein und Jonathon auf Distanz halten. Das änderte jedoch nichts daran, dass ich mir wünschte, er würde jede Vorsicht in den Wind schießen und sich in mich verlieben.

Alles, was ich schließlich sagte, war: »Ich will nicht mehr mit ihm zusammen sein. Auf keinen Fall. Glaub mir.«

Jonathon nickte. »Okay. Das wollte ich nur wissen. Ich sollte jetzt gehen.« Er küsste mich auf die Stirn. »Bis dann.«

Eine Sekunde später war er weg. Als hätten wir nicht noch vor einer Viertelstunde Sex gehabt, bevor Nathan aufgetaucht war. Ich blinzelte. Er hatte sein iPad vergessen, es lag noch auf dem Couchtisch.

Tyler sah gequält drein. »Mann, war das peinlich. Ich brauche ein Bier.«

»Ich brauche eine Lobotomie«, entgegnete ich und warf mich aufs Sofa.

Tyler lachte. »Tut mir leid, ich hätte Nathan nicht reinlassen dürfen. Er hat mich überrumpelt.«

Ich winkte ab. »Keine Sorge. Das ist alles idiotisch. Wo ist Rory überhaupt?«

»Im Tierheim.«

»Das ist es. Ich brauche einen Hund. Die haben mehr Verstand als Männer.«

»Verdamme nicht mein ganzes Geschlecht wegen eines

einzigen Idioten. Jetzt gehe ich aber wirklich nach unten und hole mir ein Bier. Willst du auch etwas?«

»Eiscreme.« Der Gedanke an die cremige Kälte ließ mir das Wasser im Mund zusammenlaufen.

»Wir haben kein Eis da.«

»Dachte ich mir.«

»Soll ich welches besorgen?«

Ich nahm das Kissen in den Arm und tat mir leid. »Danke, aber ist schon okay.« Wenn mir der Freund meiner Freundin Eis besorgen musste, würde ich mich noch erbärmlicher fühlen. Okay, ich war schon mit Tyler befreundet gewesen, bevor er mit Rory zusammengekommen war, aber trotzdem. Denn dass er aus Mitleid mit mir im Januar in den Schnee hinausstapfen würde, um mich mit Eis ruhigzustellen, war wirklich mehr als erbärmlich.

»In Ordnung, ich bin in meinem Zimmer und stemme Gewichte, wenn du etwas brauchst.«

»Ich dachte, du würdest dir ein Bier holen.«

»Mach ich auch. Ich trinke ein Bier, rauche eine Zigarette und stemme Gewichte.«

»Klingt gesund.«

»Das ist mein Lebensstil, Süße. Oh, und nur zu deiner Information, auch wenn du auf dem Sofa schläfst, dies ist kein Schlafzimmer. Es gibt keine Tür, und man hört so ziemlich alles, wenn du weißt, was ich meine.«

Hervorragend. Er hatte also gehört, wie ich einen Orgasmus gehabt hatte. »Tut mir leid.«

»Hey, ich weiß, dass schwangere Frauen auch Liebe und Zuwendung brauchen, aber das muss ich nicht unbedingt hören.« Er grinste, dann lief er die Treppe hinunter.

Ich starrte in die Luft und kuschelte mich bis zum Kinn in meine Decke.

Ich war wütend auf mich – nicht, weil ich mich darauf eingelassen hatte, Sex mit Jonathon zu haben. Dabei ärgerte mich nur, dass wir nicht fertig geworden waren. Nein, ich war aus einem anderen Grund wütend auf mich. Es keimte erneut ein kleiner Samen Hoffnung in mir, und ich konnte es nicht verhindern. Genau aus dem Grund lief man als Mensch, für den das Glas halb voll war, stets Gefahr, enttäuscht zu werden. Ich durfte nicht darauf hoffen, dass Jonathon Gefühle für mich entwickelte.

Ich musste es so sehen wie er: Das Glas war zwar zur Hälfte mit Flüssigkeit gefüllt, die andere Hälfte bestand jedoch aus Luft. Die konnte ich weder sehen noch berühren, weder fühlen noch riechen und auch nicht festhalten.

Sie gehörte mir nicht.

9

»Was ist los?«, fragte mein Vater. »Warum bist du so abgelenkt? So unkonzentriert kenne ich dich gar nicht.«

Aus dem Munde des mit Worten geizigen Professor Kadisch klang das fast wie ein Kompliment. Immerhin hielt er mir zugute, dass ich im Allgemeinen recht konzentriert war. Ich hatte ihn in seinem Büro aufgesucht, um mit ihm zu sprechen und ihn ehrlich zu enttäuschen. »Ich werde nicht promovieren.«

»Was? Warum zum Teufel nicht?« Er schob seine Brille nach oben.

Ich war mir ziemlich sicher, dass die Kurzsichtigkeit und meine Vorliebe für die Wissenschaft die einzigen Dinge waren, die ich von ihm geerbt hatte. In dem Zusammenhang konnte ich mich über den Intelligenzfaktor vermutlich kaum beklagen. Abgesehen davon war er ungeduldig, taktlos und selbstsüchtig, und ich bemühte mich aufrichtig, nichts von alledem zu sein. Er war kleiner als ich und hatte eine markantere Nase, und manchmal beäugte er seine Studentinnen eine Spur zu interessiert, was mir unangenehm war. Ich fand, dass er eindeutig zu viel Zeit allein im Labor oder vor seinem Computer verbrachte.

Das war mir eine Warnung.

»Weil es an der Zeit ist, mir eine Arbeit zu suchen. Ich trage Verantwortung und brauche ein anständiges Einkommen.«

Er saß hinter seinem Schreibtisch und blickte mich spöttisch an. Sein Büro war penibel aufgeräumt und schlicht eingerichtet. Es standen keine Familienfotos herum. Solche

Dinge interessierten ihn nicht. »Welche Verantwortung? Alkohol und Striplokale?«

Seine Worte bewiesen einmal mehr, dass er mich überhaupt nicht kannte. »Dad, ich trinke nur gelegentlich und bin noch nie in einem Striplokal gewesen. Das will ich auch gar nicht.«

»Was dann? Willst du dir ein Auto kaufen? Oder eine größere Wohnung mieten?«

»Ich werde in ein paar Monaten Vater und muss sie oder ihn unterstützen.«

Seine Brauen schossen nach oben. »Willst du mich auf den Arm nehmen? Herrgott, kann die Frau denn nicht abtreiben?«

Ob er das meine Mutter auch gefragt hatte? Wahrscheinlich ja. Mehr als einmal. »Sie will es behalten.«

Er seufzte. »Und was hat das mit dir zu tun? Wenn du an der Uni bleibst und in Teilzeit arbeitest, kann das Gericht dich nur zu einer geringen Unterhaltszahlung verpflichten. Ich bezweifle, dass sie dein Forschungsstipendium angreifen können, wenn du es denn erhältst. Du musst den Gürtel eben ein bisschen enger schnallen.«

»Das wäre ihr gegenüber nicht fair. Ich könnte ihr wahrscheinlich gerade mal zweihundert Dollar geben. Wenn überhaupt.«

»Na und? Es ist auch nicht fair, dass du keinen Einfluss auf ihre Entscheidung hast.«

Ich hatte gewusst, dass dieses Gespräch schwierig werden würde, doch so langsam wurde ich wütend. Ich stellte mir vor, wie meine Mutter als verängstigtes neunzehnjähriges Mädchen mit diesem gefühllosen Sturkopf dasselbe Gespräch hatte führen müssen, und empfand neuen Respekt vor ihr. Meine Mutter verdiente ein dickes Dankeschön und vielleicht ein paar Blumen. Sie war nicht nur ihren Weg gegangen und hatte mich allein großgezogen, sie hatte es auch noch verdammt gut gemacht. Ich war stolz darauf, ihr Sohn zu sein, und stolz, dass ich anders reagiert hatte, als Kylie mich mit demselben Szenario konfrontiert hatte.

»Dad, ich war dabei, als sie schwanger geworden ist. Ich trage Verantwortung. Ich kann sie nicht einfach im Stich lassen, so wie du Mom im Stich gelassen hast. Tut mir leid.«

Jetzt zog er die Schultern hoch. »Hey, ich habe meine Pflicht erfüllt. Ich habe deiner Mutter jeden Monat Geld bezahlt.«

»Bis ich fünf war, hast du ihr lausige fünfzig Dollar gegeben! Und du hast dich nie darum bemüht, mich zu sehen. Nicht ein einziges Mal. Bis ich siebzehn war.« Ich hatte angenommen, dass ich über all das hinweg wäre, aber plötzlich stieg der ganze alte Groll erneut in mir hoch.

»Da wurdest du interessant.«

Mit zugeschnürter Kehle stand ich auf. »Mom hat mich davon abbringen wollen, hier aufs College zu gehen. Obwohl ich hier umsonst studieren konnte und sie für ein anderes College ein Darlehen hätte aufnehmen müssen. Ich habe nicht verstanden, warum ich es nicht nutzen sollte, dass ich hier aufgrund deiner Anstellung und des Stipendiums umsonst studieren konnte, und warum ich nicht versuchen sollte, dich kennenzulernen. Sie meinte, manchmal sei es besser, die Dinge ruhen zu lassen, und dass ich vielleicht keine Beziehung zu dir aufbauen könne, weil du immer so beschäftigt seist. Wie hat sie es nur geschafft, den Mund zu halten und dich nicht als Arschloch zu bezeichnen? Sie hätte jedes Recht dazu gehabt.«

»Wovon zum Teufel sprichst du?« Er schien ehrlich verwirrt zu sein. »Was soll das alles? Mein Gott, du führst dich ja auf wie mit zwölf, als du mir diesen unangenehmen Brief geschrieben und mir vorgeworfen hast, ich würde das Leben deiner Mutter ruinieren. Dieses Melodram war völlig überflüssig gewesen.«

Über den Brief wollte ich nicht sprechen. Wütend und empört hatte ich all meine kindliche Bitterkeit und Angst hineinfließen lassen. Als ich daraufhin keine Antwort von meinem Vater erhalten hatte, beschloss ich, dass er mir nichts mehr bedeutete. In der Annahme, ich könnte diese Haltung durchziehen, wollte ich meiner Mutter die Ausgaben fürs College ersparen, und so war es gekommen, dass ich sein Angebot, hier zu studieren, akzeptiert hatte.

Jetzt war ich mir nicht mehr sicher, ob es das wert war. »Dad, du bist ein Mistkerl. Das ist alles.«

»Wenn du meinst.« Er klang nicht so, als würde es ihm sonderlich viel ausmachen. »Wer ist das Mädchen eigentlich?«

Ich rang mit mir, ob ich es ihm sagen sollte, und beschloss, dass es egal war. Er würde keine Nachsicht mit Kylie haben. »Kylie Warner.«

Der Name sagte ihm etwas. »Ah. Verstehe. Nicht sehr helle, aber die ist scharf, das gebe ich zu.«

Verdammt. »Hör auf. Das ist absolut unpassend, und es macht mich ernsthaft wütend.«

Mit zitternden Händen verließ ich sein Büro. Ich hätte nicht für möglich gehalten, dass ich einen so starken Impuls verspüren würde, ihn zu schlagen. Wut stellte normalerweise kein Problem für mich dar. Ich war pragmatisch und dachte logisch. Doch in diesem Augenblick hatte ich ein Problem mit meiner Wut. Mit voller Wucht schlug ich die Tür hinter mir zu, aber das befriedigte mich nicht annähernd.

Mit geballten Fäusten lief ich durch die Halle nach draußen und genoss den kalten Winterwind, der mir ins Gesicht schlug. Ich konnte nicht fassen, dass mein Vater so ein Mistkerl war. Wie wurde man so? Im Prinzip hatte er mir direkt ins Gesicht gesagt, dass er mich nie gewollt hatte und dass ich eine finanzielle Belastung für ihn gewesen war, bis er mein Potenzial entdeckt hatte. Im Prinzip war mir das ohnehin klar gewesen, aber musste er es laut aussprechen? Konnte er nicht einfach so tun, als wäre er kein egoistischer Mistkerl?

Offenbar nicht.

An der nächsten Straßenecke blieb ich stehen und überlegte, wohin ich gehen sollte. Ich hatte keine Lust, zu Hause auf Devon zu treffen, dessen Meinung über Kylie leider der meines Vaters ähnelte. Mir fiel ein, dass ich mein iPad bei Kylie vergessen hatte. Ich war so verwirrt gewesen, erst von unserem Kuss und dann, weil ihr idiotischer Exfreund aufgetaucht war, dass ich gar nicht mehr daran gedacht hatte.

Vielleicht sollte ich vorbeigehen und es holen. Der Spaziergang würde mir guttun. Es lohnte sich nicht, zwei Blocks mit dem Wagen zu fahren, und ich musste dringend abkühlen. Außerdem wollte ich sie wirklich gern sehen und mich beruhigen. Sie musste nur lächeln, und schon fühlte ich mich besser. Das konnte ich wirklich gebrauchen. Plötzlich kam es mir vor, als wären alle um mich herum nur mit sich beschäftigt – bis auf meine Mutter natürlich. Natürlich gab es unter meinen Freunden mitfühlende und großzügige Menschen, doch eigentlich waren die meisten meiner Freunde nur gute Bekannte. Wahrscheinlich war abgesehen von Devon Miranda meine engste Freundin in Cincinnati. Sie machte ebenfalls ihren Master in Chemie und war außerdem lesbisch. Anders als Devon war sie taktvoll, obwohl sie brutal ehrlich sein konnte. Mein bester Freund aus der Highschool, der ein ziemlich anständiger Kerl war, studierte an der Carnegie Mellon Molekularbiologie. Ich beschloss, ihn anzurufen, wenn ich wieder zu Hause war.

Während ich den Bürgersteig entlanglief, konzentrierte ich mich darauf, meine Wut loszuwerden, und atmete gleichmäßig ein und aus. Ich wollte nicht so aufgebracht bei Kylie ankommen. Also stellte ich mir vor, wie sie mit geschlossenen

Augen auf dem Sofa gelegen hatte. Sie hatte ziemlich abgenommen, ihre Rippen waren deutlicher hervorgetreten, während ihre Brüste trotzdem aus dem BH gequollen waren. Dieser Gedanke gefiel mir deutlich besser.

Es war mir ernst gewesen – ich hatte nicht vorgehabt, mit ihr zu schlafen. Ich konnte mir nicht vorstellen, dass sich das toll anfühlte, wenn ihr ständig leicht schwindelig und übel war. Für sie jedenfalls nicht. Wäre ich ein egoistisches Arschloch, hätte es sich für mich sicher trotzdem fantastisch angefühlt. Aber diese Rolle überließ ich Professor Kadisch. Es hatte mir einfach gefallen, sie zum Höhepunkt zu bringen, ihr leises, lustvolles Stöhnen und wie sich ihr Körper entspannte. Nachdem sie derart unter der Übelkeit gelitten hatte, hatte sie sich ein bisschen Oralsex verdient.

Es war mir völlig unverständlich, wie ein Typ, der mit Kylie schlief, Lust auf Sex mit einem anderen Mädchen haben konnte. Das war total unlogisch. Mehr als dumm. Sie hatte einen unglaublichen Körper, und sie war äußerst sensibel. Kaum berührte ich sie, schon stöhnte sie, und ihre Schenkel waren feucht. Das war echt heiß. Aber vielleicht war da einfach etwas zwischen uns … diese faszinierende Chemie, die den meisten Menschen unerklärlich war, auch wenn sie wissenschaftlich belegt werden konnte.

Was auch immer der Grund war, mir wurde trotz des kalten Winterwetters mit einem Mal warm.

Ich schrieb Kylie auf dem Weg eine SMS, um sicherzugehen, dass sie noch nicht schlief und es ihr recht war, wenn ich vorbeikam. Sie meinte, es sei in Ordnung, und da sie sofort geantwortet hatte, vertraute ich darauf, dass es stimmte. Wenn sie mich nicht sehen wollte, hätte sie sich eine Ausrede ausgedacht, vermutlich eine, die leicht zu durchschauen war. Kylie dachte nicht kompliziert, und das gefiel mir. Sie manipulierte nicht und war nicht unaufrichtig. Sie war noch nicht einmal launisch, obwohl sie gerade so einiges durchmachte.

»Hallo«, sagte ich, als sie die Tür öffnete. »Unglaublich, dass ich mein iPad vergessen habe.«

Sie lächelte. »Komm mit hoch. Wir sind unterbrochen worden, deshalb finde ich das nicht so überraschend.«

Ich schon. Ich vergaß nie irgendwelche Sachen. Mein Kopf war wie ein Tabellenkalkulationsprogramm. Doch wenn ich von Gefühlen abgelenkt war, schien mein Gehirn zu vergessen, auf »Speichern« zu klicken. »Ja, das war doof. Zum Glück ist er nicht fünf Minuten früher gekommen.« Sonst hätte sie keinen Orgasmus gehabt.

Sie warf mir über die Schulter einen Blick zu, bei dem mein Schwanz schon wieder steif wurde. »Ich bin mir nicht sicher, ob wir schon ganz fertig waren.«

Ich wollte meine Hände über ihren Po gleiten lassen, hielt mich jedoch zurück. Noch immer war ich etwas zornig, und ich wollte nicht grob zu ihr sein. Momentan war ich in der Stimmung, sie im Stehen an der Wand zu nehmen, aber das konnte man einem Mädchen nicht antun, das gerade aus dem Krankenhaus entlassen worden war. »Du warst fertig, das ist alles, was zählt.«

Als wir ins Wohnzimmer traten, setzte sie sich und klopfte lächelnd neben sich aufs Sofa. »Alles okay? Du wirkst irgendwie aufgebracht.«

Sie sagte »aufgebracht« mit einer lustigen, albernen Stimme. Ich musste unwillkürlich lächeln.

»Ich war gerade bei meinem Vater im Büro. Mir ist klar geworden, dass er ein totaler Idiot ist.«

Sie machte große Augen. »Na ja, das fand ich zwar schon immer, aber ich dachte, das läge nur daran, dass ich bei ihm fast durchgefallen wäre.«

»Nein, er ist tatsächlich ein Arschloch.« Ich zog meine Schuhe aus, legte die Füße auf den Couchtisch und ließ mich gegen die Sofakissen sinken. Kaum war ich in ihrer Nähe, fühlte ich mich schon besser. »Weißt du, als meine Mutter mit mir schwanger wurde, war sie so alt wie du – von einem gewissen Chemiestudenten namens Ben Kadisch.«

»Ernsthaft?«

»Ernsthaft. Die Geschichte wiederholt sich.« Ich lachte. »Allerdings glaube ich nicht an Vorbestimmung. Für Ironie hingegen habe ich etwas übrig, und diese Situation steckt ganz sicher voller Ironie. Der Unterschied ist allerdings, dass mein Vater mich nie sehen wollte, sondern meiner Mutter nur widerwillig hundert Dollar im Monat gegeben hat. Mit siebzehn bin ich ihm zum ersten Mal begegnet. Da fand er plötzlich, ich wäre intelligent und es könnte sich lohnen, sich mit mir abzugeben.«

»Scheiße, das ist echt hart.«

»Ja. Er ist eben ein Arsch.« Ich zuckte die Schultern. »Ich dachte, ich wäre darüber hinweg, aber als ich heute Abend mit ihm gesprochen habe, bin ich total wütend geworden.«

»Du hast jedes Recht, wütend zu sein. Er hat sich alles andere als fair dir gegenüber verhalten.«

»Oder meiner Mom.«

»Ja. Das tut mir leid.« Sie streckte die Hand aus und drückte meinen Oberschenkel. »Aber, Jonathon, du bist ganz anders als er.«

Sie hatte den Ursprung meiner Angst erfasst. Trotz allem, was ich gesagt hatte, konnte ich die Angst nicht abschütteln, ihm ähnlich zu sein, ebenso egoistisch zu werden, und dass ich so enden würde wie er, allein, als Workaholic, der jungen Mädchen hinterherglotzte, die meine Tochter sein könnten.

Bei der Vorstellung verkrampfte sich mein Magen, und ich biss die Zähne zusammen. »Ich hoffe nicht.«

»Nein, du bist nicht wie er.«

Sie sagte das mit einer solchen Überzeugung, dass es in mir den Wunsch weckte, ihren Glauben in mich nicht zu enttäuschen. Ich spürte, dass sie mir vertraute, und ich wollte mich diesem Vertrauen als würdig erweisen.

»Ich fühle mich schuldig, weil ich ihn nicht mag. Er hat mein Studium bezahlt.«

»Na und? Das ist das Mindeste, was er tun konnte. Du schuldest ihm überhaupt nichts. Dieses Recht hat er verspielt, als er sich von dir und deiner Mom abgewandt hat. Er hat dir Geld gegeben. Das ist leicht. Jeder Mann kann ein Kind zeugen, aber nicht jeder Mann kann ein Dad sein.«

Bei ihren Worten steckte plötzlich ein Kloß in meiner Kehle fest und raubte mir die Luft zum Atmen. Verdammt. Sie war wirklich etwas Besonderes. Normalerweise sprach ich mit Frauen nicht über meine Gefühle. Im Grunde sprach ich mit niemandem darüber, und dass ich es jetzt tat, war erstaunlich genug. Aber dass sie in diesem Moment auch noch genau wusste, was sie erwidern sollte, war mehr als erstaunlich. Es war perfekt.

»Danke, Kylie. Ich werde mir Mühe geben, ein Dad zu sein, ehrlich.«

»Du wirst absolut großartig sein«, erwiderte sie voller Überzeugung.

Ich lächelte. »Ich würde mich nicht als großartig bezeichnen. Wie kriegt man das hin?«

»Dafür gibt es keine Formel, Darwin. Finde dich damit ab.«

Mir fiel auf, dass sie mich nur Darwin nannte, wenn sie mich aufzog, abgesehen von dem einen Mal, als sie wütend auf mich war. Es gefiel mir, dass sie mich Jonathon nannte. Es gab mir das Gefühl, dass sie Kontakt zu dem Mann in mir haben wollte, nicht zu dem Wissenschaftler.

»Und wie geht es dir?«, fragte ich. »Es muss ziemlich unangenehm für dich gewesen sein, dass dein Ex einfach so hier aufgetaucht ist.« Ihr Ex war meiner Ansicht nach ein ziemlicher Schwachkopf. Das lag noch nicht mal daran, dass er wie ein durchtrainierter Sportler aussah. Das war mir egal. Es war die Art, wie er Kylie ansah, so als wäre er frustriert, dass sie nicht tat, was er wollte. Er benahm sich, als würde ihm das zustehen, und das mochte ich nicht.

Sie seufzte. »Kann ich mit dir kuscheln? Ich bin müde.«

Das. Genau das war es, weshalb ich mich so zu ihr hingezogen fühlte. Sie war so süß und so ehrlich.

»Natürlich. Komm her.« Ich legte mich auf die Couch, stützte mich mit dem Rücken gegen die Sofalehne und zog sie zwischen meine Beine. Sie legte ihren Kopf auf meine Brust und schlang die Arme um meine Taille.

»Ah. Das fühlt sich gut an. Manchmal ist mein Kopf einfach zu schwer für meinen Körper.« Sie rieb ihre Nase an meinem Shirt. »Mich juckt es.«

Ich kratzte sie an der Nase.

»Danke.«

Vielleicht wollte sie nicht über Nathan sprechen. Ich eigentlich auch nicht. Ich wollte mich einfach entspannen. »Wie findest du den Namen Charlie?«

»Mädchen oder Junge?«

»Beides.«

»Gefällt mir irgendwie. Hmm.« Ihre Finger spielten mit meinem Hemdknopf. »Bist du traurig, dass dich dieses Mädchen sitzen gelassen hat? Ist es wegen mir und dem Baby?«

»Nein, ich bin nicht traurig«, antwortete ich ehrlich. »Wir haben uns nur ein paarmal getroffen. Eigentlich war ich nur an ihr interessiert, na ja, weil es mir irgendwie logisch erschien, mich mit ihr zu treffen. Aber ich lerne gerade, dass Logik manchmal gefährlich sein kann. Sie gaukelt einem Sicherheit vor.«

Logisches Denken zwang einen dazu, vorbestimmte Wege zu gehen, ob sie richtig für einen waren oder nicht. »Es tut mir leid, dass ich ihretwegen so blöd reagiert habe, als du mir von der Schwangerschaft erzählt hast.«

»Ist schon okay.« Ihre Hand glitt zu meinem Kinn, und sie strich mit ihren weichen Fingern über meinen Bart. »Dein Bart ist noch kratziger als vor zwei Stunden.«

»Wenn ein Mann damit rechnet, Sex zu haben, wächst sein Bart schneller. Das ist erwiesen.«

Sie blickte skeptisch zu mir hoch. »Hast du dir das gerade ausgedacht?«

»Nein, im Ernst. Das stimmt.«

»Bist du in der Erwartung hergekommen, Sex zu haben?« Ihr freches Grinsen deutete an, dass das für sie keine Beleidigung wäre.

»Nicht wirklich. Ich meine, ich hoffe es eigentlich immer. Im Grunde befinde ich mich in einem Dauerzustand sexueller Erregung, seit ich dir zum ersten Mal begegnet bin.«

Sie lachte. »Juhu.«

»Nein. Nicht juhu. Das ist schlimm. Richtig schlimm. Ich sollte keine Lust haben, dich nackt auszuziehen, wenn du mit Übelkeit zu kämpfen hast.«

»Das macht mir nichts aus.«

Sie machte mich fertig. »Also … willst du damit sagen, dass du jetzt mit mir schlafen willst? Oder meinst du das nur so generell, also bei Gelegenheit, wörtlich und im übertragenen Sinne, wärst du bereit, die Möglichkeit in Erwägung zu ziehen?«

»Ach, manchmal bist du echt albern.«

»Ich bin albern?« Nun, so hatte mich noch nie jemand beschrieben. »Wieso bin ich albern?«

»Du denkst zu viel.«

Da könnte was dran sein. »Ich werde darüber nachdenken.«

»Haha«, murmelte sie.

Ihr Körper fühlte sich warm an, und ihre Brüste pressten sich an mich. Sie hatte den Knöchel um meine Wade geschlungen, und ich ließ meine Hand nach unten über ihren Po gleiten. Sie würde mir schon sagen, wenn ich aufhören sollte, weil ihr nicht danach war.

Allerdings merkte ich plötzlich, dass sie eingeschlafen war.

Mist.

So viel zum Thema Sex.

Und nach Hause gehen konnte ich jetzt auch nicht. Ich durfte sie nicht stören, nach diesen anstrengenden letzten Wochen. Also rutschte ich ein Stück nach unten, bis ich flach auf dem Rücken lag und sie auf mir. Ihr Atem ging in ein leises, gleichmäßiges Schnarchen über, ihre Hand lag auf meiner Brust. Ich streckte den Arm aus, zog eine Decke über sie und seufzte. In der Ecke brannte eine Lampe, aber sie blendete sie nicht und war auch nicht besonders hell.

Es war alles andere als bequem, aber vermutlich war es immer noch deutlich leichter, als eine Plazenta zu bilden und einen Fötus auszutragen, also würde ich es schon aushalten.

Außerdem roch sie gut, und ich hielt sie gern in den Armen. Es gab mir das Gefühl, wichtig zu sein. Wichtig für sie.

Als Jonathon »Guten Morgen, Kylie« murmelte, schreckte ich aus dem Schlaf hoch.

»Oh.« Ich rieb mir über den Mund und versuchte, meine verschlafenen Lider zu öffnen. »Ist es schon Morgen? Ach, du meine Güte, tut mir leid. Du hättest nicht die ganze Nacht bleiben müssen.«

»Ich wollte dich nicht stören.«

Ich setzte mich auf, streckte mich und rückte zur Seite, sodass er sich unter mir aufrichten konnte. »Hast du mit deiner Brille geschlafen?«, fragte ich, als er sich den Nasenrücken unter dem Gestell rieb.

»Ja. War nicht das erste Mal. Und wahrscheinlich auch nicht das letzte, schätze ich.« Er saß auf dem Sofa und stützte sich einen Augenblick mit den Ellbogen auf den Schenkeln ab, um wach zu werden. »Ein Seminar morgens um acht ist schrecklich.«

»Das hatte ich seit dem ersten Collegejahr nicht mehr. Das steht auf meiner schwarzen Liste, genauso wie Nagellack, der nach ein paar Stunden abblättert.«

Jonathon lachte leise. »Der hat es auf deine schwarze Liste geschafft?«

»Das ist total nervig. Man gibt sich ganz viel Mühe mit der Maniküre, und dann ist er so schnell hinüber. Schlimm. Ich hasse das.«

»Wir haben Luxusprobleme, stimmt's?«

»Absolut.« Ich gähnte. »Wie beispielsweise, wo wir Kaffee herbekommen.«

»Ich glaube nicht, dass schwangere Frauen Koffein zu sich nehmen sollten.«

»Ach.« Es war zu früh am Morgen. Ich wollte nicht daran erinnert werden, dass ich nicht wusste, was ich tat. »Woher weißt du das?«

»Ich habe ein bisschen recherchiert. Es hat mir geholfen, besser mit der Situation zurechtzukommen.«

Da platzte etwas aus mir heraus, das ich eigentlich gar nicht sagen wollte – eine Riesenangst, die in meinem Hinterkopf lauerte. »Was ist, wenn dein Baby nicht klug ist? Es könnte eine dumme Blondine werden, so wie ich? Bist du dann total enttäuscht?«

Er sah erschrocken aus. »Kylie, du bist nicht dumm. Sag so etwas nicht.«

»Sehen wir den Tatsachen ins Auge: Ich bin nicht schlau. Das weiß ich. Das erzählen mir die Leute schon mein ganzes Leben lang. Es könnte doch sein, dass sich meine DNA gegen deine durchsetzt.«

»Die Qualität eines Menschen misst sich nicht allein an seinem IQ. Ich wünsche mir vor allem, dass das Baby gesund ist und dass es zu einem glücklichen, liebenswerten Menschen heranwächst.«

Seine Miene war ernst, und er hörte sich auch so an. Wahrscheinlich meinte er es ernst. Aber wie würde er empfinden, wenn unser Kind schon in der ersten Klasse Schwierigkeiten mit dem Rechnen hatte? Wahrscheinlich wäre er nicht begeistert, egal, was er jetzt sagte. Doch ich konnte ihm nicht wirklich widersprechen. Also nickte ich und biss mir auf die Lippe.

Jonathon nahm meine Hand und hielt sie fest. »Und du nennst mich albern? Jetzt bist *du* albern.« Er küsste mich auf die Stirn und stand auf. »Ich melde mich später. Sag Bescheid, wenn du etwas brauchst.«

»Okay, danke.«

Dann packte er sein iPad ein und ging. Er wirkte noch immer ein bisschen müde, bewegte sich nur langsam und zog die Schultern hoch.

Nachdenklich nahm ich mein Handy vom Tisch und rief meine Mutter an. »Hi, Mommy.«

»Hallo, Liebes! Wir geht es dir?«

»Nicht mehr total beschissen. Nur noch ein bisschen.«

»Das ist ein Fortschritt. Hast du einen ersten Termin beim Arzt gemacht?«

»Nein.« Ich war zu beschäftigt damit gewesen, mich nicht zu übergeben. »Muss ich einen von der Liste der Versicherung nehmen?«

»Ja, ich maile sie dir. Aber wenn du ab diesem oder dem nächsten Semester nicht mehr voll studierst, fällst du aus der Versicherung, das weißt du, oder?«

»Na toll. Das setzt mich überhaupt nicht unter Druck oder so.« Es war zu früh am Morgen für so viel Realität. Plötzlich zweifelte ich, ob ich das alles hinkriegen würde – ein Baby, Rechnungen, eine Wohnung, Jonathon. Puh.

»Mach dir keinen Stress. Du solltest es nur im Kopf haben.«

Klar. Kein Stress. Ich hing in diesem Semester bereits ziemlich hinterher, und das Baby sollte im August genau dann kommen, wenn der Unterricht nach dem Sommer wieder neu beginnen würde. Das würde lustig werden. »Kann ich mich nicht auf andere Weise versichern? Mein Geburtstermin ist der dreiundzwanzigste August. Wie soll ich ein Kind zur Welt bringen und gleichzeitig zum Unterricht gehen?«

»Erst wenn du Unterstützung vom Staat bekommst.«

Das waren meine Optionen? Entweder im Unterricht in der McMicken Hall gebären oder Sozialhilfe beziehen? Großartig! »Darüber kann ich jetzt nicht nachdenken. Davon wird mir übel.«

Sie wechselte das Thema, erzählte von meinen Brüdern und meiner Schwester und berichtete, dass mein Dad sich fast umgebracht habe bei dem Versuch, den Föhn selbst zu reparieren.

»Wenn du dich besser fühlst, komme ich rüber und hole dich für ein Wochenende nach Hause. Oder vielleicht kann dich ja auch jemand fahren.«

Wollte sie andeuten, dass dieser Jemand Jonathon sein sollte? Ich hatte keine Ahnung. Die Andeutungen meiner Mutter waren immer so vage, dass ich nie ganz sicher sein konnte, wovon sie sprach.

In der nächsten Woche rief sie mich ständig wegen Nichtigkeiten an, und Jonathon schickte mir weiterhin SMS mit Fragen sowie informativen Links zu Schwangerschaft und Geburt. Er versuchte, sich anders als sein sturer Vater zu verhalten, und das wusste ich zu schätzen. Ich war dankbar, dass er sich so viel Mühe gab. Gleichzeitig hatte ich jedoch keine Lust, mit ihm über meinen Gebärmutterhals zu sprechen oder über mein vermehrtes Blutvolumen, was ihn unendlich zu faszinieren schien.

Zur Abwechslung wollte ich einfach nur Kylie für ihn sein – eine Person, mit der er sich traf, die er sexuell begehrte und die er zur Freundin haben wollte. Nicht die künftige Mutter seines Kindes. War das zu viel verlangt?

Offensichtlich, denn ich sah ihn überhaupt nicht mehr. Er erkundigte sich eifrig per SMS und E-Mail nach meinem Befinden, fragte mich jedoch nicht, ob wir uns treffen könnten.

Ich ging wieder zu den meisten meiner Seminare, hinkte aber noch immer stark hinterher. Der Großteil der Professoren zeigte Verständnis, nur Professor Kadisch bat mich, nach dem Unterricht in sein Büro zu kommen. Na toll.

Unsicher schleppte ich mich zu ihm. Ich war ungeschminkt, trug einen flauschigen rosa Schal und hatte die Haare zu einem Pferdeschwanz zusammengebunden. Mir fehlte noch immer die Energie, mich zurechtzumachen, und obwohl ich Boyfriend Jeans trug – die ersten Hosen seit einem Monat, die nicht aus Stretchmaterial bestanden –, kam ich mir plump und blass vor.

»Ja?«, fragte ich und lächelte ihn schwach an. Da ich nun

von der Verbindung zwischen den beiden wusste, erkannte ich Jonathon in den Gesichtszügen des Professors – oder wenn man es genau nahm wohl eher Professor Kadisch in Jonathons Gesichtszügen. Sie besaßen die gleiche Stirn und die gleichen ausgeprägten Wangenknochen. Ich wusste nicht, was er von mir wollte, bezweifelte allerdings, dass er ein T-Shirt mit dem Aufdruck »Weltbester Opa« verliehen bekommen wollte.

»Ich habe von Ihrer Situation gehört, und ich glaube, Sie sollten den Kurs aufgeben.«

Okay. Klare Worte. »Meiner Situation?«, wiederholte ich, weil ich nicht sicher war, was ich darauf antworten sollte.

»Ja, dass Sie schwanger sind. Jonathon hat es mir erzählt. Unabhängig von meiner persönlichen Meinung zu dem Thema, möchte ich Ihnen als Ihr Professor fairerweise raten, den Kurs abzubrechen. Im ersten Semester haben Sie nur knapp bestanden, und Sie liegen zu weit zurück, um diesen Kurs noch erfolgreich abschließen zu können.«

Das Problem war nur, dass ich dieses Semester ohnehin weniger Scheine machte, weil ich aus einem Anthropologiekurs ausgeschlossen worden war. Wenn ich Chemie fallen ließ, war ich keine Vollzeitstudentin mehr und würde aus der Krankenversicherung meiner Eltern fliegen. Das musste er allerdings nicht wissen.

Entschlossen, höflich zu bleiben und Jonathon keinen Ärger zu machen, sagte ich: »Danke. Ich werde darüber nachdenken.« Und weil ich neugierig war, musste ich einfach fragen: »Was ist Ihre persönliche Meinung dazu, dass ich dieses Baby bekomme?«

Er schob seine Brille nach oben. Lustig, dass das bei Jonathon süß, ja, liebenswert aussah, während Professor Kadisch dabei ungehalten wirkte. »Ich finde es egoistisch«, erwiderte er knapp. »Sie ruinieren Jonathons Leben, damit Sie Vater-Mutter-Kind spielen können.«

Ohne dass ich es verhindern konnte, schossen mir die Tränen in die Augen. Mir war klar gewesen, dass er mir nicht herzlich gratulieren würde. Allerdings hatte ich nicht damit gerechnet, dass er mir vorwerfen würde, Jonathons Leben zu zerstören, damit ich mit lebendigen Puppen spielen konnte. »Für Jonathon scheint es okay zu sein, vielleicht sollte es das dann auch für Sie sein.«

»Jonathon macht mit, weil er sich schuldig fühlt.«

Wow.

»Tja, dann ist er Ihnen einen Schritt voraus«, entgegnete ich. »Denn zumindest übernimmt er Verantwortung für sein Verhalten.«

Mit diesen Worten verließ ich sein Büro, wobei ich mit der Hüfte einen Stuhl umstieß. Ich weinte, und das machte mich erst recht wütend.

Am nächsten Tag hatte ich Geburtstag. Es war ein Donnerstag, und ich stapfte durch die matschigen Schneereste zum Unterricht. Ich war verwirrt und ein bisschen traurig. Normalerweise liebte ich meinen Geburtstag, zumindest solange ich zurückdenken konnte. Die Nacht davor konnte ich kaum schlafen. Ich stolzierte herum und erzählte allen, dass es mein Tag sei und dass sie mich wie eine Prinzessin behandeln müssten. Entweder feierte ich eine Party oder ich ging aus, je nach Alter. Voller Begeisterung packte ich in aller Ruhe meine Geschenke aus und hob Bänder, Schleifen und hübsches Papier auf, um damit etwas Neues zu basteln.

Dieses Jahr schickte meine Mutter mir eine hübsche Grußkarte mit einer Kreditkarte darin und schlug vor, ich solle sie benutzen, um mir Schwangerschaftskleidung zu kaufen. Um dieses Geschenk würden mich alle beneiden – elastische Hüfthosen. Ich würde nicht ausgehen und auch keine Party geben. Komisch, dass ich mein ganzes Leben darauf gewartet hatte, einundzwanzig zu werden, und nun war dieser Tag einfach ein trüber Donnerstag. Ein Wintertag wie jeder andere. Als ich am Universitätszentrum vorbeikam und mit mir rang, ob ich ein Mittagessen vertragen konnte, klingelte mein Telefon. Ich blickte auf das Display, es war Robin.

»Hallo«, sagte ich und war plötzlich dankbar, dass sie anrief. Es gab mir das Gefühl, als hätten sich die Dinge nicht ganz so dramatisch verändert, wie es tatsächlich der Fall war.

»Herzlichen Glückwunsch!«

»Danke. Robin, es tut mir leid, dass wir uns nicht mehr gesehen haben, bevor du und Phoenix abgefahren seid. Ich hatte gerade erst erfahren, dass ich schwanger bin, und fühlte mich nicht gut … Ich wollte nicht zickig sein.« Ich betrat das Universitätszentrum und beschloss, mir nur einen Latte mit Sahne zu besorgen. Dann fiel mir ein, was Jonathon über Koffein gesagt hatte. Gab es Latte ohne Koffein?

»Schon okay, das verstehe ich. Ich bin mir sicher, du warst total geschockt.«

»Das ist wohl wahr.«

»Wie geht es dir jetzt?«

»Ganz gut. Es wird sich alles regeln.« Und weil das nicht sehr enthusiastisch klang, fragte ich: »Wie ist es in New Orleans? Steht ihr jetzt total auf Voodoo und Flusskrebse?«

Sie lachte. »Nicht ganz. Aber es gefällt mir. Hier sind es übrigens achtzehn Grad, und die Leute sagen dauernd Schätzchen zu mir. Der Unterricht ist großartig, und Phoenix gefällt es in dem Tattoo-Laden, in dem er arbeitet. Wir wohnen Uptown und werden in ein paar Wochen unseren ersten Karneval erleben. Ich kann es kaum erwarten.«

Robin klang richtig gut. Lebendig, aufgeregt, glücklich. »Das ist toll. Wie ist die Bourbon Street?«

»Nicht sonderlich aufregend für zwei Leute, die nichts trinken. Aber wir gehen gern in die Frenchmen Street, dort wird Live Jazz gespielt, und es dreht sich nicht alles um riesige Bierhumpen.«

»Das ist cool. Mir ist heute Abend auch nicht nach riesigen Bierhumpen. Genauso habe ich mir meinen einundzwanzigsten Geburtstag vorgestellt.« Ich setzte mich auf eine Bank und tat mir leid. Ich hatte zwar kein Recht dazu, doch wie es aussah, würde die Selbstmitleidsparty die einzige Party sein, die ich bekommen würde. Also konnte ich das auch auskosten.

»Ach, das tut mir leid, Ky-Ky.« Sie klang, als würde sie mich aufrichtig bedauern. »Ich weiß, dass du dir eine Riesenparty gewünscht hast.«

»Ist schon okay.« Trotzdem seufzte ich. »Es wäre nicht so schlimm, wenn ich nicht so scheiße aussehen würde. Meine Haut ist stumpf, meine Haare auch. Ich habe mir seit Wochen nicht die Beine rasiert, und meine Nägel sehen aus, als hätten im Schlaf die Ratten daran genagt. Ich fühle mich scheußlich.«

»Dann lass dir die Nägel machen. Es ist dein Geburtstag, da solltest du dir eine Maniküre gönnen.«

Ich hatte die Kreditkarte meiner Mutter in der Tasche. War es sehr verantwortungslos, die Schwangerschaftsjeans in den Wind zu schießen? Dann würde ich eben Yogahosen tragen, bis ich den Saum sprengte. Ich musste mir einfach etwas Gutes tun.

»Das ist eine gute Idee. Ich glaube, das mache ich. Danke, Robin.«

Sie lachte. »Mein Geburtstagsgeschenk für dich: ein finanzieller Freifahrtschein.«

Wir unterhielten uns ganz locker noch weitere zehn Minuten, und ich dachte währenddessen nicht einmal an den RUN-Vorfall. Es schien immer weniger eine Rolle zu spielen. Ich würde es nie vergessen, und wahrscheinlich würde immer ein kleines bisschen Groll zurückbleiben, aber vielleicht war Robins betrunkener Ausrutscher am Ende das Beste gewesen, was mir passieren konnte. Dadurch war ich von Nathan losgekommen.

Auf dem Campus gab es einen Salon, in dem ich eine Maniküre buchen konnte. Während ich über meine Schwangerschaftsübelkeit klagte, ließ ich mir von der Kosmetikerin die Hände massieren. Ich kam mir ganz wie eine Vorstadthausfrau vor und fühlte mich schon deutlich besser. Das war nicht so weit von meiner ursprünglichen Lebensvorstellung entfernt, wie ich befürchtet hatte.

Anschließend traf ich Jessica und Rory im Unizentrum. Jess schenkte mir einen aufwendig verzierten Cupcake mit einer Kerze, die sie mit einem Feuerzeug anzündete.

»Das ist hier drin nicht erlaubt«, protestierte Rory.

»Bis es jemand bemerkt, ist sie aus.«

Ich schloss die Augen und wünschte mir etwas. Dann blies ich die Kerze aus, bevor sich Rorys Befürchtung bewahrheitete, die Campus-Polizei könnte mit Schlagstöcken auf uns losgehen.

»Was hast du dir gewünscht?«, wollte Jessica wissen. »Ich kenne dich, du hast dir auf jeden Fall etwas gewünscht. Das machst du, seit du dreizehn bist.«

Das stimmte. Eigentlich tat ich es sogar seit meinem vierten Lebensjahr, doch Jessica hatte mich erst in der Mittelstufe kennengelernt. Als ich dreizehn war, hatte ich mir gewünscht, dass meine Pickel weggingen. Mit sechzehn war mein Wunsch gewesen, dass ich die Führerscheinprüfung beim ersten Mal bestand. In einem Jahr war ich davon überzeugt gewesen, dass meine Eltern sich scheiden lassen würden, daher hatte ich mir gewünscht, dass sie zusammenblieben. Doch weil es bei Geburtstagswünschen um *mich* ging, hatte ich mir noch nie etwas mit einem Jungen gewünscht.

Theoretisch hatte mein Wunsch wieder nichts mit einem Jungen zu tun, aber ich hatte mich auf das Baby konzentriert, anstatt auf mich. Zusammen mit dem Wunsch für ein gesundes Baby brachte ich allerdings noch einen anderen Wunsch unter, auch wenn ich mir gar nicht sicher war, ob ich ihn mir überhaupt selbst eingestehen konnte.

»Das sage ich nicht! Sonst geht er nicht in Erfüllung. Du willst doch nicht mein ungeborenes Kind verfluchen, oder?«

»Hast du dir ein Mädchen gewünscht?«, fragte Rory.

»Nein. Ich habe mir Gesundheit für sie gewünscht. Ich weiß schon, dass es ein Mädchen wird.«

»Woher weißt du das?«

Ich zuckte die Schultern. »Ich weiß es eben.« Es hatte nichts damit zu tun, dass ich lieber ein Mädchen als einen Jungen haben wollte. Da hatte ich keine Vorlieben. Es fühlte sich nur einfach … weiblich an.

»Ach, bist du jetzt auf einmal weise geworden, weil du Mutter wirst?«, neckte mich Jessica.

»Genau. Sehe ich nicht weise aus?« Ich machte mir aus meinen Haaren einen Schnurrbart.

Wir lachten, und ich wickelte den Cupcake aus. »Welche Geschmacksrichtung ist es?«

»Red Velvet. Deine Lieblingssorte.«

»Juhu.« Ich roch vorsichtig daran, um sicherzugehen, dass mein Magen nicht protestierte. Der Kakao stach hervor, und ich roch die Butter in der Glasur.

»Was machst du da? Du siehst aus wie ein Drogenhund.«

»Meine Geruchsnerven sind ziemlich empfindlich. Ich will nur sichergehen, dass ich von dem Geruch nicht würgen muss. Mir wird von den seltsamsten Dingen übel, zum Beispiel von Tacos. Normalerweise liebe ich Tacos. Aber ich bin neulich an einem mexikanischen Restaurant vorbeigekommen und hätte auf dem Parkplatz fast in die Büsche gekotzt.«

»Das ist ja schrecklich. Ich glaube tatsächlich, dass ich nicht fürs Muttersein gemacht bin.« Jessica verzog das Gesicht. »Und das ist nur einer der Gründe. Riley und ich stellen uns total ungeschickt mit Eastons Erziehung an, und der ist schon elf, aber trotzdem. Rory, du und Tyler, ihr macht das viel besser.«

»Das ist Tyler, nicht ich«, widersprach Rory. »Ich bin als Einzelkind aufgewachsen, erinnerst du dich? Ich weiß nichts über Kinder. Ich umarme Easton und backe ihm Plätzchen, das scheint zu reichen.«

Ich war mir ziemlich sicher, dass das einem elfjährigen Kind ziemlich viel bedeutete.

»Professor Kadisch hat mir gesagt, ich sei egoistisch und würde Jonathons Leben ruinieren.«

Den beiden blieb der Mund offen stehen. Jessica sah empört aus. »Ich hoffe, du hast ihm gesagt, dass er dich mal kreuzweise kann? Wenn Jonathon nicht wollte, dass sein wertvolles Leben ruiniert wird, dann hätte er bei der Verhütung besser aufpassen müssen. Gott, er scheint viel netter zu sein als sein Vater. Wie ist das möglich?«

»Er ist bei seiner Mutter aufgewachsen.«

»Tja, spendiere der Frau ein Bier, sie hat es sich verdient.«

Ich biss in meinen Cupcake. Oh, wie gut der schmeckte! Wie Zauberei aus Zucker. Es war das erste Mal seit Wochen, dass etwas nicht wie Pappe schmeckte. »Oh mein Gott, ich glaube, ich bin gerade gekommen. Mann, ist der gut.«

»Willst du mit deinem Cupcake allein sein?«

»Vielleicht. Ich glaube, ich möchte in einem Boot auf der Seine durch Paris rudern und mit meinem Cupcake knutschen. Gott. Der schmeckt himmlisch.«

»Dann ist er also gut?«, fragte Rory amüsiert.

Ich versuchte, es ihnen zu erklären. »Ihr versteht das nicht. Seit einem Monat muss ich von allem, was ich mir in den Mund schiebe, entweder würgen, oder es schmeckt metallisch. Das ist die erste Sache, die nach Essen schmeckt, und das ist wundervoll. Ich liebe diesen Cupcake.«

»Zumindest hegst du romantische Gefühle für deinen Cupcake. Rudern bei Mondschein. Paris, Liebe. Dein Cupcake ist mehr als nur eine Bettgeschichte für dich.« Rory grinste mich an.

»Wo wir gerade von Bettgeschichten sprechen, du hast eine SMS von Jonathon.« Jessica deutete auf mein Telefon, das auf dem Tisch lag.

»Hey!«, rief ich beleidigt. »Er ist keine Bettgeschichte.«

»Nicht?« Jessica wirkte zufrieden, dass sie mich dazu gebracht hatte, das so schnell zuzugeben.

»Nein.« Ich streckte ihr die Zunge heraus, dann sah ich nach, was er geschrieben hatte. »Eine Bettgeschichte macht sich keine Sorgen um meinen Eisenwert.«

»Er hat dich nach deinem Eisenwert gefragt?«

»Ja. Er hat Angst, dass ich anämisch werde.« Jonathon hatte nur gefragt, wie es mir ging.

Ich schrieb zurück: *Ich habe heute Geburtstag.* Warum auch nicht? Es war schließlich mein Geburtstag.

Wirklich? Herzlichen Glückwunsch! Wie alt bist du geworden?

21. ☹

Oh, tut mir leid. ☹ *Hast du was vor?*

Nur ein Date mit einem halb gegessenen Cupcake.

Willst du etwas Gesellschaft haben?

Zum Teufel, natürlich.

Wenn du nichts zu tun hast. Ich wohne wieder in meinem Appartement.

Für dich habe ich immer Zeit.

Wenn ich nicht schon schwanger wäre, würde ich bei dieser entzückenden Aussage glatt ein Ei fallen lassen.

OK. Danke ☺

Rory und Jessica blickten mich mit wissendem Blick an. »Seid still«, knurrte ich.

»Tyler hat gesagt, er habe gehört, wie ihr zwei rumgemacht habt«, sagte Rory.

»Tyler soll sich um seine eigenen Angelegenheiten kümmern.«

»Er hat versucht wegzuhören, aber offensichtlich war es nicht zu überhören.«

»Und? Jonathon wollte nur, dass es mir besser geht.«

Jessica lachte. »Wie praktisch. Komm, ich schlafe mit dir, dann geht es dir besser. Er muss noch nicht einmal ein Kondom benutzen. Damit hat er doch den Sex-Jackpot gewonnen.«

»Nur zu eurer Information: Wir haben nicht miteinander geschlafen. Er hat mich nur befriedigt«, sagte ich mit so viel Würde, wie es bei dieser Aussage möglich war. »Und ich glaube kaum, dass man vom Sex-Jackpot sprechen kann, wenn man erstens bedenkt, wie beschissen ich derzeit aussehe, und zweitens, dass er dafür die nächsten achtzehn Jahre zahlen muss.« Noch während ich die Zahl laut aussprach, wurde mir übel. Ich schob den Cupcake weg. Das war eine erschreckend lange Zeit.

»Hey, tut mir leid, ich wollte ihn nicht schlechtmachen.« Jessica schien ein schlechtes Gewissen zu haben. »Manchmal solltest du mir einfach eine klatschen, wenn meine große Klappe sich verselbstständigt.«

»Schon okay. Ich weiß nicht … Es ist komisch – irgendwie lasse ich mich ein Stück weit auf Jonathon ein, aber irgendwie auch wieder nicht. Ich weiß nie, was ich tun oder was ich sagen darf. Aber wisst ihr, was? Es ist egal. Ich habe Geburtstag. Ich werde sagen, was immer ich will.«

»Was willst du denn sagen?«

Tja. Ich hatte keine Ahnung, obwohl ich sonst nie um Worte verlegen war. Da waren einfach zu viele Gedanken, zu viele Gefühle. Ich war noch nie gut darin, an meinen Worten zu feilen. Wenn es um Jonathon ging, schien es mir deshalb sicherer, einfach gar nichts zu sagen. Also lieferte ich ihnen die lustige Bemerkung, die sie erwarteten. »Dass ich ein bisschen unverbindlichen Sex haben will.«

Wir lachten. Hey, das war keine Lüge. Ich wollte Jonathon.

Aber so?

10

»Was zum Teufel tust du da?«, fragte Devon, als er nach Hause kam.

»Ich stelle die Evolution infrage, denn meine Daumen sind nicht zu gebrauchen.« Versehentlich hatte ich meine Finger anstelle des Geschenkpapiers an den Karton geklebt. »Wie machen andere Leute das nur?«

»Gar nicht. Sie kaufen Geschenktüten. Warum packst du ein Geschenk ein?« Er warf seine Kuriertasche auf den Tisch neben das Chaos, das ich dort veranstaltet hatte. »Ich habe erst im Juli Geburtstag.«

»Kylie hat Geburtstag«, sagte ich abwesend, zwang die Ecke des pinkfarbenen Papiers auf den Karton und sicherte es mit drei Pfund Klebestreifen. Es sah aus, als hätte es ein Zweijähriger verpackt.

»Ach ja? Muss man der Mutter seines Babys ein Geburtstagsgeschenk machen? Das werde ich mir merken.«

»Red nicht so über sie. Ich hasse das, es klingt erniedrigend.« Ich pellte den Aufkleber von der Rückseite der Schleife, setzte sie schief auf mein schlecht verpacktes Päckchen und stöhnte genervt. »Das sieht schlimm aus. Ich gebe auf.«

Devon wühlte im Kühlschrank und kam mit einer Limo zurück. »Du siehst aus, als würdest du ein Aneurysma bekommen. Beruhige dich.«

»Bis vor zwei Stunden wusste ich gar nicht, dass sie heute Geburtstag hat«, sagte ich. »Der Druck bringt mich um. Ich hatte keine Ahnung, was ich ihr schenken soll. Schmuck ist zu persönlich, etwas Elektronisches zu unpersönlich und zu teuer. Ein Geschenk, das mit der Schwangerschaft oder dem Baby zu hat, kommt auch nicht infrage, weil es hier um sie geht und nicht um das Baby. Ich wollte ihr nur etwas Kleines, Lustiges schenken, damit sie weiß, dass ich an sie denke. Das konnte ich ihr aber nicht einfach so geben, das musste ich einpacken. Und jetzt sieht es so aus.« Ich deutete auf mein chaotisches Päckchen.

»Okay, du hörst dich an wie ein Mädchen. Vielleicht kannst du deine Eier mal wieder rausholen.« Er trank einen Schluck. »Und dass du ihr keinen Schmuck schenken willst, weil das zu persönlich wäre, nachdem ihr ein Baby zusammen bekommt, entbehrt nicht einer gewissen Ironie. Aber ich verstehe das. Also …« Er nahm den Karton und packte ihn wieder aus.

»Hey!«

»Ich mach das schon.« Er knüllte das Papier zusammen, nachdem er zunächst die Schleife entfernt hatte, und nahm ein neues Stück Geschenkpapier. »Rechte Winkel, Kumpel. Komm schon. Das ist Grundrechnen.« Er faltete das Papier ein paarmal, bildete Dreiecke und klappte sie oben zusammen. »Gib mir ein Stück Klebeband.«

Ich gehorchte, er befestigte das Papier auf der einen Seite, wendete das Paket geschickt und tat dasselbe auf der anderen. Als er den Karton umdrehte, sah er nicht mehr halb so schlimm aus wie vorher. »Siehst du?«

»Danke, Mann.« Ich holte tief Luft und trommelte mit den Fingern auf den Tisch. »Ich kenne mich mit diesem Mist nicht aus.«

»Welcher Mist? Geschenkverpackungen oder eine Beziehung mit einem Mädchen, das du kaum kennst?«

»Beides. Ich glaube allerdings, Letzteres ist das größere Problem.«

Er setzte sich mir gegenüber und musterte mich mit seinen dunklen Augen. »Du bist in sie verliebt, stimmt's? Ich meine, abgesehen davon, dass du gern mit ihr vögelst.«

Ich lachte. »Du Schwein.« Ich klebte die Schleife wieder auf das Paket.

»Das ist nicht wirklich eine Antwort.«

Ich wollte mich vor der Frage drücken, denn ich hatte keine Ahnung, was ich für Kylie empfand.

Das war eine Lüge. Ich wusste ganz genau, was ich für sie empfand. Ich mochte sie. Sehr sogar. Wenn ich sie sah, … war ich zufrieden. »Ich habe gewisse Gefühle für sie, das kann ich nicht leugnen.«

Devon hob die Brauen. »Echt?«

Hey. Ich war es nicht gewohnt, über meine Gefühle zu sprechen. »Was soll ich sagen?«

»Nichts. Ich denke nur, wenn du das Mädchen magst, solltest du es einfach ausprobieren. Warum machst du so eine große Sache daraus?«

»Weil es eine große Sache *ist*. Wenn ich es versaue, habe ich trotzdem den Rest meines Lebens mit ihr zu tun.«

»Das ist hart. Stimmt. Aber ich sehe drei mögliche Szenarien. Erstens, du bist am Ende mit ihr zusammen. Ihr lebt zusammen und zieht euer Kind groß und der ganze Happy-End-Scheiß. Zweitens, ihr pflegt einen freundlichen Umgang miteinander, und am Ende heiratet ihr beide jemand anders. Drittens, ihr kommuniziert übers Gericht miteinander und zieht euch gegenseitig in den Dreck. Was gefällt dir am besten?«

Eins. »Zwei ist die praktischste Lösung.«

»Ich habe dich nicht gefragt, was die praktischste Lösung ist, Sackgesicht. Ich habe dich gefragt, welche dir am liebsten wäre.«

»Gut. Eins.« Warum fiel es mir so schwer, das zuzugeben? »Aber zwei ist realistischer.«

»Meinst du? Wenn ihr zwei euch eigentlich mögt, ihr aber versucht, nur Freunde zu sein, weil du kneifst, wie soll das dann werden, wenn einer von euch mit jemand anderem zusammen ist? Freust du dich für sie und bist glücklich, oder bist du genervt, weil sie einen Kerl heiratet, der dann die ganze Zeit mit deinem Kind zusammen ist?«

Wenn er es so darstellte … »Ich glaube nicht, dass mir das gefallen würde.« Das wäre schrecklich. Klar, irgendwann würde ich lernen, damit zurechtzukommen, aber es könnte ja auch schon in ein paar Monaten passieren. Was dann? Unter Umständen wird sie schon mit jemand anders zusammen sein, wenn das Baby zur Welt kommt. Bei dem Gedanken hatte ich das Gefühl, mein Kopf würde explodieren.

»Sehen wir den Tatsachen doch ins Auge: Du magst vielleicht Single bleiben, bis du achtunddreißig bist, sie aber nicht. Bei Mädchen wie ihr stehen die Kerle Schlange, um sie zu heiraten.«

Ich runzelte die Stirn. »Danke, Arschloch.«

»Aber das stimmt. Es ist Teil von deren Kultur. Kennenlernen, paaren, heiraten.«

»Was meinst du mit ›*deren* Kultur‹? Beziehungsweise wer sind dann *wir*? Und was ist *unsere* Kultur?« Bei ihm klang es, als wären wir Außerirdische.

»Wir sind Nerds. Wir lernen jemanden kennen und paaren uns gelegentlich, ansonsten forschen wir. Irgendwann mit ungefähr vierzig verbinden wir unseren Namen mit einem anderen zu einem Doppelnamen, meist wenn wir merken, dass unsere Zellen sich nicht mehr von selbst erneuern und wir irgendwann jemanden brauchen, der unseren Rollstuhl schiebt.«

»Das ist eine lächerliche Verallgemeinerung.« Doch noch vor drei Monaten hatte ich mein Leben ziemlich genau so vor mir gesehen.

»Ach, wirklich?« Er grinste mich spöttisch an. »Na, dann setze auf Option Nummer zwei und warte ab, wie es sich für dich entwickelt. Vielleicht lädt sie dich aus Höflichkeit zu ihrer Hochzeit ein, damit du dafür sorgen kannst, dass deine Tochter beim Blumenstreuen nicht ihr Kleid hochhebt. Sie wird nämlich höchstens zwei Jahre alt sein, wenn es so weit ist. Glaub mir.«

Devon war ein Pessimist. Doch er zwang mich einzusehen, dass der scheinbar einfache Weg ironischerweise gar nicht so einfach war.

Wenn der einfache Weg keinen unkomplizierten Verlauf garantierte, war das Risiko, Option eins zu verfolgen statistisch gesehen nicht ganz so groß wie ursprünglich angenommen.

Ich stand auf und nahm das Geschenk. »Manchmal sagst du eigentlich ganz vernünftige Sachen.«

»Gern geschehen. Nenn mich ›der Pate‹.«

»Du bist noch nicht einmal Christ.«

»Du auch nicht.«

»Und das macht die Aussage noch lächerlicher.« Ich winkte ihm zu. »Aber danke fürs Gespräch, Kumpel. Warte nicht auf mich.«

»Genieße es, hemmungslos deinen Samen zu verteilen.«

Das war eine ziemlich schräge Sichtweise. Ich lachte. »Du bist ein Poet.«

Doch trotz Devons verschrobenem Blick auf die Welt fühlte ich mich besser. Egal, was ich tat, es würde immer ein Risiko geben, also konnte ich mich genauso gut für das entscheiden, was ich wirklich wollte.

Und das war Kylie.

Sie sah unglaublich aus, als sie mir die Tür öffnete und mich in ihr winziges Appartement ließ. Die Farbe war in ihre Wangen zurückgekehrt, und ihre Haare wirkten voller als in den letzten Wochen. Ihre Lippen glänzten, und ihre Augen strahlten. Sie trug einen engen roten Pullover mit V-Ausschnitt, aus dem ihre vollen Brüste hervorlugten und mir den Mund wässerig machten. Da ihre Brüste üppiger geworden waren, saß der Pullover etwas knapp. Er war nach oben gerutscht und hatte einen Streifen nackter Haut entblößt, den ich zu gern mit meiner Zunge liebkost hätte. Obwohl ihre Jeans recht weit geschnitten waren, stellten diese eine Verbesserung zu den Jogginghosen dar, die sie in letzter Zeit ständig getragen hatte. Ihr war anzusehen, dass die Übelkeit nachließ. Ich war erleichtert – und erregt. Ziemlich erregt.

»Hallo.« Sie lächelte.

Ohne zu zögern, beugte ich mich vor und küsste sie. Sie war überrascht, doch im nächsten Augenblick erwiderte sie meinen Kuss und schob die Finger in den Bund meiner Jeans.

»Herzlichen Glückwunsch«, murmelte ich.

»Danke.« Sie errötete und trat einen Schritt zurück. Das faszinierte mich, es schmeichelte mir. Ich glaubte nicht, dass Schüchternheit ihre Wangen rosa färbte. Sie fühlte sich von mir angezogen, genau wie ich mich von ihr. Mehr als nur sexuell, obwohl das auch zwischen uns in der Luft lag. Aber es war mehr als das.

Ich reichte ihr den von Devon verpackten Karton.

»Oh! Das wäre nicht nötig gewesen.«

Ich zuckte die Schultern. »Ach, das ist nichts Großes. Auch wenn ich nicht viel Zeit hatte, wollte ich dir eine Kleinigkeit schenken. Einundzwanzig ist eine große Sache.«

Sie sah mich etwas unsicher an. »Jetzt bin ich eine Frau, stimmt's?«

Das ließ meinen Schwanz hart werden. Oh verdammt, musste sie solche Dinge sagen? »Ach, ich glaube, du warst schon vorher eine Frau.« Ich streifte meine Schuhe ab und zog die Jacke aus.

Nachdem ich sie auf den Boden geworfen hatte, nahm ich ihre freie Hand und zog sie zum Bett, damit wir uns setzen konnten.

Sie nahm die Schleife vom Karton und steckte sie sich in die Haare. »Wie sehe ich aus?«

»Wunderschön.«

Sie verdrehte die Augen, sah jedoch erfreut aus. »Ich habe heute geduscht und mir die Zähne geputzt.«

»Was brauchst du mehr?«

»Eine Kosmetikerin.«

»Ich weiß noch nicht einmal, was das ist.«

»Wirklich? Ich kann nicht glauben, dass es tatsächlich etwas gibt, das du nicht weißt.«

Vorsichtig löste sie die Klebestreifen und faltete die Dreiecke auseinander. Wenn sie sich so viel Mühe mit dem Auspacken gab, würde mein kleines Geschenk noch kleiner wirken. »Ich bin mir sicher, dass du jede Menge Dinge weißt, die ich nicht weiß.« Zum Beispiel, wie es ihr gelang, einfach so mit diesen Brüsten dazusitzen, ohne sie berühren zu wollen.

Schließlich hatte sie das Geschenk ausgepackt. Sie lachte und schenkte mir ein strahlendes Lächeln. »Jonathon! Pinker Nagellack, der nicht so schnell abblättert? Das ist perfekt.«

»Ich dachte, ein Punkt weniger auf deiner schwarzen Liste wäre vielleicht ganz gut.«

»Unbedingt.« Sie hielt die Hände hoch. »Ich war heute mit der Kreditkarte meiner Mutter bei der Maniküre, weil ich meine scheußlichen Nägel nicht mehr ertragen konnte. Eigentlich hätte ich mir eine Schwangerschaftshose kaufen sollen. Aber jetzt kann ich mir die Nägel zu Hause machen, ohne dass der Lack abblättert. Hervorragend.«

Die Farbe auf ihren Nägeln war fast identisch mit der, die ich ausgesucht hatte. Es freute mich, dass ich so genau ihren Geschmack getroffen hatte. »Ich glaube, du brauchst noch keine Schwangerschaftskleidung. Dein Bauch ist konkav.«

»Konkav?« Sie legte den Kopf schief.

»Nach innen gewölbt.« Ich deutete es mit der Hand an.

»Ah. Na ja, ehe du dich versiehst, werde ich fett sein«, sagte sie, aber sie klang ziemlich fröhlich dabei.

Nachdem sie sich nun besser fühlte, schien auch ihre Laune zu steigen. Sie war im Grunde nie schlecht gelaunt gewesen, aber sie hatte ziemlich viel geseufzt. »Du wirst so oder so hinreißend aussehen.«

»Mensch, du machst mir aber viele Komplimente. Ich müsste jeden Tag Geburtstag haben. Warum bist du heute so süß? Hast du niedere Beweggründe?«

»Tja, ich will dir eigentlich immer an die Wäsche«, erwiderte ich wahrheitsgemäß. »Aber jedes Wort, das ich gesagt habe, ist wahr, ich schwöre es bei Gott.«

Sie lachte. »Wo wir gerade von Gott sprechen, bist du eigentlich Jude?«

Auf diesen abrupten Themenwechsel war ich nicht vorbereitet. Ich war eher darauf eingestellt gewesen, mich der Erforschung ihrer Wäsche zu widmen. »Theoretisch ja, aber meine Eltern praktizieren beide nicht. Ich hatte noch nicht einmal eine Bar-Mizwa. Warum?«

»Nur so, ich hab einfach darüber nachgedacht.«

Vielleicht konnte sie an einem anderen Tag darüber nachdenken, denn mir stand momentan nicht der Sinn nach einer theologischen Diskussion. »Na, und hast du Lust auszugehen? Oder einen Film zu schauen?«

»Egal.«

Ich streckte die Hand aus und legte sie auf ihre Wange. »Warum denkst du nicht darüber nach, während ich dich küsse?«

Sie bekam große Augen. »Okay.«

»Ich denke oft daran, wie du schmeckst«, gestand ich und strich mit dem Finger über ihre Unterlippe. »Ich denke überhaupt ziemlich viel an dich.«

»Ich denke auch viel an dich«, erwiderte sie, und ihre Brust hob und senkte sich schneller.

Als ich sie zärtlich küsste, erschauderte sie. »Ich will mehr Zeit mit dir verbringen«, erklärte ich. »Ich habe keine Lust, mich mit anderen zu verabreden. Ich will herausfinden, was zwischen uns ist, weil es sich langsam wie etwas Ernstes anfühlt.«

Weil ich nicht wollte, dass sie den Vorschlag ablehnte, ließ ich ihr keine Zeit zu antworten. Ich küsste sie erneut und schob meine Zunge zwischen ihre Lippen, während ich mit der Hand ihre Brust umfasste und ihren Nippel reizte. Sie schlang die Arme um meinen Hals, und ich ließ mich mit ihr aufs Bett sinken. Sie schaute zu mir auf, und ihr Blick war voller Zärtlichkeit und Verlangen.

»Es *ist* ernst«, sagte sie mit purer Zuversicht.

Mehr musste ich nicht hören. In ungefähr dreißig Sekunden hatte ich ihr den Pullover und mir das Hemd ausgezogen. »Sag mir, dass ich aufhören soll, wenn es irgendwie wehtut.«

Sie lachte atemlos, ihre Haare standen ein wenig vom Kopf ab. »Ich bin ganz offensichtlich keine Jungfrau mehr.«

»Aber vielleicht bist du im Moment etwas … empfindlicher.« Ich strich mit den Lippen über ihre samtweichen Kurven, die ihr BH kaum noch halten konnte, und saugte an ihrer Haut. Sie stöhnte leise vor Lust.

»Dann sage ich dir Bescheid. Aber ich bin eher erregt als

empfindlich. Ich kann es kaum abwarten, dich in mir zu fühlen.« Sie hob einladend die Hüften.

In dem Moment sackte all mein Blut in die niederen Bereiche meines Körpers, und mein Gehirn setzte aus. Verdammt noch mal, konnte sie noch heißer sein?

»Ich hatte vor, es langsam anzugehen, aber ich glaube, ich habe es mir anders überlegt.« Noch während ich sprach, streifte ich bereits meine Jeans ab.

Sie schien einverstanden zu sein, denn sie wand sich ebenfalls aus ihrer Hose. »Ich verspreche dir, wenn die Übelkeit ganz vorbei ist, blase ich dir einen«, raunte sie atemlos. Ihre Brüste wogten verführerisch, während sie sich die Jeans abstreifte.

Und erneut schaffte sie es, mich mit ihren Worten zu einem sabbernden Idioten zu machen.

»Du musst mir keinen blasen«, entgegnete ich mit heiserer Stimme, während ich unsere Hosen vom Bett warf. »Wenn du irgendwann Lust dazu hast, gern, aber mach immer nur das, wonach dir ist. Okay? Wirklich.« Ich wollte nicht, dass sie das Gefühl hatte, sie müsste mir einen blasen.

Für eine Sekunde verschloss sich ihr Blick, und mir fiel ein, dass ihr Arschloch von Exfreund sie betrogen hatte. Zweifelte sie daran, dass sie einen Typen halten konnte? Das war verrückt. Mehr als verrückt. Ganz und gar unverständlich.

Ich würde ihr einfach beweisen müssen, dass ich sie nicht betrügen würde, wenn ich mit ihr zusammen war. »Wie ist mein Bart?«, fragte ich, weil ich spürte, dass ihr das Gespräch unangenehm war.

Sie kicherte. »Ich glaube, länger als je zuvor.«

»Siehst du, was du mit mir anstellst? Du machst ein Tier aus mir.« Ich strich leicht mit meinem Kinn über ihre Schulter und ihre Brust.

»Das kitzelt.«

Ich ließ meine Hand in ihren Slip gleiten und streichelte sie. »Und das? Kitzelt das auch?«

»Ich lache nicht, was denkst du also?«

»Dass du schon feucht bist, das denke ich.« Sie hatte sich nicht rasiert. Spielerisch zupfte ich an den spärlichen Haaren. Sofort entschuldigte sie sich. »Tut mir leid. Ich hätte mich rasieren sollen. Aber es ist so anstrengend, und ich war so müde … Tut mir leid.«

»Das stört mich nicht. Ehrlich. Für mich ist beides okay.« Das meinte ich ernst. »Mich interessiert nur, dass du mich einlässt..Der Rest ist deine Sache.«

»Echt?« Sie bog sich meiner Berührung entgegen und schob meinen Finger tiefer in sich hinein. »Ich weiß nicht, ob ich dir das glauben kann.«

»Ich zeige es dir.« Sie wollte etwas sagen, doch ich legte ihr meinen Finger auf die Lippen. »Sch, lass mich dich einfach lieben, Kylie.«

Vor Überraschung wurden ihre Augen groß. Ich lag direkt neben ihr, aber unsere Körper berührten sich nicht, nur mein Daumen strich über ihre Klitoris. Ich nahm meine Hand fort, sodass ich sie auf mich rollen konnte und wir uns von Kopf bis Fuß überall berührten. »Ist das okay? Ist dir nicht schwindelig?«

»Es ist gut, sogar mehr als gut.«

Dem konnte ich nur zustimmen. Ihr Körper war warm und weich, ihr Hintern samtig und fest, als ich mit den Fingern darüberstrich. Sie stützte sich mit den Händen rechts und links von meinem Kopf ab, um mich zu küssen. Dabei fielen ihre Haare herab und umgaben uns wie ein goldener Vorhang. Als sie mich küsste, berührten sich nicht einfach nur unsere Lippen. Sie wirkte seltsam verletzlich, als wartete sie darauf, dass die Aufrichtigkeit zwischen uns verging und etwas anderem wich. Ihre Arme zitterten ein wenig, und ihre Augen waren glasig, voller Leidenschaft, aber auch ein wenig schüchtern.

Sie war das schönste Mädchen, mit dem ich je im Bett gewesen war, und ich strich über ihre Wange, ihre Nase, ihre Lippen und über ihre langen Wimpern. »Ich hoffe, dass unser Baby aussieht wie du. Du bist so schön.«

»Wenn sie dein Gehirn bekommt, wird sie die Welt erobern.«

»Wir ergänzen einander, nicht wahr?«, sagte ich. »Wir passen gut zusammen.«

Als ich die Hände nach unten bewegte und ihre Taille anhob, um ihre Hüfte zu richten, stöhnte sie erwartungsvoll.

»Liegst du gern oben?«, fragte ich und streichelte sie zwischen den Beinen. Sie bewegte sich unruhig.

»Am liebsten.«

»Das Geburtstagskind sollte immer seine Lieblingsstellung bekommen.«

Ich nahm meine Hand fort, damit ich in sie eindringen konnte, und wir stöhnten beide auf. Ja. Ohne Kondom war es noch besser. Keine Frage.

»Ich bin so froh, dass ich schwanger bin«, flüsterte sie.

»Was? Warum?« Einen Augenblick lag ich nur da und genoss ihre feuchte Enge um mich. Heiße Spucke sammelte sich in meinem Mund, und ich umfasste ihre Taille und dirigierte sie so, dass sie sich aufsetzte. Ich wollte sehen, wie sie sich auf mir bewegte.

»Weil wir keine Kondome benutzen müssen, Dummkopf.«

»Das ist es allemal wert«, bestätigte ich ernst, und als sie sich auf und ab bewegte, war ich davon auch absolut überzeugt. Es war unglaublich.

Ihr Anblick war umwerfend. Sie stützte sich mit den Händen auf meiner Brust ab, und ihre schweren, vollen Brüste schwangen im Rhythmus mit ihrem Körper. Als ich mit den Händen über ihre Brustwarzen strich, biss sie sich vor Lust auf die Lippen, und ihre Haare fielen nach vorn. Ich sah, wie mein Penis jedes Mal in ihr verschwand, wenn sie die Hüften nach unten drückte. Es faszinierte und erregte mich, ich war regelrecht von ihr bezaubert. Ich wollte für immer mit ihr in diesem kleinen Zimmer bleiben und von Sex leben. Ich war mir ganz sicher, dass das möglich war.

Von Sex und Liebe.

Ich war dabei, mich in sie zu verlieben. Es lag an der Art, wie sie mich ansah – so sinnlich, so unverfälscht, als hielte sie mich für etwas Besonderes. Sie schien fast Ehrfurcht vor mir zu empfinden, und dem wollte ich mich als würdig erweisen.

Ich dachte, man könnte sich nicht in jemanden verlieben, den man kaum kannte.

Doch sie war mir nicht länger fremd.

Und es war leicht, sich in eine Frau zu verlieben, die eine Riesenverantwortung und eine Riesenveränderung mit einem Lächeln willkommen hieß, ganz davon abgesehen, dass sie so liebeswert und so süß war.

In der Chemie ging es um Reaktionen. An jenem ersten Abend, an dem wir uns kennengelernt hatten, hatte sie auf meinen Geruch reagiert, und das hatte uns an diesen Punkt geführt: zu dem besten Sex überhaupt. Und einem Baby.

»Oh, Jonathon«, flüsterte sie. Ihre Haut war feucht, und ihr Dekolleté von Hitze und Erregung gerötet. Eine Gänsehaut überlief ihren Körper, während sie sich auf und ab bewegte, den Rücken durchbog und sich mit den Händen durch die Haare strich. Sie ließ sich völlig gehen. Es war wundervoll.

Als sie kam, beobachtete ich sie und genoss das Beben in

ihren Schultern, das lustvolle Funkeln in ihren Augen und wie sie die Finger in ihre Haare krallte. Ich hielt sie so fest, dass ich ihr wahrscheinlich wehtat, aber so behielt ich die Kontrolle, so konnte ich ausharren, und sie konnte ihre Lust genießen.

Stöhnend ließ sie sich auf meine Brust sinken. »Oh mein Gott. Das war … unglaublich.«

»Es ist noch nicht vorbei.« Sanft hielt ich sie fest, drehte sie auf den Rücken und glitt aus ihr heraus. Bevor sie protestieren konnte, neigte ich den Kopf nach unten. Sofort bemerkte ich, dass sie sich auch hier verändert hatte. »Du bist so … geschwollen. Herrgott, das ist so unglaublich scharf.«

»Es fühlt sich auch anders an«, sagte sie. »Oh Gott …«

Das war der Nebeneffekt der stärkeren Durchblutung. Es gefiel mir. Ich saugte an ihrer weichen Haut und liebkoste sie mit der Zunge. Ihr Piercing faszinierte mich unendlich, ich spielte damit und zog mit den Zähnen daran. Doch als sie sich stärker wand und ihr Stöhnen mehr als wild war, hörte ich auf, sie zu erforschen, und kam zur Sache. Ich mochte das Geräusch, das sie von sich gab, wenn sie zum Höhepunkt kam: ein leiser, überraschter Aufschrei, als könnte sie nicht glauben, dass sich etwas so gut anfühlte.

Ich ließ von ihr ab, wischte mir über den Mund und neigte mich über sie. Sie atmete schwer und streckte die Hände nach mir aus. Als sie so sinnlich und so erregt zu mir aufblickte, spürte ich eine seltsame Regung in mir. Ich fühlte mich auf eine Weise mit ihr verbunden, wie ich es noch nie zuvor mit einem Mädchen erlebt hatte. Mit einer Frau. Dies würde eine erwachsene Beziehung sein, keine verträumte Highschool-Schwärmerei, die aufflammte und erlosch, keine lockere Bekanntschaft oder eine dramatische, chaotische College-Affäre. Sondern dies hier war etwas Reales, wir würden unser Leben miteinander teilen.

Ich wartete darauf, dass mir die Erkenntnis Angst einjagte, dass meine Erektion vor Schreck verging oder dass ich etwas Dummes und Gemeines sagen würde, damit sie sich nicht zu viel versprach.

Doch nichts dergleichen geschah.

Sie konnte sich nicht zu viel versprechen, denn das gab es nicht.

Als ich in sie hineinstieß und die Freiheit ohne Kondom genoss, zog ich ihr Bein über meine Hüfte, sodass wir noch dichter beieinander waren. »Ich könnte süchtig nach dir werden«, raunte ich.

Sie grub die Fingernägel in meinen Rücken. »Du kannst mich haben, wann immer du willst.«

Zum Teufel, ja.

Zum ersten Mal seit dem lebensverändernden Augenblick, als sie mir gegenübergesessen und mir erzählt hatte, dass sie schwanger war, empfand ich Frieden. Mehr als Frieden. Glück.

Das hier war richtig.

11

Mein Bett war zu schmal für zwei, aber es war besser als das Sofa bei Rory und Tyler, und ich kuschelte mich gern dicht an Jonathon. Unsere nackten Körper waren noch feucht und warm. Ich fühlte mich befriedigt und strich mit den Fingern über die Zeichen und Ziffern von Jonathons Tattoo. Er war sehr großzügig im Bett, er konzentrierte sich ganz auf mich. Ein bisschen fühlte ich mich schuldig, dass ich das zuließ, doch zugleich genoss ich es. Logisch. Es war so einfach, mit ihm zusammen zu sein. Nie machte ich mir Sorgen, dass ich nicht sexy genug oder ausgeflippt genug war. Ich verschwendete keinen Gedanken daran, dass er im entscheidenden Moment meinen Orgasmus ruinierte und meine Selbstzweifel schürte, indem er mir erzählte, wie scharf es wäre, wenn ich es mit einer anderen Frau vor ihm treiben würde.

Nicht eine Sekunde glaubte ich, dass es Jonathon gefallen würde, wenn ich mit einer anderen Frau vor ihm herumknutschen würde. Er war eindeutig der zweisame Typ. Solange er in mir war, hatte er mir die ganze Zeit in die Augen gesehen. Das war so ungewohnt für mich, dass ich den Impuls unterdrücken musste, den Blick abzuwenden. Ich hatte Angst, er könnte sehen, wie sehr ich in ihn verliebt war. Ich wollte ihn nicht abschrecken, aber ich wusste auch nicht, wie man das Spiel mit jemandem wie ihm spielte. Vermutlich wusste er überhaupt nicht, dass Spiele existierten. Er war so geradeheraus und dachte so logisch.

Doch er hatte auch eine wunderbar romantische Seite.

Es berührte mich, dass er sich Gedanken über ein Geburtstagsgeschenk gemacht hatte. Jeder andere Typ hätte aus Verzweiflung eine Schachtel Pralinen gekauft oder noch schlimmer: einen Heliumballon. Mit seinem Geschenk hatte er mir gezeigt, dass er mir sogar trotz Kaffee- und Schlafentzug zugehört hatte. Bei dem Gedanken küsste ich seine Schulter, und als Erwiderung drückte er meinen Po, auf dem seine Hand ruhte.

»Woran denkst du gerade?«, fragte ich ihn, weil er eine nachdenkliche Miene hatte.

»Das willst du nicht wissen.«

Ich setzte mich auf. Das gefiel mir nicht. »Warum nicht? Woran denkst du?«

»Ich glaube, das sollte ich nicht sagen. Du könntest es missverstehen.«

Er wollte mich nicht mehr sehen. Er fand mich langweilig. Er wollte einen DNA-Test machen lassen. »Ich denke mir gerade die schrecklichsten Dinge aus. Was immer du sagst, kann unmöglich schlimmer sein. Quäle mich nicht.«

Überrascht sah er mich an. »Kylie, es ist nichts Schlimmes. Nein. Tut mir leid. Mein verschrobenes Wissenschaftlergehirn arbeitet nur gerade, das ist alles. Ich habe darüber nachgedacht, wie seltsam es ist, dass in dir ein Parasit heranwächst, der schließlich durch eine äußerst enge Öffnung aus deinem Körper hervorplatzen wird, und dass ihr das dennoch beide überleben werdet.«

Mir blieb der Mund offen stehen. »Jonathon, oh mein Gott!« Was redete er da bloß ...? Und der Gedanke schien ihn auch noch zu amüsieren. Ich fand das nicht lustig. Ich wollte nicht darüber nachdenken, dass etwas aus meiner Vagina *platzen* würde. Das war ein schrecklicher Ausdruck.

»Ich habe ja gesagt, dass du es nicht wissen willst.«

»Unser Baby ist kein Parasit!«

»Theoretisch schon. Du bist der Wirt.« Er blickte mich belustigt an. »So funktioniert mein Kopf eben, ich kann nichts dafür. Wenn man genauer darüber nachdenkt, ist es ein seltsamer Prozess.«

»Ich möchte lieber nicht genauer darüber nachdenken.« Aber er war ehrlich, das musste ich ihm lassen. »Und dabei habe ich gerade gedacht, wie romantisch du sein kannst.«

Jetzt lachte er laut auf. »Mist. Dieses Bild habe ich jetzt wohl zerstört, was?«

»Total. Ich bin mir sicher, du findest einen Weg, es wiedergutzumachen.«

»Ach ja?« Er lächelte mich verführerisch an. »Vielleicht so?« Er küsste mich und ließ seine Zunge in meinen Mund gleiten.

»Mmm.« Ich liebte seine Art zu küssen. Forschend, aber langsam, als hätte er alle Zeit der Welt.

Seine Finger glitten über meinen Po und zwischen meine Beine. »Und so?«

Er streichelte mich von hinten, und ich fühlte mich angenehm träge, meine Erregung war weniger drängend als zuvor.

»Mmm«, wiederholte ich, bevor ich ihn erneut küsste und über die Muskeln an seiner Brust und seinem Bauch strich.

Nach ein paar Minuten vergrub ich den Kopf an seiner Schulter und genoss das pulsierende Gefühl, das meinen ganzen Körper erfüllte. »Oh, das ist so gut.« Er wusste immer genau, wo er mich berühren und wie viel Druck er ausüben musste.

»Ich finde es schön, wenn du es genießt.«

Das glaubte ich ihm. »Weißt du, was ich noch genießen würde?«

»Das würde mir auch gefallen, glaub mir, aber ich brauche ein paar Minuten Erholung, Süße.«

Ups. Das hatte ich gar nicht gemeint. »Ich wollte eigentlich sagen, ich hätte Lust auf Eiscreme.«

»Was?« Er klatschte mir auf den Po. »Und ich dachte, du wärst genauso scharf auf mich wie ich auf dich.«

»Das bin ich ja auch! Aber ich habe Hunger. Ich kann nichts dafür. Ich habe heute einen halben Bagel und einen halben Cupcake gegessen, und mir ist nicht schlecht geworden. Jetzt knurrt mir aus irgendeinem Grund der Magen, und ich habe große Lust auf Eis.«

»Du bist das Geburtstagskind. Also gibt es Eis.« Jonathon nahm sein Telefon vom Nachttisch und blinzelte. »Es ist erst acht. Da sollte noch ein Eisladen offen sein. Es sei denn, du willst eine Gewürzgurke dazu. Dann können wir auch einfach in den Supermarkt gehen.«

»Ich will keine Gewürzgurke.« Ich löste mich von seiner Brust und bibberte ein bisschen, als die kalte Luft auf meine Brüste traf. »Igitt.«

»Ich dachte, das wäre bei schwangeren Frauen de rigueur.«

»Ich weiß nicht, was ›de rigueur‹ heißt, aber Gewürzgurken sind schleimig. Widerlich.«

»Es sind eingelegte Gurken.«

»Na, das weiß ich. Ich meine nur … egal. Beim Gedanken an Gurken wird mir übel.«

»Das wollen wir auf keinen Fall.«

Gähnend suchte ich meinen BH und zog ihn unter Jonathons Hüfte hervor. »Ich glaube, ich brauche neue BHs.« Meine Brüste wieder hineinzupressen war wie Katzen in einen Tragekorb zu zwingen – sie wollten einfach nicht hinein.

»Stimmt. Du siehst aus, als würdest du dir das Blut abschnüren.« Jonathon lag auf dem Rücken und zog sich Unterhose und Jeans an. »Nimm die Kreditkarte von deiner Mutter dafür.«

»Wie aufregend: Ich kaufe mir selbst BHs an meinem Geburtstag. Juhu! Und warum werden meine Brüste überhaupt so groß? Ich stille doch noch gar nicht. Das kommt mir unnütz vor.«

»Keine Ahnung, weshalb sie anschwellen, aber ich werde mich nicht darüber beschweren.«

»Du musst sie ja auch nicht herumtragen.« Ich schlüpfte in meinen Slip.

»Das kann ich gern tun, wenn du willst. Ich halte sie, wann immer du keine Lust hast, einen BH anzuziehen.«

Ich lachte. »Spinner.«

»Jetzt ist es raus.« Er schob seine Brille nach oben, setzte sich auf und griff nach seinem Hemd.

Im Zimmer war es wie immer dämmerig, dennoch konnte ich seine Konturen erkennen. Sein Slip und das karierte Hemd umhüllten seinen schlanken, aber muskulösen Körper. Ich sah ihn gern nackt, seinen festen Hintern, das komplexe Tattoo mit den schwarzen Ziffern und Zeichen. Seine Haut hatte einen leicht olivfarbenen Ton, war jedoch hell, und an seinem Kinn wuchsen bereits wieder karamellfarbene Haare. Ich wusste nicht, ob er mir Quatsch erzählt hatte, als er meinte, die sexuelle Erregung fördere den Bartwuchs, doch der Bart war weich, und es gefiel mir, wenn er meine Schenkel kitzelte.

Als ich aufstand, um ins Bad zu gehen, merkte ich, dass er mich ebenfalls beobachtete. Er musterte mich anerkennend, und endlich fühlte ich mich wieder sexy – dank ihm. Ich warf ihm eine Kusshand zu, bevor ich im Bad verschwand.

Doch mein gutes Gefühl löste sich augenblicklich in Luft auf, als ich Blut auf dem Toilettenpapier entdeckte. Nicht viel, nur ein paar Tropfen, doch es reichte, um mich zu erschrecken. Ich zog meinen Slip hoch, riss die Tür auf und rief: »Jonathon, ich blute ein bisschen. Oh Gott.«

Mein Herz raste, meine Handflächen waren feucht. Zunächst wirkte er alarmiert, doch dann stand er auf, kam zu mir und sagte in beruhigendem Ton: »Leichte Blutungen sind normal in den ersten drei Monaten. Das ist okay. Es ist doch keine starke Blutung, oder? Nicht wie bei deiner Periode?«

»Nein. Nur ein paar rötliche Flecken.«

»Das kann sogar vom Sex kommen, wenn ich gegen deinen Gebärmutterhals gestoßen bin.«

Ich wusste, dass er recht hatte. Manchmal blutete ich auch nach einem Vorsorge-Abstrich, aber trotzdem ängstigte es mich zu Tode. Ich ließ mich von ihm in den Arm nehmen und vergrub mein Gesicht an seinem Hemd. »Bist du dir sicher?«

»Dass ich gegen deinen Gebärmutterhals gestoßen sein könnte? Tja, ich will nicht angeben, aber …«

Ich schlug gegen seine Brust. »Ich meine es ernst.«

»Ich auch. Hör zu.« Er holte sein Handy aus der Hosentasche und gab mit einer Hand etwas ein. Ein paar Sekunden später las er vom Display ab: »Blutungen kommen in der Schwangerschaft häufig vor, vor allem in den ersten drei Monaten. Normalerweise sind sie kein Grund zur Beunruhigung. Ungefähr zwanzig Prozent aller Frauen haben in den ersten zwölf Schwangerschaftswochen eine Blutung.«

Meine Schultern entspannten sich etwas. »Wo steht das?«

»Auf der Seite der Mayo-Klinik. Ich glaube, denen können wir vertrauen.«

Mit dem Kinn noch immer an seiner Brust blickte ich zu ihm hoch. »Es ist alles okay, oder?«

»Natürlich. Jetzt lass uns Eis essen gehen. Wahrscheinlich solltest du dir vorher aber etwas anziehen. Wir haben noch nicht einmal Februar.« Er hob mein Kinn mit dem Zeigefinger an und küsste mich.

Ich stieß die Luft aus, die ich angehalten hatte. Komisch, dass mich der Gedanke, schwanger zu sein, vor fünf Wochen in Panik versetzt hatte. Jetzt löste der Gedanke, es nicht mehr zu sein, Panik in mir aus. Ich zog meine Sachen an und versuchte, nicht mehr daran zu denken. Es war nichts. Jonathon hatte recht. Ich hatte Geburtstag, und wir würden Eis essen gehen.

Als wir das Gebäude verließen, schneite es leicht, und Jonathon bot mir den Ellbogen an, damit ich mich bei ihm einhakte. Die Luft war klar, der Abend ruhig. Ich blinzelte, als der Schnee sanft auf meine Wimpern fiel. Die kühle Luft füllte meine Lungen und gab mir ein Gefühl von Reinheit und Lebendigkeit. Zum Glück fielen meine ersten drei Schwangerschaftsmonate in den Winter. Die Vorstellung, mich in der Julihitze mit meiner Übelkeit herumquälen zu müssen, war schrecklich. Die kalte Luft schien meinen rebellischen Magen immer wieder zu beruhigen.

Jonathon ließ mich los, um wie ein Surfer über den verschneiten Gehweg zu schlittern. Ich lachte. »Du fällst noch hin.«

»Ach was.« Er schlitterte noch einmal und fuchtelte mit den Armen, als er kurz das Gleichgewicht verlor.

»Woher hast du all diese Muskeln?«, fragte ich. »Bist du ein heimlicher Fitnessfan? Stemmst du in Wahrheit Gewichte, wenn du sagst, du wärst im Labor?«

»Ein bisschen Fe stemmen, meinst du?« Grinsend blieb er stehen, wartete auf mich und nahm meine Hand.

»Im Ernst?« Ich lachte. »Aber ich darf mich wohl kaum beschweren, schließlich habe ich mit diesen albernen Chemiewitzen angefangen.«

»Allerdings. Aber nein, ich gehe nicht ins Fitnessstudio, ich arbeite samstags und mittwochs für ein Umzugsunternehmen.

Das Kisten- und Möbelschleppen hält mich einigermaßen in Form. Und du?« Er beugte sich hinunter und flüsterte mir ins Ohr. »Du hast beeindruckend kräftige Schenkel.«

Wieso brachte er mich nur so leicht zum Erröten? Er mochte ein echter Nerd sein, aber er machte mich deutlich verlegener als Nathan oder irgendein anderer Angeber, mit dem ich vorher zusammen gewesen war. »Ich habe doch Volleyball gespielt, erinnerst du dich?«

»Ach, richtig. Bagger. So sollte ich dich nennen. Das passt jetzt wirklich zu dir.«

Ich bereute, dass ich ihn daran erinnert hatte. »Aber jetzt mache ich Zumba und Pilates, allerdings war ich das letzte Mal vor Weihnachten bei einem Kurs. Mir fehlt die Energie.«

»Vielleicht solltest du es in den nächsten Monaten stattdessen mit Yoga versuchen.«

Das war eine gute Idee. »Kommst du mit?« Keine Ahnung, warum ich das fragte. Normalerweise würde ich so etwas Jessica oder Rory fragen, aber keinen Typen. Nathan hätte bei dieser Frage sofort Nein gesagt und mich dann aufgefordert, für ihn die Beine hinter den Kopf zu legen.

Doch Jonathon zuckte nur die Schultern. »Klar. Wenn es in meinen Stundenplan passt. Ich habe das noch nie ausprobiert, weil es für mich eine ziemliche Herausforderung bedeutet, meine Gedanken auszuschalten.«

Zufrieden, dass er bereit war, mich zu begleiten, stieß ich ihn mit der Hüfte an. »Du kannst beim Meditieren ja über die Parasiteneigenschaften unseres Babys nachdenken.«

»Na gut.« Jonathon hielt mir die Tür zum Eisladen auf.

Es war einer dieser Läden, in denen man sich die Toppings selbst nahm und das Ganze am Ende gewogen wurde. Jonathon wählte Schokoladeneis und lud Gummibärchen, Streusel, Kekskrümel, Schokoladensoße und eine Kirsche darauf. Es sah aus wie das Eis eines Achtjährigen. Ich nahm ein Vanilleeis mit Keksstückchen drin und Schlagsahne. Ganz schlicht.

Wir setzten uns einander gegenüber, und Jonathon genoss ganz offensichtlich seinen Zuckerberg. Er nahm ein Gummibärchen, leckte etwas Schokoladensoße ab und biss ihm den Kopf ab.

»Wie eklig.« Ich blies die Wangen auf, als sich erneut mein Würgereiz meldete.

Zerknirscht stopfte Jonathon das Gummibärchen ganz in den Mund. »Tut mir leid.«

»Schon okay. Irgendwann wird es besser, stimmt's?« Ich nahm einen winzigen Löffel von meinem Eis. Die Kälte im Mund tat gut. »Ich fühle mich schon viel besser. Und danke übrigens für das Eis und alles.«

Sein Blick war voller Wärme. »Du musst dich nicht bei mir bedanken.«

Es gab so vieles, was ich ihm gern sagen wollte, so viele Fragen. Ich wollte so viele Gefühle mit ihm teilen. Doch stattdessen sagte ich: »Dein Dad hat mir nahegelegt, den Kurs abzubrechen.«

Jonathon verzog das Gesicht. »Egal. Ich weiß, dass du es schaffen kannst, wenn du lernst.«

Ich wollte ihm erzählen, was Professor Kadisch zu mir gesagt hatte, doch das durfte ich nicht. Es würde ihn nur verletzen. »Zugegeben, es wäre gut, wenn ich den Kurs bestehe. Ich muss wieder zur Normalität zurückkehren.«

»Wenn du willst, lerne ich mit dir. Mir wurde schon mehrfach offiziell bestätigt, dass ich ein guter Lehrer bin.«

Das stimmte. »Würden wir wirklich lernen?«, fragte ich skeptisch. »Oder lenkst du mich ab?«

»Ich weiß nicht, wovon du sprichst, Bagger.« Er grinste mich an. »Wenn jemand ablenkt, dann du.«

»Ich?« Ich wollte entrüstet tun, aber wahrscheinlich hatte er recht. Lasziv leckte ich meinen Löffel ab und genoss die Art, wie sich seine Miene veränderte. Sein eigener Löffel schwebte auf halbem Weg zu seinem Mund in der Luft. »Ich weiß nicht, wovon *du* sprichst.« Mit meinem Löffel stahl ich seine Kirsche und leckte an ihr.

»Flirten. Das weißt du genau.«

Ich lachte. Es musste lange vor dem RUN-Vorfall gewesen sein, dass ich mich das letzte Mal so gut, so leicht mit jemandem gefühlt hatte. Er hatte recht – ich flirtete mit ihm. Und ich genoss jede Sekunde.

»Welcher ist dein liebster Disney-Film?«, fragte ich ihn.

»Mein liebster Disney-Film? Du bekommt den Preis für die abwegigste Frage.«

Ich lachte. »Ich meine es ernst. In meinen Augen sagt das viel über einen aus. Ich versuche nur, dich besser kennenzulernen.«

»Durch Zeichentrickfilme?« Er leckte seinen Löffel ab. »Ich glaube, ich habe nicht so viele Disney-Filme gesehen. Ich war als Kind mehr der Harry-Potter-Typ.«

»Okay. In welchem Haus würdest du in Hogwarts wohnen?«

»In Ravenclaw.« Er hatte keinen Augenblick gezögert.

»Warum?«

»Weil man dort Intelligenz schätzt. Um in den Schlafsaal zu kommen, muss man in Reimen antworten. Ist das nicht irre cool?«

Es passte gut zu ihm. »Stimmt, du bist total Ravenclaw. Ich glaube, ich bin Hufflepuff.«

»Ich weiß nicht. Ich sehe ziemlich viel Gryffindor in dir. Du bist mutig und einfallsreich.«

Ich war mir nicht sicher, ob das stimmte. »Das ist übertrieben. Ich passe eher nach Hufflepuff, wo Loyalität und harte Arbeit großgeschrieben werden.«

»Wir werden wohl den Sprechenden Hut fragen müssen.«

Jonathon hatte sein Eis fast aufgegessen. Wie hatte er das nur so schnell geschafft? In derselben Zeit hatte ich nur drei kleine Bissen hinunterbekommen. »Ich glaube, du magst Schokolade.«

»Da hast du wohl recht. Und du magst Schlagsahne. Davon hast du am meisten gegessen.«

»Es geht so. Ich mag Milch.«

»Süße, Sahne besteht aus Milch.«

»Deshalb mag ich sie.«

Er lachte. »Ich habe Schwierigkeiten, deiner Logik zu folgen.«

»So ist eben Kylies Welt. Ich sage einfach, was mir durch den Kopf geht, egal, ob es Sinn ergibt oder nicht.« Das sollte ich ihm vielleicht lieber sagen, solange er es sich noch anders überlegen konnte. Zwar war es schwierig für ihn, mir ganz zu entkommen, aber er musste nicht mit mir zusammen sein.

Während ich darüber nachdachte, war ich mir plötzlich sicherer als je zuvor, dass ich mir genau das wünschte. Ich wollte mit ihm lachen, kuscheln und immer mehr Zeit mit ihm verbringen.

»Ich finde dich supersüß«, sagte er. »Und solange deine Logik für dich einen Sinn ergibt, ist daran nichts falsch. Hab nur Geduld mit mir, wenn ich dich mit leerem Blick anstarre.«

»Abgemacht.«

»Dein Eis schmilzt.«

»Ich glaube, ich bin fertig.« Ich war tatsächlich satt von den paar Löffeln Schlagsahne und Eis.

»Darf ich es essen?«

»Nur zu.«

Seine Augen leuchteten vor Freude. Ich lachte. »Und ich dachte, *ich* wäre der Eisjunkie.«

Er verschlang den Rest meiner Portion und sah dabei äußerst zufrieden aus.

Dieses Gefühl kannte ich. Ich war auch sehr zufrieden.

Und ich war dabei, mich in ihn zu verlieben.

So gern ich es auch geleugnet hätte. Ich konnte mir noch sosehr einreden, nicht auf etwas Dauerhaftes und Wundervolles mit Jonathon zu hoffen, aber ich konnte nichts dagegen tun.

Ich verliebte mich in ihn.

Nachdem wir wieder in meinem Appartement angelangt waren, schliefen wir noch einmal miteinander – langsam und ausgiebig, und ich musste ihn nicht erst fragen, ob er die Nacht über bei mir bleiben wollte. Bis Jonathon es so genannt hatte, hatte ich an Sex nie als »Liebe machen« gedacht. Es klang so retro. Vorher hätte ich den Ausdruck vielleicht kitschig gefunden, jetzt schien er mir passend. Das hier war kein Vögeln, das war nicht nur Sex, ein Akt, den man mit irgendjemandem vollziehen konnte. Es war intim und warm und gefühlvoll.

Jonathon zog die Decken über unsere nackten Körper und legte seine Brille auf den Nachttisch. »Happy Birthday, Kylie.«

»Danke.« Als ich ihn küsste, ging mir das Herz auf, denn ich spürte, dass mein Wunsch bereits in Erfüllung gegangen war.

Als ich die Kerze auf dem Cupcake ausgeblasen hatte, hatte ich mir gewünscht, mit Jonathon zusammen zu sein. Und hier war er. Hier waren wir. Ein Paar. Er hatte gesagt, dass er keine Lust habe, sich mit anderen Frauen zu treffen. Er wollte nur mich.

Er + Ich = Wir.

Ich seufzte, ich war glücklich und mehr als nur ein bisschen verliebt.

Doch dann wachte ich um drei Uhr morgens auf und spürte, dass das Laken unter mir nass war, und von jetzt auf gleich war die perfekte Nacht vorbei.

12

Normalerweise erinnerte ich mich nicht an meine Träume, doch ich wusste, dass ich geträumt hatte, dass mir jemand in der warmen Badewanne den Kopf unter Wasser drückte und mich ertränken wollte. Ich bekam keine Luft, hatte jedoch keine Angst. Mir war warm, und ich war interessiert, neugierig. Im Porzellan der Wanne spiegelte sich Kylies Bild …

Ich schreckte aus dem Schlaf hoch, schnappte nach Luft und versuchte, mich in der Dunkelheit zu orientieren.

»Jonathon.« Kylie hatte sich zu mir umgedreht und schüttelte mich.

»Was? Was ist los?« Im Dunkeln und ohne Brille konnte ich nichts sehen, doch sie klang panisch.

»Ich glaube, ich blute.«

Als sie das sagte, bemerkte ich die warmen, klebrigen Laken unter meinem Schenkel. Ich rappelte mich auf und tastete nach meiner Brille sowie dem Schalter der Lampe. »Ich schalte das Licht ein.«

Nachdem ich das getan hatte, schrie sie sofort entsetzt auf.

»Oh Gott!« Dann fing sie an zu weinen.

Scheiße.

Als ich mich zu ihr umdrehte und hinuntersah, war der Anblick schlimmer, als ich erwartet hatte. »Herrgott …«

Überall war Blut. Es bildete eine dunkle Lache unter Kylie und klebte an ihren Beinen, an meinem Knie und an ihren Händen, mit denen sie zwischen ihren Schenkeln getastet hatte. Überall auf ihrer hellrosa geblümten Bettdecke war leuchtend rotes Blut, und die Luft roch metallisch und herb. Als ich in der Lache feste Klümpchen entdeckte, krampfte sich mein Magen zusammen. Mir war klar, was ich dort sah.

Eine Sekunde lang konnte ich weder denken noch atmen. Es war grauenvoll. Es war offensichtlich.

Schluchzend versuchte sie, sich aufzusetzen. Ihre Nase lief, und als sie sich mit der Hand darüberwischte, beschmierte sie sich mit Blut. Der Anblick des leuchtend roten Blutes an ihrer kleinen Nase riss mich aus meiner Starre.

»Sch, okay.« Ich half ihr auf. »Hast du welche von diesen … äh, wie nennt man die noch?« Verdammt, mein Kopf fühlte sich wie zäher Schlamm an. Mir fiel das Wort nicht ein. »Diese Dinger mit Flügeln, wenn man seine Periode hat.«

Kylie schüttelte den Kopf. »Nein. Ich habe nur Tampons.«

»Ich glaube nicht, dass du die benutzen solltest. Wir können auf dem Weg zur Notaufnahme an einem Laden anhalten.«

»Du meinst, ich sollte in die Notaufnahme fahren?«

»Ja, unbedingt.« Ich war bereits aus dem Bett gesprungen und zog mich an.

»Ich hatte eine Fehlgeburt, stimmt's?«, fragte sie.

Dieser Ausdruck auf ihrem Gesicht … oh Gott. Er machte mich fertig. Sie war am Boden zerstört, verletzlich, ihre Augen waren riesig und glänzten von Tränen. »Ich weiß nicht, Süße, aber es sieht nicht gut aus. Wir müssen hören, was der Arzt sagt.« Obwohl ich mir nicht vorstellen konnte, dass der Arzt etwas anderes sagen würde, als dass sie eine Fehlgeburt gehabt hatte. Es war einfach zu viel Blut. »Hast du Krämpfe oder so etwas?«

Sie schüttelte den Kopf. »Mein Rücken tut weh, aber das ist alles.«

Ich wühlte in ihrer Schublade und fand einen Slip und Yogahosen sowie ein T-Shirt und ein Sweatshirt. Scheiß auf den BH. Mit zitternden Fingern zog sie sich an, während ich in meine Schuhe stieg und meine Jacke überwarf. Ich war mir nicht sicher, was ich empfand. Als sie vorhin gesagt hatte, dass sie leicht bluten würde, hatte ich wirklich nicht an etwas Schlimmes gedacht. Aber dies hier war schlimm.

Ich nahm ihre Hand und führte sie zur Tür. Sie ging vorsichtig mit zusammengepressten Beinen. Den Mantel legte ich ihr wie ein Cape über die Schultern. Sie schlurfte zu meinem Wagen und drückte dabei fest meine Hand.

Dann folgten angespannte zwei Stunden. Alles verschwamm in einem wabernden Nebel: der Drugstore, das Wartezimmer, das Bett, in dem sie auf Bitte der Schwester ihren Slip auszog und ich die rostroten Flecken auf ihren Schenkeln sowie die frischen roten Blutflecken in ihrem Slip sah. Der Augenblick, als die Schwester beim Ultraschall den Kopf schüttelte und murmelte: »Es tut mir so leid, Liebes. Ich finde keinen Herzschlag.«

Aus. Vorbei. Kein Herzschlag.

Kein Baby.

Das Baby lag zu Hause im Laken.

Ich wusste nicht, wie ich mich fühlte. Irgendwie betäubt. Wie in einer Schockstarre. Ich murmelte Kylie Dinge zu, an die ich mich später nicht mehr erinnerte, Worte, die ich für tröstend hielt. Während sie an meiner Brust weinte, strich ich ihr über die Haare. Ich hielt sie, als der Arzt hereinkam und über eine Ausschabung diskutiert wurde, um sicherzugehen, dass alles Gewebe aus der Gebärmutter entfernt war. Doch ich fühlte nichts. Ich war noch immer in meinem Traum gefangen, und es fühlte sich an, als würde ich unter Wasser langsam den Kopf bewegen, als ob kein Sauerstoff in meiner Lunge wäre.

Kylie fragte, ob wir nicht miteinander hätten schlafen dürfen, doch die Schwester versicherte ihr, dass Geschlechtsverkehr in keinem Fall zu einer Fehlgeburt führte.

Ich sprach ausgiebig mit dem Arzt und erklärte ihm, dass Kylie sonst gesund war, dass sie in der zehnten Woche gewesen war und zum ersten Mal geblutet hatte. Doch ich wusste nicht, wie ich das schaffte, denn ich hatte nicht das Gefühl, wirklich anwesend zu sein.

»Ich glaube auch, das wäre besser«, stimmte ich zu, als er vorschlug, ihr lieber ein Medikament zur Reinigung der Gebärmutter zu geben, anstatt einen Eingriff vorzunehmen. Er ging davon aus, dass sie angesichts der Massen von Blut, von denen wir ihm berichtet hätten, ohnehin fast leer sei.

Leer.

Vielleicht war das eine passende Beschreibung für mein eigenes Inneres. Ich fühlte mich leer.

»Wie spät ist es?«, wollte Kylie plötzlich wissen. Ihre Haut war fleckig vom Weinen, ihre Augen geschwollen. Sie wirkte ruhiger.

»Es ist fast sechs.«

»Ich will meine Mutter anrufen.«

Als ich fragend zur Schwester blickte, nickte diese. »Machen Sie nur. Ich habe nichts dagegen.«

Kylie hatte ihre Tasche im Appartement gelassen, deshalb reichte ich ihr mein Telefon, und sie gab die Nummer ein.

Erst als ihre Mutter abhob, erwachten meine Gefühle schlagartig wieder zum Leben.

»Mommy?«, sagte Kylie mit zitternder Stimme. »Ich habe das Baby verloren.«

Ihre Gesichtszüge entgleisten, und sie brach schluchzend zusammen. Da musste ich gehen. Ich konnte ihr Leid nicht ertragen, ihre junge, gebrochene Stimme, den Schmerz auf ihrem Gesicht. Wie aus dem Nichts brach mein eigener Schmerz über mich herein, Tränen stiegen mir in die Augen. Ich musste unbedingt hier raus. Blind fasste ich nach dem Vorhang und murmelte der Schwester zu: »Ich bin gleich zurück.«

Ihr mitfühlender Blick machte es nur noch schlimmer. Ich verließ die Notaufnahme und lief hinaus auf den kalten Parkplatz. Der Morgen brach an, und ich marschierte vor der Tür auf und ab, die sich jedes Mal öffnete und schloss, wenn die Sensoren mich erfassten. Ich wischte mir wütend und traurig über die Augen.

Es würde kein Baby Charlie geben.

Keine Gemeinsamkeit von Kylie und mir.

Ich hätte nie für möglich gehalten, dass das so wehtun würde.

Ich nahm Kylie mit in meine Wohnung, wo nicht alles voller Blut war, zog uns beide aus und ging mit ihr unter die Dusche. Unter dem warmen Strahl hielt ich sie in den Armen und entfernte mit einem Waschlappen so vorsichtig wie möglich das Blut. Sie stand einfach nur da, ihr Gesicht vom Weinen geschwollen, und bedeckte mit zitternden Fingern ihre Brüste, als wäre ihr kalt. Als wir fertig waren, wickelte ich sie in ein Handtuch und führte sie zu meinem Bett. Weil ich nicht wusste, was ich tun oder sagen sollte, hielt ich sie einfach fest.

Im Krankenhaus hatte man ihr ein Beruhigungsmittel gegeben, und zu meiner Überraschung fiel sie innerhalb weniger Minuten in einen unruhigen Schlaf. Ich hörte, dass Devon aufstand und in der Küche zugange war. Ich wartete, bis er die Wohnung verlassen hatte, dann schlüpfte ich vorsichtig aus dem Bett und zog mir saubere Jeans an. Mit meinem Telefon ging ich in die Küche und setzte Kaffee auf. An Schlaf war nicht zu denken.

Bis Kylie mich mit ihrer Nachricht überrascht hatte, hatte ich nie groß darüber nachgedacht, Vater zu werden. Devon hatte recht. Von uns Forschern und Wissenschaftlern dachten viele erst dann an eine Familie und Kinder, wenn sie vierzig oder sogar noch älter waren. Auch ich hatte das Thema auf später verschoben.

Doch dann hatte ich mich mit dem Gedanken angefreundet, und die Vorstellung von einem eigenen Kind war mir mit einem Mal zwar fremd, aber reizvoll erschienen. Jetzt fühlte ich mich betrogen, so als ob das Schicksal sich über mich lustig machen würde. Was sollte der Scheiß? Hey, hier, guck mal, das wird dir gefallen, und wenn es einem gefiel … ach nein, doch nicht.

Allerdings glaubte ich nicht an Schicksal. Für alles gab es eine wissenschaftliche Erklärung. Kylie hatte keine Fehlgeburt gehabt, um mich zu verarschen, sondern weil es eine Anomalie in den Chromosomen des Fötus gegeben hatte. Ihr Körper hatte das getan, was die Natur für diesen Fall vorsah. Doch das klang so grob, so schrecklich, als hätten wir versagt. Es klang, als wäre es uns nicht gelungen, einen perfekten Fötus zu schaffen, und daher hätte ihr Körper, den ich als Wirt bezeichnet hatte, den Parasiten verstoßen. Die wissenschaftliche Begründung klang furchtbar, und sie erklärte nicht meine Gefühle. Klar, man konnte sagen, dass es von der Natur vorgesehen war, dass sich ein Mann an eine Frau band, um das Überleben seiner Nachkommen zu sichern, und somit seiner Spezies. Logischerweise konnte man alles auf die DNA herunterbrechen.

Doch als ich barfuß in der kalten Küche saß und meinen dampfenden Kaffee trank, konnte ich nicht glauben, dass das nebulöse Herz, von dem alle sprachen, allein das Ergebnis eines animalischen Instinkts und unseres Überlebensdrangs war. Das hier fühlte sich nicht wie Instinkt an. Es fühlte sich wie pure Emotion an. Es war reiner Schmerz.

Wut und Verzweiflung.

Ich nahm mein Handy und drückte auf die letzte Nummer, die angerufen worden war.

»Kylie, Liebes, wie geht es dir?«, meldete sich ihre Mutter sofort. Sie klang besorgt.

»Hier ist nicht Kylie, Mrs Warner. Hier spricht Jonathon Kadisch.«

»Oh! Hallo, Jonathon. Geht es Kylie gut?«

»Wir sind bei mir, und sie schläft. Man hat ihr im Krankenhaus ein Schlafmittel gegeben. Ich habe mich gefragt, ob Sie vielleicht Jessicas Nummer haben. Wir haben Kylies Telefon bei ihr in der Wohnung vergessen, und ich wollte Jessica anrufen und sie fragen, ob sie herkommen und bei Kylie bleiben kann, während ich mich um …« Ich war mir nicht sicher, wie ich das sagen sollte. »… das Bett und die Sachen in ihrer Wohnung kümmere.«

Ich konnte Kylie unmöglich in die Wohnung bringen, in der es aussah, als wäre dort ein Verbrechen geschehen. Und ich wollte sie nicht allein in meiner Wohnung lassen.

»Verstehe«, sagte sie nachdenklich. »Das ist sehr rücksichtsvoll von dir, aber vielleicht muss Kylie das sehen, um es zu verarbeiten. Sie ist stärker, als sie aussieht.«

Ihre Antwort verunsicherte mich. Sie meinte, ich würde das Falsche tun? Sie musste es wissen, schließlich war sie Kylies Mutter und kannte sie in- und auswendig. »Sind Sie sicher?«

»Ich denke schon. Kylie ist robust, und es ist besser, wenn man nicht zulässt, dass sie den Kopf in den Sand steckt. Ich habe aber Jessicas Nummer, wenn du arbeiten oder in die Uni gehen musst. Es ist sicher richtig, sie nicht allein zu lassen. Sie wird heute wahrscheinlich ziemlich starke Krämpfe haben.«

Sie versprach, mir die Nummer zu schicken, und fügte hinzu: »Wir wissen sehr zu schätzen, was du für Kylie tust, Jonathon. Du bist ganz offensichtlich ein guter Mensch.«

»Danke. Das ist doch selbstverständlich.« Beinahe hätte ich hinzugefügt, dass es das Mindeste war, was ich tun konnte, doch das verkniff ich mir. Was wollte ich damit sagen? Dass die ganze Sache meine Schuld war? Dass ich gezwungenermaßen bei ihr war? Dass unsere Beziehung lose und unverbindlich gewesen war? Der Gedanke war nicht sehr reizvoll, daher schob ich ihn sofort beiseite.

Nachdem ich mich verabschiedet hatte, legte ich das Handy auf den Tisch und rieb mir mit den Handballen die Stirn. Was jetzt?

Die Frage war zu schwer zu beantworten. Ich rief Jessica an.

Dann entschloss ich mich zu einem Kompromiss zwischen meinem Plan und dem Vorschlag von Kylies Mutter und fuhr zu Kylies Appartement. Jessica blieb bei Kylie, die noch immer fest schlief. Als ich die Wohnung betrat, war es dort warm und still, die Luft roch unangenehm. Das Bett sah im Morgenlicht noch schlimmer aus als in der Dunkelheit: die Decken halb auf dem Boden, die Kissen durcheinander, der große dunkle Fleck.

Ich nahm das Laken vom Bett, faltete es vorsichtig zusammen und legte es auf den Küchentresen. Etwas sagte mir, dass Kylie es so wollte.

Dann bezog ich das Bett mit frischer Wäsche, die ich in einer kleinen Plastikkiste im Schrank fand. Unter dem Badezimmerwaschbecken entdeckte ich einen Lufterfrischer und sprühte das Zimmer damit aus.

Nachdem ich noch einen letzten Blick auf die Wohnung geworfen hatte, ging ich schnell hinaus. Ich musste hier weg, weil der Geruch von Blut noch immer in meiner Nase hing. Natürlich war das nur die Erinnerung an den Geruch, aber er verursachte mir pochende Kopfschmerzen.

Als ich zum Unterricht ging, wünschte ich, ich hätte ein Laster: Alkohol, Rauchen, Haschisch. Aber meine einzigen Laster waren die Wissenschaft und meine Introvertiertheit.

Deshalb ging ich zum Labor, wo ich das Gefühl hatte, die Kontrolle zu besitzen, und wo die Gleichungen immer aufgingen.

Ich kam nur langsam zu mir. Ich wollte wach werden, aber es gelang mir nicht, die Augen offen zu halten. Schließlich überwand ich das Bedürfnis, wieder in die Bewusstlosigkeit zu sinken, konnte aber nicht sagen, wo ich war. Ich befand mich in einem Schlafzimmer, das ich noch nie zuvor gesehen hatte. Hatte ich vielleicht einen Kater und war im Bett von irgendeinem Typen ohnmächtig zusammengebrochen?

Doch dann erinnerte ich mich daran, dass ich den Abend zuvor nicht gefeiert hatte. Es war nicht letztes Jahr, sondern ich war mit Jonathon zusammen gewesen und blutend aufgewacht. Er hatte mich ins Krankenhaus gebracht und dann zu sich nach Hause.

Ich lag allein in seinem Bett, und ich war nicht mehr schwanger.

Tränen brannten in meinen Augen, und ich drückte meine Nase, die sich geschwollen anfühlte. Dann strich ich mit den Händen über meinen flachen Bauch. Ich konnte nicht fassen, dass dort nichts mehr war. Obwohl ich natürlich noch nichts gefühlt hatte, hatte ich mich an die Vorstellung gewöhnt, dass das Baby als kleiner Samen in mir heranwuchs. Jetzt war dort … nichts mehr.

Ich wollte nicht allein sein, ich wollte bei Jonathon sein. So schlug ich die Decke zurück, setzte mich auf und schwang die Beine aus dem Bett. Mein Unterleib krampfte sich leicht zusammen, aber es war nicht so schlimm, wie ich dachte, dass ich mich fühlen müsste. Ich spürte klebriges Blut in der Binde, und das widerte mich an. Ich würde Tampons nie wieder mit der gleichen Selbstverständlichkeit benutzen. Ich wickelte mich in die Decke und steckte sie wie ein Kleid unter den Achseln fest, dann ging ich ins Nebenzimmer.

Dort fand ich Jessica, nicht Jonathon. »Jess? Was machst du denn hier?«

Sie saß am Küchentisch und hatte ihre Bücher vor sich ausgebreitet, spielte jedoch mit ihrem Telefon. »Oh, hallo.« Sie stand auf, kam zu mir und nahm mich in den Arm. »Es tut mir leid, Kylie, Süße. Es tut mir so leid.«

Ich nickte, meine Kehle war wie zugeschnürt. »Wo ist Jonathon?«

»Der musste wahnsinnig dringend wegen irgendeiner Nerd-Sache ins Labor, deshalb hat er mich angerufen. Er fand, dass du nicht allein hier sein solltest, falls die Blutungen stärker werden.«

»Er ist gegangen?« Ich zog den Stuhl neben ihr hervor und setzte mich. Es überraschte mich, dann war ich sauer auf mich, dass es mich überraschte. »Wie spät ist es?«

»Es ist nach elf.«

»Oh.« Mein Magen knurrte. Ich hatte einen Bärenhunger. Es kam mir absolut schrecklich und falsch vor, dass mein Körper schon acht Stunden nach dem erlittenen Trauma darüber hinweg zu sein schien, so als wäre das Baby nie da gewesen.

Ich war nicht darüber hinweg. Nicht annähernd. »Ich habe Hunger.«

Jessica schien überrascht. »Wir können zu mir gehen, oder wir gehen irgendwo etwas essen. Ich will nicht in Jonathons

Kühlschrank herumwühlen. Es sei denn, du fühlst dich wohl dabei.«

»Nein. Nicht wirklich. Er hat einen Mitbewohner, und ich weiß nicht, wem welches Essen gehört.« Tatsächlich war ich zum ersten Mal in Jonathons Wohnung. Sie war klein, aber die Einrichtung war eindeutig hochwertiger als in einer durchschnittlichen Studentenwohnung. Er besaß richtige Möbel, einen schicken weißen Tisch mit trendigen roten Stühlen, ein niedriges modernes Sofa in Grau, darüber eine Grafik.

»Hast du wirklich Lust, etwas essen zu gehen? Das scheint mir keine gute Idee zu sein.«

Ich schüttelte den Kopf. »Doch, das ist schon okay. Ich fühle mich … gut.« Das war eine Lüge. Ich fühlte mich leer. Mein Magen war leer. Meine Gebärmutter war leer. Mein Herz war leer.

Doch meinen Magen konnte ich wenigstens füllen. »Ich sterbe vor Hunger. Ich habe Lust auf Waffeln und Eier. Lass uns zum *Pancake House* gehen.«

Jessica schien Zweifel zu haben, doch sie nickte. »Okay, klar. Wenn du das möchtest.«

»Ich gehe nur schnell ins Bad. Ach, und ich habe meine Tasche nicht dabei. Kann ich mir von dir etwas Geld leihen?«

»Ich lade dich ein. Sieh es als Geburtstagsgeschenk.«

Ich zögerte und stand auf. Ein stechender Schmerz drang durch die Taubheit zu mir durch. »Ich hatte schon ganz vergessen, dass gestern mein Geburtstag war. Tja, ich glaube, meinen Einundzwanzigsten werde ich wohl niemals vergessen – anders als die meisten Leute, die nur Fotos, aber keine Erinnerung mehr an das haben, was an diesem Tag passiert ist. Meine ist in mein Gehirn eingebrannt.« Ich lachte kurz auf, doch es klang hohl und bitter. »Welche Ironie, nicht wahr?«

»Ach, Süße. Es ist einfach schrecklich.«

Jessica wusste ganz offensichtlich nicht, was sie sagen sollte. Was gab es auch zu sagen? »Ja, das stimmt.« Ich ging ins Bad und benutzte die Toilette. Zu meiner Überraschung blutete ich fast gar nicht mehr. Ich wusch mir die Hände und starrte mich im Spiegel an.

Vor einem Jahr war ich wie verrückt in Nathan verliebt gewesen, zuversichtlich, dass das Leben mir immer das bieten würde, was ich brauchte und wollte. Ich glaubte an Happy Ends und daran, dass Freundlichkeit sich stets auszahlte. Doch in diesem Moment, da ich mein blasses Gesicht, die dunklen Ringe unter meinen Augen und die nach unten gerichteten Mundwinkel sah, war ich mir nicht mehr sicher, was ich glauben sollte. Warum erhielt ich ständig Tritte in die Magengrube? Jedes Mal, wenn ich gerade wieder auf dem Rad saß und in die Pedale trat, wurde ich erneut von einem Auto erfasst.

Ich war nicht sicher, ob ich diesmal wieder aufsteigen würde.

Während ich auf das Frühstück wartete, das ich bestellt hatte, schüttete ich gierig Kaffee in mich hinein. Waffeln, Eier, Speck, Orangensaft und Kartoffelpuffer waren vermutlich zu viel des Guten, aber beim Lesen der Karte war mir das Wasser im Mund zusammengelaufen, also hatte ich alles genommen.

»Wir hatten gestern Abend zweimal Sex«, berichtete ich Jessica. »Die haben zwar gesagt, das macht nichts, aber ich fühle mich schuldig.«

Jessica schüttete Zucker in ihren Kaffee. »Das kann nichts damit zu tun haben. Tausende Babys kommen jeden Tag gesund zur Welt, und ich bezweifle ernsthaft, dass all diese Eltern enthaltsam gelebt haben. Ich glaube nicht, dass irgendein Paar das tut. Das kannst du dir nicht vorwerfen.«

Oh doch, das konnte ich. Und ich tat es. Ich wusste, dass Jessica recht hatte, aber ich konnte nicht anders. Ich fühlte mich schuldig. Ebenso wie ich keinen Kaffee hätte trinken dürfen und mehr hätte essen sollen, hätte ich keinen Sex haben dürfen, vor allem nicht, weil ich bereits ein bisschen geblutet hatte. Vielleicht sollte ich keine Mutter sein. Vielleicht sollte ich nicht mit Jonathon zusammen sein, der klug war und gewusst hatte, dass ich keinen Kaffee trinken durfte.

»Ich habe einfach das Gefühl, dass es nicht viele Dinge gibt, in denen ich gut bin, verstehst du? Mit Kindern kann ich gut umgehen. Ich bin immer zuversichtlich gewesen, dass ich eine gute Lehrerin sein würde, und eine gute Mutter. Und jetzt habe ich in der einen Sache versagt, in der ich gut zu sein meinte.«

»Du hast Glück, dass du eben erst aus der Notaufnahme gekommen bist, sonst würde ich dir für diesen Satz in den Hintern treten. Du hast nicht versagt, und du kannst jede Menge Dinge sehr gut. Herrgott.« Sie warf ihr zusammengeknülltes Zuckertütchen auf den Tisch. »Du wirst eine fantastische Mutter sein, wenn es so weit ist. Wenn Mutter Teresa eine Fehlgeburt gehabt hätte, hättest du dann gesagt, sie sei eine schlechte Mutter?«

Darüber musste ich lächeln. »Mutter Teresa war Nonne, sie durfte nicht schwanger werden.«

»Egal. Du verstehst, was ich meine.«

»Ja. Und ich weiß, dass du recht hast. Aber ich muss mir heute leidtun.«

»Das darfst du auch, aber du darfst nicht so schlecht über dich reden.«

Man servierte mir einen Riesenteller mit Essen. »Ich werde das hier essen, als wäre es mein Job.«

»Das solltest du unbedingt.«

»Hast du heute keinen Unterricht?«, fragte ich, während ich mir eine Gabel mit Ei in den Mund schob.

»Doch, aber ich lasse ihn für meine beste Freundin sausen. Sie bedeutet mir ziemlich viel.«

Ich fühlte mich ein bisschen weniger schlecht. »Danke. Du bedeutest mir auch ziemlich viel.«

»Ich habe es Rory nicht erzählt. Ich dachte, dass du das vielleicht selbst tun willst. Aber ich habe es Riley gesagt.«

»Okay.« Es würden ohnehin alle erfahren. »Ich rufe sie an, wenn ich mein Telefon wiederhabe. Es ist in meinem Appartement, und Jonathon hat die Schlüssel.«

»Er war toll – falls dir das noch nicht aufgefallen ist«, bemerkte Jessica und schüttete neun Liter Sirup auf ihre Waffel. Sie schien auf einem Zuckertrip zu sein. Die Beziehung mit Riley tat ihr gut. Sie sorgte sich nicht mehr wegen jeder einzelnen Kalorie, die sie sich in den Mund schob. »Jonathon ist fürsorglich.«

Ich nickte und war dankbar, dass ich den Mund voll Ei hatte. Ich wusste, dass Jonathon fürsorglich war, aber ich war mir nicht sicher, was das für unsere Beziehung bedeutete. Wir waren wegen des Babys zusammen, und jetzt gab es kein Baby mehr. Würde er noch immer mit mir zusammen sein wollen? Ich war von Anfang an eine Last für ihn gewesen. Es war eine ungleiche Beziehung, ständig musste er sich um mich kümmern. Er hatte nur gegeben, ich nur genommen.

»Wenn man vom Teufel spricht.« Jessica nahm ihr Handy. »Er ruft mich an.«

»Warum ruft Jonathon dich an?«

»Warte, ich aktiviere meine übersinnlichen Kräfte.« Sie zog eine Grimasse. »Ich weiß es nicht, aber vermutlich will er dich sprechen.« Sie wischte über ihr Telefon und hielt es an ihr Ohr. »Hallo?«

Ich streckte automatisch die Hand aus, doch sie saß still und lauschte, was auch immer er sagte. Schließlich erklärte sie: »Wir sind im *Pancake House*. Kylie war hungrig. Tut mir leid, dass ich dir nicht Bescheid gesagt habe. Ich dachte, du wärst noch eine Weile unterwegs.«

Offensichtlich hatte er noch etwas gesagt, denn sie machte »Aha«. Dann formte sie mit den Lippen: »Willst du ihn sprechen?«

Rasch schüttelte ich den Kopf, denn plötzlich wollte ich das nicht mehr. Er würde mich fragen, wie ich mich fühlte, und ich würde sagen, gut. Und was dann? Momentan hatte ich nichts zu sagen, und ich wollte nicht gemein wirken, nachdem er sich die letzten fünf Wochen so großartig verhalten hatte.

»Oh, tut mir leid, sie ist auf der Toilette. Sie ruft dich später zurück.«

Jessica machte große Augen, als er antwortete. »Ich glaube, sie kann allein aufs Klo gehen. Das ist schon okay. Ich sage ihr, dass sie dich zurückrufen soll. Mach's gut.« Jessica legte auf und wirkte etwas fassungslos.

Ich war weniger überrascht. Jonathon war umsichtig, und das war normalerweise eine gute Sache. Doch momentan fühlte ich mich etwas zu hilflos und so, als müsste ich meine Unabhängigkeit wieder zurückerlangen.

»Herrgott! Glaubt er, deine Gebärmutter würde in die Toilette fallen? Ich begleite dich doch nicht aufs Klo.«

»Und dafür bin ich dir dankbar.«

»Ich kann ihm allerdings kaum vorwerfen, dass er sich um dich sorgt. Zumal ich mit einem Typen zusammenlebe, der sich schon weigert, mir Tampons zu kaufen, wenn er in den Supermarkt geht.«

»Er ist ein netter Kerl.« Ich seufzte und schnitt ein Stück von meiner Waffel ab. »Er wird bei mir bleiben, weil er sich schuldig fühlt. Dann wird er irgendwann genug von mir haben und mich verlassen, und alles war nur Zeitverschwendung. Am Ende bricht er mir endgültig das Herz.«

Jessicas Gabel schwebte auf halbem Weg zu ihrem Mund in der Luft. »Ehrlich, so habe ich dich noch nie reden gehört. Das erschreckt mich. Wann bist du so pessimistisch geworden?«

War ich das? »Ich habe einen schlechten Tag«, antwortete ich traurig, und die Tränen schossen mir in die Augen.

Ihre Miene wurde weicher. »Natürlich. Soll ich dir ›The sun will come out tomorrow‹ singen, wie du es immer für mich tust, wenn ich traurig bin? Am Ende bin ich so genervt von deiner Fröhlichkeit, dass ich ganz vergesse, traurig zu sein.«

Ich lachte unter Tränen. »Ja, mach das.«

Und das tat sie. Sie sang falsch, und der Text stimmte nicht, aber sie sang sich für mich die Seele aus dem Leib, bis ich lachte, erstaunt und dankbar, dass das möglich war.

»Danke. Das war das Beste, das ich gehört habe, seit ich ein Video von Kermit dem Frosch gesehen habe, der einen Bee-Gees-Song nachgesungen hat.«

»Freut mich.« Dann fing sie ebenfalls an zu lachen und hielt ihr Handy hoch, um mir das Display zu zeigen. Darauf stand »Kylies John«. »Dein Freund ruft schon wieder an. Ich glaube, er denkt, dass du jetzt lange genug auf dem Klo gewesen bist.«

»Ich fasse es nicht, dass du seine Nummer unter ›Kylies John‹ gespeichert hast. Das klingt komisch.«

Sie zuckte die Schultern. »Ich finde es lustig. Geh jetzt lieber ran, sonst taucht er noch mit einem Krankenwagen hier auf.«

Jessica hatte recht. Ich nahm das Telefon. »Hallo?«

»Kylie?«

»Ja. Hallo. Tut mir leid, dass ich deinen Anruf vorhin verpasst habe.« Gelogen. Total gelogen.

»Das ist schon okay. Ich bin nur zu Hause vorbeigefahren, um zwischen dem Unterricht nach dir zu sehen, und du warst nicht da. Da habe ich mir Sorgen gemacht.«

»Ich hatte Hunger. Deshalb hat Jess mich zum Brunch eingeladen.«

»Okay. Es ist gut, wenn du etwas isst.«

»Ja.«

Peinliches Schweigen.

»Geht's dir gut?«

Nein. »Ja. Und dir? Mit allem?«, fragte ich, weil diese Sache schließlich nicht nur mir passiert war.

»Mir? Ganz okay.« Die Frage schien ihn zu überraschen.

»Kannst du mich später bei Jessica abholen?« Ich wollte nicht zurück in seine Wohnung gehen. Sie war mir fremd. »Ich kann dir ihre Adresse schicken.«

»Klar. Wann?«

»Wann immer du fertig bist. Ich will deinen Tag nicht durcheinanderbringen.«

»Das wird gegen sieben sein. Um fünf habe ich noch eine Nachhilfestunde mit einer Studentin.«

Warum machte mich das plötzlich eifersüchtig? Hatte er je mit einer seiner anderen Nachhilfeschülerinnen geschlafen? »Okay, das hört sich gut an.«

»Es sei denn, du willst, dass ich früher komme. Ich kann die Nachhilfe auch absagen.«

»Nein, nein, ist schon gut.« Mein Gott, wir waren so schrecklich höflich und vorsichtig miteinander. Es fühlte sich merkwürdig an, und es klang noch viel merkwürdiger. Jessicas Gesichtsausdruck nach zu urteilen, dachte sie das ebenfalls.

Es folgte eine Pause, dann machte er ein Geräusch, als wollte er noch etwas sagen, änderte jedoch seine Meinung. »Okay, bis später dann.«

»Bis später.« Ich reichte Jessica das Telefon.

»Es müsste eine Karte für diese Situation geben«, meinte sie.

»Sollte es eine geben, schick sie mir bitte nicht.«

13

Bei Riley und Jessica fühlte ich mich wohl. Ich lag auf dem Sofa und sah alte Folgen von *Downton Abbey*. Im Haus herrschte Trubel, und es war so laut, dass ich die Dialoge teilweise nicht richtig verstehen konnte, doch das war mir egal. Ich wollte mich nur ablenken, und das funktionierte. Jayden hatte Kopfhörer auf und wackelte mit dem Po.

»Was zum Teufel macht er da?«, fragte Riley, als er in den Flur trat. Er trug Sportsachen und wollte wahrscheinlich im Keller ein bisschen boxen.

»Er versucht zu tanzen«, antwortete Jessica, die im Sessel neben dem Sofa saß und die Füße auf den Couchtisch gestellt hatte, um sich die Fußnägel zu lackieren.

»Oh Gott.« Riley ging zu seinem Bruder und zog ihm die Kopfhörer von den Ohren. »Hey, Männer wackeln nicht so mit dem Hintern. Lass das.«

»Hey!« Jayden schlug nach ihm und griff nach den Kopfhörern, um sie sich wieder auf die Ohren zu setzen. »Kümmere dich um deine eigenen Angelegenheiten! Du bist ja nur neidisch, weil du nicht tanzen kannst.«

Riley zog eine Grimasse.

»Er hat recht, du kannst nicht tanzen«, stimmte Jessica zu.

»Danke für die Unterstützung, Süße. Und wozu muss ich überhaupt tanzen können? Das hier ist kein Film, in dem der Tanz meine einzige Chance ist, mithilfe eines gutmütigen, aber strengen Lehrers der Armut zu entkommen. Dazu sind wir ironischerweise nicht arm genug. Wenn man in dieser Gegend tanzen kann, heißt das nur, dass man bessere Trinkgelder im *Rusty Pole* erhält.«

»Was ist der *Rusty Pole*?«, fragte ich.

»Ein Stripclub. Eigentlich heißt er nur *The Pole*, aber wenn du die Stangen siehst, verstehst du den Zusatz.«

»Warum reden wir auf einmal über Stripper?«, fragte Jessica. »Das ist kein angemessenes Thema.« Sie deutete auf Easton, der aus unerfindlichen Gründen über den Boden rollte.

»Ich kann es kaum abwarten, bis er achtzehn ist und ich verdammt noch mal sagen kann, was immer ich will«, meinte Riley.

»Ich glaube, das tust du jetzt auch schon.« Jessica blickte lächelnd zu ihm auf.

Er lachte. »Da hast du wahrscheinlich recht.« Er beugte sich hinunter und gab ihr einen Kuss. »Ich gehe jetzt ein bisschen schwitzen.«

»Okay.«

Dann streckte er die Hand aus und zerzauste mir die Haare, als wäre ich ein Terrier. »Du siehst gut aus, Kylie.«

In Rileys Welt brachte er damit deutlich sein Mitgefühl zum Ausdruck. Ich war gerührt. Doch es war seltsam, hier zu sein und zu sehen, dass das Leben einfach weiterging. Easton rollte über den Boden, Jayden tanzte, und Riley regte sich auf. Das hätte jeder andere normale Tag sein können.

War es aber nicht.

Mir war kalt, als könnte mein Körper die Wärme nicht halten. Ich zitterte und kuschelte mich tiefer unter die Decke.

»Hey, lass uns dieses Wochenende zusammen bei Rory übernachten«, schlug Jessica vor.

Riley hielt inne auf dem Weg zum Keller. »Was soll das heißen?«

»Ich habe nicht mit dir gesprochen. Ich meine einen Mädelsabend. Tyler kann hier schlafen, dann können Kylie, Rory und ich zusammen übernachten.«

Ich wusste, was sie beabsichtigte, und war hin- und hergerissen. Einerseits gefiel mir die Vorstellung, nicht allein zu sein, aber gleichzeitig war ich mir nicht sicher, ob mir nach einem Mädelsabend zumute war.

»Ich wünschte wirklich, Easton wäre schon achtzehn, denn mir fallen gerade alle möglichen unpassenden Bemerkungen ein.«

»Warum übernachten Mädchen zusammen?«, wollte Jayden wissen. »Was macht ihr dann?«

»Genau das würde ich auch gern wissen«, meinte Riley, dessen Gedanken offenbar in eine äußerst schmutzige Richtung wanderten.

»Wir schauen Filme, essen Eis und lackieren uns die Nägel.«

»Das macht ihr doch sonst auch immer.« Jayden schien verwirrt.

Riley schnaubte. »Da hat er recht.«

Jessica runzelte die Stirn. »Vielleicht muss man eine Frau sein, um das zu verstehen.«

Es klopfte an der Haustür. Ich blickte auf mein Telefon, es war Viertel vor sieben. »Das ist wahrscheinlich Jonathon.«

Riley ging zur Tür, um zu öffnen, und ein eiskalter Wind wehte ins Wohnzimmer. Ich zitterte erneut und zog die Decke bis zur Nasenspitze hoch. Die beiden stellten einander vor, und Riley schloss die Tür. Dann stand Jonathon im Zimmer und wirkte etwas überfordert in Anbetracht der ganzen Leute. Jayden winkte, und Easton blickte zu ihm auf, sagte jedoch nichts, als Jessica ihn vorstellte.

»Hallo«, sagte Jonathon und blickte mir in die Augen. »Ist dir kalt?«

Ich nickte und sprach durch die Wolldecke. »Ich wünschte,

ich könnte ein heißes Bad nehmen, aber in meiner Wohnung gibt es nur eine Dusche.«

»Ich habe eine Wanne, aber ich bin mir nicht sicher, ob das eine gute Idee ist. Du solltest wahrscheinlich noch ein paar Tage damit warten … wegen der Bakterien und so.«

Oh Gott. Ich rümpfte die Nase. Warum musste er immer so schrecklich praktisch sein? Ich wollte einfach nur ein bisschen jammern, dass ich gern ein Bad nehmen würde. Ich wollte es nicht wirklich tun. Aber nein, er musste über Bakterien reden. Außerdem erinnerte er mich daran, dass ich eine Fehlgeburt gehabt hatte. Natürlich reichte dazu auch sein bloßer Anblick, aber trotzdem. Er musste es mir nicht noch unter die Nase reiben.

Offenbar empfand Riley ähnlich. Er verzog das Gesicht »Äh, ich gehe jetzt nach unten trainieren. War nett, dich kennenzulernen, Jonathon.« Damit verschwand er.

»Bist du so weit?«, fragte Jonathon. »Oder soll ich die Schuhe ausziehen?«

»Wow. Ein gut erzogener Mann, der seine nassen Schuhe auszieht.« Jessica grinste mich an. »Ich beneide dich.«

Ich lächelte ihr schwach zu, dann schob ich die Decke zurück und stand auf. Ihre Worte waren mir irgendwie unangenehm. Ich wollte gehen, mit Jonathon allein sein. Ich wusste nicht, wie ich ihn bei meinen Freunden integrieren sollte. Das hier war Nathans Revier gewesen. Jonathon wirkte bei den Mann-Brüdern irgendwie deplatziert.

»Du kannst die Decke mitnehmen«, meinte Jessica. »Gib sie mir irgendwann zurück.«

»Danke.« Ich legte sie mir um die Schultern und schlüpfte an der Tür in meine Schuhe. Jonathons Hand ruhte auf meinem unteren Rücken, doch das spürte ich durch all die Stoffschichten kaum.

»Danke, Jessica«, sagte er.

»Ruf an, wenn du etwas brauchst.«

Ich nickte und schlurfte dick eingepackt zum Wagen. In der Einfahrt blieb ich einen Augenblick stehen, fasziniert, wie schwarz der Abendhimmel war. »Heute Abend sind so viele Sterne am Himmel.« Gebannt sah ich nach oben.

»Schön«, sagte Jonathon, doch als ich zu ihm hinüberblickte, sah er nicht in den Himmel, sondern mich an.

Mein Herz schmolz ein wenig dahin. »Du hast einmal so etwas in der Art gesagt, dass ich schlechter dran sei als du. Aber in Wahrheit bist du schlechter dran. Du wolltest das alles nicht, und jetzt steckst du mittendrin. Das musst du aber nicht, wenn du nicht willst. Nicht mehr.«

Er schüttelte den Kopf. »Wie kommst du darauf, dass ich schlechter dran wäre? Ich habe eine bezaubernde, süße Freundin. Das klingt für mich nicht, als hätte ich den Kürzeren gezogen.«

»Ich bin verwirrt.« Ich versuchte, ehrlich zu sein, konnte meine Gedanken jedoch nicht in Worte fassen. »Und traurig.«

»Ich auch. Komm, lass uns in den Wagen steigen und zu dir fahren.«

Wir gingen zurück in meine Wohnung, und als ich eintrat, sah ich, dass er bereits dort gewesen war. Er hatte die Bettwäsche gewechselt. »Ist das …?« Ich nahm das Laken, das er zusammengefaltet auf den Tresen gelegt hatte.

»Ja.«

Ich drückte es an meine Brust, was vielleicht eklig und mehr als nur ein bisschen verrückt wirkte, aber es fühlte sich richtig an. Ich musste es tun, wollte es spüren, es an meinem Herzen halten. »Ich habe dieses Baby gewollt.« Es schien mir wichtig, dass er und das Baby das wussten. Ich hatte dieses Baby gewollt, obwohl es mich total überrascht und mir eine irre Angst eingejagt hatte. Und jetzt würde ich sie niemals im Arm halten. Ich sehnte mich nach einem Gewicht in dem Laken, nach dem festen Gefühl eines atmenden Babys, dem leisen Wimmern, dem Gähnen und den sich ruckartig bewegenden Händen, die einem Ehrfurcht einflößten.

Jessicas Wolldecke glitt mir von den Schultern, und ich schloss die Augen. Tränen liefen mir über die Wangen, als Jonathon mich von hinten in die Arme schloss.

»Ich weiß«, flüsterte er und strich mit den Lippen über meinen Kopf. »Ich weiß. Ich wollte es auch, und es tut weh.«

»Es tut so weh.«

In jener Nacht schliefen wir eng aneinandergeschmiegt. Ich hielt das jämmerliche kleine Lakenbündel in den Armen, und Jonathon hielt mich.

Doch als ich aufwachte, war er gegangen.

Ich wusste nicht, wie ich mit Kylie umgehen sollte. Mit ihrer Trauer. Herrgott, mit *meiner* Trauer. Sie ging mir aus dem Weg, und ich ging ihr aus dem Weg. Ich versuchte, es ihr leicht zu machen. Als sie sich Ausreden ausdachte und mir alternative Termine vorschlug, von denen sie wusste, dass ich an ihnen keine Zeit hatte, war ich irgendwie erleichtert.

Was wir miteinander durchgemacht hatten, in welchem Zustand ich sie gesehen hatte, war so intensiv und so intim gewesen – das war einfach zu viel. Ich hatte im Krankenhaus ihre Hand gehalten, mittlerweile schon zweimal, ihr Erbrochenes weggewischt, ihr Blut, unser Baby. Wir hatten ein Bett geteilt, eine Dusche, einen Platz im Wartezimmer, die Angst und die Tränen. Ich brauchte etwas Raum für mich, ein paar Tage Abstand von alledem.

Aus ein paar Tagen wurden vierzehn Tage.

Das hatte ich nicht gewollt. Ich hatte nur zwei, höchstens

drei Tage für mich haben wollen, um meine Gefühle zu ordnen, um meiner Mutter und meinem Vater und Devon zu erzählen, dass Kylie eine Fehlgeburt gehabt hatte, und um mit ihren unterschiedlichen Reaktionen zurechtzukommen. Die fielen im Übrigen wie erwartet aus: Schock und Sorge bei meiner Mutter, Erleichterung bei meinem Vater und Mitgefühl von Devon, der meine widerstreitenden Gefühle verstand.

Mein Plan war, mich zu vergraben, zu lernen, zu arbeiten und mich so zu erschöpfen, dass ich schlafen konnte. Einige Zeit fand ich es okay, dass Kylie mir aus dem Weg ging. Dann fand ich es nicht mehr okay, weil mich langsam das Gefühl beschlich, dass sie mir vielleicht für immer aus dem Weg gehen würde. Das hatte ich nicht gemeint, als ich es ihr leicht machen wollte. Auf keinen Fall wollte ich sie loswerden.

Zwei Wochen waren vergangen, und sie konnte noch immer keine Minute Zeit für mich erübrigen? Sie konnte mich nicht auf einen Kaffee treffen? Was sollte der Scheiß? Ich sagte mir, dass es mit ihrer Depression zu tun hatte und nicht mit mir. Hätte es mit mir zu tun, wäre das schrecklich, und so schloss ich diese Möglichkeit aus.

Als ich ein kurzes Video sah, das sie Samstagabend bei Facebook hochlud, konnte ich mir jedoch nicht länger etwas vormachen. Es zeigte sie mit Jessica und Rory, wie sie verführerisch im Schlafanzug tanzten beziehungsweise wie sie lachend mit den Hintern wackelten.

Kylie wirkte nicht sonderlich deprimiert.

Irgendwann wandte sie sich direkt zur Kamera und zwinkerte mir zu. Der Ausdruck auf ihrem Gesicht ließ mich sofort hart werden, machte mich aber gleichzeitig wütend. Sie sah verdammt verführerisch und höllisch scharf aus. Aber wieso zur Hölle sah sie so aus?

Und warum zwinkerte sie an einem Samstagabend einer unbekannten Person hinter der Kamera zu, während ich allein in meiner Wohnung saß und einen Horrorfilm sah?

Scheiß drauf. Wenn Kylie eine Pyjamaparty veranstaltete und mir seit zwei Wochen aus dem Weg ging, würde ich nicht herumsitzen und mir Sorgen um ihre körperliche und seelische Gesundheit machen. Kurzerhand rief ich meine beste Freundin Miranda an. »Was machst du? Hast du Lust auszugehen?«

»Was meinst du mit ausgehen?«

»In eine Bar, ein bisschen Billard spielen.«

»Ist das dein Ernst? Darwin geht aus? Super!«

»Ich bin dabei.« Ich schaltete den Fernseher aus und stand auf. »In einer halben Stunde?«

»Alles okay bei dir?«, fragte sie neugierig.

»Klar, alles okay. Warum nicht?« Das klang überhaupt nicht ausweichend.

»Weil du seit ungefähr einem Jahr nicht mehr weggegangen bist.«

»Manchmal ist es Zeit für eine Veränderung. An welchen Laden hast du gedacht?«

»Wie wäre es mit *The Church*? Aber das ist eine Lesbenbar. Stört dich das?«

»Nein. Ich habe nicht vor, jemanden anzumachen.« Ich war vielleicht sauer auf Kylie, aber ich war nicht darauf aus, sie zu ersetzen.

Selbst wenn sie mich nicht wollte, und das war ganz offensichtlich der Fall.

»Okay, in zwanzig Minuten. Und Darwin, komm zu Fuß, nicht mit dem Auto. Ich habe das Gefühl, dass du dich heute Abend betrinken wirst.«

»Pfft.« Ich hatte keine Ahnung, wovon sie sprach.

Neunzig Minuten später wusste ich es. Sie hatte recht. Ich war in die Bar gekommen, hatte meinen ersten Cola-Rum hinuntergekippt und dann weitergemacht. Auch wenn ich es nicht darauf angelegt hatte, betrunken zu werden, waren Alkohol und emotionale Labilität vermutlich eine etwas wilde Kombination. Sie verstärken einander gegenseitig. Miranda und ich spielten Poolbillard und lachten und alberten herum. Dann kam der Moment, in dem ich deutlich merkte, wie fertig ich war.

Ich wollte an der Bar mein neues Getränk nehmen und griff daneben. Meine Hand glitt einfach am Glas vorbei. »Scheiße.«

Miranda lachte und ließ sich neben mir auf den Barhocker fallen. »Also, was ist wirklich los, D?«

Ich hatte das letzte Mal vor Weihnachten mit ihr gesprochen, sie wusste also von nichts. »Ich habe eine meiner Nachhilfeschülerinnen geschwängert.«

Sie ließ ihr Handy fallen, und es fiel krachend auf den Bartresen. »Was?«

»Ja. Und dann habe ich mich in sie verliebt und dachte, vielleicht würde alles gut werden, und dann hatte sie eine Fehlgeburt.«

Aus irgendeinem Grund angelte Miranda die Zitronenscheibe aus meinem Glas und lutschte an ihr, als bräuchte sie einen Säurekick, um sich abzulenken. Ihr rechtes Auge zuckte. Miranda hatte dicke braune Locken, sie trug eine übergroße rote Brille und dazu passenden Lippenstift. Sie hatte immer irgendetwas mit Blumenmuster oder Spitze an, schaffte es jedoch, darin nicht zu niedlich auszusehen, weil sie es mit etwas Derbem kombinierte. Heute Abend trug sie ein Blümchenkleid mit Springerstiefeln und einer Motorradjacke. Jetzt zog sie die Jacke aus, als wäre ihr bei der Vorstellung von meinem katastrophalen Leben heiß geworden.

»Tut mir leid, das alles.«

Plötzlich missmutig starrte ich auf die schmelzenden Eiswürfel in meinem Drink. »Mir auch. Vor allem weil sie mich jetzt abschießt. Ich habe ihr etwas Freiraum gelassen, weil ich dachte, sie wäre aufgewühlt, aber dann hat sie heute Abend ein Video von sich und ihren Freundinnen beim Tanzen gepostet.«

»Ach, deshalb hast du plötzlich angerufen.« Sie streckte die Hand aus. »Zeig mir das Video.«

»Warum streckst du die Hand aus?«, fragte ich. »Ich gebe dir das Telefon nicht.«

Sie streckte mir die Zunge heraus. »Zeig mir das Video, damit ich mir ein Bild von der Situation machen kann. Wahrscheinlich übertreibst du.«

»Gut.« Ich holte mein Handy aus der Hosentasche. In der Bar war es dämmerig und ziemlich ruhig, es waren nur ein Dutzend Gäste da. Die Atmosphäre passte zu meiner Stimmung. Düster und träge. »Siehst du?« Ich hielt ihr das Display hin.

»D, sie trägt Schlafanzughosen und ein Trägertop. Das ist kaum sexy.« Miranda drehte mein Telefon, sodass das Bild größer wurde. »Obwohl ich sagen muss: Nicht schlecht, sie ist attraktiv. Ich hätte nichts dagegen, sie besser kennenzulernen. Nackt.«

Im Ernst? Ich war betrunken genug, um sie zu beschimpfen. »Du bringst alle Lesben in Verruf. Du klingst wie ein Sexmonster. Der Freundschaftscode gilt auch für dich«, sagte ich. »Wenn du ein Kerl wärst und das zu mir sagen würdest, wäre ich sauer auf dich, und das ist nichts anderes. Wie fändest du es, wenn ich das über eine Frau sagen würde, mit der du zusammen wärst?«

»Dann würde ich dir vermutlich eine knallen.«

»Genau. Also, hör auf, meine Freundin mit Blicken auszuziehen.«

Miranda hatte einen Schluck von ihrem Gin Tonic getrunken, doch bei meinen Worten musste sie lachen und spritzte den Gin über die ganze Bar. »Oh mein Gott, ich sterbe.« Sie würgte und lachte und würgte noch mehr.

Ich klopfte ihr auf den Rücken und wurde nachsichtiger mit ihr.

Sie hielt die Hand hoch. »Alles okay. Und gut, ich höre auf, deine Freundin mit Blicken auszuziehen. Es tut mir leid, aber mir war nicht klar, dass sie deine *Freundin* ist.«

»Ich habe dir gesagt, dass sie schwanger von mir war! Macht sie das zu Freiwild?«

»Okay, okay. Ich war nur so überrascht, weil es bei dir schließlich nicht jeden Tag vorkommt, dass du das Wort ›Freundin‹ benutzt. Zumal du gerade noch gesagt hast, dass du ihr Raum gegeben hättest. Das ist ein gewisser Widerspruch, das musst du zugeben.«

Sie hatte recht. »Vielleicht haben wir es nie so ausgedrückt, aber wir waren uns einig, dass wir uns mit niemand anderem treffen.«

»Ah, verstehe.« Sie drückte auf PLAY, und gemeinsam sahen wir zu, wie Kylie und ihre Freundinnen in die Hocke gingen und mit dem Po wackelten. Dann das Zwinkern. »Es sieht aus, als würden sich etwas angeheiterte Freundinnen miteinander amüsieren. Es wirkt noch nicht einmal ansatzweise anrüchig.«

»Sie geht mir aus dem Weg«, gab ich zu. »Ich habe sie seit zwei Wochen nicht mehr gesehen.«

»Oh.«

»Sie hat mir erzählt, es sei ein DVD-Abend, kein Wodka-Abend.«

»Ganz offensichtlich willst du mit ihr zusammen sein.«

War das offensichtlich? »Ja.«

»Dann provoziere sie ein bisschen. Ich markiere dich jetzt, damit sie weiß, dass du hier in der Bar bist. Zeig ihr, dass du nicht zu Hause hockst und dich nach ihr verzehrst.«

Ich war betrunken genug, das sinnvoll zu finden. »Okay.«

Miranda setzte den Plan sofort in die Tat um, und während wir uns über ihr Liebesleben unterhielten, das noch komplizierter war als meins, vibrierte mein Telefon.

»Es ist eine SMS von Kylie.« Ich war überrascht und, okay, geschmeichelt. Wenn sie so aufmerksam verfolgte, wo ich mich laut Facebook aufhielt, war sie vielleicht doch nicht so scharf darauf, mir aus dem Weg zu gehen, wie sie vorgab.

Ich dachte, du wolltest heute Abend zu Hause bleiben.

Mir war langweilig.

Aha. Okay. Viel Spaß.

Aha. Wünschte sie mir ernsthaft Spaß? Oder war sie verärgert? Denn offen gestanden wollte ich, dass sie sich ärgerte.

»Was jetzt?«, fragte ich Miranda.

»Du willst doch, dass sie an dich denkt, stimmt's?« Als ich nickte, holte sie ihr Telefon heraus. »Jetzt machen wir ein Bild von uns beiden.«

»Hervorragend«, sagten Rum und Cola. Doch bevor wir das Foto machten, schrieb ich zurück: *Mir gefällt euer Tanzen.*

Miranda machte mindestens sieben Bilder von uns. Nach jeder Aufnahme studierte sie das Foto und bemühte sich, es noch zu verbessern. »Du musst näher zu mir kommen. Ach, Mist, meine Augen waren zu. Leg den Arm um mich.«

»Warum ist das so verdammt kompliziert? Und warum ist mein Glas leer?«

»Die Rätsel des Lebens.« Sie zeigte mir ein Bild. »Okay, das poste ich jetzt.«

Ich hatte es kaum gesehen, als sie mir ihr Handy schon wieder entriss.

Erneut meldete sich mein Telefon.

Danke. Mit wem bist du unterwegs?

Mit einer Freundin.

Sie ist hübsch.

Das hätte mir eine Warnung sein müssen, doch stattdessen triumphierte ich. Kylie schenkte mir Aufmerksamkeit, und sie war eifersüchtig. Sie interessierte sich für mich und für das, was ich tat.

Normalerweise war ich in der Lage, vernünftig zu denken und vorauszusehen, dass es zu einem Inferno führte, wenn man die Flammen anheizte. Doch mein Gehirn war vom Alkohol vernebelt. Ich merkte nicht, dass meiner Beziehung eine Durchzündung drohte, bei der sich alle brennbaren Stoffe eines Raums mehr oder weniger gleichzeitig entzünden. So was konnte passieren, wenn man seine Freundin verärgerte, indem man ihr Bilder von sich und einer Frau, die sie nicht kannte, via Social Media unter die Nase rieb.

Ich schrieb: *Sie studiert auch Chemie auf Master. Superschlau.*

Genauso gut hätte ich einen Eimer Benzin auf ein brennendes Lagerfeuer kippen können.

Es war unmöglich, zu entkommen, ohne sich zu verbrennen. Und ich war zu dumm und zu betrunken, um davonzulaufen.

14

Ich hatte seit November keinen Alkohol mehr getrunken. Als wir schließlich zwei Wochen später die von Jessica vorgeschlagene Pyjamaparty machten, stieg mir deshalb bereits der erste Martini zu Kopf. Der zweite brachte mich dazu, vor einer Kamera zu tanzen. Mir gefiel die Vorstellung, dass ich Rhythmus im Blut hatte. Rory behauptete, sie könne nur tanzen, wenn sie betrunken sei, und ich würde ihr das niemals sagen, aber es stimmte. Es war, als könnte sie ihre Hüften nicht unabhängig vom Rest des Körpers bewegen. Ich war ganz gut in Zumba und Swing Dance. Wenn ich ein paar Wodkas intus hatte, schienen meine Hüftknochen sich von meinen Beinen zu lösen, und ich konnte unglaubliche Bewegungen vollführen. Nüchtern betrachtet sah es lächerlich aus.

Doch in diesem Moment fühlte ich mich sexy, und es war mir egal, ich brauchte das jetzt. Jonathon ging mir ganz offensichtlich aus dem Weg. Nachdem ich jetzt nur noch das dumme Huhn war, das in Chemie durchfallen würde, hatte er eindeutig das Interesse verloren. Das war unfair von mir, schon klar. Schließlich schrieb er mir jeden Tag Nachrichten und fragte mich, ob ich etwas mit ihm unternehmen wolle. Doch ich war betrunken, ich durfte ungerecht sein.

Meine riesige Schlafanzughose war rosa-blau kariert. Einmal trat ich mir beim Tanzen selbst auf den Saum und zog sie dabei nach unten, sodass ich meinen Freundinnen meinen halben Po präsentierte.

Jessica schnaubte vor Lachen. »Du hast Glück, dass ich das nicht aufgenommen habe.«

»Wenn du das postest, bringe ich dich um.« Atemlos ließ ich mich aufs Sofa plumpsen. So hatte ich mich das letzte Mal vor Thanksgiving verausgabt.

Ich blickte auf die Meldungen auf meinem Telefon und sah, dass Jonathon sich laut einer Facebook-Markierung in einer Bar aufhielt – mit einem Mädchen namens Miranda. Ich klickte auf ihren Namen, um ihr Profilbild zu sehen. Sie war auf eine nerdige Art hübsch. Was sollte das?

»Jonathon ist mit einem Mädchen aus«, sagte ich, und meine gute Laune schwand.

»Was?« Rory stellte die Musik leiser. »Hattest du nicht gesagt, er würde heute Abend zu Hause bleiben?«

»Das wollte er auch.« Plötzlich bekam ich heiße Wangen. »Hat er ein Date?«

»Wahrscheinlich ist sie nur eine Freundin.«

»Ich schicke ihm eine SMS.« Schnell tippte ich eine Nachricht. Mein Herz raste, und zwar nicht vom Tanzen. Er antwortete sofort. »Er sagt, dass er sich gelangweilt habe und mit einer Freundin ausgegangen sei.«

Ich hasste mich dafür, aber seine lässige Antwort frustrierte mich, also fügte ich hinzu: *Sie ist hübsch*. Das war total dumm, denn jetzt wusste er, dass ich auf ihr Profil geklickt hatte. Doch dann postete sie ein Bild von ihnen.

Es wirkte sehr, sehr vertraut. Mir wurde übel. »Oh mein Gott, seht euch das an!« Ich schob Rory das Telefon zu.

»Er hat gesagt, sie seien nur Freunde, stimmt's? Du solltest ihm vertrauen.«

»Wie kann ich ihm vertrauen? Ich habe ihn seit zwei Wochen nicht gesehen!«

»Ja, aber wolltest du das denn nicht so?«

Das hatte mir gerade noch gefehlt – dass mir jemand sagte, es sei meine eigene Schuld. »Er hätte sich mehr bemühen können.«

»Kylie, Süße, er hat dir ungefähr fünfmal am Tag eine SMS geschickt. Er wollte dich zum Abendessen einladen, mit dir ins Kino gehen, einfach bei dir sein oder bei ihm. Ich weiß nicht, was er noch hätte tun sollen.«

Ich warf mit einem Kissen nach Jessica. »Ihr nervt.«

Jessica lachte. »Warum bist du jetzt sauer auf uns? Ich finde es ganz normal und nachvollziehbar, dass du in den letzten zwei Wochen Zeit für dich gebraucht hast. Aber du kannst nicht so tun, als wäre er ein Mistkerl, der dich hat abblitzen lassen.«

»Jonathon fragt sich wahrscheinlich, was du willst und wo ihr steht«, fügte Rory hinzu.

»Und weil er sich fragt, wo wir stehen, geht er aus und vögelt mit einer anderen?«

»Wow, jetzt geht aber deine Fantasie mit dir durch.«

Ja, das stimmte. In mir erwachte Angst, und ich hatte das kindische Bedürfnis, mit dem Finger auf jemanden zu zeigen. Gern hätte ich dem Wodka die Schuld gegeben, doch der Alkohol konnte nichts dafür. Jeden Tag hatte ich mit mir gerungen. Ich hatte herauszufinden versucht, was ich wollte und warum ich Jonathon aus dem Weg ging. Ich mochte ihn sehr und vermisste ihn. Ich sehnte mich nach seinem Lächeln und wollte seine Lippen auf meinen spüren.

Aber aus irgendeinem Grund erstarrte ich jedes Mal, wenn er mir ein Treffen vorschlug. Ich geriet in Panik und wusste nicht, warum. Na ja, vielleicht schon. Zum einen war ich traurig und konnte noch nicht über die Fehlgeburt sprechen. Außerdem befürchtete ich, ihn zu enttäuschen, wenn ich ihm nicht meine Dankbarkeit zeigen und fröhlich sein konnte. Womöglich fand er mich anstrengend, jämmerlich oder nervig, wenn ich niedergeschlagen war oder endlos reden wollte. Ich hatte das Gefühl, ich müsste eine fröhliche Kylie sein, und dazu war ich noch nicht in der Lage. So langsam machte ich mir Sorgen, dass ich vielleicht nie mehr wieder eine fröhliche Kylie sein würde.

Zumindest nicht in nüchternem Zustand.

Das alles bedeutete nicht, dass ich nicht mit ihm zusammen sein wollte. Ganz im Gegenteil. Ich wollte ihn nur nicht sehen, um ihm keine Gründe zu liefern, mich nicht zu wollen. Und genau das hatte ich erreicht, denn ganz offensichtlich hatte er kein Interesse mehr an mir. Er wollte Miranda mit der niedlichen roten Brille, den lockigen Haaren und den Sommersprossen. Meine Unterlippe bebte.

»Oh nein. Das lässt du schön bleiben«, mahnte Jessica.

Ich würde ziemlich sicher in Tränen ausbrechen, und Jessica konnte mich nicht davon abhalten. Doch dann erhielt ich eine weitere SMS von Jonathon. *Sie studiert auch Chemie auf Master. Superschlau.*

Es gab eine Sache, die mich wirklich wütend machte: Wenn jemand behauptete, ich sei dumm. Und genau das tat er. Ich konnte es zwischen den Zeilen lesen, und das brachte mich zum Explodieren.

»Oh, Scheiße, nein.« Ich hob die Hand. »Nein, nein.« Ich zeigte Rory die SMS.

»Ich glaube nicht, dass er meint …«

Ich unterbrach sie. »Rory, du musst mir eine Jeans leihen. Ich gehe zu *The Church*.«

»Äh … Kylie, du bist ungefähr zehn Zentimeter größer als ich.«

»Na und? Ich habe Cowboystiefel an. Niemand sieht es, wenn die Hose zu kurz ist.« Ich stand auf und suchte nach meiner Tasche. Ich hatte ein sauberes Trägertop dabei, das ich mit einem von Rorys Pullovern tragen konnte. »Ich brauche Make-up. Sofort.«

»Ist das eine gute Idee?«, fragte mich Jessica.

»Ja.«

»Ist das eine gute Idee?«, wandte sich Jessica nun an Rory.

»Ich glaube, das kommt darauf an, was sie erreichen will.«

War das denn nicht offensichtlich? »Ich will Jonathon zeigen, dass ich vielleicht kein Chemiegenie bin, aber deswegen noch lange keine Idiotin.«

»Erklär mir, wie du ihm das zeigen willst, wenn du in der Bar auftauchst, nachdem du ihm gesagt hast, du hättest heute Abend keine Zeit.« Jessica streckte abwehrend die Hände aus. »Ich meine es ernst, ich will dich nicht ärgern.«

Ich hatte keine Zeit, meinen überaus intelligenten Standpunkt zu diskutieren. »Ich will ihm klarmachen, dass er mit mir und nicht mit irgendeinem Hipster-Mädchen zusammen sein will.«

»Warum? Weil du mit ihm zusammen sein willst?«

»Natürlich will ich mit ihm zusammen sein!«, entgegnete ich aufgebracht. »Wann habe ich gesagt, dass ich das nicht will?« Warum verstanden sie mich denn bloß nicht?

»Ich glaube, das hast du nicht.«

»Kommt ihr jetzt mit, oder was?«

»Darf ich vorschlagen, dass du ihm erst eine SMS schickst?«, fragte Rory. »Du weißt schon, so etwas wie: ›Hallo, wir gehen aus, vielleicht kommen wir auch bei *The Church* vorbei.‹ Und dann wartest du erst mal, wie er reagiert?«

Ich blickte zu Jessica. »Sag ihr, wie naiv das ist.«

»Das ist naiv.«

»Was? Ist es nicht besser, ehrlich zu sein? Womöglich ist er schon weg, bis du da bist? Dann bist du richtig sauer.«

»Wenn wir uns beeilen, wird er noch da sein.« Ich lief die Treppe hinunter zu Rorys und Tylers Zimmer. Als ich ihren Kleiderschrank öffnete, blickte ich auf ein Meer aus T-Shirts mit Bandnamen und Blumenkleidern. »Oh mein Gott, Tyler hängt seine T-Shirts auf Bügeln auf? Wer macht denn so was? Und wo sind all deine Jeans?«

»Er mag es nicht, wenn man die T-Shirts in Schubladen legt, weil sie dann Falten bekommen.« Rory zog eine Kommodenschublade heraus. »Meine Jeans sind hier. Aber ich habe überwiegend farbige. Willst du die rosafarbene haben?«

»Meine Cowboystiefel sind braun. Das klingt nach einer fiesen Kombi.« Ich ging ihre Kleider durch und erreichte die Strickjackenabteilung. Ihr Kleiderschrank war sehr ordentlich. Meiner sah aus wie ein Wühltisch im Schlussverkauf. »Wie wäre es mit Rot oder Blau?«

»Ich sage Riley und Tyler, was wir machen«, bemerkte Jessica.

»Okay, cool.« Rory zog ihre Pyjamahose aus und stieg in die rosa Jeans, die ich abgelehnt hatte.

Rory war der eindeutige Beweis dafür, dass Rothaarige Rosa tragen konnten. Sie sah hinreißend aus.

Jessica kippte ihre Reisetasche aus. »Gut, dass ich eine Jeans eingepackt habe. Ich würde nie in Rorys passen. Mein Hintern ist deutlich weiblicher als Rorys zierlicher Po.«

Vor der Schwangerschaft hätte ich auch nicht in Rorys Hosen gepasst, aber ich hatte mindestens fünf Pfund abgenommen, vielleicht sogar mehr. Vielleicht musste ich mich etwas hineinzwängen, aber es sollte gehen. Ich nahm die hellblauen Jeans, die Rory mir reichte, dazu ein Jeanshemd aus ihrem Kleiderschrank und zog es über mein weißes Trägertop. Die Jeans saßen ziemlich eng, doch das Stretchmaterial und der enge Sitz brachten meinen Hintern gut zur Geltung.

»Dein Po sieht toll aus«, stellte Jessica fest.

»Danke. Aber meine Haare sind eine Katastrophe. Ich brauche eine Mütze.« Ich fand eine und setzte sie auf, nachdem ich mir energisch die Haare gebürstet hatte. Ich durchwühlte Rorys Schmuck, der überwiegend aus Broschen und merkwürdigem Zeug mit Federn und Perlen bestand. Allerdings entdeckte ich auch eine lange Kette mit verschiedenen Anhängern – die legte ich um.

»Es macht Spaß, Rorys Sachen zu plündern«, meinte Jessica, nahm sich ein Haarband und schob es sich in ihre Frisur. Sie trug einen geblümten Pullover aus Rorys Kleiderschank zu ihren eigenen Jeans.

»Das macht mir nichts aus«, sagte Rory. »Irgendwie ist es doch lustig. Und ich bin mir ganz sicher, dass sich in der Bar alles als Missverständnis herausstellen wird.«

»Bist du sicher, dass du nicht lieber Anwältin anstatt Ärztin werden willst?«, fragte ich sie. »Obwohl du für beides viel zu hübsch bist. Diese Jeans stehen dir übrigens echt gut. Hat einer von euch auch roten Lippenstift? Ich sehe aus, als wäre ich letzten Freitag gestorben.«

»Riley will wissen, ob er und Tyler den Mädelsabend sprengen dürfen, wenn wir ohnehin die Wohnung verlassen und in eine Bar gehen. Er will ein Bier trinken.«

»Ich kann nicht wirklich etwas dagegen sagen. Schließlich will ich in die Bar, um Jonathons Verabredung mit der Chemieschönheit platzen zu lassen.« Es war erstaunlich, wie fokussiert ich durch die Wut wurde. Ich machte mich ganz zielstrebig fertig, trug Lidschatten und Lippenstift auf und kontrollierte noch einmal meinen knackigen Po in der Jeans. Dann schob ich ein paar Armreifen aus Rorys Schmuckschublade über mein Handgelenk, und schon war ich fertig. »Na, dann los.«

Ich war seit Monaten nicht mehr aus gewesen und hatte auch keine Lust dazu gehabt, doch nun kehrte ein bisschen von meinem alten Selbstbewusstsein zurück. Ich fühlte mich attraktiv.

Vielleicht flößte mir der Wodka Mut ein, jedenfalls war ich in Kampfeslaune und wollte um meinen Mann kämpfen.

Denn Jonathon war mein Mann.

Ob es ihm gefiel oder nicht.

Na ja, ich hoffte, dass es ihm gefiel.

Alles andere wäre irgendwie kontraproduktiv.

Jedenfalls musste ich Jonathan sagen, was ich für ihn empfand. Ich musste ihm zeigen, dass ich mit ihm zusammen sein wollte, obwohl ich mir zwei Wochen lang alberne Ausreden ausgedacht hatte. Ich konnte ihm zwar nicht erklären, warum ich mich so verhalten hatte, musste ihm aber sagen, dass es superhart gewesen war, unser Baby zu verlieren, und dass ich nicht gewusst hatte, wie ich damit zurechtkommen sollte. Da unsere Beziehung unter diesen besonderen Umständen entstanden war, hatte ich nicht gewusst, wie ich mich ihm gegenüber verhalten sollte.

Ausnahmsweise hatte ich nicht darüber reden wollen.

Und ich wollte ihm zeigen, dass ich attraktiver war als Miranda.

Logisch.

»Ich kann nicht glauben, dass das keine Lesbenbar mehr ist.« Miranda sah sich um und beklagte den Mangel an homosexuellen Frauen. »Ich finde, eine Bar sollte offiziell ankündigen, wenn sie die Klientel wechselt.«

Mir war das völlig egal. »Ich glaube kaum, dass die Bar darüber entscheidet. Das bestimmt das Publikum, und wenn die Lesben nicht länger herkommen, haben sie woanders was Besseres gefunden.« Ich war bei meinem siebenhundertsten Captain Morgan mit Cola und konnte noch immer logisch denken. Verdammt, war ich gut. »Ich meine, dieser Laden ist nicht gerade edel oder hipp eingerichtet.«

»Es sind überwiegend Männer hier«, beschwerte sich Miranda. »Und dazu auch noch blöde Männer. Zum Beispiel Männer, die Tabak kauen.«

»Du solltest dich etwas proletarischer geben«, bemerkte ich und lachte mich darüber kaputt.

»Oh Gott.« Sie verdrehte die Augen. »Darwin, du bist betrunken.«

»Dessen bin ich mir bewusst, vielen Dank.« Es summte in meinen Ohren, und meine Zunge fühlte sich zu groß für meinen Mund an. Die ganze Zeit schaute ich immer wieder auf mein Telefon. »Warum will Kylie nicht mit mir zusammen sein?«, fragte ich, weil diese Frage mir ständig durch den Kopf ging und ich mich deshalb schlecht fühlte. Ich wollte mich aber nicht schlecht fühlten. »Wenn man es sich überlegt, ist sie schon ganz schön unverschämt. Es gibt nichts an mir auszusetzen.«

»Das schreiben wir in dein Online-Dating-Profil: ›Es gibt nichts an mir auszusetzen.‹ Tolle Masche, D.«

»Meinst du, ich bin zu nett? Muss ich ein Mistkerl sein, damit die Frauen mich mögen?«

»Ich fand dich eigentlich noch nie supernett. Ich meine, du bist bestimmt kein Idiot, aber du bist ziemlich in dich gekehrt.«

Tja, das war hilfreich. »Da bin ich anderer Meinung. Ich habe mich wirklich bemüht, für Kylie da zu sein. Wie … ich habe es eben versucht.« Mein Kopf funktionierte langsamer als üblich, und mein Wortschatz schien dramatisch geschrumpft zu sein.

»Hat sie auf deine SMS geantwortet? Und bitte, bitte sag

mir, dass du sie nicht gefragt hast, was du mich eben gefragt hast.«

»Beides nein.« Ich war zwar betrunken, aber ich besaß dennoch noch ein Minimum an Selbstachtung.

»Dann vergiss sie. Heute Abend kannst du nichts mehr tun. Spielen wir ein bisschen Billard.« Sie stand auf. Ihr Rock war nach oben geklappt und entblößte ihren Po. Offensichtlich war er beim Sitzen hochgerutscht.

»Hey«, sagte ich und griff nach dem Rock, um ihn zu richten. Ich konnte mir nicht vorstellen, dass sie wollte, dass die dämlichen Typen in der Bar ihren Hintern und ihr rotes Spitzenhöschen sahen.

»Was ist los?« Sie schlug rücklings nach mir. »Hallo! Gerade sind drei scharfe Bräute hereingekommen.«

»Ich mache nur deinen Rock ordentlich, hör auf, mich zu schlagen! Man sieht deine Unterhose.« Gott, das war ziemlich viel Stoff für einen betrunkenen Mann. Ich hatte das Gefühl, meine Finger in einem Blumengarten zu verlieren.

»Diesen Frauen zeige ich gern mein Höschen.«

Ich blickte über ihre Schulter zur Tür, um zu sehen, von wem sie sprach, rutschte vom Stuhl und stieß gegen Miranda, die daraufhin stolperte. Ich fasste ihre Taille, ihren Po und ihre Beine, um mich daran festzuhalten. »Das ist Kylie.« Der erste Schreck wich rasch großer Freude. Sie sah so gut aus. So hübsch. So sexy.

Sie trug enge Jeans und ein Jeanshemd, das sie unter der Brust geknotet hatte, darunter ein weißes Trägertop, das ihre schmale Taille betonte. Auf dem Kopf hatte sie eine kleine Mütze, und ich wünschte mir, irgendwo mit ihr zu kuscheln. An den Füßen trug sie Cowboystiefel, und ihr Anblick weckte augenblicklich den Wunsch in mir, sie zu nehmen – nackt, nur mit diesen Stiefeln bekleidet.

»Das ist deine Freundin?« Miranda drehte sich zu mir um. »In Wahrheit sieht sie noch viel besser aus als mit Schlafanzug in dem Film. Vielleicht solltest du deine Hände von meinem Hintern nehmen, bevor die Frage aufkommt, was du da treibst.«

Gute Idee. Ich ließ die Hände sinken und ging lächelnd um Miranda herum auf Kylie zu. Ich hatte sie wirklich sehr vermisst. »Hallo, was …?«

»Was zum Teufel machst du hier?«, fragte Kylie, die Hände in die Seiten gestemmt.

»Ich trinke etwas.« Oder auch etwas mehr. Warum sah sie so wütend aus? Ich beugte mich vor und wollte sie küssen, doch sie wich mir aus.

Aha. Ich winkte Rory und Jessica zu. »Wie ist der Mädelsabend?«

Jessica hob die Brauen. »Wie immer ziemlich dramatisch.« Sie beugte sich an mir vorbei und reichte Miranda die Hand. »Hallo, ich bin Jessica.«

»Miranda. Darwins ziemlich lesbische Freundin.«

»Du bist lesbisch?«, fragte Jessica und warf Kylie einen Blick zu. »Das ist ja toll.«

Miranda hielt noch immer ihre Hand, und ihr Lächeln wurde anzüglich. »Wirklich? Freut mich zu hören, dass wir auf derselben Seite stehen.«

»Oh.« Jessica lachte. »Nein, tut mir leid, so habe ich das nicht gemeint. Ich habe einen Freund. Ich meinte, dass Kylie sich sicher darüber freuen wird, dass du dich nicht an Jonathon heranmachst.«

Stimmte das? Machte es Kylie etwas aus? War sie eifersüchtig? Der Gedanke freute mich lächerlicherweise sehr.

»Ich mache mich überhaupt nicht an Darwin heran. Wir sind seit dem ersten Jahr auf dem College befreundet. Er ist ein toller Kerl, aber nicht mein Typ. Er ist eben keine Frau.«

»Und wenn du hetero wärst, würdest du mich unbedingt wollen?«, fragte ich im Spaß.

»Na klar. Keine Frage. Du bist *der* Mann unter den Männern.« Sie verdrehte die Augen.

Kylie fixierte mich, ihr Mund war ein schmaler Strich. »Ich dachte, du hättest ein Date. Wenn ja, dann sag es mir einfach.«

»Nein. Kein Date. Das würde ich dir niemals antun.«

»Ich war mir nicht sicher, was zwischen uns los ist.«

Wollten wir das jetzt hier auf der Stelle klären? Okay, verdammt noch mal. Ich war beleidigt. »Ich auch nicht, aber das heißt nicht, dass ich mich wie ein Riesenarschloch benehme und mich mit jemand anders treffe, ohne erst mit dir zu reden.«

»Die Vorstellung hat mich sehr, sehr, sehr wütend gemacht.« Sie sah auch noch immer wütend aus. Ihre Augen funkelten, und sie stemmte nach wie vor die Hände in die Hüften.

»Das sehe ich.« Rory, Jessica und Miranda hatten sich an die Bar gesetzt und unterhielten sich. Ich unterdrückte ein Lächeln. Die Entwicklung des Abends gefiel mir sehr. »Warum hat es dich wütend gemacht?«

»Weil ich nicht will, dass du mit einem anderen Mädchen zusammen bist. Das macht mich sauer.«

»Darf ich dir sagen, was ich will?«, fragte ich.

Einen Augenblick lang geriet ihr selbstbewusstes Auftreten ins Wanken, doch dann hob sie das Kinn. »Natürlich. Was willst du?«

»Dich.« Ich legte den Arm um ihre Taille und zog sie an mich. Sie stemmte sich gegen mich, verschränkte die Arme, lehnte sich zurück und wandte leicht den Kopf ab. Ich ließ mich nicht beirren. Die Tatsache, dass sie hier in der Bar aufgetaucht war, sagte alles. Ich strich mit den Lippen über ihr Ohr und ihre Wange. »Ich will dich und niemand anders. Ich habe dich sehr vermisst.«

Ihre Schultern und Arme entspannten sich. »Ich brauchte Abstand. Ich war verwirrt und aufgelöst, und ich wusste nicht, ob du immer noch mit mir zusammen sein willst.«

»Ich weiß.« Ich wollte sie darauf hinweisen, dass wir einfach darüber hätten reden können, aber ich wollte sie nicht erneut verärgern. So sagte ich stattdessen, was der Rum und mein Herz mir einflüsterten. »Kylie, ich will mit niemand anderem zusammen sein. Es hat mich fertiggemacht, dich nicht zu sehen und nicht zu wissen, was mit uns ist.«

»Ehrlich?«

»Ehrlich. Denn ich bin mir absolut sicher, dass ich in dich verliebt bin.«

Jetzt war es raus. Unwiderruflich. Ich bedauerte es nicht. Es fühlte sich richtig und ehrlich an. Ich war in sie verliebt.

Das hier war anders. *Sie* war anders. Ich wollte sie jeden Abend auf ihrem schmalen Bett in ihrem winzigen Appartement in den Armen halten, sie zum Lachen bringen, ihre albernen Chemiewitze hören und jede ihrer zusammenhanglosen, seltsamen Fragen beantworten. Ich wollte, dass wir ein Paar waren. Sie und ich. Nicht weil wir es *mussten*, sondern weil wir zusammen sein *wollten*.

Sie machte große Augen und ließ die Arme sinken. »Echt?«

Ich nickte ernst, um ihr deutlich zu machen, dass ich das nicht nur einfach so dahergesagt hatte. Als ich ihr die Haare hinter die Ohren strich, verschlang ich sie so gierig mit den Blicken, wie ich zuvor den Rum in mich hineingekippt hatte: die kecke Nase, ihre langen Wimpern, die hohen Wangenknochen, ihre weichen, vollen Lippen.

»Ja, ich liebe dich.« Ich küsste ihren Mundwinkel. »Es heißt, es würde einem passieren, wenn man am wenigsten damit rechnet. Als ich mich mit dir zur Nachhilfe getroffen habe, hatte ich keine Ahnung, dass mir irgendetwas im Leben fehlte.

Dann bin ich dir begegnet, und ich wusste mit einem Mal, dass *du* mir zum Glück gefehlt hast.«

Sie griff nach meinem Hemd. »Oh Jonathon. Ich liebe dich auch. Ich weiß nicht, seit wann ich es weiß. Es fühlt sich irgendwie so an, als wäre es immer so gewesen, als hätte ich schon immer zu dir gehört.«

Nachdem sie das gesagt hatte, küsste ich sie leidenschaftlich. Mit gleicher Inbrunst erwiderte sie meinen Kuss. Sie liebte mich. Kylie liebte mich. Sie sah etwas in dem introvertierten Forschertypen. Als wir uns voneinander lösten, atmeten wir beide schwer. Sie sah mich mit glänzenden Augen an und grinste.

»Yay.«

Das brachte es auf den Punkt.

Ich lachte. »Komm, wir trinken noch einen mit unseren Freundinnen. Aber dann sollen sie ohne dich mit dem Mädelsabend weitermachen, denn ich will mit dir nach Hause gehen und akzeptiere kein Nein. Ich werde nicht höflich oder nett sein. Ich gebe dir nicht noch mehr Raum oder Zeit. Ich will dich, und ich werde dich nehmen.«

»Wow, das hört sich gut an.« Sie drückte die Hüften verführerisch gegen meine, und ihre Augen verdunkelten sich. »Ich bin übrigens angetrunken. Ich habe so lange keinen Alkohol mehr getrunken, dass mir der Wodka direkt in den Kopf gestiegen ist.«

»Dann sind wir zusammen betrunken, denn ich habe so viel Rum intus, dass man damit ein kleines Krankenhaus desinfizieren könnte.«

Sie küsste mich erneut und umfasste mein Gesicht. »Ich bin so wütend auf dich gewesen!«

Ihre spezielle Art der Wut schien sich zu meinem Vorteil auszuwirken. »Sag das noch mal.«

Kylie küsste mich erneut. »Ich war wirklich richtig sauer.«

»Aha.« Ich führte sie zu einem Stuhl, setzte mich und zog sie auf meinen Schoß. Es war wundervoll, sie in den Armen zu halten. »Du fühlst dich so gut an.«

Ich genoss die Berührung ihrer langen Beine, ihres festen Pos, der schmalen Taille und der kecken Brüste. Ihre Haare hingen glatt herunter und fielen über meinen Arm, und als sie sich bewegte, um eine bequemere Position zu finden, hätte ich am liebsten gestöhnt. Ich hatte nie eine Chance gehabt. Seit der allerersten Nacht, als sie den Kopf auf die Hand gestützt und mich so süß angelächelt hatte, war es um mich geschehen gewesen.

»Mm. Du fühlst dich auch gut an.« Sie legte die Arme um meinen Hals und küsste mich erneut.

Jemand trat gegen meinen Stuhl, ich hätte wetten können, dass es Miranda war. »Ja?« Als ich mich zu ihr umdrehte, sah ich ihren empörten Blick.

»Reiß dich ein bisschen zusammen, mein Lieber. Du befindest dich an einem öffentlichen Ort.« Dann wurde sie abgelenkt, weil jemand durch die Tür kam. »Oh, hallo. Das ist Chastity, und sie ist alles andere als keusch. Ich bin gleich zurück.«

»Deine Freundin scheint nett zu sein.« Kylie kuschelte sich an mich.

Ich lachte. »Das ist einer der Gründe, warum ich dich so mag – du bist sehr großzügig.«

»Warte ab, wie großzügig ich später noch sein werde.«

Verdammt. Ich konnte ein leises Stöhnen nicht unterdrücken. »Du machst mich fertig. Zwei Wochen waren eine lange Zeit.«

»Ich weiß.«

»Ist alles okay bei dir da unten? Keine, äh, Blutung mehr?«

Warum war es mir peinlich, das Wort auszusprechen? Über diesen Punkt waren wir schon lange hinweg. »Fühlst du dich gut?«

»Nein, keine Blutung. Und ja, ich fühle mich gut.«

Ich blickte ihr in die Augen, meine Hände lagen fest um ihre Taille. Ich wollte, dass sie verstand, was ich nicht mit Worten ausdrücken konnte.

»Es tut mir leid«, sagte ich rau. Dass ich nicht aufgepasst und sie geschwängert hatte. Dass sie die Übelkeit hatte durchleiden müssen und den Kummer über die Fehlgeburt. Dass ich mich hinterher nicht noch mehr bemüht hatte, sie zu sehen.

»Mir auch«, flüsterte sie. »Du sollst eines wissen: Wenn ich mit dir zusammen bin, ist das Glas voll.«

Oh Mann, jetzt wurde sie richtig romantisch. Sie erinnerte sich an unser Gespräch, in dem ich darauf bestanden hatte, dass ein Glas unter logischen Gesichtspunkten immer ganz voll war. Ich genoss ihren Anblick und wie sie sich auf meinem Schoß an mich kuschelte, das Gesicht dicht vor meinem, eingehüllt in ihren Duft und ihre Arme. Ich wollte den Augenblick für immer festhalten.

Eigentlich hatte ich mich stets für einen rationalen Menschen gehalten, doch Kylie hatte etwas in mir geweckt, von dem ich nicht einmal gewusst hatte, dass es in mir steckte. Ich hätte ihr so gerne etwas wahnsinnig Bedeutsames gesagt, doch ich wusste nicht, wie ich ihr das unfassbare Gefühl vermitteln sollte, das ich für sie empfand. Vielleicht kam das vom Rum. Sehr wahrscheinlich lag es jedoch daran, dass ich keine Erfahrung mit diesem Gefühl hatte, bei dem ich mich ohne den anderen einfach nicht vollständig fühlte.

So gab ich ihr stattdessen einen zärtlichen Kuss und sagte: »Hey, Kylie. Gehen zwei Neutronen in die Disco.«

Sie lachte. »Ach ja? Und was machen die da?«

»Sagt der Türsteher: ›Tut mir leid, nur für geladene Gäste.‹«

»Ach, Darwin.« Vor lauter Lachen verlor sie das Gleichgewicht und fiel beinahe von meinem Schoß.

»Was macht ihr zwei da?«

Ich drehte mich um und sah, dass Miranda sich noch immer mit ihrem potenziellen Flirt unterhielt, Rory und Jessica uns jedoch beobachteten. Rory lächelte wissend, Jessica schaute etwas anzüglich.

»Wir versöhnen uns«, erklärte Kylie.

»Sieht eher nach Knutschen aus.«

»Jessica«, sagte Kylie. »Gehen zwei Neutronen in die Disco. Da sagt der Türsteher: ›Tut mir leid, nur für geladene Gäste.‹«

Jessicas Brauen schossen nach oben.

Rory lachte. »Sehr schön. Ich sehe, du hast gut aufgepasst.«

»Du bist betrunken«, stellte Jessica fest und grinste. »Seit wann erzählst du Chemiewitze?«

»Ich habe einen schlechten Einfluss auf sie«, bemerkte ich. »Hey, Tyler und Riley sind gerade gekommen.« Jessica und Rorys Freunde waren an der Tür stehen geblieben. Als sie uns sahen, nickten sie. »Jetzt ist es eine Party.«

Sie schienen weniger daran interessiert zu sein, dass Kylie auf meinem Schoß saß, als daran, ein Bier zu bestellen.

»Diese Art von Mädelsabend gefällt mir.« Riley küsste Jessica zur Begrüßung. »Obwohl ich nicht genau weiß, wie es euch von eurer Pyjamaparty hierherverschlagen hat.«

»Kylie und Jonathon mussten sich aussprechen«, erklärte Jessica.

»Sieht so aus.« Er musterte uns und grinste.

»Rory, wir müssen uns auch aussprechen«, meinte Tyler, schob sie vom Stuhl, setzte sich und zog sie auf seinen Schoß. Er küsste sie. »Siehst du? Das musste ich dir dringend sagen.«

»Ich muss mal aufs Klo«, verkündete Kylie, weil Kylie nun einmal so war. Sie verkündete Dinge. »Rory und Jess, ihr müsst mitkommen.«

Sie hüpfte von meinem Schoß, fasste beide an den Händen und zog sie von ihren Freunden fort zur Toilette.

»Warum machen Frauen das?«, fragte Riley. »Sie verhalten sich wie Fischschwärme. Ich habe noch nicht ein einziges Mal Gesellschaft gebraucht, wenn ich pinkeln gegangen bin. Im Gegenteil, ich kann es nicht ausstehen, wenn irgendein Arschloch versucht, sich am Pinkelbecken mit mir zu unterhalten.«

»Das ist tatsächlich komisch«, stimmte ich ihm zu. »Aber ich glaube, Frauen machen das aus zwei Gründen: Erstens, weil sie es nicht abwarten können, ihre Gedanken und Gefühle auszutauschen. Und zweitens, weil sie nicht wollen, dass etwas Wichtiges passiert, solange sie weg sind. Indem sie ihre Freundinnen mitnehmen, können sie sicher sein, dass das nicht geschicht.«

»Ich glaube, da hast du vollkommen recht«, bestätigte Tyler. »Sie haben Angst, dass ihnen irgendein Tratsch entgeht oder dass ihre Freundinnen angemacht werden, während sie weg sind.«

»Wir drei sind hier, wer sollte sie anmachen?«, fragte Riley.

»Ich meine nicht speziell jetzt. Ich glaube, das ist ein angelerntes Verhalten«, sagte Tyler.

»Ich kann mir vorstellen, dass sie ziemlich oft angemacht werden, wenn sie allein ausgehen«, meinte ich.

»Ja, danke, dass du mich daran erinnerst.« Riley schüttelte den Kopf und nahm von dem Barkeeper sein Bier entgegen. »Gott, ich hasse diese Mädelsabende. Immer passiert etwas Schlimmes.«

»Sieht allerdings so aus, als würde der heutige Abend für

uns alle gut ausgehen.« Tyler wirkte zufrieden. »Meiner Meinung nach ist es der beste Mädelsabend, den sie je hatten.«

»Noch vor zwei Stunden hätte ich das nicht gedacht«, gab ich zu. »Ich fürchtete, zwischen Kylie und mir wäre es aus.«

»Stehst du so richtig auf sie?«, fragte Riley. »Ich meine, tiefe Gefühle und so?«

»Ja.« Eindeutig tiefe Gefühle und so.

»Dann glaub mir. Es ist erst vorbei, wenn sie es sagen.«

»Amen«, bemerkte Tyler.

»Wir sind ihnen absolut ausgeliefert, Kumpel.« Riley prostete mir mit seinem Bier zu.

Ich nickte und spürte, wie recht er hatte. Ich hob mein Glas.

Prost.

15

»Na, also …« Jessica grinste, als wir den Waschraum betraten. »Das sieht ja ganz schön heiß aus zwischen dir und Jonathon.«

Ich musste überhaupt nicht auf die Toilette. Ich wollte mich nur mit meinen Freundinnen austauschen, sonst würde ich platzen. »Er hat mir gesagt, dass er mich liebt!«

»Wirklich? Das ist wundervoll!« Rory grinste. »Ich glaube, es war richtig, ihm nicht vorher eine SMS zu schicken. Ich nehme alles zurück.«

»Ach, ich weiß! Ich bin so glücklich!« Ich konnte meine Aufregung nicht verbergen und jubelte vor dem Spiegel. »Er liebt mich, er liebt mich!« Ich beendete meine kleine Tanzeinlage mit ein paar Faustschlägen und Hüftschwüngen.

Jessica schnaubte. »Oh mein Gott. Das ist das Lächerlichste, was ich je gesehen habe, und ich habe mit meinem Freund Sex auf einem Wasserbett. Das sagt also eine Menge.«

»Das ist mir ganz egal.« Ich machte zwei Tanzschritte und stampfte zweimal mit dem Fuß auf. »Ich fühle mich gut. Und ich sehe gut aus. Aber ich brauche mehr Lippenstift. Jonathon hat ihn abgeküsst.«

Rory holte ihren Lippenstift heraus. »Hier. Es macht mich superglücklich, dich so glücklich zu sehen. Die letzten sechs Monate waren echt schlimm.«

Das waren sie. Aber vielleicht konnte ich es deshalb jetzt umso mehr genießen. »Danke, Rory. Das ist lieb von dir. Es waren wirklich üble Zeiten.«

»Der letzte Mädelsabend war …«

Ich hob meine Hand, um Jessica zum Schweigen zu bringen. »Sprich nicht davon. Ich kann Nathan noch immer nicht vergeben, aber er verdient meine Aufmerksamkeit nicht mehr. Ich liebe ihn nicht. Ich habe ihn nie wirklich geliebt. Er ist ganz anders, als ich dachte, deshalb zählt das nicht.«

»Ich finde es gut, dass du seinen Namen aussprechen kannst und nicht mehr Voldemort sagst.«

»Das verleiht ihm zu viel Macht.« Ich zuckte die Schultern. »Er ist einfach kein netter Mensch. Jonathon ist mehr als nett. Er ist ein richtig guter Mensch.« Plötzlich stiegen mir Tränen in die Augen. »Ich bin wirklich sehr glücklich, dass er das alles mit mir durchgestanden hat. Die meisten Typen …« Meine Stimme versagte.

»Ach, Süße.« Jessica nahm mich in die Arme, und Rory schloss sich an. Wir umarmten uns zu dritt. »Es tut mir leid, dass du so viel durchmachen musstest.«

»Du hast recht. Die meisten Typen hätten dich im Stich gelassen. Der einzig Richtige ist nicht wie alle anderen. Daran merkt man, dass er es wert ist. Er lässt einen nicht im Stich«, philosophierte Rory.

Ich nickte. »Stimmt. So, jetzt muss ich aufhören, oder ich ruiniere mein Make-up. Ich will nicht verquollen und verheult aussehen.« Ich löste mich von den beiden und wischte mir über die Augen, schniefte und blinzelte heftig. Ich fächerte mir Luft zu. »Oh, Mist. Ich glaube, ich habe genug Wodka für heute. Mein Schwips lässt nach, und das ist mir ganz recht. Ich will nur nach Hause und Jonathon wie einen Baum besteigen.«

»Hallo!« Jessica lachte. »Da fühlt sich wohl jemand besser.«

»Jetzt habe ich die schlimmsten Bilder vor Augen. Jess, die auf einem Wasserbett herumturnt, du in einem Holzfällerhemd, wie du Jonathon besteigst … Früher oder später muss ich meinen Freund nackt sehen, damit ich diese Filme loswerde.«

»Und jetzt hast du den Gedanken an deinen nackten Freund auch in *meinen* Kopf gepflanzt. Iih.«

»Hey, was heißt da iih? Tyler ist …«

»Unglaublich scharf und gut bestückt, ich weiß.« Ich lachte. »Aber wir haben unsere Frauengespräche beendet, als wir in die Bar gekommen sind. Ihr habt sicher nichts dagegen, wenn ich mit Jonathon nach Hause gehe, oder?«

»Natürlich nicht.« Jessica rieb sich vor dem Spiegel die Zähne. »Ich glaube, Riley ist erleichtert. Er macht eine etwas unsichere Phase durch und meint, jeder Mann, der sich mir auf fünf Meter nähert, wollte mich angraben.«

»Was meinst du, woher das kommt?«, fragte ich und richtete meine Mütze.

»Ich glaube, er macht sich Sorgen, ich könnte nach neun Monaten Beziehung mit ihm feststellen, dass ich den ganzen Ballast doch nicht will – das Haus, die Hypothek, Jayden und Easton, die Missachtung von meinem Vater und so weiter. Ich versuche mein Möglichstes, um ihn zu beruhigen, ohne direkt zu sagen: ›Hey, mach dir keine Sorgen.‹ Er hat keinen Grund zur Sorge. Ich liebe mein Leben, und ich liebe mein Leben mit ihm.«

»Okay, wir müssen jetzt wirklich aus dieser Toilette raus«, meinte Rory. »Sonst werde ich auch noch ganz rührselig. Tyler macht sich keine Sorgen, dass mich andere Männer anmachen könnten. Er sorgt sich, dass er nicht genug Geld verdient und dass ich mich für ihn schäme. Dabei bedeutet mir Geld gar nichts. Mich interessiert einzig und allein, dass er ein toller Typ ist.«

»Das männliche Ego. Wir müssen es wie Glas behandeln.«

Hmm.« Ich beschloss am Ende, doch noch pinkeln zu gehen, und fragte mich auf dem Weg in die Kabine, was wohl Jonathons Egoproblem war. Ich konnte keine echten oder eingebildeten Schwächen von ihm benennen. Mein einziges Problem war – und das war mehr eine Beobachtung als ein Problem –, dass er manchmal sehr pragmatisch sein konnte.

Als ich abzog, beschloss ich, heute Abend über nichts von alledem weiter nachzudenken. Darüber konnte ich mir Gedanken machen, wenn ich so weit war, wie Jessica und Rory mit ihren Freunden – in neun Monaten und über einem Jahr.

»Ich finde es so süß, dass du mit einem Genie zusammen bist«, schwärmte Rory, während ich mir die Hände wusch. »Er sieht dich so verwirrt an, als könnte er einfach die Gleichung nicht lösen, warum du so verliebt in ihn bist.«

Ich lachte. »Das stimmt nicht.«

Als wir zurück zum Bartresen gingen, drehten sich alle drei Männer um und beobachteten, wie wir auf sie zukamen. Ich achtete nicht auf Tyler und Riley, sondern steckte die Hände in die Hosentaschen und schwang die Hüften, um Jonathon zu beeindrucken. Ich genoss den sehnsuchtsvollen Blick, mit dem er mich ansah.

»Ihr wart ja ewig da drin«, beklagte sich Riley.

Ich ignorierte ihn und achtete nicht darauf, was Jessica antwortete. Stattdessen trat ich direkt zwischen Jonathons Beine. Er spreizte sie, damit ich mehr Platz hatte, dann schloss er sie und hielt mich zwischen seinen Knien gefangen.

»Hab dich.«

Lachend legte ich die Arme um seinen Hals. »Ja, du hast mich. Ist Miranda sauer, wenn wir gehen? Musst du sie nach Hause bringen?«

»Ich bin zu Fuß, und ich glaube, Miranda kommt zurecht.« Er deutete mit dem Kopf auf sie.

Ich blickte mich um und sah, dass seine Freundin mit dem

kurzhaarigen blonden Mädchen herumknutschte. »Oh. Hervorragend.«

»Hast du etwas dagegen, wenn wir zu Fuß gehen?«, fragte er.

»Nein. Es sind nur ein paar Blocks bis zu mir. Ich habe meine Tasche bei Rory gelassen, aber da ist nichts Wichtiges drin, was ich heute Nacht brauche.«

»Perfekt. Dann lass uns gehen.« Er beugte sich dichter zu mir und raunte mir ins Ohr: »Wir müssen unterwegs noch Kondome besorgen.«

Meine Wangen wurden heiß. Ich nickte, darüber wollte ich nicht reden. Natürlich mussten wir uns eine zuverlässigere Verhütungsmethode überlegen, und wir mussten über unsere Gefühle bezüglich der Sache sprechen, an die ich in diesem Moment noch nicht einmal denken konnte. Ich war noch nicht so weit. Es würde mir die Laune verderben und die große Freude über unsere Liebe, die mit jedem Mal, da sich unsere Blicke trafen, noch größer zu werden schien.

»Ich bezahle und sage Miranda Bescheid, dass wir gehen.«

Plötzlich änderte ich meine Meinung, ich wollte doch noch etwas trinken. »Lass uns noch einen letzten Drink nehmen und dann gehen, okay?« Ich umschloss sein Gesicht mit meinen Händen und küsste ihn. »Mm. Ich knutsche zu gern mit dir.«

»Knutschen?« Er lachte. »Du bist so verdammt süß, das ist kaum auszuhalten. Wenn du noch etwas trinken willst, bekommst du noch etwas. Was hättest du gern?«

»Ich nehme einen Wodka Martini, nachdem ich als Letzte von all meinen Freundinnen jetzt endlich auch einundzwanzig bin. Ich möchte hier sitzen und wie ein großes Mädchen an meinem Glas nippen.«

Das stimmte nur zum Teil. Vielleicht wollte ich auch noch etwas trinken, weil ich Angst hatte, in Panik zu erstarren, wenn es Zeit wurde, sich nackt auszuziehen. Natürlich wollte ich unbedingt Sex mit ihm haben, aber das Entsetzen über den Verlust des Babys war noch immer übermächtig, und ich hatte Angst, dass wir das noch einmal durchmachen müssten.

Daran wollte ich jetzt nicht denken. Deshalb setzte ich mich auf einen eigenen Barhocker neben ihn und redete und lachte mit meinen Freundinnen und mit Jonathon und trank meinen Martini. Seit zwei Wochen ging ich der Situation nun schon aus dem Weg. Mir war klar, dass ich sie nicht für immer meiden konnte, aber nur heute Nacht, nachdem ich so selig war, dass Jonathon mich liebte, wollte ich sie weiter ignorieren.

Folglich kehrte der Schwips, der etwas nachgelassen hatte, heftig zurück. Als wir die Bar verließen, fühlte ich mich geradezu kühn. Weil Jonathon und ich ständig in Hauseingängen stehen blieben, um zu knutschen, brauchten wir dreimal so lang für den Nachhauseweg.

»Oh Gott, ich begehre dich so sehr«, murmelte er, als wir uns im Eingang des Schallplattenladens aneinanderdrängten.

Rechts und links von mir sah ich die Retro-Cover der LPs, es ging ein kalter Wind, aber keiner von uns achtete darauf. Mein Kopf drehte sich – vom Wodka, von der Liebe und der Lust –, und ich schlang mein Bein um seins, weil ich ihn dichter bei mir spüren wollte. »Nimm mich.«

Er öffnete den Knopf von Rorys Jeans und war sofort in meinem Slip. Er streichelte mich, während wir uns küssten, und ich konnte nicht fassen, wie gut sich das anfühlte und wie scharf und wie feucht ich war.

»Oh«, stöhnte ich. »Hör nicht auf, ich komme.«

»Wirklich? Mann, das ist echt heiß.«

Und das war es. Ich ließ den Kopf in den Nacken sinken. Durch Jonathons Körper vor Blicken geschützt kam ich in aller Öffentlichkeit mit kalten Ohren und fiebrig heißem Körper durch sein geschicktes Streicheln zum Orgasmus. Ich biss mir auf die Lippe, erschauderte und lehnte die Stirn an seine Schulter. »Verdammt.«

Er zog seine Hand aus meinem Slip und schloss den Knopf. Lächelnd sagte er: »Gehen wir weiter. Auch wenn wir die Kälte nicht spüren, es sind vier Grad unter null.«

»Wir wollen ja schließlich keine Frostbeulen an den entscheidenden Stellen bekommen.« Ich nahm seine Hand. Seine Finger waren warm und feucht, was mich von Neuem erregte, und beim Gehen spürte ich meine nassen, ziehenden Schenkel.

Als wir an der Tankstelle Kondome kaufen wollten, blendete mich das Licht der Leuchtstofföhren, und ich blinzelte. Die Wärme und der Zwang, mich normal zu verhalten, wirkten etwas ernüchternd. Jonathon nahm eine Zwölferpackung und kaufte für sich einen Kaffee. Mein anzügliches Lächeln ließ sich nicht verbergen, denn ich konnte es nicht abwarten, bis sich unsere Körper perfekt miteinander verbinden würden.

Während wir in der Schlange hinter einem Typen warteten, der Zigaretten kaufte, bot Jonathon mir einen Schluck von seinem Kaffee an.

»Du musst pusten«, warnte er.

Ich hob die Brauen. Er war zu lustig. Glaubte er, ich sah nicht, dass der Kaffee heiß war? »Danke.« Ich trank einen Schluck, dann zahlten wir.

Der Verkäufer versuchte so zu tun, als würde er nicht auf unsere Ware achten, was ihm allerdings überhaupt nicht gelang. Er schüttelte den Kopf und sagte: »Mann, ich beneide euch. Ich sitze hier bis sechs Uhr fest.«

»Tut mir leid«, erwiderte Jonathon. »Aber ich glaube, man kann auch morgens Sex haben.«

Der Verkäufer war groß und hatte kurze, lockige Haare. Sie

wackelten, wenn er lachte. »Aber selbst dann braucht man dazu ein Mädchen, Kumpel. Viel Spaß.« Er lächelte mir zu. »Lass ihn ordentlich schuften.«

Ich lachte. Es hätte unangenehm sein können, das war es aber nicht. Anscheinend war er einfach nett und gesprächig, und hey, wer wollte schon an einem Samstagabend in einer Tankstelle festsitzen und anderen dabei zusehen, wie sie sich amüsierten? Ich nicht. »Danke.« Ich musste Jonathon nie bitten, etwas zu tun. Er tat es einfach. Es ging immer deutlich mehr um mich als um ihn. Ich fand, dass ich ihn heute Nacht etwas verwöhnen sollte.

»Was ist deine Lieblingsstellung?«, fragte ich, als wir gingen. »Was erträumst du dir, sobald wir durch die Tür kommen?«

Er warf mir einen Seitenblick zu. »Eigentlich möchte ich dich in nichts als diesem Hemd und den Cowboystiefeln direkt an deiner Tür nehmen.«

Ich atmete lautstark ein. »Oh.« Ich bedauerte, dass ich mit der Frage nicht gewartet hatte, bis wir zu Hause waren, denn jetzt konnte ich es noch weniger erwarten. Doch wir bogen bereits auf den Weg zu meinem Haus ein.

Nachdem ich den Schlüssel ins Schloss gesteckt hatte, schob Jonathon sofort die Tür auf, fasste meine Hand und zog mich die Treppe hinauf. Ich lachte. »Langsam!«

»Du hast leicht reden. Du hast mir einen voraus.«

Da hatte er recht. Auf dem Weg in die Wohnung riss ich mir den Mantel vom Körper und zog die Stiefel aus. Ich wollte so schnell wie möglich meine Jeans loswerden, doch Jonathon hatte bereits bemerkt, wie kurz sie waren.

»Warum geht deine Hose nur bis zur Wade? Ist das jetzt in?«

»Nein, sie gehört Rory. Ich hatte keine Jeans dabei und wollte in der Bar nicht im Pyjama auftauchen.«

Jonathon zog ebenfalls Mantel und Schuhe aus, ohne mich dabei auch nur eine Sekunde aus den Augen zu lassen. »Das hätte mich nicht gestört. Ich war nur froh, dich zu sehen.«

Ich beugte mich etwas vor, um die Jeans hinunterzuziehen.

»Obwohl, wenn ich es mir genauer überlege, gefällt mir dieses Modell doch besser.« Plötzlich waren seine Hände überall, sie strichen über meinen Bauch, meinen Rücken, meine Brüste.

Ich griff nach dem Knopf seiner Hose, doch er wich zurück und hielt meine Hand fest. »Nein. Ich will erst ein Kondom überziehen.«

Ich zuckte innerlich zusammen, nickte jedoch. Er hatte recht, er verhielt sich klug. Aber es zerstörte ein wenig die Stimmung, die Spontaneität. Während er sich darum kümmerte, streifte ich meinen Slip ab und schlüpfte wieder in die Stiefel. Dann knöpfte ich mein Hemd auf, zog Shirt und BH aus und streifte das Hemd wieder über, ließ es jedoch offen.

»Oh mein Gott.« Jonathon starrte mich an, sein Blick glitt an meinem Körper hinunter. Er hatte sein Hemd ausgezogen, die Hosen hingen jedoch noch locker auf seinen Hüften, seine Erektion ragte verführerisch empor.

Mmh. Er sah echt heiß aus.

»Du siehst total scharf aus.« Er hob die Hände, berührte mich jedoch nicht, sondern führte sie an meinem Körper entlang, als würde er die Konturen nachzeichnen. »Wieso habe ich nur so ein unverschämtes Glück?«

»Ich hätte nicht gedacht, dass du als Wissenschaftler an Glück glaubst.«

Er lachte leise. »Dann danke ich Gott für was immer an jenem Abend aus meinem Mund gekommen ist, das dich überzeugt hat, mir eine Chance zu geben.«

»Ich glaube, es lag mehr daran, dass du Mitleid mit mir hattest.« Ich lehnte mich gegen die Tür, stellte die Füße etwas auseinander und fasste sein Hemd am Revers.

Er schüttelte langsam den Kopf und trat einen Schritt auf mich zu. »Mir tut jeder Mann leid, der jetzt nicht an meiner Stelle ist.«

Dann hob er mein linkes Bein, legte es um seinen Schenkel, fasste mit einer Hand meinen Po und stützte sich mit der anderen neben meinem Kopf an der Wand ab. Der erste Stoß trieb mich auf die Zehenspitzen, und ich stöhnte leise auf. Jonathon hielt sich nicht zurück. Er stieß so fest zu, dass ich jedes Mal mit dem Rücken gegen die Tür stieß. Als es mir schlecht ging und ich noch schwanger gewesen war, hatte er sich zurückgehalten. Der Grund, weshalb er sich jetzt nicht mehr beherrschen musste, löste gemischte Gefühle in mir aus, dennoch genoss ich es. Überraschenderweise hatte ich sogar einen Orgasmus, was ich in dieser Stellung nicht für möglich gehalten hätte. Wimmernd klammerte ich mich an Jonathon, als ich urplötzlich kam.

Mit wachsender Erregung wurde Jonathon lauter, doch dann zog er sich plötzlich aus mir zurück und tastete mit der Hand nach dem Kondom.

»Was … ist alles okay?«

Er nickte. »Ich will nur sichergehen.«

Nun, das war ernüchternd. Ich wollte ihn rundum befriedigen und hatte sofort ein schlechtes Gewissen. »Es tut mir leid, du hättest etwas sagen sollen. Ich hätte …« Ich legte meine Hand auf seine und ließ mich auf die Fersen zurücksinken.

»Ist schon okay. Es war fantastisch.« Er küsste mich. »Ich liebe dich.«

Mein Herz zog sich zusammen. »Ich liebe dich auch.« Er hatte die Arme um meine Taille gelegt, unter das weiche Hemd, und seine Brust ruhte warm an meiner.

»Ich habe vergessen, meine Hose auszuziehen«, bemerkte er.

Ich lachte. »Na, warum holst du das nicht nach, und wir gehen ins Bett und kuscheln?«

»Ist Kuscheln eine vornehme Umschreibung dafür?«

»Ich habe von Schmusen gesprochen. Was meintest du?« Ich saß auf der Bettkante und hob umständlich mein Bein, um einen Stiefel auszuziehen.

Stöhnend fuhr er sich durch die Haare. »Weißt du, wenn du solche Verrenkungen machst, kann ich mich unmöglich umdrehen und schlafen.«

Es war verrückt, aber er fand mich sexy, ohne dass ich mir besondere Mühe gab. Es war fast zu schön, um wahr zu sein. Nachdem er das eine Kondom abgestreift und in den Mülleimer geworfen hatte, angelte er bereits nach einem neuen. Hastig zog ich den zweiten Stiefel aus, während er sich die Hosen abstreifte.

»Das war also deine erste Fantasie. Welche Stellung hättest du jetzt gern? Auf allen vieren?«, fragte ich. Ich war mir ziemlich sicher, dass jeder Kerl auf der Welt diese Position als Lieblingsstellung wählen würde.

Doch Jonathon schüttelte den Kopf und trat zu mir. »Sosehr ich diese Stellung mag, heute Nacht will ich dein hübsches Gesicht sehen.«

Wie sollte ich nicht dahinschmelzen, wenn er solche Dinge sagte? Ich nahm seine Hand und legte mich auf den Rücken. »Du beweist wieder einmal, dass du für einen Wissenschaftler ziemlich romantisch bist.«

»Das bleibt aber unter uns beiden, ja?«

Ja, alles blieb unter uns. Noch nie hatte ich eine so intime Vertrautheit mit jemandem verspürt. Jonathon hatte mich in absolut desolatem Zustand gesehen und war dennoch nie ins

Wanken geraten. Er hatte sich in mich verliebt. Das sah ich in seinen Augen und spürte es an der Art, wie er mich berührte. Es erfüllte mich mit Ehrfurcht. Ich hatte nicht das Gefühl, das verdient zu haben, und Angst, dass es wieder verging. Ich war mir nicht sicher, ob ich ihn halten konnte.

Doch in diesem Moment wollte ich einfach nur genießen. Plötzlich fand ich es beängstigend, ihm zu sagen, was ich empfand. Klar, ich hatte es ihm schon in der Bar gesagt, aber das war etwas anderes gewesen. Doch in meinem Bett hatten wir sowohl Gutes als auch Schlechtes miteinander erlebt, und daher waren meine Worte hier bedeutsamer. Als er meine Beine auseinanderschob, sah ich zu ihm auf und sagte: »Ich liebe dich so sehr.«

Er neigte sich zu mir herunter und küsste mich. Wieder einmal rutschte seine Brille dabei herunter. »Kylie Ann, ich liebe dich auch wahnsinnig. Und das liegt nur ein bisschen an deinem Geruch.«

Ich lachte. »Gut zu wissen. Und woher kennst du meinen zweiten Vornamen?«

»Ich höre alles, was du sagst.«

Genau das machte ihn so verdammt attraktiv.

Er hörte mir zu.

Meinen Worten, meinen Handlungen, meinem Körper.

Eine Stunde später schliefen wir schließlich ein, und ich fühlte mich anders, so als wären die Sorgen der letzten sechs Monate ein Ballon gewesen, in den jemand eine Nadel gestochen und die Luft herausgelassen hatte.

Ich schloss die Augen und schlief friedlich ein, entspannt und frei von Sorgen.

Glück. Dieses verrückte und schwer zu fassende Luder hatte ich vermisst.

Als ich aufwachte, schlief Kylie noch, ihr nackter Körper lag halb auf mir. Ich angelte nach meinem Telefon, um zu sehen, wie spät es war, und bemerkte das Datum. Welche Ironie. Ich küsste sie auf den Kopf. Wie standen wohl statistisch gesehen die Chancen, dass ein Typ wie ich mit einem Mädchen wie ihr zusammenkam? Ich könnte es mir erklären, wenn ich reich wäre, einer dieser Nerds, die die Welt veränderten und obendrein eine scharfe Frau bekamen. Aber ich war nur ein Masterstudent mit einem möglicherweise unnatürlichen Interesse an Kinetik. Ich war mir nicht ganz sicher, was sie in mir sah, aber ich würde es nicht weiter hinterfragen.

Als sie aufwachte, seufzte sie leise und kuschelte sich an mich.

»Weißt du, was heute ist?«, fragte ich.

»Sonntag?«

»Es ist Valentinstag.« Ein Feiertag, den ich offen gestanden verachtete, da er sich zu einem kommerziellen Marketinginstrument der Blumen- und Schokoladenindustrie entwickelt hatte und die Leute unter Druck setzte. Wenn man nicht mitmachte, galt man in romantischer Hinsicht als Versager. Niemanden schien zu interessieren, dass der heilige Valentin enthauptet worden war, wohl kaum eine sehr romantische Tatsache. Doch zu meiner Überraschung stellte ich fest, dass ich jetzt, da ich bis über beide Ohren in Kylie verliebt war, dem Quatsch um den vierzehnten Februar deutlich positiver gegenüberstand.

»Echt?« Sie streckte sich, um mir einen Kuss zu geben. »Das ist perfekt.«

Das stimmte. »Alles Gute zum Valentinstag.« Doch nachdem ich jetzt ganz wach war und sie sich bewegt hatte, wurde ich sofort hart, und das machte mich nervös. Ich hielt sie an der Taille umarmt, rollte mich jedoch zur Seite, um meine Unterhose vom Boden aufzuheben. Als ich sie überzog, blinzelte Kylie mich an.

»Was machst du da?«

»Ich ziehe meine Unterhose an. Es macht mich nervös, wenn wir nackt zusammenliegen und uns ungeschützt berühren.«

Das schien ihr nicht zu gefallen, aber ihr musste ja klar sein, dass das sinnvoll war. Allerdings sagte sie nichts mehr dazu.

»Kannst du nicht vielleicht die Pille nehmen?«, fragte ich. »Ich weiß, du hast deine Gründe, dass du es bislang nicht wolltest, aber ich glaube, es würde uns eine Menge Stress ersparen.«

»Müssen wir das jetzt besprechen?«

»Nein, aber irgendwann müssen wir es besprechen.« Am liebsten gestern. Ich würde mich erst entspannen können, wenn sie irgendein wirklich sicheres Verhütungsmittel benutzte. »Wenn du keine Hormone nehmen willst, kannst du dir eine Spirale einsetzen lassen. Die ist hormonfrei.«

Sie seufzte. »Gut. Ich vereinbare einen Termin bei meiner Ärztin.«

Warum gab sie mir das Gefühl, ein Idiot zu sein? Wir konnten das Thema nicht ignorieren. Eine leise Stimme in meinem Hinterkopf erinnerte mich daran, dass sie gerade einmal einundzwanzig war. Fünf Jahre Altersunterschied schienen auf den ersten Blick nicht viel auszumachen, bei gewissen Dingen aber vielleicht doch. Bei dem Gedanken kam ich mir tatsächlich wie ein Idiot vor.

»Hast du heute etwas vor?«

»Nein. Ich muss nur ziemlich viel lernen. Es läuft nicht gut in meinen Kursen. Besser zwar als letzten Monat, aber es ist ganz schön schwer, alles aufzuholen.«

»Kann ich dir irgendwie helfen?«

»Du kannst mir ein Stück von deinem Gehirn geben.«

»Das könnte kontraproduktiv sein, denn dann funktioniert es nicht mehr. Aber ich kann dich in die Bibliothek bringen oder in ein Café und dich mit Koffein vollpumpen. Ich kann dir auch all deine Chemiefragen beantworten.«

»Okay.« Sie gähnte. »Können wir irgendwo frühstücken gehen?«

»Na klar. Wohin willst du?«

»Irgendwohin, wo es Pancakes gibt. Ich liebe Pancakes.«

»Abgemacht.« Ich hatte ein schlechtes Gewissen, weil ich den Tag mit dem heiklen Verhütungsthema begonnen hatte. Dann ärgerte ich mich über mich selbst, dass ich deshalb ein schlechtes Gewissen hatte. »Komisch, dass ich keinen Kater habe. Bevor du gestern gekommen bist, habe ich viel zu viel Rum getrunken.«

»Ich muss zugeben, dass ich leichte Kopfschmerzen habe.« Sie setzte sich auf und dehnte den Nacken. »Aber ich glaube, mit einem Kaffee wird cs gehen.«

Kylie kletterte über mich hinweg und durchquerte nur mit dem Jeanshemd bekleidet das Zimmer. Es war nicht zugeknöpft und rutschte zur Seite, als sie zum Bad ging. Sie ließ die Tür offen und setzte sich einfach in meinem Blickfeld auf die Toilette. Noch nie hatte ich eine Freundin gehabt, die so selbstverständlich mit ihrem Körper umging. Es war wundervoll. Zugegeben, ich musste Kylie nicht unbedingt beim Pinkeln zusehen, aber ich hatte auch nichts dagegen. Und der Vorteil an dieser ungezwungenen Haltung war, dass ich sie häufig nackt umherlaufen sah.

Zum Beispiel jetzt. Sie stand auf, betätigte die Spülung, hob die Arme über den Kopf und reckte sich. »Soll ich duschen?«

Manchmal entbehrten ihre Fragen einer gewissen Logik,

aber das machte einen Teil ihres Charmes aus. »Fühlst du dich schmutzig?«

Sie grinste. »Wenn ich mit dir zusammen bin, fühle ich mich immer schmutzig.«

»Das verstehe ich.« Sie stand im Türrahmen, und ich hatte die Hände hinter dem Kopf verschränkt und meine Brille aufgesetzt, damit ich ihren Anblick voll und ganz genießen konnte. »Du kannst ja kurz duschen, ohne dir die Haare zu waschen. Sonst kommen wir erst in einer Stunde zum Frühstücken.«

»Okay.« Sie gähnte erneut und ließ ihr Hemd fallen.

Sie wandte sich um, beugte sich in die Dusche und drehte das Wasser auf. Dabei bot sie mir einen Anblick, den ich zu gern auf Film festgehalten hätte. Allerdings wusste ich, dass elektronische Quellen nie absolut sicher waren und nichts je richtig gelöscht wurde. Also musste ich ihr Bild in meinem Kopf abspeichern, um mich später an diesen Augenblick zu erinnern.

Ein paar Minuten später trat sie aus der Dusche und trocknete sich ab. Mein Gott. Ich musste mir hundertmal am Tag sagen, was für ein Glückspilz ich war.

Während sie sich anzog, duschte ich ebenfalls schnell, dann schlenderten wir Händchen haltend und noch immer etwas müde zum *Pancake House*, wo ich eine völlig neue Seite an Kylie entdeckte. Noch nie hatte ich erlebt, dass sie viel aß. Es war eine ganz neue Erfahrung, als ich sah, wie sie ihr Frühstück verschlang. Während wir uns unterhielten, lachten und aßen, lächelte sie unentwegt. Wenn sie einen besonders köstlichen Bissen erwischte, schloss sie genießerisch die Augen, und als man ihr extraweiche Butter brachte, hüpfte sie vor Freude auf ihrem Stuhl auf und ab. Es musste unglaublich befreiend sein, wenn man so offen seine Gefühle zeigen konnte.

Ich käme mir lächerlich vor, meine Begeisterung auf so überschwängliche Art zu zeigen.

Vielleicht fühlten wir uns deshalb zueinander hingezogen.

»Du tust mir so gut«, sagte ich. »Du komplettierst mich.«

Sie verzog das Gesicht. »Na ja, jeder mag doch Komplimente. Haben dir deine anderen Freundinnen nicht gesagt, wie scharf du bist? Oder dass du einen tollen Penis hast?«

Ich verschluckte mich an meinem Kaffee. »Nein, ich meinte nicht Komplimente machen, ich meinte komplettieren. Das heißt, dass zwei Persönlichkeiten sich ergänzen und ein perfektes Gleichgewicht bilden.«

Sie lachte. »Oh. Ach so. Da habe ich mich verhört.«

Ich fand es schön, dass sie über das Missverständnis lachen konnte. »Aber jetzt, wo du es sagst … Nein, mir hat noch niemand gesagt, dass ich einen tollen Penis habe.«

»Diese Zicken.«

»Mal im Ernst. Was muss ein Typ tun, um hier mal ein Kompliment zu bekommen?«

»Der Typ braucht mich.« Sie lächelte mich strahlend hinter ihrem Kaffeebecher an. »Dein Penis ist prächtig.«

»Ja.« Mein Lachen verhallte. »Er braucht dich.«

Ich brauchte sie.

16

»Jonathon drängt mich, zu verhüten«, erzählte ich Jessica, während sie mit künstlichen Haarsträhnen an mir herumexperimentierte, um für ihre Ausbildung zu üben.

»Das sieht irgendwie nicht richtig aus.« Stirnrunzelnd musterte sie ihr Werk.

»Hast du mir zugehört?« Das Thema entwickelte sich zum größten Hindernis in einer ansonsten perfekten Beziehung. Jonathon mochte kaum noch ein Zimmer mit mir betreten, ohne ein Kondom zu tragen. Langsam verdächtigte ich ihn sogar, dass er ein Kondom überzog, wenn wir zum Lernen ins Café gingen, und im Laufe der Wochen schien das eher noch schlimmer als besser zu werden.

»Ja, habe ich. Aber ich kann ihn irgendwie verstehen. Mit Kondomen habt ihr ja keine guten Erfahrungen gemacht.« Eindeutig unzufrieden riss sie die Strähne heraus.

»Au, das tat weh.«

»Tut mir leid. Aber warum nimmst du denn nicht die Pille? Ich nehme sie und Rory auch. Sogar Robin nimmt sie, und die steht auf Homöopathie und alles Hippiemäßige und ist Veganerin. Die moderne Version der Pille kannst du problemlos jahrelang schlucken.«

»Ich werde es immer wieder vergessen, sie jeden Tag zu nehmen. Du kennst mich. Im Grunde sind Kondome sicherer.«

»Dann sag Jonathon das.«

»Das habe ich. Er meinte, ich solle den Handyalarm einstellen, und wir würden sicherheitshalber zusätzlich Kondome benutzen.«

»Das ist eine gute Idee.«

»Warum bist du auf seiner Seite?« Ich schob den Stuhl zurück, denn ihre Hände in meinem Gesicht nervten mich plötzlich. Wir saßen in ihrer Küche, wo das Chili fürs Abendessen auf dem Herd vor sich hin köchelte.

»Ich bin auf keiner Seite. Wenn ich mich entscheiden müsste, wäre ich immer auf deiner Seite. Ich verstehe allerdings nicht, was falsch daran ist, übervorsichtig zu sein.« Sie verschränkte die Arme vor der Brust und las noch einmal die Anweisung auf ihrem Tablet-Computer. »Ich falle noch durch die Kosmetikprüfung.«

»Du meinst also, ich sollte die Pille nehmen?«

In dem Moment kam Riley in die Küche und steuerte den Kühlschrank an. Als er meine Worte hörte, erstarrte er, drehte abrupt um und wollte unverrichteter Dinge wieder gehen.

»Hey, Riley!« Ich wollte von jemandem hören, dass ich nicht unvernünftig war. »Meinst du nicht, es ist meine Entscheidung, ob ich die Pille nehme oder nicht?«

»Ja«, sagte er so schnell, dass ich mich fragte, ob er die Frage überhaupt gehört hatte.

»Findest du, Jonathon hat dabei etwas mitzureden?«

»Ja. Kann ich jetzt ein Bier bekommen?«

Jessica lachte, als ich eine Grimasse zog. »Du hast ihn gefragt.« Sie wandte sich an ihren Freund. »Ja, du kannst ein Bier haben.«

»Warum sollte er dabei ein Mitspracherecht haben?«, bohrte ich nach.

»Wenn du schwanger wirst, liegt die Verantwortung auf beiden Seiten. Deshalb. Auch wenn *du* am Ende diejenige bist, die die Pille schlucken muss, sollte er zumindest äußern dürfen, dass er für eine verlässlichere Verhütungsmethode wäre.« Riley nahm sich ein Bier. »Jetzt wirf nicht mit diesem Perückending nach mir. Ich bin nur ehrlich und erkläre dir die männliche Sichtweise. Kondome engen uns ein. Sie sind nicht nervig oder so, aber man hat immer Angst, dass etwas schiefgeht, dass sie ein kleines Loch haben oder so. Und das ist nicht sexy.«

»Perückending?«, fragte Jessica ihn. »Aber sonst bin ich ganz deiner Meinung.«

Ich war nicht ganz sicher, warum ich mich so dagegen wehrte, die Pille zu nehmen. Ich wollte es einfach nicht. Fühlte ich mich vielleicht unreif, weil Jonathon mir vorschlagen musste, was ich tun sollte, und mir sogar noch hilfreiche Hinweise wie den Handyalarm gab? Oder wollte ich insgeheim wieder schwanger werden? Das durfte nicht sein. Wer war so verrückt, das zu wollen?

Jonathon eindeutig nicht.

Da lag vermutlich die Wurzel allen Übels. Jonathon fürchtete sich so sehr vor einer erneuten ungeplanten Schwangerschaft, dass es mich seltsam traurig stimmte. Was wäre passiert, wenn ich keine Fehlgeburt gehabt hätte? Es war ein völlig sinnloser Gedanke, aber aus irgendeinem Grund ließ er mich nicht los. Ich war beinahe besessen von der Fantasie, dass Jonathon eine Klügere finden würde als mich, die eine Spirale benutzte und nicht vor ihrem fünfunddreißigsten Lebensjahr Kinder haben wollte. Ganz anders als ich.

Ich wusste nicht, woher diese Unsicherheit kam. Jonathon tat und sagte nur die richtigen Dinge. Der Valentinstag war drei Wochen her, und er war überwältigend, ein wundervoller Freund. Ich sah ihn nicht so oft, wie ich gern gewollt hätte, aber er hatte Seminare, einen Job, gab Nachhilfe und hatte im Labor zu tun. Wichtige Dinge. Doch ständig schickte er mir eine SMS, rief an und versuchte, mich so oft wie möglich zu sehen. Aber er war einfach schon so erwachsen. Er bewarb sich auf richtige Stellen. Eine Kunststofffirma, die einen Chemiker suchte, hatte ihn sogar zu einem Vorstellungsgespräch eingeladen. Daneben fühlte ich mich unreif, wie ein Versager. Ich schaffte kaum das Semester, und er wurde zu Bewerbungsgesprächen eingeladen, bei denen es um schwindelerregende Gehälter ging.

Ich überlegte, ob es vielleicht nicht meine Berufung war, aufs College zu gehen, sondern Mutter zu werden.

Wenn ich an einem Babygymnastikkurs vorbeikam, geriet ich ins Träumen. Und das war schlimm. Ziemlich schlimm. Zumal ich mit Jonathon nicht darüber reden konnte. Er würde so schnell die Flucht ergreifen, dass ein rennender Vampir dagegen wie eine lahme Ente aussehen würde.

Seufzend stützte ich den Ellbogen auf dem Tisch ab und legte meinen Kopf in die Hand. »Wahrscheinlich habt ihr recht.«

»Weißt du, ich würde mir in die Hose machen, wenn ich so alt wie Jonathon wäre und Jessica schwanger würde. Dass er nicht weggelaufen ist, zeigt, dass er ein guter Kerl ist. Lass es gut sein, nimm ihm die Angst, verstehst du?«

»Willst du damit andeuten, dass du abhauen würdest, wenn ich schwanger wäre?«, fragte Jessica und zog belustigt den Mundwinkel nach oben, während sie erneut die Haarsträhnen in meinen Haaren befestigte.

»Nein, ich meinte, ich würde mir in die Hose machen. Das ist eine große Verantwortung.«

Und das sagte der Typ, der sich seit Jahren schon um seine beiden jüngeren Brüder kümmerte und für ein Haus und eine Hypothek aufkam. Es war merkwürdig, wie Menschen ihre eigenen Fähigkeiten einschätzten.

»Okay. Danke, Riley.« Ich betrachtete Jessicas zweiten Versuch im Spiegel. »Ich sehe aus wie eine betrunkene Christina Aguilera.«

»Das ist nicht verkehrt. Ich wette, mit der kann man gut feiern.«

»Ich habe ein größeres Problem.«

Riley wollte gerade den Deckel vom Chilitopf heben, um seine Nase hineinzustecken, hielt jedoch mitten in der Bewegung inne. »Scheiße. Warum habe ich das Gefühl, dass es jetzt noch peinlicher wird? Darf ich gehen?«

»Nein. Ich bin mir ziemlich sicher, dass Jonathons Vater mich angemacht hat, und ich weiß nicht, wie ich damit umgehen soll.« Apropos peinlich.

»Oh, verdammt, echt?« Riley sah schockiert aus, dann wütend. »Das musst du Jonathon sagen. Mensch, Kylie. Das ist absolut uncool.«

»Ich kann es Jonathon nicht erzählen! Womöglich glaubt er mir nicht.«

»Warum sollte er dir nicht glauben? Was ist denn genau passiert?«, wollte Jessica wissen.

»Er hat mich gebeten, ihn nach dem Unterricht zu treffen. Also bin ich nach oben in sein Büro gegangen, und er hat mir wieder geraten, den Kurs abzubrechen. Daraufhin habe ich gesagt, dass Jonathon mir beim Lernen helfen würde. Er meinte, solange Jonathon nicht die Zwischenprüfung für mich machen würde, könne ich unmöglich bestehen. Dann meinte er, wenn ich den Sohn mögen würde, würde mir der Vater ja vielleicht sogar noch besser gefallen. Wenn ich mit zu ihm käme und sehr nett zu ihm wäre, würde er zusehen, dass ich vielleicht doch noch bestehe.« Die Worte strömten aus meinem Mund und, offen gestanden, klangen sie jetzt, wo ich sie wiedergab, noch schlimmer als in der Situation selbst. Ich war aufgeregt und angewidert gewesen, aber ich hatte keine Angst gehabt. In erster Linie hatte es mich genervt, dass ich mich mit so einem Mist herumschlagen musste. Doch jetzt war ich mehr als genervt, ich war stinkwütend.

»Nein, ich glaube, das ist unmissverständlich.« Jessica verzog das Gesicht. »Gott, was für ein Arschloch. Ein ekelhaftes Arschloch. Erstens ist der Machtmissbrauch widerlich. Zweitens ist er der Vater deines Freundes. Drittens, weiß er denn nicht, dass er ein alter Wissenschaftssack ist? Warum sollte jemand Sex mit ihm haben wollen?«

Riley warf ihr einen Blick zu. »Jess, wenn der Typ glauben würde, dass die Frauen freiwillig mit ihm vögeln, würde er sie nicht erpressen. Kurz mal was anderes … Jess, probier bitte das Chili. Ich glaube, ich habe nicht genug Cayennepfeffer genommen.«

»*Du* hast das Chili gekocht?«, fragte ich Riley.

»Na klar. Du glaubst doch nicht etwa, dass Jess kocht, oder?«

»Nein, eigentlich nicht.«

»Sie wärmt Sachen auf, das ist alles. Aber sie kann meisterhaft staubsaugen. Wir teilen uns die Hausarbeit.«

Er schien stolz darauf zu sein, und dazu hatte er allen Grund.

Momentan verdiente Riley deutlich mehr Geld als Jessica mit Kellnern, weil sie wegen der Schule nur Teilzeit arbeiten konnte. Doch sobald sie ihr Examen hatte und eine Stelle in einem Salon fand, würde sie wahrscheinlich ungefähr genauso viel verdienen wie er. Dann befanden sie sich auf dem gleichen Level. Das machte sicher vieles leichter. Rorys und Tylers Einkommen würde dagegen ziemlich auseinanderklaffen, wenn Rory mit dem Medizinstudium fertig war. Wie würde sich das auf ihre Beziehung auswirken? Tyler schien sich das ebenfalls zu fragen. Im Moment verdiente er das Geld, und

Rory machte nichts. Sie lebte von seinen Einkünften und von Stipendien, das Schulgeld zahlte ihr Vater. Was die Aufgabenteilung in der Wohnung anging, schienen sie gleichberechtigt zu sein, so war es auch bei Robin und Phoenix. Er zahlte die Rechnungen, sie ging aufs College.

Jonathon und ich würden uns nie auf einer Ebene befinden. Er würde immer deutlich mehr Geld verdienen als ich und jeden Tag mit oberschlauen Kollegen zusammen sein, während ich meine Zeit mit Fünfjährigen verbrachte.

»Unbedingt mehr Pfeffer. Jedenfalls musst du Jonathon von dieser Sache mit seinem Vater erzählen.« Besorgt sah Jessica mich an. »Ich finde sogar, du solltest bei der Universität Beschwerde einreichen, aber ich kenne dich, das wirst du nicht tun.«

»Nein, natürlich nicht. Er ist sein Vater! Wie könnte ich das tun?« Allein bei dem Gedanken wurde mir schon übel. »Ich glaube nicht, dass er das öfters tut. Vermutlich meint er, ich wäre leicht zu haben, weil ich schwanger geworden bin.«

Doch während ich das sagte, beschlich mich die Sorge, dass er die Nummer auch mit anderen Studentinnen durchgezogen hatte. Oh Gott, wie konnte ich schweigen, wenn ich damit womöglich riskierte, dass noch ein anderes Mädchen von ihm unter Druck gesetzt wurde? »Vielleicht sollte ich versuchen, seine Drohung schriftlich zu bekommen, bevor ich zum Dekan gehe.«

»Ich bezweifle, dass er dir irgendetwas Schriftliches geben würde. Dazu ist er zu schlau, meinst du nicht?«, fragte Riley.

»Wenn es um Fehltritte geht, sind Männer nicht schlau«, höhnte Jessica. »Anthony Weiner. John Edwards. Bill Clinton. Arnold Schwarzenegger. Tiger Woods. Soll ich noch mehr aufzählen?«

»Hab schon verstanden.«

»Ich muss es tun«, sagte ich und fühlte mich stark. »Ich darf ihn damit nicht davonkommen lassen.« Ich würde ihn mit dem Beweis konfrontieren, ihn dazu bringen, seinen Versuch zu bereuen und mir zu versprechen, es nie wieder zu tun. Auf diese Weise würde Jonathon nicht erfahren, dass sein Vater pervers war. Professor Kadisch würde seine Stelle nicht verlieren. Ich würde Jonathon nicht verlieren. Und nur wenn er sein Verhalten nicht bereute, würde ich zum Dekan gehen.

Das klang einfach. Plausibel.

Nein, es war dumm.

Vollkommen dumm.

Und als mir das klar wurde, konnte ich nur noch daran denken, dass ich genauso dumm war, wie alle immer behauptet hatten.

Manchmal beobachtete ich meine Freundin und wusste genau, was sie dachte und sagen würde. Zugegeben, nicht immer konnte ich die spezielle Kylie-Art vorhersehen, in der sie es sagen würde, aber das Thema und ihre Gefühle waren mir im Grunde meistens klar.

In anderen Situationen wiederum musste ich feststellen, dass ich keine Ahnung hatte, was in ihrem hübschen Kopf vorging.

Dies war der Fall, als wir an einem Tag Sex gehabt hatten und ich danach in die Küche ging, um etwas zu trinken. Devon saß am Küchentisch, kaute auf seinem Fingernagel und beäugte mich nervös.

»Was ist?«, fragte ich. Er wirkte irgendwie schuldbewusst.

»Ich wollte nicht nachsehen«, sagte er. »Ich schwöre es. Aber ihr Handy lag hier auf dem Tisch, während ihr zwei beschäftigt wart. Als es vibriert hat, habe ich automatisch hingesehen. So sind wir nun einmal programmiert. Das ist Pawlow.«

»Okay.« Ich öffnete die Wasserflasche und trat an den Tisch. »Was hast du gesehen?« Vermutlich hatte Nathan ihr irgendeine lahme Liebeserklärung geschickt. Ich vermutete, dass er das noch immer ab und zu tat, vertraute jedoch darauf, dass Kylie absolut nicht an ihm interessiert war.

»Dein Vater hat ihr eine SMS geschickt.«

Ich verschluckte mich und hustete. »Mein *Vater*? Was zum Teufel soll das? Machst du Witze? Woher weißt du, dass sie von ihm war?«

»Weil sein Name auf dem Display erschien. Professor Kadisch.« Devon wirkte schockiert. »Es tut mir leid, ich wollte nicht spionieren. Aber als ich das gesehen habe, konnte ich nicht anders, als sie zu lesen. Er will sich allein mit deiner Freundin treffen, und ich glaube nicht, dass es dabei um einen zusätzlichen Schein geht. Es sei denn, das ist ein neuer Euphemismus für einen Blowjob.«

Sofort wurde mir siedend heiß, und mein Magen zog sich zusammen. Ich drückte die Plastikflasche in meiner Hand so fest, dass die Flüssigkeit herausschwappte. Kylie war in meinem Zimmer halb eingeschlafen. Dass sie ihr Telefon ungesichert auf dem Tisch liegen gelassen hatte, deutete daraufhin, dass sie nichts zu verbergen hatte, oder? Dennoch blickte ich unsicher den Flur hinunter, als ich ihr Handy nahm.

Da war die Nachricht. Professor Kadisch.

Sieh zu, dass du mindestens eine Stunde Zeit hast.

»Vielleicht will er ihr helfen.« Allerdings half mein Vater Studenten sehr selten. Er war der Ansicht, dass man entweder unterging oder schwamm.

»Sieh dir die davor an, vor der Nachricht von Jessica, in der sie Kylie fragt, ob sie zur Übung ihre Augenbrauen wachsen dürfe. Es ist ein Bild. Es ist klein und schwer zu erkennen, aber es zeigt gewisse Charakteristika von …«

Ich öffnete es bereits und erwartete die schlimmsten Dinge. Kylie würde stinksauer auf mich sein, weil ich ihre Privatsphäre verletzt hatte. Doch das war mein Vater und sein … »Oh mein Gott! Das ist sein verdammter Schwanz!«

»Sch!« Aufgeregt blickte Devon zum Flur. »Ich weiß! Was soll das? Wer schickt einer Studentin ein Bild von seinem Schwanz?«

»Ich bin mir nicht sicher, was schlimmer ist: dass sie seine Studentin ist oder die Freundin seines Sohnes. Oh mein Gott, ich drehe durch.« Zitternd vor Wut lief ich auf und ab. »Oh mein Gott, oh mein Gott, oh mein Gott.«

»Das ist noch nicht einmal ein guter Schwanz«, stellte Devon fest. »Soweit ich es erkennen kann, ist er nur halb erigiert.«

Ich streckte die Hand aus. »Nein. Wir werden den fraglichen Schwanz nicht unter die Lupe nehmen und beurteilen. Mir wird schlecht, wirklich. Unter keinen Umständen sollte die Freundin eines Typen den halb erigierten Penis seines Vaters sehen. Es sei denn, das Badezimmerschloss ist kaputt, und sie kommt versehentlich herein. Alles andere ist absolut falsch.«

»Tut mir leid.« Devon wirkte zerknirscht. »Ich glaube, ich brauche einen Drink. Willst du auch einen?«

»Nein. Ja. Nein.« Ich scrollte durch den Posteingang nach oben. »Er schreibt ihr seit drei Tagen, und jede einzelne Nachricht klingt nach einem widerlichen alten Sack.«

Das überlegen wir uns dann. Du musst nur deine zahlreichen Vorzüge zum Einsatz bringen.

Noch besser wäre es, wenn du eine Uniform hättest. Haha.

Je mehr du zu tun bereit bist, desto besser wird die Note. Da du durchfallen wirst, musst du also sehr hart arbeiten.

Mit zitternder Hand warf ich das Handy auf den Tisch. »Ich

bringe ihn um. Das ist meine Freundin, die er da sexuell belästigt.«

»Warum hat sie dir nichts davon gesagt?«

»Ich weiß es nicht.« Wer will schon jemandem sagen, dass sein Vater pervers ist? »Aber eigentlich hat er bis zu dem Penisbild auch nichts Unangemessenes gesagt.«

»Na, komm schon. Wenn man das nicht merkt, muss man schon ziemlich unterbelichtet sein. Diese Andeutungen sind doch mehr als offensichtlich.«

»Kylie antwortet ganz normal. Nichts weist darauf hin, dass sie begreift, was vor sich geht. Ich glaube nicht, dass ihr klar ist, wie widerlich er ist.«

»Ach, komm schon!« Devon sah mich ungläubig an. »Ernsthaft, Darwin? Hör zu, ich weiß, Kylie ist ganz sicher nicht die hellste Kerze auf der Torte, aber ein Mädchen wie sie weiß, wenn ein Perverser sie anmacht.«

Jetzt richtete sich meine Wut gegen Devon. »Und was ist sie für ein Mädchen, wenn ich fragen darf?«

»Reg dich nicht so auf. Du weißt, dass ich Kylie gern mag und dass ich dich höllisch beneide, dass du mit ihr schläfst. Aber komm schon, sie ist schlicht und ergreifend nicht schlau. Sie kapiert die einfachsten mathematischen und wissenschaftlichen Grundlagen nicht. Für sie ist die *Big Bang Theory* nur eine Fernsehsendung und nicht die Urknalltheorie. In ihrem Leben ging es immer nur um ihr Aussehen, und sie weiß, welche Knöpfe sie bei einem Typen drücken muss, um ihm zu gefallen.«

»Halt verdammt noch mal die Klappe. Ernsthaft.« Ich war so wütend, dass ich nicht mehr geradeaus gucken konnte. Noch nie war ich so wütend gewesen. Ich konnte mich kaum noch beherrschen.

»So denkst du also über mich?«, fragte Kylie, die in meinem

Sweatshirt und meinen Basketballshorts im Türrahmen stand. »Dann kann ich dir ja auch ehrlich sagen, Devon, dass ich dich für ein arrogantes Arschloch halte, das Komplexe wegen seines kleinen Penis hat.«

»Hey, hey, hallo!«, protestierte Devon. »Sei nicht sauer, Kylie. Ich habe nichts Schlechtes über dich gesagt.«

»Mich als unterbelichtet zu bezeichnen ist nichts Schlechtes?« Sie kniff die Augen zusammen und starrte ihn wütend an, dann mich. »Was zum Teufel ist hier los?«

»Mein Vater hat dir ein Bild von seinem Schwanz geschickt.« Ich wedelte mit ihrem Handy in der Luft herum. »Und du hast recht. Devon ist ein Arschloch.« Ich starrte ihn wütend an. »Sprich nie wieder so über Kylie.«

»Wenn ihr beide darauf besteht, den riesigen IQ-Elefanten zu ignorieren, der hier ganz offensichtlich im Raum steht, nur zu …« Devon stand auf.

Da schubste ich ihn. Ich hatte es nicht geplant, es passierte einfach. Genug war genug.

Er schubste mich zurück, aber ich stand fest und wankte kaum.

»Hör auf!«, schrie Kylie ihn an, und vielleicht auch mich, und stellte sich zwischen uns. »Lasst es einfach gut sein. Devon, behalte deine Meinung über meinen IQ bitte für dich, denn Jonathon ist dein Freund. Und Jonathon? Warum durchsuchst du mein Telefon?«

»Weil es auf dem Tisch lag und wir gesehen haben, dass mein Vater dir eine SMS geschickt hat. Also haben wir sie uns angesehen, und siehe da, ein Professorenpenis. Ein Bild von seinem Schwanz.«

»Nein. Das kann er unmöglich getan haben.« Sie griff nach ihrem Handy. »Lass mich sehen.«

»Zum Teufel, nein!« Wir hatten einen kleinen Kampf um

ihr Telefon, den ich gewann. »Du wirst dir nicht die widerliche SMS von meinem Vater ansehen!«

»Er ist sowieso nur halb erigiert«, bemerkte Devon. »Du verpasst nicht viel.«

»Du bist echt keine Hilfe!« Ich wandte Kylie den Rücken zu, damit sie nicht an ihr Telefon kam. »Ich werde die Nachricht löschen.«

»Nein, tu das nicht! Findest du nicht, dass die Collegeleitung das sehen sollte?«

Ich zögerte. »Die Collegeleitung? Was meinst du?«

»Na ja, ich hatte den Verdacht, dass er mich anmacht. Er hat mir angeboten, meine Note aufzubessern, wenn ich ihm sexuell zu Diensten stehe, aber ich konnte es nicht beweisen. Ich dachte, wenn er mir Nachrichten schreibt, dann müssen die Leute mir glauben.«

»Du wusstest es also? Du wusstest es und hast es zugelassen?« Meinte sie das ernst? War sie irre? »Mein Gott, Kylie, wie konntest du nur so dumm sein?«

Kaum waren die Worte aus meinem Mund, wusste ich, dass es das Schlimmste war, was ich in diesem Moment sagen konnte. Ich hatte nicht gemeint, dass sie dumm war, im Sinne von nicht intelligent. Ich fand nur, dass es ein Fehler war, meinen Vater in eine Falle zu locken. Sie schätzte das falsch ein.

Doch ihr Gesicht erstarrte, und Tränen schossen ihr in die Augen.

»Kylie, es tut mir leid, ich habe es nicht so gemeint …«

Als ich sie festhalten wollte, schlug sie nach mir. Gott, warum hatte ich nur dieses Wort benutzt? Es war ihre persönliche Achillesferse, ihr wunder Punkt, und genau den hatte ich getroffen.

»Du hast recht«, sagte sie. »Ich bin dumm. Dumm, weil ich geglaubt habe, dass du mich lieben könntest, so wie ich bin.«

»Ach, Süße, nun komm schon, du bist nicht dumm. Ich liebe dich genau so, wie du bist. Ich liebe alles an dir.«

»Aber du glaubst, ich wäre zu dumm, um zu begreifen, dass dein Vater mich anmacht?«

Kylie packte mich und erkämpfte sich erfolgreich ihr Handy zurück. Dann drehte sie sich um, warf die Haare über die Schulter und ging zur Tür.

Scheiße, Scheiße und noch mal Scheiße.

»Bitte, Kylie, geh nicht!« Ich bekam Panik. Sie wollte doch nicht wirklich gehen. Es war elf Uhr abends, und es war März. Die Temperatur draußen lag knapp unter null, der Schnee war tagsüber zu Matsch geschmolzen, konnte jetzt aber wieder gefroren sein. Die Bürgersteige würden spiegelglatt sein. »Ich lasse dich auf keinen Fall zu Fuß nach Hause gehen.«

Sie drehte sich zu mir um. »Du bist nicht mein Vater, okay? Vielleicht hältst du mich für unterbelichtet und meinst, dass ich dein großes Gehirn brauche, um auf mich aufzupassen. Aber ich bin bis zu meinem einundzwanzigsten Lebensjahr ganz gut ohne dich zurechtgekommen. Also, lass mich einfach in Ruhe.«

Darauf wusste ich keine Antwort. Ihre Worte überraschten mich völlig. Sie fand, ich würde mich wie ihr Vater verhalten?

»Ich lasse dich nicht nachts allein nach Hause gehen«, sagte ich hartnäckig und ignorierte den anderen Kram.

»Devon kann mich nach Hause fahren.«

»Was?« Devon und ich stutzten. »*Ich* fahre dich nach Hause!«

»Nein. Devon kann dadurch etwas wiedergutmachen.« Kylie stieg in ihre Stiefel.

»Aber wenn *er* dadurch etwas wiedergutmachen kann, warum kann ich das dann nicht?« Das war unlogisch.

»Lass mich mit deiner verdammten Logik in Frieden!«, schrie sie. »Ich bin wütend auf dich. Wenn du also nicht willst, dass ich laufe, muss Devon mich fahren.«

Herrgott. Da ich nicht wollte, dass sie allein nach Hause ging, würde ich mich ihrem Wunsch beugen müssen. Für den Moment. Doch irgendwann würden wir darüber reden, und sie würde verstehen, dass ich sie nicht hatte beleidigen wollen. Ich war nur völlig entsetzt über die Widerwärtigkeit meines Vaters.

Und was wollte sie überhaupt erreichen mit ihrem geheimen Undercover-Alleingang? Was sollte das?

»Gut. Devon, fahr sie nach Hause.«

»Aber …«

»Fahr sie nach Hause!« Aufgebracht lief ich auf und ab und kratzte mich an meinem neuen Tattoo. Es war das Datum, an dem ich Kylie kennengelernt hatte und an dem wir unser Baby gezeugt hatten, das wir dann verloren hatten. Ich hatte es auf meinen Unterarm tätowieren lassen, wo ich es immer sehen konnte.

Es heilte, und es juckte.

»Gut.« Devon zog eine Grimasse, holte jedoch seine Wagenschlüssel und seine Schuhe. »Das ist nicht meine Schuld – nur damit wir das klarstellen.«

»Hör doch nur mal für zwei Sekunden auf, ein egoistischer Idiot zu sein«, stieß ich hervor. »Kylie, Süße, bist du sicher, dass du nicht bleiben willst? Lass uns darüber reden.«

»Was gibt es da zu reden? Ich bin dumm, und ich gehe nach Hause. Wenn du mir folgst, rede ich nie wieder mit dir.«

Das ließ mir nicht viele Optionen.

Also warf ich nur frustriert die Hände in die Luft, ließ mich auf den Stuhl am Küchentisch fallen und knirschte mit den Zähnen.

Kaum waren sie weg, rief ich meinen Vater an und erklärte ihm klipp und klar, was ich von ihm hielt. Ich beendete das Gespräch, in dem ich sagte: »Ich schwöre, wenn du Kylie nur noch einmal ansiehst, reiße ich dir die Eier ab und stopfe sie dir in den Rachen.«

Wenn es um die Frau ging, die ich liebte, konnte ich offenbar sogar wütend sein.

17

Dumm. Das Wort hallte in meinem Kopf wider. Ich wusste, dass ich überreagiert hatte. Mir war klar, dass Jonathon mich nicht beleidigen wollte, aber bei diesem Wort drehte ich einfach durch. Außerdem hegte ich so langsam den Verdacht, dass Jonathon recht hatte. Es war dumm, seinen Vater dazu bringen zu wollen, etwas Anzügliches in einer SMS zu schreiben. Ich kam mir widerlich vor, wie eine falsche Schlange, und in gewisser Weise fühlte ich mich sogar vergewaltigt. Auch wenn ich es aus den richtigen Gründen getan hatte, machte ich irgendwie mit.

Es war einfach falsch – weil ich es heimlich tat.

Normalerweise war ich keine falsche Schlange, doch jetzt log ich – ganz schlicht und ergreifend. Deshalb fühlte ich mich schrecklich unwohl. Und was tat man, wenn man wusste, dass man falschlag? Man wehrte sich.

Eine Sache hatte ich allerdings ernst gemeint: Jonathon bevormundete mich wie ein Kind, und das gefiel mir nicht.

»Da ist mein Wagen«, sagte Devon und öffnete die Türen.

Ich stieg auf den Beifahrersitz, schlug die Tür zu und zitterte in Jonathons Shorts und Sweatshirt und in meinen Fellstiefeln. Es war noch nicht Frühling. »Ich wohne in der McMillan. Da entlang.«

Ich wies ihm die Richtung. Noch immer war ich sauer, weil Devon mich als dumm bezeichnet hatte.

»Hör zu, es tut mir leid, was ich gesagt habe. Das war gemein.«

»Da hast du recht.« Tut mir leid, aber ich hatte keine Lust, großzügig zu sein.

»Aber weißt du, wenn das rauskommt, wird Jonathons Vater gefeuert. Das gibt einen Riesenskandal. Du hättest ihm von deinem Verdacht erzählen sollen.«

Das stimmte. »Ich wollte keinen Skandal provozieren. Ich wollte verhindern, dass Professor Kadisch noch andere Studentinnen belästigt, die vielleicht Angst haben, den Mund aufzumachen. Aber ich habe nicht gedacht, dass er sich dermaßen widerlich verhalten würde.« Und mir war klar, was mit Mädchen passieren würde, die ohne Beweise den Mund aufmachten: Man würde sie durch den Dreck ziehen. »Außerdem dachte ich, dass mir niemand glauben würde, wenn ich nichts in der Hand hätte.«

»Tja, da hast du wohl recht. Traurig, aber wahr.«

»Da wohne ich.« Ich deutete nach rechts auf mein beschissenes, schäbiges Appartementhaus, das mir ohne Jonathon leer und dunkel vorkommen würde. Ich seufzte.

»Du weißt, dass er ein guter Kerl ist, oder? Ich meine, du bist jetzt wütend, aber ihr werdet das klären.«

Meine Augen füllten sich mit Tränen. »Um ganz ehrlich zu sein, habe ich langsam das Gefühl, dass Jonathon und ich mit allen Mitteln wollen, dass unsere Beziehung funktioniert, obwohl wir eigentlich nie hätten zusammenkommen sollen. Meine Dummheit und ein untreuer Exfreund sind der Grund, weshalb wir uns aufeinander eingelassen haben.«

»Unterschätze Attraktivität und Zuneigung nicht.«

»Zuneigung? Ja, er empfindet Zuneigung für mich – vielleicht so wie für sein Schoßhündchen.« Ich öffnete die Tür und stieg aus. »Danke fürs Bringen.«

»Gern. Kylie, hör zu …«

Aber ich schlug bereits die Tür zu. Als ich ins Café gegangen und Jonathon von meiner Schwangerschaft berichtet hatte, hatte ich ihm auch erzählt, dass ich nicht dumm sei und nicht von ihm erwartete, dass er sich in mich verlieben und mich heiraten würde. Aber irgendwie war seitdem genau das passiert. Manchmal ging mein Optimismus so weit, dass ich den Bezug zur Realität verlor.

Ich hatte mich ihm gegenüber nicht fair verhalten.

Noch immer war ich nicht beim Arzt gewesen, um die Frage der Empfängnisverhütung zu klären, dabei war es das Einzige, worum er mich gebeten hatte. Dabei hatten auch Riley und Jessica mir klargemacht, dass das nur eine berechtigte Forderung von ihm war.

Schnell lief ich zur Haustür, öffnete sie und rannte die Treppe hinauf. Als ich in der Wohnung war, wusste ich, was ich zu tun hatte: Ich durfte Jonathon nicht mehr sehen. Vielleicht nicht für immer, aber vorerst. Als ich mich auf ihn eingelassen hatte, war ich noch nicht einmal über Nathan hinweg gewesen. Dann kam die Schwangerschaft, die Übelkeit, die Fehlgeburt, die Spannungen zwischen uns … Ständig hatte sich das Bild von meiner Zukunft geändert. Wann hatte ich je Zeit gehabt, einfach nur nachzudenken, zu wachsen, zu reifen?

Wann hatte ich ihm jemals etwas Zeit und Raum gelassen zu entscheiden, ob er wirklich mit mir zusammen sein wollte?

Nach der Fehlgeburt hatte ich ihn in der Bar überfallen und zu mir nach Hause gelockt. Das war nicht fair gewesen.

Ich ließ mich aufs Bett fallen und zog meine Stiefel aus. Dann schlüpfte ich unter die Decke und zog den Ausschnitt von seinem Sweatshirt über meine Nase, um seinen Geruch einzuatmen. Unwillkürlich fing ich an zu weinen. Ich kannte jeden Zentimeter von ihm, jede Geste, jede Neigung seines Kopfes, jedes Lächeln. Doch ich wusste nicht, was neunzig Prozent der Ziffern in seiner Tätowierung bedeuteten, und ich würde nie verstehen, was er eigentlich studierte oder was er nach dem Studium vorhatte. Ich wusste nicht, was in seinem Kopf vorging.

Das Handy in meiner Tasche klingelte. Es war Jonathon.

»Hallo?«

»Kylie, ich bin so froh, dass du rangehst. Weißt du, ich finde dich nicht dumm, ich war nur total angewidert von meinem Vater.«

»Jonathon, in zwei Monaten machst du deinen Master.«

»Was? Äh … ja, und?« Er klang schroff, verwirrt.

»Was machst du nach dem Abschluss?«

»Mir eine Stelle suchen.«

»Ist es das, was du tun wolltest, bevor du mir begegnet bist?«

»Ich war mir noch nicht sicher.«

Ich schloss die Augen und hielt mit der rechten Hand das Telefon an mein Ohr, die linke lag auf meiner Stirn. »Du musst tun, was immer du tun wolltest, bevor du mich kennengelernt hast.«

»Wie meinst du das?«

»Ich meine, dass ich nicht die dumme Blondine sein will, die dich davon abgehalten hat.«

»Das bist du nicht. Sag so was nicht.«

»Doch. Und das werde ich dir nicht antun. Ich will, dass du dein Leben ohne mich planst.«

»Machst du gerade Schluss mit mir?«, fragte er ungläubig.

»Ja. Wenn du mit der Uni fertig bist und einen Plan hast und du dann noch immer willst, dass ich ein Teil von deinem Leben bin, weil du denkst, dass ich in dein Leben *passe*, dann lass es mich wissen.« Ich versuchte, einen Schluchzer zu unterdrücken, aber er entfuhr mir dennoch. »Ich werde hier sein.«

»Kylie, nein, bitte. Du übertreibst. Das ist nicht nötig.«

»Doch, ist es«, sagte ich nachdrücklich. »Ich will wissen, nein, ich *muss* wissen, dass du dich für *mich* entscheidest. Du sollst mich wirklich als deine Freundin wollen, als deine gleichberechtigte Partnerin.«

»Das will ich«, sagte er sanft.

»Du hast noch nicht einmal darüber nachgedacht. Wir müssen beide nachdenken.« Plötzlich fühlte ich mich sehr müde, als würden die letzten neun Monate meines Lebens mich erdrücken und mir jegliche Energie rauben.

»Ich verstehe nicht, warum wir nicht nachdenken und trotzdem zusammen sein können. Ich denke die ganze Zeit nach.«

Darüber musste ich beinahe lachen, doch zugleich brach mir das Herz. Ich wollte Jonathon nicht in eine Falle locken. Ich wollte, dass er freiwillig zu mir zurückkam, weil er mich liebte. »Ich spreche häufig, bevor ich denke, Jonathon. Ich reagiere. Ich glaube wirklich, dass ich Zeit brauche, um mich zu sammeln, bevor ich mit unserer Beziehung weitermachen kann. Zwei Monate. Lass uns reden, wenn du deinen Abschluss hast.«

»Das ist sinnlos und offen gestanden fühlt es sich an, als wolltest du mich manipulieren. Willst du, dass ich bettele?«

»Was? Nein, natürlich nicht.« Warum dachten Typen, ich würde ein Spiel spielen, wenn ich versuchte, mich erwachsen zu verhalten? »Ich denke einfach nur, dass wir etwas Zeit und Abstand brauchen.«

»Abstand ist blöd«, meinte er.

Zum ersten Mal, seit ich ihn kannte, klang Jonathon unreif. »Ich habe eine Frage: Soll ich die Universität über das Verhalten deines Vaters informieren, oder soll ich die Sache vergessen?« Irgendwie hatte ich das Gefühl, er hätte das Recht, das zu entscheiden. Schließlich würde seine Familie direkt von der Untersuchung betroffen sein.

Er erwiderte, ohne zu zögern: »Ich möchte, dass du ihn meldest. Dass es dir passiert ist, macht es besonders schlimm, aber auch bei einer anderen Studentin würde ich wollen, dass sie den Mund aufmacht. Das ist nicht okay. Meiner Meinung nach sollte er gefeuert werden.«

»Gut.« Ich war froh, dass er so empfand. Ich fühlte mich nicht wohl bei der Vorstellung, dass sein Vater einer unsicheren Studienanfängerin antat, was er bei mir versucht hatte.

Stille breitete sich zwischen uns aus. Ich hatte so viel zu sagen, aber meine Gedanken waren völlig unzusammenhängend. Wie sollte ich ihm erklären, dass ich ihn mit jeder Faser meines Körpers liebte, dass ich aber glaubte, nicht gut für ihn zu sein? Ich machte mir Sorgen, dass er irgendwann einen Groll gegen mich entwickeln würde, und womöglich würde er die Dinge, die er jetzt süß an mir fand, nach einigen Jahren verachten.

Wie sollte ich ihm erklären, dass ich netter zu mir selbst sein musste, ehrlicher? Ich hatte nie innegehalten und auf meine Gedanken gehört. Dabei wollte ich, dass es für immer hielt, wenn wir zusammenkamen, und nicht nur ein Boxenstopp in meinem Leben sein würde. Ich wollte ihm so gerne sagen, dass mir bei seinem Anblick das Herz aufging, dass es voll war von überschwänglicher Liebe für ihn und dass ich eines Tages seine Frau sein und seine Kinder großziehen wollte, dass ich an der Haustür mit einem Baby auf der Hüfte und einem Lächeln auf den Lippen auf ihn warten wollte.

Aber so etwas konnte man einem Typen nicht sagen, so etwas durfte man noch nicht einmal denken. Man durfte nicht zugeben, dass man sich im Leben nach nichts mehr als nach einer Familie sehnt.

Und während ich im Dunkeln in meinem blöden Appartement lag, kaum in der Lage, meine Kurse zu bestehen, erschien mir das alles einfach nur lächerlich. Es war ein alberner

Traum. Ich hatte kein Anrecht auf diese Zukunft, das konnte ich nicht von Jonathon erwarten. Die Entscheidung lag bei ihm.

»Jonathon …«

»Mach das nicht, Kylie. Bitte«, sagte er gepresst. »Ich bin nur vernünftig gewesen. Ich habe so verdammt hart versucht … Es ist nicht fair, dass du jetzt einfach gehst.«

Meine Tränen liefen schneller. »Ich will nicht, dass du vernünftig bist.«

»Willst du, dass ich unvernünftig bin? Soll ich mich wie ein Idiot aufführen und schreien und Forderungen stellen? Soll ich dich über meine Schulter werfen?«

»Nein …« Ich war mir nicht sicher, wie ich mich ihm verständlich machen konnte.

Doch er gab mir keine Gelegenheit, noch etwas zu erklären. »Wenn du in zwei Monaten reden willst, ruf mich an. Denn jetzt habe *ich* genug.«

Damit legte er auf.

Ich weinte mich in den Schlaf und drückte sein Sweatshirt dabei fest an mich.

Nachdem ich das Telefonat mit Kylie beendet hatte, lief ich mit geballten Fäusten in der Küche auf und ab. Meine Brust war wie zugeschnürt. Als Devon versuchte, mir etwas zu sagen, musste ich raus. Ich schnappte mir Mantel und Schlüssel und trat hinaus auf die Straße. Ich ging an dem Pizzaladen und dem Café vorbei, die beide noch bis spätabends geöffnet hatten, und dann an dem Club, in dem Indie-Bands auftraten und vor dem die Leute in Gruppen zusammenstanden und rauchten. Ich lief und lief, ich wusste nicht wohin, und es war mir auch egal. Es war kalt und auf diese seltsame städtische Art dunkel, die von düsteren Schatten bestimmt wurde.

Die Dunkelheit kam mir bedrohlich vor, wie meine Stimmung.

Ich konnte nicht fassen, dass Kylie mit mir Schluss gemacht hatte. Klar, sie hatte gesagt, es sei nur eine Pause. Zwei Monate. Scheiß auf zwei Monate. Scheiß auf alles. Gute Beziehungen brauchten keine Pause. Eine Pause zögerte nur das endgültige Ende hinaus. In der Pause war man frei, mit anderen zu schlafen. Dann versuchte man wieder zusammenzukommen, und alles war furchtbar, es gab Missverständnisse und solche Dinge. Scheiß drauf.

Ich trat mit dem Stiefel gegen einen Stein.

Mein ganzes Leben war ein einziges Chaos. Mein Vater war pervers. Da er auch meine Masterarbeit betreute, musste ich schnell jemand anders finden. Wie sollte ich es meiner Mutter sagen? Es war einfach widerwärtig. Jetzt wusste ich auch, dass ich nach meinem Master unter keinen Umständen an der UC bleiben würde. Warum auch?

In den letzten Monaten hatte ich viel über mein Leben nachgedacht. Ich hatte es satt, es ständig anzupassen, mir immer wieder neue Realitäten vorzustellen. Ich wollte wissen, wohin ich ging, was ich tun würde – und mit wem. Ehrlich gesagt, hatte ich mir in den vergangenen Wochen genau die Zukunft vorgestellt, die Typen wie ich laut Devon nicht haben wollten: Ich hatte mir eine Familie mit Kylie ausgemalt.

Ich wollte sie wieder anrufen, überlegte es mir jedoch anders.

Es war gerade einmal zwei Stunden her, nicht zwei Monate.

Wie konnte sie den Gedanken aushalten, zwei ganze Monate nicht mit mir zu sprechen? Schon jetzt fühlte ich mich einsam und leer. Ich vermisste sie bereits und suchte nach logischen Argumenten, die ich bei ihr vorbringen konnte.

Doch sie wollte nicht, dass ich logisch argumentierte. Sie

wollte, dass ich den Weg verfolgte, den ich gegangen wäre, bevor ich ihr an jenem Abend begegnet war.

Ich war mir nicht sicher, was das beweisen sollte.

Und während ich auf den Stufen der Corryville-Kirche saß, wusste ich, dass ich unmöglich wieder zu diesem Punkt zurückkehren konnte. Denn an jenem Abend, als sie mit ihrem flauschigen rosa Schal um den Hals in das Café gekommen war und mir die E-Mail mit dem Chemiewitz geschickt hatte, hatte sich schlagartig alles verändert. Ich konnte die Gefühle, die unsere Beziehung in mir geweckt hatte, nicht rückgängig machen. Ich konnte sie nicht einfach fortwischen und wieder zu dem Typ werden, der nur sich selbst sah, wenn er an seine Zukunft dachte.

Ich hatte mir das Datum, das alles verändert hatte, sogar auf den Arm tätowiert.

Und jetzt wollte sie es nicht mehr. Sie wollte mich nicht mehr.

18

Ich lernte, dass ich allein sein konnte, ohne mich einsam zu fühlen. Noch immer war ich zwar lieber mit meinen Freunden und mit meiner Familie zusammen, wenn ich jedoch allein in meinem Appartement war, fühlte ich mich nicht mehr deprimiert und hatte nicht das Bedürfnis, SMS zu verschicken, zu telefonieren oder die Musik aufzudrehen. Ich stellte fest, dass es nicht beängstigend war, mit meinen Gedanken allein zu sein, und dass ich mir manchmal sogar interessante Dinge zu sagen hatte.

In den Wochen, nachdem Jonathon einfach aufgelegt hatte, fand ich auch heraus, dass ich stärker war, als ich gedacht hatte, denn ich konzentrierte mich voll aufs Lernen, um meine Noten zu verbessern. Als ich Jessica erzählte, dass ich von meiner Stärke beeindruckt sei, lachte sie.

»Kylie, dein Exfreund hat dich mit einer deiner besten Freundinnen betrogen, und du hast dich wieder erholt. Du warst schwanger und bereit, dich darauf einzulassen. Du hast das Baby und deinen Freund verloren, du hast einen Professor wegen sexueller Belästigung angeklagt, und du lächelst noch immer. Du bist immer stark gewesen, auch wenn du dich gern hübsch machst und Wimperntusche trägst. So bist du nun mal.«

Und ich glaubte ihr.

Auch wenn die Nächte lang und still waren.

Auch wenn die Gleichungen vor meinen Augen verschwammen, wenn ich verzweifelt versuchte, Chemie zu verstehen, und die Worte ineinanderflossen, wenn ich bis spät in die Nacht an einem Aufsatz für den Literaturkurs saß.

Auch während die Universität mich stundenlang wegen Professor Kadisch befragte und die Polizei eingeschaltet wurde.

Auch wenn man mir unterstellte, ich wollte Professor Kadischs Karriere ruinieren, weil er mich womöglich durchfallen ließ.

Auch wenn ich keine SMS von Jonathon erhielt, was ich mir sehnsüchtig wünschte, obwohl ich ihm etwas anderes gesagt hatte.

Stattdessen erhielt ich einen Anruf von seiner Mutter, die mich um ein Treffen bat. Ich hatte keine Ahnung, was sie wollte, sagte jedoch zu. Natürlich, ich war viel zu neugierig. Wir trafen uns in einem mexikanischen Restaurant direkt am Campus, und ich erkannte sie gleich, als ich durch die Tür trat. Jonathon sah ihr ähnlicher als seinem Vater, und ich fühlte mich ihr nahe, weil sie ihn großgezogen und zu dem Mann gemacht hatte, der er war.

»Hallo, freut mich, Sie kennenzulernen«, sagte ich und reichte ihr die Hand. »Es tut mir leid, ich habe eben erst gemerkt, dass ich gar nicht weiß, wie Sie mit Nachnamen heißen.«

»Fagenbaum, aber bitte sei nicht so förmlich. Nenn mich Debbie.« Sie lächelte mir warm zu, drückte meine Hand und deutete auf den Platz ihr gegenüber.

Ich ließ meine Tasche auf den Boden fallen. Es war Frühling, und ich trug zum ersten Mal Flip-Flops mit meinen Skinny-Jeans. Ein dekorativer Schal war mein einziges Zugeständnis an die Tatsache, dass es noch immer nicht wärmer war als achtzehn Grad.

»Jonathon hat nicht gelogen, du bist sehr hübsch«, bemerkte sie lächelnd. Sie hatte einen grau melierten Kurzhaarschnitt, der ihr gut stand.

»Danke«, sagte ich. Warum hatte ich nie einen Versuch unternommen, sie zu treffen, als Jonathon und ich noch zusammen waren?

»Sicher fragst du dich, warum ich dich hergebeten habe. Ich will mich nicht einmischen. Ehrlich. Was immer ihr beide, du und Jonathon, tut, ist eure Sache. Obwohl ich ruhigen Gewissens behaupten möchte, dass ihr gut füreinander wärt.«

Ich wusste nicht, was ich sagen sollte. Im Grunde fand ich, dass sie recht hatte. »Ich muss mir nur absolut sicher sein, dass Jonathon sich nicht von mir gefangen fühlt, wissen Sie? Ich muss wissen, dass er unsere Beziehung wirklich will.«

»Oh, das ist eindeutig. Er spricht nur von dir.«

Mir stieg die Röte in die Wangen. »Er spricht von mir?«

»Ständig. Doch das müsst ihr zwei miteinander klären. Er weiß noch nicht einmal, dass ich dich gebeten habe, mich zu treffen.«

Ich war mir nicht sicher, was das hieß, und nahm ein Wasser, das die Kellnerin mir anbot. »Okay.«

»Ich wollte dir sagen, dass ich beeindruckt bin, dass du Ben angezeigt hast. Es erfordert Mut, als Frau aufzustehen und zu sagen, dass ein Professor sich unethisch und unangemessen verhalten hat. Ich weiß, dass das schwer für dich gewesen sein muss.«

Mich durchströmte enorme Erleichterung. »Ich war mir nicht sicher, wie Sie empfinden. Es war schrecklich, ihn anzuzeigen, aber ich wollte nicht, dass er ein anderes Mädchen damit unter Druck setzt, dass sie entweder durch den Kurs fällt oder tun muss, was er von ihr verlangt.«

Professor Kadisch war für den Rest des Semesters suspendiert worden, solange das Verfahren lief. Und Jonathons Mutter hatte recht – es war zeitaufwendig und manchmal unangenehm gewesen, als meine SMS einschließlich des Penisbilds und meine Mailboxaufzeichnungen durchgegangen worden waren. Bei der Untersuchung von Professor Kadischs Telefon und Computer stellte sich heraus, dass ich nicht die einzige Studentin war, die er belästigt hatte. Das schockierte mich, aber zugleich war ich froh, dass ich ihn bei der Universität gemeldet hatte.

»Aber ich mache mir Sorgen um Jonathon«, sagte ich. »Es muss schrecklich für ihn sein, das ganze Gerede und das Wissen, dass das sein Vater ist. Es ist ein solcher Verrat.«

»Es ist furchtbar, und ich fühle mich zum Teil dafür verantwortlich.« Sie nippte an ihrem Eistee. »Als er hier zum College gehen wollte, hätte ich ihm die Wahrheit sagen müssen. Er dachte, er würde mir in finanzieller Hinsicht einen Gefallen tun, was ja auch stimmte. Mir wäre es allerdings lieber gewesen, er hätte seinen Vater nie gesehen, weil ich ihm nicht die Wahrheit erzählt habe. Ich war nämlich eine von diesen naiven Erstsemesterstudentinnen, die den Kurs nicht schafften. Ben hat mir angeboten, mir beim Lernen zu helfen, und mich dann, nun ja, er hat mich vergewaltigt. Er würde das anders darstellen und behaupten, ich sei freiwillig gekommen und hätte ihn nicht aufgehalten, aber ich habe mich sehr wohl gewehrt. Doch dann bin ich erstarrt und habe es über mich ergehen lassen. Ich war achtzehn und hatte Angst. Ich wollte einfach nur, dass es vorbeiging.«

»Oh Gott, das tut mir leid.« Ich nahm ihre Hand.

»Dann stellte ich fest, dass ich schwanger war, und beschloss, um finanzielle Unterstützung zu kämpfen, aber ich war nicht sehr mutig, Kylie. Ich hatte ihn nicht aufgehalten und danach geschwiegen. Also habe ich auch weiterhin den Mund gehalten und meinen Sohn allein großgezogen. Ich dachte, ich wäre eine Ausnahme gewesen. Nie hätte ich mir träumen lassen, dass er im Grunde ein Sexualstraftäter ist. Ich dachte, ich hätte ihn ermuntert. Er hat mich beeindruckt, ich fand ihn attraktiv. Ich will damit nicht sagen, ich hätte verdient, was geschehen ist. Das habe ich ganz sicher nicht, aber ich hätte ihm deutlicher machen müssen, dass ich nicht mit ihm schlafen wollte.«

»Das tut mir so leid. Sie haben nichts falsch gemacht. Wir alle reagieren unterschiedlich auf Situationen, und es macht mich wütend, dass die Leute häufig den Opfern die Schuld zuschieben. Ich bin nicht vergewaltigt worden, daher war es für mich viel leichter, den Mund aufzumachen. Dennoch war es schwer, weil ich wusste, ich würde Menschen wehtun, die mir wichtig sind. Jeder hier würde eine Meinung haben, und ich bin mir sicher, dass es Leute auf dem Campus gibt, die schreckliche Dinge über mich erzählen und mich als Schlampe bezeichnen. Wahrscheinlich tauchen jetzt alle Typen, mit denen ich je etwas hatte, aus der Versenkung auf, aber das ist okay. Ich kenne die Wahrheit, und Sie kennen die Wahrheit über das, was Ihnen passiert ist. Sie müssen diese Last nicht mehr für sich behalten.«

Sie nickte, ihre Hand lag noch immer in meiner. Sie hob einen Mundwinkel. »Und ich dachte, Jonathon hätte gesagt, du würdest dir Sorgen machen, dass du nicht klug genug für ihn wärst.«

»Das stimmt.«

»Liebes, es gibt viele Arten von Klugheit, und du hast gerade gezeigt, dass du die Intelligenz des Herzens besitzt. Glaub ein bisschen mehr an dich selbst.«

Ich holte tief Luft. Sie hatte recht. Ich musste mehr an mich glauben.

»Und ich wollte dir auch noch erzählen, dass ich ebenfalls in Chemie durchgefallen bin. Jonathon hat mir aber nie das Gefühl gegeben, dumm oder ihm unterlegen zu sein. Er liebt mich, weil ich seine Mutter bin, nicht weil ich Gleichungen lösen kann. Und genau das ist das Entscheidende, Kylie: Wir brauchen in unserem Leben unterschiedliche Menschen mit unterschiedlichen Fähigkeiten.«

»So habe ich das noch nie gesehen. Sie besitzen selbst die Intelligenz des Herzens.«

Sie lachte. »Vielleicht darf ich mich geschmeichelt fühlen, dass Jonathon sich eine Frau ausgesucht hat, die seiner Mutter ähnelt.«

Wir bestellten eine Kleinigkeit und aßen und sprachen über dies und das. Sie erzählte mir Geschichten von Jonathon, als er ein kleiner Junge gewesen war. Es war schön, sie kennenzulernen und zu sehen, woher Jonathon seine Persönlichkeit und seine Wärme hatte. Als es Zeit zum Aufbruch war, umarmte sie mich.

»Ich gebe am Donnerstag ein Essen für Jonathon, um seinen Abschluss zu feiern. Warum überraschst du ihn nicht und kommst vorbei?«

»Ach, ich glaube, es ist keine gute Idee, ihn zu überraschen.« Es war schrecklich verführerisch, aber wow … Damit würde ich ihn wirklich überrumpeln.

»Denk darüber nach. Du kannst ja früh kommen, bevor meine Familie eintrifft.«

Ich nickte. »Ich denke darüber nach.«

Wie sich herausstellte, brauchte ich mir nicht den Kopf darüber zu zerbrechen.

Als ich am Donnerstagmorgen mit schwitzenden Händen, pochenden Schläfen und angespannten Schultern meine letzte Chemieprüfung hinter mich gebracht hatte – allerdings mit dem Gefühl, dass ich bestanden hatte –, entdeckte ich Jonathon im Flur.

»Oh!« Verwirrt blieb ich stehen. Ich war mir nicht sicher,

weshalb er dort war. Wahrscheinlich wollte er mit dem Vertretungsprofessor sprechen. »Hallo.«

Ich wollte den Flur hinuntergehen, doch er hielt mich am Arm zurück. »Kylie.«

»Ja?«

»Wie ist die Prüfung gelaufen?«

Ich konnte seine Miene nicht deuten und nickte. »Okay. Ich glaube, ich habe bestanden.«

»Gut. Ich wusste, dass du das schaffst.« Er musterte mich. »Du siehst gut aus.«

»Danke.« Ich wusste nicht, ob ich dasselbe über ihn sagen konnte. Er sah müde aus und hatte dunkle Ringe unter den Augen. Auf seinem T-Shirt stand »Mm …« und daneben das Zeichen für Pi. Auf seinem anderen Arm hatte er ein neues Tattoo, das wie ein Code aussah.

Ich wollte ihn umarmen und seinen Geruch einatmen. Ich hatte ihn so schmerzlich vermisst, doch nie so sehr wie in diesem Moment, da er vor mir stand und ich kein Recht hatte, ihn zu berühren.

»Herzlichen Glückwunsch zum Abschluss.«

»Danke. Woher weißt du das?«

Seine Mutter. »Ich bin davon ausgegangen, dass du bestehen würdest.«

Er lachte leise. »Hast du jetzt noch eine andere Prüfung? Darf ich dich begleiten?«

»Nein. Und ja. Ich wollte mich ein bisschen nach draußen setzen. Die Sonne scheint so schön.«

Er legte mir die Hand auf den unteren Rücken, und wir gingen die Treppen hinunter und aus der Tür. Draußen setzte ich mich auf die Betonstufen, und er hockte sich neben mich. Dann wühlte er in seiner Tasche nach dem Handy und hielt es mir vor die Nase.

»Was ist das?«, fragte ich. Es war eine E-Mail, irgendeine Zusage.

»Ich bin in das Doktorandenprogramm der Northwestern aufgenommen worden. Das gilt als eins der besten des Landes für theoretische Chemie.«

»Wow, dann erst recht herzlichen Glückwunsch.« Mein Herz begann zu rasen. Er war hier, um sich endgültig zu verabschieden. Gleich würde er mir sagen, dass ich ihn nie mehr wiedersehen würde. »Das ist eine großartige Sache, du kannst sehr stolz auf dich sein.« Ich meinte es ehrlich, auch wenn ich plötzlich die Fingernägel in meine Jeans krallte. »Wo ist die Northwestern?« Ich versuchte locker zu klingen, was mir allerdings nicht ganz gelang.

»Evanston, Illinois. Nördlich von Chicago.«

Das war weit weg – zwar nicht auf der anderen Seite des Landes, aber es waren bestimmt sieben Autostunden. Zwei Staaten entfernt. Und Chicago war ganz in der Nähe, mit all seinen Vorzügen, die man nutzen konnte, wenn man sechsundzwanzig, cool und klug war und über ein gutes Einkommen verfügte.

»Dort ist es wunderschön. Es liegt direkt am Lake Michigan. Man kann sich keinen besseren Ort zum Leben vorstellen. Einerseits hat man die Vorteile von Chicago in Reichweite, lebt aber in einer Kleinstadt.«

»Oh, wow. Das klingt … wundervoll.« Weit weg. Ich fühlte mich elend. Genau das hatte ich mir für ihn gewünscht. Wirklich. Ich wollte, dass er sich für den Weg entschied, der ihn glücklich machte. Dennoch tat es weh. Ich konzentrierte mich darauf, nicht zu weinen.

»Du hast mich ja gebeten nachzudenken, und das habe ich getan. Ich habe mich entschieden, zu promovieren, und zwar an der Northwestern. Das ist ein tolles Programm. Ein Neuanfang. Eine schöne Stadt.«

»Aha.« Meine Lippen begannen zu zittern. Verdammt. Ich presste sie zusammen.

»Aber ich wollte dich fragen, ob du bereit wärst, mit mir zu kommen. Denn ohne dich bedeutete mir das alles nicht viel.«

»Was?« Ich starrte ihn fassungslos an. Damit hatte ich nicht gerechnet.

Er nahm meine Hand und fluchte leise. »Hast du etwa wirklich geglaubt, dass ich nicht mit dir zusammen sein will? Du hast tatsächlich gedacht, du würdest mir meine verdammte Freiheit schenken, stimmt's?«

Ich nickte.

»Aber das ist es gar nicht, was ich will. Kylie, ich habe deinen Wunsch respektiert und die letzten zwei Monate über den Rest meines Lebens nachgedacht. Und weißt du, was mir klar geworden ist?«

Ich schüttelte den Kopf.

»Ich will mein Leben mit dir verbringen. Ich will jeden Abend neben dir einschlafen und jeden Morgen neben dir aufwachen. Ich will dich eines Tages heiraten, dich in einem weißen Kleid sehen, im Kreise unserer Familien. Ich will Kinder und ein Haus und dass wir uns ein Zuhause schaffen. Was ist daran falsch?«

»Nichts. Gott. Nichts.« Jetzt weinte ich, mein Blick verschwamm. »Das will ich auch. Ich will nichts lieber als das. Ich musste mir nur sicher sein, dass du das nicht irgendwann bereuen würdest.«

»Ich möchte einen Lebenspartner, keinen Laborpartner, verstehst du? Der Tag, an dem ich dir begegnet bin, war der beste Tag meines Lebens.« Ich umfasste ihr Kinn und blickte ihr in die Augen. »Ich habe nie an Schicksal geglaubt, an Bestimmung, an Seelenverwandte. Das alles erschien mir unlogisch. Aber dann bin ich dir begegnet, und mir ist klar geworden, dass in dem unendlichen Universum mit seiner großen Komplexität zwei Leute dazu bestimmt sein können, einander zu finden und all dem einen Sinn zu geben, was sonst eine bedeutungslose Mikroexistenz wäre, eine bloße Nanosekunde kosmischer Zeit. Ich habe erkannt, dass wir beide uns nicht aufgrund der Evolution zueinander hingezogen fühlen, sondern aufgrund von etwas, das man nicht messen kann. Der Liebe.«

Oh Gott. Ich konnte mich nicht mehr beherrschen. Die Tränen liefen mir über die Wangen, ich rückte näher an ihn heran und küsste ihn. »Ich liebe dich. Ich will genau dasselbe wie du. Ich will uns. Ein Zuhause. Eine Zukunft.«

Er erwiderte meinen Kuss, strich wunderbar sanft über meine Lippen. »So soll es sein.«

»Dann ist es Bestimmung?«, flüsterte ich.

Er lachte. »Sozusagen. Aber verrat niemandem, dass ich das zugegeben habe.« Dann zog er mich auf seinen Schoß. »Ich liebe dich so sehr. Die letzten zwei Monate sind die Hölle gewesen. Du hast mir so gefehlt.«

»Du mir auch.« Ich legte die Arme um seinen Hals und atmete seinen Geruch ein. »Ich bin froh, dass du mit mir zusammen sein willst.«

Er lachte. »Kylie Ann. Du hast mich durch die Hölle geschickt, aber ich verstehe das. Ich hoffe, die Zeit hat dir was gebracht.«

»Ja, das hat sie. Ich habe gelernt, mich selbst mehr zu respektieren. Ergibt das einen Sinn? Ich habe gelernt, dass ich mich aus einem akademischen Loch herausarbeiten kann und dass es nicht falsch ist, sich eines Tages ein Familienleben zu wünschen.«

»Tja, wenn du mit mir nach Evanston ziehst, wirst du etwas davon in die Tat umsetzen können. Ich werde viel Zeit in das Programm investieren müssen, und natürlich wirst du dort auch aufs College gehen, aber du musst nicht arbeiten. Wir können von meinem Stipendium leben. Natürlich nur, wenn du einverstanden bist, mich zu begleiten.«

»Klar. Natürlich komme ich mit.« Nichts könnte mich aufhalten, wenn er mich wirklich dabeihaben wollte.

Er lachte. »Das ist mein Mädchen.«

»Ich bezweifle allerdings, dass ich an die Northwestern gehen kann. Die meisten Colleges lassen einen nicht für das letzte Jahr wechseln, und ganz bestimmt nicht, wenn man so schlechte Noten hat wie ich.«

»Es gibt in dieser Gegend jede Menge Colleges. Wir finden mit Sicherheit eines, das richtig für dich ist.«

Ich legte meinen Kopf an seine Brust. »Ich vertraue dir.«

Er legte die Arme um mich. »Ich weiß, dass dir das schwerfallen wird. Aber ja, vertrau mir. Ich werde mich um dich kümmern, ohne dich zu bevormunden. Glaub mir, ich respektiere dich, und ich liebe dich von Herzen.«

Ich legte den Kopf schief, sodass ich ihm in die Augen sehen konnte, und sagte: »Mach ich.«

19

Ein Jahr später

»Bist du bereit?«, fragte ich Jessica und richtete das Band an der Empiretaille meines pinkfarbenen Trauzeugenkleids. »Du siehst phänomenal aus.«

Sie war eine wunderschöne Braut. Sie trug eine kunstvolle Hochsteckfrisur, war perfekt geschminkt, und das trägerlose Prinzessinnenkleid brachte ihre Figur vorteilhaft zur Geltung. Eigentlich hatte sie ein Kleid im Meerjungfraustil haben wollen, sich aus Respekt vor ihrem Vater aber für etwas weniger Freizügiges in Elfenbein entschieden. Da ihr Vater die Trauung mit Riley durchführen würde und am Altar auf sie wartete, musste sie den Gang allein hinunterschreiten.

Sie nickte mir energisch zu, kein Anzeichen von Nervosität. »Ich bin bereit.«

Ich gab Robin ein Signal, die daraufhin den Gang hinunterschritt, gefolgt von Rory und Jessicas Cousine. Als ich an den Reihen vorbeiging, suchte ich Jonathon und lächelte ihm zu, als ich ihn auf halbem Weg entdeckte. Er lächelte warm zurück. Mein Freund war so süß.

Dann wandte ich mich den anderen Männern zu: Tyler stand als Trauzeuge direkt neben seinem Bruder Riley und neben Phoenix, dessen Haare noch länger geworden waren. Er wirkte zufrieden und selbstbewusst. Jayden trat nervös von einem Fuß auf den anderen, und Easton, der im letzten Jahr ein ganzes Stück gewachsen war, nestelte an den Manschetten seines Jacketts herum. Riley wirkte steif, sah jedoch sehr gut aus. Alle Männer trugen schwarze Smokings und dazu schwarze Converse-Sneakers.

Jessicas Vater, den ich seit der siebten Klasse kannte, zwinkerte mir zu, als ich vor ihm ankam. Er wirkte erstaunlich zufrieden mit der Hochzeit. Vielleicht lag es daran, dass Riley und Jess inzwischen seit zwei Jahren zusammenlebten. Er wusste, dass sie zusammenbleiben würden, und da war es ihm wahrscheinlich lieber, wenn sie verheiratet waren und nicht in wilder Ehe lebten.

Ich beobachtete Rileys Miene, als Jessica hinten in der Kirche erschien. Er wirkte im besten Sinne fassungslos. Als er sich kurz über die Augen rieb, schmolz mein Herz dahin. Ich sah zu Jonathon, der mich seinerseits beobachtete. Sein Blick war voller Liebe. Dann wandte ich mich wieder Jessica zu, die strahlend und majestätisch den Gang hinunterschritt.

»Sie sieht wunderschön aus«, murmelte mir Rory leise zu.

Das tat sie wirklich. Und als sie ihr Gelübde ablegte, wiederholte sie die Worte ihres Vaters mit kräftiger, klarer Stimme, ebenso wie Riley. Er hatte die Schultern zurückgenommen, und seine normalerweise so spöttische Stimme klang feierlich. Dann wich er vom Text ab.

»Und ich weiß, das gehört nicht zur Zeremonie, aber ich muss noch etwas hinzufügen. Durch mein Gelübde binde ich mich an dich, und zwar nur an dich. Mir ist aber klar, dass du dich hiermit nicht nur an mich, sondern auch an meine Brüder bindest. Du sollst wissen, wie viel mir das bedeutet und wie sehr ich dich dafür liebe und schätze. Ich kann dir das nie …« Seine Stimme brach ein wenig. »Ich kann dir das nie zurückgeben, aber ich verspreche dir, dass ich und diese Typen für den Rest deines Lebens hinter dir stehen werden.«

Jessica wischte sich vorsichtig die Augen und versuchte, ihr

Make-up nicht zu ruinieren. Sie beugte sich vor und gab ihm einen Kuss. »Danke.«

Riley warf ihrem Vater einen verlegenen Blick zu. »Tut mir leid.«

»Für Gefühle muss man sich niemals schämen, mein Sohn. Jede Frau muss wissen, dass sie geschätzt wird. Die Ehe ist eine Partnerschaft.«

Ich spürte Jonathons Blick auf mir, und als ich meinen Blumenstrauß vor meinem Babybauch richtete, begegnete ich seinem Blick. *Ich liebe dich*, formte er lautlos mit den Lippen.

Dankbar, dass die Zeremonie nicht auf Video aufgezeichnet wurde, antwortete ich ihm auf die gleiche Weise. Er sollte wissen, dass ich den Tag kaum erwarten konnte, an dem ich dort vorne stehen und mich zu ihm bekennen würde. Auch wenn ich das im Grunde schon getan hatte.

Ich war mit ihm nach Illinois gezogen und würde ihm überallhin folgen, solange wir nur zusammen waren. Obwohl ich die Pille genommen hatte, um Jonathon zu beruhigen, bekamen wir ein Baby. Es sollte wohl so sein.

Es war Bestimmung. Nie wieder würde ich an ihm oder an mir zweifeln.

Kylie sah müde aus, als ich sie während des Empfangs auf meinen Schoß zog. Ihre Wangen waren vom Tanzen gerötet. Ich legte meine Hand auf ihren Bauch und küsste ihren Hinterkopf. »Wie geht es dir? Tun dir die Füße weh?« Ich hatte gewollt, dass sie flache Schuhe anzog, aber sie hatte darauf bestanden, die gleichen zu tragen wie die anderen Brautjungfern.

»Sie bringen mich um«, erwiderte sie fröhlich und streifte sie ab. »Natürlich werde ich nie wieder hineinkommen, aber egal.«

»Ich werde dir heute Abend die Füße massieren und alles andere, was du gern massiert haben möchtest.«

»Ohh, mmmh.« Sie drehte sich um und küsste mich. »Ist es verwerflich, dass ich unbedingt mit dir schlafen möchte, obwohl wir bei meinen Eltern übernachten?«

»Überhaupt nicht«, versicherte er. Jetzt, da sie sich im zweiten Drittel der Schwangerschaft befand, war Kylie scharf auf Sex, und ich war scharf darauf, diesen Umstand zu nutzen. »Ich glaube, deine Eltern wissen, dass wir Sex haben.«

Sie lachte. »Stimmt. Was denkst du, wie sie darauf kommen?« Sie deutete mit beiden Zeigefingern auf ihren Bauch.

Ich strich mit dem Daumen über ihre Wölbung. Es gefiel mir, wie sich ihr Körper veränderte und dass unser Baby in ihr heranwuchs – trotz doppelter Verhütung. Nun, so war die Wissenschaft, wobei Kylie es lieber als Wunder bezeichnete. So fand sie auch den Strampler, den ich gekauft hatte, nicht ganz so amüsant wie ich. Darauf stand: »Entstanden durch Liebe und Wissenschaft«. Offiziell stimmte ich ihrer Wundertheorie zu, den Strampler brachte ich dennoch nicht zurück.

»Deine Familie ist wirklich großartig«, schwärmte ich. Ich hatte sie im letzten Jahr in den Ferien kennengelernt, und sie hatten uns einmal in Evanston besucht. Jetzt waren wir jedoch eine ganze Woche in Troy gewesen, um Kylies Abschluss zu feiern und Jessica bei den letzten Hochzeitsvorbereitungen zu helfen. Meine Mutter war für die Examensfeier hergekommen, und schloss dank der gemensamen Freude über ihr zukünftiges Enkelkind mit Kylies Mom eine herzliche Freundschaft.

Laut Ultraschall würde es ein Junge werden.

»Sie genießen es, uns bei sich zu haben.«

Wir würden mindestens noch zwei weitere Jahre in Evanston bleiben. Das war hart für Kylies Eltern, aber Kylie und mir gefiel es dort.

Robin ließ sich an unserem Tisch auf einen Stuhl fallen. »Mensch, ich schwitze vielleicht. Ich kann nicht länger mit Jayden tanzen. Er ist wie Patrick Swayze in *Dirty Dancing* und kennt keine Gnade.«

Ich musste zugeben, dass es ziemlich unterhaltsam war, Rileys Brüder zu beobachten. Easton hatte sein Gesicht in den Schokoladenbrunnen gesteckt und war dafür von Tyler zur Schnecke gemacht worden, und Jayden flirtete mit allen Frauen.

Kylie lachte. »Stimmt. Wo ist Phoenix?«

Ich war stolz auf sie, dass sie Robin vergeben und die Vergangenheit hinter sich gelassen hatte. Es half ihr, dass Robin die ganze Sache so offensichtlich bereute und ein ganz neues Leben begonnen hatte. Sie und ihr Freund lebten ökologisch bewusst und bauten sogar ihr eigenes Gemüse an. Sie lebten in einer Künstlergemeinschaft in New Orleans.

»Er bringt das übrig gebliebene Essen vom Empfang zur örtlichen *Tafel*. Das hat Riley organisiert. Er ist in zehn Minuten zurück.« Sie hob ihre dunklen Haare im Nacken an und wedelte sich Luft zu. »Übrigens bist du die süßeste Schwangere überhaupt.«

»Du hättest mich mal vor zwei Monaten sehen sollen.«

Ich nickte. »Die Übelkeit war heftig. Das war nicht so schön.« Anscheinend gehörte Kylie zu jenen Frauen, die zu aggressiver Übelkeit neigten. Es war nicht gerade hilfreich gewesen, dass ich zu einem Nervenbündel mutiert war und mir Sorgen wegen einer erneuten Fehlgeburt gemacht hatte. Kylie war jedoch ganz ruhig geblieben. Sie war sich völlig sicher, dass alles gut werden würde. Manchmal beobachtete ich sie und war erstaunt, wie sie auf eine so natürliche Art mütterlich wirkte. Sie war zu einer reifen Frau erblüht – aber vielleicht war sie auch schon immer so reif gewesen. Im Vergleich zu ihr kam ich mir regelrecht neurotisch vor.

»Danke, Schatz.« Sie schnitt mir eine Grimasse.

»*Du* bist schön. Nur heftiges Erbrechen ist nicht schön.«

»Man sollte zum richtigen Zeitpunkt aufhören.«

»Ich bin mir nicht sicher, ob ich schon an diesem Punkt bin.«

Sie lachte.

Als Jessica zu uns kam und sich ebenfalls an unseren Tisch setzte, fasste Kylie ihre Hand.

»Heilige Scheiße, hab ich einen Spaß! Und verdammt noch mal, hab ich gerade etwa heilige Scheiße gesagt?«, fragte Jessica.

»Ich habe nichts gehört«, meinte ich, als sie sich verlegen umsah.

»Mein Vater war wirklich großartig, und ich will nicht respektlos sein. Ich meine, er hat noch nicht einmal etwas dazu gesagt, dass du dich hast schwängern lassen, Kylie.«

Kylie schnaubte. »Nein, kein Wort.«

»Hey«, protestierte ich. »Sie hat sich schließlich nicht von irgendeinem Typen schwängern lassen.«

Jessica rückte die Korsage ihres Kleides zurecht und warf mir einen Blick zu. »Diesmal nicht.«

Autsch. »Punkt für dich.«

»Meine Eier wollten einfach von seinem Sperma befruchtet werden«, sagte Kylie zu ihr. »Wir können nichts dagegen tun.«

Ich stellte mir vor, dass ihre Eier über einen freien Willen verfügten, und fand den Gedanken amüsant.

»Oh Mann«, schwärmte Jessica. »Ich kann es kaum erwarten, bis ihr unser neues Haus seht. Es ist megageil.«

Ich musste lachen. Der Champagner schien ihre Zunge zu lockern.

»Das hätte ich so nicht sagen sollen, stimmt's? Jedenfalls

war es großartig von Dad, uns die Anzahlung zu geben, damit wir nach Pleasant Ridge ziehen können. Riley hat es nur angenommen, weil mein Vater gesagt hat, es sei ein Hochzeitsgeschenk. Dabei wollte mein Vater nur nicht, dass ich noch länger in dieser Gegend wohne wie bisher. Ich werde die alte Bude irgendwie vermissen, aber das neue Haus ist so hübsch, und die Nachbarschaft ist deutlich besser für die Jungs.«

Die Frauen plauderten und gaben sich gegenseitig Einrichtungstipps. Ich blendete ihr Gespräch überwiegend aus und genoss das Gefühl, dass Kylie auf meinem Schoß saß. Ihr Nacken war verlockend dicht vor meinem Mund. Ich küsste ihren Hals und spürte, wie ich eine Erektion bekam. Ich fand sie schwanger wahnsinnig sexy. Ihr Körper war an den richtigen Stellen runder geworden, und sie reagierte obersensibel auf meine Berührung. Eine perfekte Kombination. Ich konnte nur schwer die Hände von ihr lassen. Aber schließlich befanden wir uns auf einer Hochzeit, wo Romantik in der Luft lag. Hier konnte ich mir das erlauben.

Es schien ihr nichts auszumachen.

»Wo ist Rory?«, fragte Robin. »Ich habe sie schon seit einer Weile nicht mehr gesehen.«

»Da ist sie«, sagte Kylie. »Sie kommt mit Tyler aus dem Brautzimmer.«

»Ich fass es nicht«, rief Jessica ausgelassen. »Haben die etwa auf meiner Hochzeitsfeier gevögelt? Tatsächlich! Ihre Haare sind völlig durcheinander.«

»Wow, das hätte ich ihr nicht zugetraut«, meinte Kylie. »Da stellt man ihr einen gepiercten Penis vor, und siehe da …«

»Was?«, fragte ich. »Gepiercter Penis?« Vielleicht wollte ich es gar nicht so genau wissen.

»Vergiss es, mein Schatz. Das willst du nicht wissen.«

Okay.

Riley tauchte hinter Jessica auf und legte die Hände auf ihre Schultern. »Was ist hier los?«

Sie zuckte zusammen. »Ach, nichts. Wir haben nur darüber gesprochen, dass Tyler und Rory gerade zusammen aus dem Brautzimmer gekommen sind.«

»Tja, sie sind mit den Jungs zu Besuch bei Rorys Vater gewesen. Wahrscheinlich hatte er Entzugserscheinungen, genau wie ich. Das war eine lange Woche der Enthaltsamkeit.«

»Ich werde keinen Sex mit dir im Brautzimmer haben«, erklärte Jessica. »Meine Mutter ist noch immer zufrieden mit mir, und das werde ich nicht aufs Spiel setzen. Heute Nacht haben wir ein Hotelzimmer. Zwei Stunden wirst du noch warten können.«

»Daran habe ich noch nicht einmal gedacht. Aber danke, dass du mich erst auf die Idee bringst und sie dann sofort abschmetterst.«

»Wer hat Sex im Brautzimmer?«, erkundigte sich Phoenix, setzte sich neben Robin und warf die Haare zurück.

»Rory und Tyler«, antwortete Kylie prompt.

»Freu dich nicht so darüber«, sagte ich und verlagerte leicht ihr Gewicht. Mein Bein war eingeschlafen.

Rory kam an den Tisch und blickte in die Runde, ihr Lächeln erstarb. »Was ist? Worüber redet ihr gerade?«

»Na, was habt ihr zwei getrieben?«, fragte Jessica anzüglich.

»Tyler hat mir etwas zum Abschluss geschenkt und weil ich an der Medizinischen Hochschule angenommen worden bin.«

»Du schaffst es, ihr Sex als Geschenk zu verkaufen?«, fragte Riley seinen Bruder. »Da bin ich neidisch.«

»Wir hatten keinen Sex!« Rory warf ihm einen bösen Blick zu. »Tyler hat mir diese Kette geschenkt.« Sie beugte sich vor, sodass ihre Freundinnen den Diamanten sehen konnten, der um ihren Hals baumelte.

»Oh, wie hübsch«, schwärmte Kylie.

»Die ist sehr schön«, stimmte Jessica zu. »Obwohl ich überrascht bin, dass es kein Verlobungsring ist.«

Riley drückte ihre Schultern. »Jess! Das geht dich nichts an, Süße.«

»Wir warten, bis Rory ihr Examen hat«, meinte Tyler. »Dann heiraten wir, wenn ich wieder ans College gehe und meinen Abschluss mache, den ich vor neun Millionen Jahren angefangen habe. Alles ist gut.«

»Für uns passt das so«, ergänzte Rory.

»Ihr seid am längsten zusammen«, stellte Robin fest. »Es sind zweieinhalb Jahre, selbst wenn man die Pause abzieht. Ich glaube, ihr seid über den Berg.«

»Das stimmt«, bestätigte Jessica.

»Hey, wie finden wir heraus, wie lange wir tatsächlich zusammen sind?«, fragte Kylie mich und blickte mich über ihre Schulter hinweg an. »Erst haben wir uns kennengelernt, dann habe ich dir gesagt, dass ich schwanger sei, dann haben wir wieder angefangen, miteinander zu schlafen, dann haben wir nicht mehr miteinander geredet, dann sind wir wieder zusammengekommen und …«

Ich unterbrach sie. »Wir sind seit dem Tag zusammen, an dem wir uns zum ersten Mal begegnet sind.« Ich hob den Arm, um ihr das tätowierte Datum unter meinem aufgerollten Ärmel zu zeigen. »Siehst du?«

Sie strich mit dem Finger über die Zahlen.

»Rein technisch betrachtet vielleicht nicht.« Ich berührte ihre Brust, direkt über ihrem Herzen. »Aber in unseren Herzen sind wir seit jener Nacht zusammen.« Dann küsste ich sie.

Sie seufzte. »Ich liebe dich.«

»Sehr schön«, bemerkte Riley.

»Und so ist sie vermutlich schwanger geworden«, kommentierte Tyler.

Ich warf eine zusammengeknüllte Serviette in ihre Richtung und küsste meine Freundin.

Kylie hatte recht. Ich war ein Romantiker. Das passierte einfach, wenn man die *Richtige* traf.

Sogar mir.

Leseprobe

NATASHA BOYD
Eversea – Ein einziger Moment

Du weißt, dass du im Lowcountry von South Carolina bist, wenn sich das Lenkrad deines alten roten Pick-ups von der feuchten Luft rutschig anfühlt, die Nachrichten im Radio nur davon berichten, welchen Weg der jüngste atlantische Hurrikan voraussichtlich nehmen wird, und das überfahrene tote Tier, dem du gerade noch ausweichen kannst, ein fünf Fuß langer Alligator ist.

Ich erschauerte, als ich die schleimigen Überreste des Reptils hinter mir ließ, und hielt kurz die Luft an. Dann hob ich meinen Pferdeschwanz im Nacken hoch und hoffte, die heiße Brise von South Carolina, die durchs Fenster hereinwehte, würde sich zumindest auf meiner feuchten Haut kühl anfühlen.

Der Vorteil am Herbst war, dass die Touristen schon wieder nach Hause gefahren waren. Der Nachteil, dass das County dann aufhörte, gegen Moskitos und Bartmücken zu sprühen, sodass diese kleinen Scheißviecher Gelegenheit hatten, sich wie verrückt an der »einheimischen Küche« satt zu fressen. Eins davon hatte sich auch in meinen Pick-up verirrt, und ich tat mein Möglichstes, um es zu ignorieren, während ich über die Cross-Island-Brücke fuhr. Aber wenn es die Frechheit besitzen sollte, in einen meiner nackten Fußknöchel zu stechen, dann würde ich rechts ranfahren und es erlegen müssen.

Ich schaute in den Rückspiegel und wollte schon die Spur wechseln, als ein lautes Hupen und dröhnendes Motorengeräusch mich das Steuer zurückreißen ließ. Der Magen zog sich mir zusammen, als ein Motorrad aus meinem toten Winkel rausfuhr. Das hatte ich beinah touchiert. Der Fahrer kam auf meine Höhe und schaute herüber, während ich die Hand zu einer entschuldigenden Geste hob.

Sein Helm hatte ein getöntes Visier, durch das ich nicht durchschauen konnte. Nach ein paar Sekunden hob er grüßend die Hand und rauschte dann röhrend davon. Sein weißes Hemd bauschte sich wie ein Segel. Kalifornisches Nummernschild. Tourist. Das passte.

Ich war für meine Schicht im Grillrestaurant schon spät dran, daher folgte ich dem Beispiel des Bikers und trat das Gaspedal durch. Ein Polizist würde wohl eher den Fremden rechts ranfahren lassen als mich. Oder mir höchstens eine freundliche Ermahnung mitgeben. Wenn du in einer Kleinstadt lebst, dann bist du eben mit fast jedem entweder zur Schule oder in die Kirche gegangen. Auch wenn ich beide schon länger nicht mehr besuchte.

Als ich ankam, blieben mir nur noch ein paar Minuten. Also stellte ich den Wagen ab und rannte hinein.

Der kleine Küstenort Butler Cove Island hatte außerhalb der Saison neuntausend Vollzeiteinwohner, und an manchen Tagen kam es mir vor, als hätte *jeder davon* einen Schaden. Ich setzte ein falsches Lächeln auf und nickte mechanisch, während ich höflich einem weiteren weisen Rat von Pastor McDaniel lauschte. Der gute Pastor tat so, als würde er puren Eistee trinken, der nicht mit einem Schuss aus dem kleinen Flachmann in seiner Jackentasche versehen war. *Im Ernst?*

Seine stattliche Erscheinung war in eine Nische gequetscht,

und die Knöpfe an seinem Anzughemd sahen aus, als müssten sie einiges aushalten.

Ob er mich diesmal mit dem Gerede über mein Haus verschonen würde? Der Pastor saß im Stadtrat und schien der Ansicht, das gäbe ihm das Recht, richtig dick aufzutragen. »Nun, Miss Keri Ann, deine Großmama würde sicher im Grab rotieren, wenn sie mitansehen müsste, wie das letzte bisschen Immobilienbesitz in eurer Familie so herunterkommt.« *Nö.* Er fing schon wieder davon an. »Du musst das Anwesen instandhalten.« Verschwörerisch beugte er sich vor. »Soll ich dir nicht am Sonntag nach der Kirche meinen Jasper raufschicken, damit er dir ein wenig unter die Arme greift?«

»Das wäre sehr nett von Ihnen, Herr Pastor.« Es widerstrebte mir, das Angebot abzulehnen, im Ernst. Das Haus meiner Familie war das Letzte von Butler Cove, was den Butlers noch geblieben war, und nun verfiel es. Ich brauchte Hilfe, aber nicht zu dem Preis, dass der Pastor mir einen Gefallen tat. Und daraus, wie seine Knopfaugen hin und her gingen, schloss ich mit Sicherheit, dass ihm die Vorstellung, Jasper und mich zusammenzubringen, durch den Kopf ging. Was gäbe es auch für einen besseren Weg, um an das Haus ranzukommen? Zum Glück war ich mir sicher, dass Jasper und ich unsere Freundschaft beide platonisch belassen wollten. »Ich würde ihn gerne bezahlen, wenn er gegen ein bisschen Schleifen und Streichen nichts einzuwenden hat.«

Der Pastor drückte schnaufend seine Brust ein wenig heraus. »Also nein, davon will ich aber nichts hören. Mein Jasper ist ein Gentleman, der einer Lady hilft, und fertig. Hat er dir schon erzählt, dass er eine Zusage vom Charleston College of Law hat?«

Ich nickte.

»Er ist ein kluger Bursche, der mal weit rumkommen wird. Kann mit seinem Verstand und seinen Händen umgehen.

Ich schicke ihn am Sonntag zu dir rüber.« Er fokussierte seinen Blick und schien an der Nasenspitze entlang auf mich zu schauen, obwohl ich seine sitzende Gestalt sicher um mindestens drei Köpfe überragte. »Ich hoffe, ich sehe dich vorher im Gottesdienst.«

Wie kriegte er das bloß hin?! Es musste da eine eigene Schule geben, wo Pastoren lernten, Leuten ein schlechtes Gewissen zu machen. Ich lächelte zaghaft und stellte das Wasser ab, das ich gerade in der Hand hielt.

»Wie wär's mit ein wenig Wasser, Herr Pastor?«, fragte ich und schaute vielsagend auf seinen hochprozentigen Eistee. Seit sechs Jahren war ich nicht mehr in der Kirche gewesen. Wenn ich diesen Sonntag ging, konnte mich eventuell der Blitz treffen.

Es war ein gemächlicher Abend. Endlich Ruhe nach der verrückten Touristensaison. Die einzigen Leute, die sich noch in dem schummrig beleuchteten Restaurant aufhielten, saßen an der Bar. Eine davon war meine beste Freundin Jazz, die diesen Spitznamen ihrem Lieblingsmusikgenre verdankte, und ein gebeugt dahockender Typ mit Baseballcap und Kapuze, der erst vor fünf Minuten reingekommen war und sich jetzt praktisch auf dem Barhocker in der Ecke einrollte. Er zog ein Handy aus der Tasche seiner Jeans.

Es war schon fast Zeit zu schließen, und ich hoffte sehr, dass er nicht lange bleiben würde. Mal früh ins Bett zu kommen, das konnte ich wirklich brauchen. Und das Lokal pünktlich zu schließen schien mir eine himmlische Aussicht zu sein.

»Was kann ich Ihnen bringen?«, rief ich dem Typ mit dem Kapuzensweater zu, während ich hinter die Bar zurückkam. Er murmelte irgendwas, schaute dabei aber nicht von seinem Handy hoch, in das er eifrig tippte. Ich seufzte und ging noch ein Stück den Tresen hinunter, damit ich ihn verstand. Manche Leute können dermaßen unhöflich sein. Davon hatte ich diesen Sommer schon genug gehabt, und ich denke, das erging nicht bloß mir so. Es war von ein paar Fällen berichtet worden, als Einheimischen der Kragen geplatzt war. Kein Wunder. Die Bezirksverwaltung hatte sogar Plakate aufhängen müssen, in denen man die Einheimischen daran erinnerte, dass der Großteil ihrer finanziellen Mittel aus dem Tourismus kam.

»Einen Burger, medium, mit Pommes. Zum Mitnehmen«, wiederholte der Kapuzentyp, ohne hochzublicken. Der Schirm seines weinroten Caps verbarg sein Gesicht vollständig. »Und einen Bushmills auf Eis, solange ich warte.« Sein Akzent verriet, dass er definitiv nicht von hier war. Er simste schon wieder weiter. Ich seufzte und tippte die Bestellung auf den Touchscreen. Zum Glück besaß ich die Geduld einer Heiligen. Zehn Sekunden später lehnte sich Hector aus der Küche und musterte mich kopfschüttelnd.

»Sorry, Hector. Das ist die letzte, dann kannst du alles ausmachen. Ich mach hier draußen dicht.«

Seine griesgrämige Miene brachte mich zum Lächeln. Wir beschwerten uns jeder mal, aber immer im Guten, denn wir mochten unsere Jobs im Snapper Grill. Den ganzen Sommer über waren die Löhne und Trinkgelder riesig, und in der Nebensaison, wenn die meisten anderen Saisonangestellten weiterzogen, hielten mehr oder weniger wir beide den Laden am Laufen. Richtig was los war dann nur am Wochenende, wenn das Lokal eher als Bar für die Inselbewohner fungierte und weniger als Restaurant. Es war hilfreich, dass unser Besitzer Paulie den Sender mit der lokalen Sportberichterstattung abonniert hatte. Denn die meisten Einheimischen sahen überhaupt nicht ein, dass sie sich ein Premiumabo des Kabelanbieters zulegen sollten, nur um die Spiele der Tigers oder

der Gamecocks zu sehen. Hector zog seinen dunklen Schopf wieder in die Küche zurück und murmelte irgendwas auf Spanisch.

»Sooo, was gibt's in der Welt der Promis denn Neues?« Ich deutete mit dem Kopf auf die Zeitschrift, die Jazz gerade verschlang, und füllte nebenbei ein Glas mit Eiswürfeln und gutem irischem Whiskey.

Jazz schaute hoch und seufzte vor Glück. »Was für eine Wohltat. Monatelang bin ich nicht dazu gekommen, einfach nur rumzusitzen und Klatschblätter zu lesen. Weißt du, meine Mutter duldet sie nicht mal im Haus. Sie sagt, ich würde damit meinen Verstand verflüssigen, während sie meine Studiengebühren zahlt. Ich kann's gar nicht erwarten auszuziehen, auch wenn ich sie vermissen werde.«

Jazz studierte an der University of South Carolina Beaufort, wohnte aber noch zu Hause, um Geld zu sparen, und jobbte in einem schicken Laden hier im Ort. Ich schenkte meiner Freundin ein mitfühlendes Lächeln und servierte den starken Drink am anderen Ende der Bar.

Der Kapuzenkerl scrollte immer noch mit seinen langen Fingern auf dem Handydisplay und achtete überhaupt nicht auf das Glas, das ich mit einer Serviette darunter auf das polierte Holz direkt vor ihm stellte. Ich seufzte und schlenderte zurück zu Jazz.

»Du weißt ja, dass du bei mir einziehen kannst, Jazz. Solange Joey die Med School fertig macht, hänge ich da doch sowieso nur allein rum.« Sie tat, als höre sie mich nicht. Ich hatte ihr das schon eine Million Mal angeboten, aber Jazz und mein Bruder Joey hatten einen Sommer lang, als Joey vom College aus nach Hause kam, kurz was miteinander gehabt. Zu behaupten, er hätte Jazz das Herz gebrochen, als er wieder abreiste, wäre untertrieben. Ich war mir nicht sicher, ob irgendjemand bemerkt hatte, wie viel Jazz an ihm lag, am wenigsten sie selbst. Mir zuliebe hatten sie eine notdürftige und zerbrechliche Freundschaft geschlossen, als Joey zu den Feiertagen zurückgekommen war. Aber jetzt, zwischen Uni und Praktika und der anstehenden Facharztausbildung, war er immer seltener da.

»Dann versucht McDaniel immer noch, dich mit Jasper zu verkuppeln?«, fragte Jazz, während sie rasch durch das Heft blätterte. »Weißt du, du brauchst hin und wieder ein Date … um in Übung zu bleiben, bis der Richtige daherkommt.« Sie zwinkerte mir zu.

»Mein Gott, Jazz!« Ich warf einen schnellen Blick zu Pastor McDaniel, um sicherzugehen, dass er nicht gehört hatte, wie ich den Namen des Herrn mal wieder unnütz im Mund geführt hatte. Oops. »Du weißt doch, dass ich im Moment zu viel um die Ohren habe, um mit irgendjemandem auszugehen. Und wer sollte denn um Gottes willen hier in der Gegend der Richtige sein?« Wow, heute Abend war ich ja ganz schön in Fahrt. Zum Glück rüstete sich der gute Pastor schon zum Aufbruch. Ich winkte zurück, als er ging. Gut, dass er sich zu Fuß auf den Weg machte, sonst hätte ich ihm die Autoschlüssel abluchsen müssen.

»Das glaubst du nicht«, rief Jazz; sie schien unser Thema völlig vergessen zu haben und starrte auf die Zeitschrift in ihren Händen. »Audrey Lane hatte eine Affäre mit ihrem verheirateten Regisseur! So eine Kuh. Ich glaub's nicht. Dabei heißt es, dass sie mit Jack Eversea zusammen ist.« Jazz sah richtig geschockt aus. Sie vergötterte Jack Eversea. Genau wie wahrscheinlich jedes andere Mädchen in Amerika auch.

Ich lachte sie aus. »Jazz, dir ist aber schon klar, dass das meiste von diesem Zeug frei erfunden ist, ja?« Ich beugte mich vor, um einen Blick auf die dubiosen, grobkörnigen Fotos zu werfen, auf die sie mit einem limettengrünen Fingernagel tippte. Ich hielt inne, als abrupt das Geräusch eines zurückgeschobenen Stuhls zu hören war.

Wir schauten beide hinüber und sahen den Kapuzentyp mit dem Rücken zu uns aufstehen. Er fischte ein Bündel Dollarnoten aus seiner Jeanstasche, zog einen Schein heraus und legte ihn auf die Bar neben sein nicht ausgetrunkenes Glas.

Ich bemerkte, wie Jazz' Blick abwärts bis zu seinem extrem hübschen Hinterteil wanderte, das in einer trendigen Jeans steckte.

Daraufhin gab ich ihr einen ordentlichen Klaps auf die Hand.

»Autsch!«, jaulte sie, und ich grinste.

Mit gesenktem Kinn marschierte der Typ hinaus.

Ich fing Jazz' Blick auf, als sie mich mit gespielter Empörung anfunkelte. »Was denn? Der hat einen hübschen Arsch«, zischte sie und widmete sich dann wieder ihrem Klatschblatt. Sie hatte gar nicht unrecht, aber ich machte mir mehr Gedanken über sein seltsames Benehmen.

»Bestellung is' fertig«, kläffte Hector vor der Durchreiche aus der Küche und schob eine Styroporschachtel heraus. Toll. Obwohl, der Vorteil war, dass ich mit einem Burger nach Hause fahren würde, falls der Kerl nicht innerhalb der nächsten fünf Minuten wieder aufkreuzte. Ich konnte ihm nur raten, genug für seine Zeche dagelassen zu haben. Rasch ging ich die Bar entlang und nahm mir den Schein vom Tresen. Ein Hunderter. Ha! Ich bonierte ihn und nahm das Wechselgeld aus der Kasse.

»Hector«, rief ich durch die Durchreiche. »Das war ein guter Abend für Trinkgeld.« Ich schob ihm achtzig Dollar in bar zu. Auch wenn ich das Geld gebraucht hätte, Hector brauchte es noch dringender.

»*Madre*«, hörte ich Hector. Er kicherte.

»Mist, ich muss los.« Jazz hüpfte von ihrem Barhocker, kam schnell um die Theke rum und umarmte mich. »Ich muss morgen den Laden aufmachen, und ich hasse es, früh aufzustehen. Man sieht sich.« Mit diesen Worten flog meine quirlige Freundin auch schon zur Tür hinaus.

Jazz und ich waren beste Freundinnen seit der Grundschule in Butler Cove, nachdem wir hierher gezogen waren, um im Haus der Familie zu wohnen und uns um meine Großmutter zu kümmern. Mitten im Schuljahr an einem fremden Ort Freunde zu finden, das stand auf der Liste meiner Fähigkeiten nicht ganz oben. Ich war mir nicht sicher, wieso ich das Glück hatte, auf Jazz zu stoßen, aber irgendwie hatte dieses blonde Energiebündel mit dem sonnigen runden Gesicht eines Tages in der fünften Klasse auf dem Flur ihr Licht auf mich gerichtet, und seither sonnte ich mich in dem warmen Schein. Und zwar selbst in den härtesten Augenblicken meines Lebens.

Ich stellte die Musik leiser und ging ebenfalls zur Tür, um abzuschließen.

Es war eine herrliche Nacht. Die Luft war zwar immer noch sehr feucht, aber die Hitze hatte endlich nachgelassen und die Sterne strahlten hell. Ich blieb im Türrahmen stehen, schaute nach oben und atmete die frische Luft. Die Zikaden waren fleißig, und ihr endloser, gleichmäßiger Rhythmus hatte etwas Beruhigendes. Ich wusste, dass etwas von diesem Ort für immer in meiner Seele sein würde. Es war fest eingebaut. So sehr mich all das hier manchmal ärgerte, dieses Fleckchen Erde war wirklich mit nichts zu vergleichen. Irgendwann in der Zukunft wollte ich weggehen, so viel wusste ich. Ich wartete nur darauf, dass Joey mit seinem Studium fertig war und mit mir tauschte. So war es abgemacht. Das war auch einer der Gründe, warum ich niemanden datete. Ich wollte einfach nicht, dass mir das Fortgehen noch schwerer fallen würde als sowieso schon. Ein weiterer Grund war, dass ich fast jeden aus dem Kreis der infrage kommenden Männer kannte. Und ich war ein wählerischer Habenichts.

Meine Füße schmerzten. Heute würde ich wahrscheinlich den tiefen Schlaf eines arbeitsreichen Tages schlafen, und weil ich morgen nur die Abendschicht hatte, nahm ich mir vor, mit dem Anstreichen der Veranda weiterzumachen. Da meine Mittel so knapp waren, musste ich Prioritäten setzen. Und wenn ich mir Pastor McDaniels alles andere als dezenten Bemerkungen über den Zustand des Hauses in Erinnerung rief, war klar, dass ich vorläufig wohl besser außen weiterarbeitete.

Als ich auf den schwach beleuchteten Vorplatz des Restaurants trat, um das Mobiliar zurechtzurücken, sorgte eine Bewegung in meinem Augenwinkel dafür, dass ich fast einen Herzinfarkt bekam.

Shit!

Von einem der Tische, die im Schatten lagen, erhob sich der Kapuzentyp, als hätte er auf mich gewartet. Ich schlug mir mit der Hand vor die Brust und atmete hörbar aus.

Dann schätzte ich die Entfernung von der Stelle, wo ich mich befand, bis zur Tür ab. Konnte ich es bis nach drinnen schaffen, bevor er mich erwischte? Wie hatte ich nur so unvorsichtig sein können? Joey ermahnte mich immer, ich solle Hector das Schließen des Lokals überlassen. Und jetzt stand ich da und wusste nicht mal, ob Hector überhaupt noch im Restaurant war.

Ich rührte mich nicht und versuchte nur, das Gesicht des Kerls unter seiner Cap zu erkennen. Er war groß und sah kräftig aus. In seiner dunklen Jeans steckten lange, gerade, wohlgeformte Beine. Falls er auf mich losgehen würde, sollte ich wenigstens versuchen, mir sein Aussehen einzuprägen. Oder Moment mal – vielleicht war das sogar schlecht. Wenn ich ihn sah, bedeutete das, er würde mich umbringen müssen?

Mir war bewusst, dass ich wie ein Kaninchen vor der Schlange dastand, aber langsam dämmerte mir, dass auch er sich nicht rührte. Außerdem spürte ich nicht, dass irgendeine Bedrohung von ihm ausging. Nicht dass ich irgendwelche übersinnlichen Fähigkeiten besessen hätte. Abgesehen von den Malen, als ich überzeugt war, dass Nana im Haus erschienen war, um nach mir und allem anderen zu sehen. Die Art, wie er dastand und zögernd die Hände hob, ließ mich abwarten. Furcht verwandelte sich in Neugier. Sein Gesicht konnte ich immer noch nicht erkennen. Warum musste dieser Vorplatz aber auch so verdammt düster sein?

Ich wollte gerade den Mund aufmachen, als er seine langen Finger zum Kopf hob, nur einen Moment lang innehielt, als wolle er es sich noch mal überlegen, und dann rasch die Cap abnahm und gleichzeitig die Kapuze zurückstreifte.

Zum zweiten Mal innerhalb von Minuten verschlug es mir den Atem. Vor mir stand der attraktivste Mann, den ich in all meinen zweiundzwanzig Jahren auf diesem Planeten bisher gesehen hatte. Sein dichtes dunkles Haar war von der Baseballkappe leicht zerdrückt und stand an manchen Stellen ein bisschen ab. Es umgab ein ebenmäßiges Gesicht und Augen in der Farbe von …

Okay, in dem Dämmerlicht konnte ich die Farbe seiner Augen nicht wirklich erkennen, aber ich wusste genau, dass es ein sattes Graugrün war. Schließlich hatte ich die letzten fünf Jahre nicht in einer Höhle versteckt zugebracht. Und ich brauchte ihn definitiv nicht mit dem Klatschmagazin abzugleichen, das Jazz gelesen hatte und in dem er nicht besonders gut getroffen war, um eines zu wissen: Hier vor mir, vor Keri

Ann Butler, stand auf dem Vorplatz des Snapper Grill in Butler Cove mit seinen neuntausend Einwohnern und Hunderte Meilen von seinem vermuteten Aufenthaltsort in Hollywood entfernt kein Geringerer als Jack Eversea.

Zu meiner Verteidigung sei gesagt: Ich glotzte nur für wenige Momente wie ein Goldfisch, dann war meine kratzbürstige Art – die immer anspringt, sobald ich nervös oder unsicher bin – zuverlässig wieder da. Manchmal habe ich mich einfach echt nicht im Griff.

»Ich nehme an, jetzt möchtest du deinen Burger?« Mit der Frage hatte er ganz sicher nicht als Erstes gerechnet. Offen gestanden war ich selbst überrascht. Was mich aber nicht davon abhielt, so weiterzumachen. »Zuallererst einmal: Lunger hier nicht im Dunkeln herum, das ist gruselig. Und zweitens: Du warst dermaßen unhöflich, also nenn mir mal einen guten Grund, warum ich dich wieder reinlassen sollte, obwohl wir inzwischen geschlossen haben!« Ernsthaft. Ich sagte genau das. Zu Jack Eversea.

»Unhöflich?« Er wirkte vollkommen verblüfft. »Was soll der Mist?«

Ich hob nur eine meiner erst vor Kurzem gezupften Augenbrauen und drehte mich auf meinen Sneakers in Richtung Restaurant. Ich konnte mein Verhalten nicht wirklich erklären, außer dass ich mit außergewöhnlichen Situationen nicht gut umgehen kann, und das hier war weit außerhalb meiner Wohlfühlzone. Ich musste definitiv die Flucht ergreifen.

»Shit«, murmelte er. »Okay, warte!« Er stiefelte hinter mir her, doch bis er die Tür erreichte, war ich schon mit drei langen Schritten drinnen, sodass er sich den Fuß in der sich schließenden Tür klemmte. Heftig.

Oops.

»Autsch!«, rief er. »Verdammte Sch–« Er hielt sich am Türrahmen fest. »Warte!« Eine Sekunde lang wirkte er echt durcheinander. »Warte, okay? Entschuldige meine Ausdrucksweise, aber ich habe für meinen Burger bezahlt.« Er machte eine Pause, atmete tief durch und sagte mit sanfter Mädchenkillerstimme: »Darf ich ihn bitte haben?«

Ich starrte ihn einfach nur an. Nennt es meinetwegen eine verspätete Schockreaktion. Dann riss ich mich zusammen und trat zur Seite, um ihn reinzulassen.

Er schaute mich wachsam an, als er an mir vorbeiging.

Ich schloss die Tür hinter ihm ab. Zugegeben, eine nicht ganz nachvollziehbare Aktion.

»Nimmst du mich als Geisel?«, fragte er belustigt.

»Man kann gar nicht vorsichtig genug sein mit Leuten, die im Dunkeln herumlungern«, murmelte ich. Ehrlich gesagt, glaube ich nicht, dass er wusste, ob ich einen Spaß machte. Zur Hölle, ich war mir selbst nicht sicher. Ich meine, natürlich war es ein Scherz, aber ich war mir nicht sicher, wie das, was ich von mir gab, ankam. Er sah jedenfalls aus, als würde er denken: je schneller er sich sein Essen schnappte und hier wieder raus war, desto besser. Großartig. Ich lerne Jack Eversea kennen, *den* Jack Eversea, und benehme mich wie eine komplette Idiotin. Gut, dass Jazz nicht mehr da war. Sie hätte mich mittlerweile bewusstlos geschlagen. Obwohl, wenn ich recht darüber nachdenke, hätte sie bestimmt eher ihn bewusstlos geschlagen, um ihn dann in ihre Höhle zu zerren.

»Also, warum hast du gesagt, dass ich unhöflich war?«, fragte er und schüttelte dabei langsam seinen Kopf. Höchstwahrscheinlich über seine eigene Idiotie, diese verrückte Begegnung auch noch zu verlängern.

Ich schlich seufzend hinter den Bartresen, griff nach Besteck und einer Serviette. Schlimmer konnte es nicht mehr werden, deshalb dachte ich, kann ich auch genauso gut ganz ehrlich antworten. Oder zumindest mein eigenartiges Verhalten rechtfertigen.

»Also, wie wäre es denn mit einer ganzen Aufzählung? Zunächst mal warst du so damit beschäftigt, Nachrichten zu schreiben, dass du nicht mal aufgeschaut hast, als ich deine Bestellung aufnahm. Du hast sie nur genuschelt, hast nicht ›Bitte‹ gesagt, und, als ich dir deinen Drink brachte, nicht ›Danke‹. Hat dir in deiner Kindheit keiner die Grundlagen guten Benehmens beigebracht?« Ich stellte einen Teller auf den Tresen, schnappte mir die Styroporschachtel mit den Pommes und ließ sie ordentlich auf den Teller gleiten, ohne dass auch nur eine danebenging. Sehr beeindruckend. Vor allem, da ich doch wusste, dass er sein Essen zum Mitnehmen wollte. Was tat ich da?

Ich fuhr fort: »Oder bist du es so gewohnt, alles zu kriegen, was du willst, weil du aussiehst wie Gottes Geschenk an die Menschheit? Ist dir dein Ruhm vielleicht ein bisschen zu Kopf gestiegen?« Der Ton meiner Stimme verriet, dass *ein bisschen* nicht das war, was ich wirklich meinte.

»Ich schätze, damit hat sich die Frage, ob du weißt, wer ich bin, schon beantwortet.« Er lehnte sich ein Stückchen über die Bar und warf mir mit hochgezogener Augenbraue den bekannten Bad-Boy-Blick zu. Genau den gleichen wie in der *Vanity Fair*. Ganz schlechte Idee.

Das ärgerte mich, und ich rollte mit den Augen.

Jack Eversea war endgültig total verblüfft. So, als hätte er keine Ahnung, was er noch sagen sollte, um endlich seinen Burger zu bekommen und den Laden verlassen zu können.

Meine Nerven beruhigten sich langsam. Nicht vollständig, denn schließlich stand der, laut Boulevardzeitschriften, *Sexiest Man Alive* gerade vor mir an der Bar. Aber immerhin so weit, dass ich mich in der Lage fühlte, endlich ein normales Gespräch anzufangen.

»Setz dich und iss. Du kannst mir Gesellschaft leisten, während ich hier aufräume und alles zusperre. Ich fürchte mich nämlich immer ein wenig, wenn Hector schon die Küche geschlossen hat und nach Hause gegangen ist.« Die Tatsache, dass ich gar nicht wusste, ob Hector wirklich schon gegangen war, störte mich nicht.

Ich hielt ihm meine Hand hin, und Jack ergriff sie misstrauisch. Seine Hand fühlte sich warm und stark an, und wenn ich von seiner Berührung keine weichen Knie und ein Schwirren im Kopf bekommen hätte, wäre ich wohl nicht ganz dicht. »Ich bin Keri Ann Butler.«

»Ja –«

»Jack Eversea, ich weiß. Setz dich. Noch einen Drink?«

Er nickte und ließ meine Hand immer noch nicht los. »Bitte.«

Da lächelte ich ihn an. Auf die natürlichste Art, die mir möglich war in Anbetracht der Tatsache, dass er immer noch meine Hand hielt und dies einen ganzen Schwarm Schmetterlinge in meinem Körper frei ließ. Nach ein paar Sekunden Verlegenheit löste ich meine Finger sachte aus seinen, und Jack Eversea setzte sich brav auf einen der Barstühle und vor sein Essen.

Er ließ den Deckel der Ketchupflasche aufschnappen. »Darf ich dich um einen Gefallen bitten?«

»Noch einen?« Ich zwinkerte ihm zu, damit er verstand, dass ich nur Spaß machte.

»Kannst du bitte niemandem sagen … ich meine, absolut niemandem, auch nicht deiner blonden Freundin von vorhin … dass du mich gesehen hast?«

Ich blieb für einen Moment ganz still stehen und wägte die Vor- und Nachteile des Ganzen ab. Wenn jemand herausfinden würde, dass er hier war, würde er keine Möglichkeit haben, seinen Schlamassel zu regeln. Und aus dem bisschen zu schließen, das ich aus diesem Zeitschriftenartikel aufgeschnappt hatte, war das sehr wichtig für ihn. Andererseits war das Jack Eversea und Jazz war ein riesiger Fan von ihm.

»Bitte?«, fragte er noch einmal leise. Eindringlich.

»Na klar.« Ich legte meinen Kopf schräg. »Dein Geheimnis ist sicher. Mir würde wahrscheinlich sowieso niemand glauben.« Ich lachte kurz auf.

Er schien sich ein winzig kleines bisschen zu entspannen.

Ich brachte ihm einen neuen Bushmills und machte mich daran, die Bar abzuwischen und den Kassencomputer runterzufahren. Dabei versuchte ich, so locker auszusehen wie nur möglich und nicht über meine eigenen Füße zu fallen.

Als der Computer aus war, trug ich ein Tablett mit Tellern durch die Schwingtür in die Küche. Sobald sie sich hinter mir geschlossen hatte, stellte ich das Tablett ab und sank gegen die Tür des Kühlraums.

Eine ganze Flut aufgestauter Gefühle stieg in mir auf. *Heilige Scheiße!* Jack Eversea war auf der anderen Seite der Tür. *Der* Jack Eversea. Oh mein Gott, Jazz wird ausrasten. Nur dass ich es ihr ja gar nicht erzählen konnte. Wie konnte man von mir erwarten, so etwas für mich zu behalten? *Okay, okay, atmen!* Ich war nur ein bisschen umgehauen von diesem Typen, in einer Minute würde ich wieder in Ordnung sein. Ich meine, er sah klasse aus und alles, aber er war auch ganz schön von sich selbst eingenommen und – erinnerte ich mich – zuerst ziemlich unhöflich gewesen. Ein verwöhnter Promi. Kein umwerfender Typ, nicht im Geringsten. Na gut, vielleicht ein klein wenig umwerfend. Aber auch nur, weil er den Max gespielt hat in der Kinoversion meiner Lieblingsbücherserie, *Warriors of Erath*.

Ich dachte an den Film und an seinen nackten Oberkörper mit dem Medaillontattoo auf dem Bizeps. Das war *sein* Körper.

Jazz, die wirklich sein allergrößter Fan ist, hat jeden seiner Filme gesehen, seit sie fünfzehn war, und sie verkündete irgendwann einmal sehr stolz, dass er jede Filmszene selbst spielt, also ohne Stuntman oder Bodydouble. Da ist es doch nur natürlich, dass ein Stück ihrer Begeisterung auf mich abgefärbt hat, richtig?!

Mein Gesicht wurde rot, als ich mich erinnerte, Jack Eversea für sein Benehmen getadelt zu haben. Er musste mich für eine totale Nervensäge halten.

Hector stellte gerade die letzten Teller in die Spülmaschine. Er drehte sich um, weil er auch noch mein Tablett abräumen wollte. Als er mich dastehen sah, tief atmend, die Hände auf meinen Bauch gepresst, fragte er besorgt: »Was hast du denn, *Chiquita*?«

Ich schüttelte heftig mit dem Kopf und hielt mir den Zeigefinger vor die Lippen. Oh Mann, ich hoffte, Jack Eversea hatte Hector nicht gehört. Ich blickte hektisch zur Durchreiche hinüber, und schon duckte Hector sich, um durchzuschauen, bevor ich ihn davon abhalten konnte.

Mit aufgerissenen Augen drehte er sich wieder zu mir um. »Ist das …?«

Shit. Ich konnte nicht mal für zehn Minuten ein Geheimnis bewahren.

Ich nickte.

»*Dios mio!*«, flüsterte Hector und bekreuzigte sich.

»Hector!«, zischte ich. »Kein Wort darüber, okay? Nicht. Ein. Wort.« Ich bohrte meine Augen in seine, die von unzähligen Fältchen umgeben waren, damit er verstand, wie ernst ich es meinte.

»Okay, okay.« Hector nahm die Arme hoch, wie um sich zu ergeben.

»Ernsthaft, Hector«, flüsterte ich nun etwas weicher. »Er macht gerade eine schwere Zeit durch, und ich habe das Gefühl, er ist hier, um seine Ruhe zu haben. Und wir wollen doch seine Privatsphäre nicht stören?«

Er nickte verständnisvoll.

Ich dankte meinem Schicksal dafür, dass Jazz vorhin hier gewesen war. Sonst hätte ich niemals von seinen persönlichen Problemen erfahren. Ich konnte Hector ansehen, dass das für ihn Grund genug war, seiner Enkelin nicht zu erzählen, wen er heute bei der Arbeit gesehen hatte. Trotzdem blickte er enttäuscht drein.

»Sorry, Hector. Vielleicht kannst du Maria in ein paar Monaten davon berichten. Ich weiß nicht, wie lange er in der Stadt bleiben wird, wenn er überhaupt bleibt«, flüsterte ich.

»Darf ich ihn um ein Autogramm bitten, nur als Beweis?« Hector schaute mich so hoffnungsvoll an.

Ich seufzte. »Ich denke, wir können ihn fragen und ihm versprechen, sein Geheimnis für uns zu behalten, bis er wieder aus der Stadt weg ist.«

Ich atmete tief ein und ging durch die Tür. Hector folgte mir.

Natasha Boyd

Eversea

Ein einziger Moment

Roman

Sie ist ein normales Südstaatenmädchen. Er Hollywoods größter Superstar.

Die Kellnerin Keri Ann traut ihren Augen nicht, als eines Abends der angesagte Schauspieler Jack Eversea in ihrem Restaurant auftaucht. Ihr verschlafenes Heimatstädtchen im Süden der USA ist so ziemlich der letzte Ort, an dem sie erwartet hätte, auf einen skandalumwitterten Hollywoodstar wie ihn zu treffen. Auch wenn Keri Ann sich nicht von Jack beeindrucken lässt, sprühen zwischen den beiden sofort die Funken. Doch sie wissen, dass eine Liebe zwischen ihnen eigentlich unmöglich ist …

»Ich liebe dieses Buch so sehr. Ich konnte nicht genug davon bekommen.«
Book Passion for Life

Band 1 der Serie
352 Seiten, kartoniert mit Klappe
€ 9,99 [D]
ISBN 978-3-8025-9743-5

www.egmont-lyx.de

LYX
EGMONT